# 中國皇后録

丁维忠／著

青岛出版社
QINGDAO PUBLISHING HOUSE

EMPRESS OF CHINA
中国皇后號
丁维忠 2019·7·18

## 主要人物表

约翰·莱雅德：美国首航中国的创议者。

珍妮·莱雅德：约翰·莱雅德之女。

罗伯特·莫里斯：美国“邦联议会”（政府）财政部总监（部长），富商，“中国皇后号”发起人，船东之一。

约翰·霍尔克：富商，“中国皇后号”船东之一。

威廉·杜尔：富商，“中国皇后号”船东之一。

丹尼尔·帕克：富商，“中国皇后号”船东之一。

山茂召（塞缪尔·召）：美国大陆军前炮兵少校，“中国皇后号”大班。

托马斯·兰德尔：美国大陆军前炮兵少校，“中国皇后号”二班。

约翰·格林：美国大陆军前海军上校，“中国皇后号”船长。

罗伯特·麦克卡弗：美国大陆军前海军中尉，“中国皇后号”大副。

亚伯·费彻：美国大陆军前海军少尉，“中国皇后号”二副。

约翰·怀特·斯威弗特：“中国皇后号”事务长。

罗伯特·约翰斯顿：西洋参著名淘购者，“中国皇后号”医生。

约翰·摩根：“中国皇后号”随船木匠。

汉娜：山茂召未婚妻，富商之女。

乔治·华盛顿：美国大陆军前总司令，美国未来第一任，第一、二届总统。

本杰明·富兰克林:“美国的圣人”，科学家、政治家、外交家，世界文化名人。

托马斯·杰斐逊：美国《独立宣言》首席起草人，议会“邦权派”首领，美国未来第三任、第四届总统。

阿历山大·汉密尔顿：议会“联邦派”首领，未来华盛顿政府首任财政部长。

约翰·亚当斯：“美国驻不列颠部长”（驻英特命全权大使），美国未来第二任、第三届总统。

约翰·杰伊：美国“邦联议会”（政府）外交部长。

潘振承（启官）：广州“十三行”同文洋行行商，“公行”之“商总”（商会会长），“中国皇后号”之“保商”。

潘正亨：同文洋行买办，潘振承之孙。

江寅兮：同文洋行通事（翻译），潘老太太之娘家内侄孙。

潘慧珠：潘振承孙女，江寅兮之表妹、恋人。

蔡世文（文官）：广州“十三行”万和洋行行商。

石琼尧（琼官）：广州“十三行”而益洋行行商。

韦恩：广州粤海关监督（关长）。

穆腾额：粤海关后任监督。

张道源：广州知府。

爱新觉罗·弘历：乾隆皇帝。

和珅：首辅（领班）军机大臣。

刘墉：吏部尚书，大学士。

海望：户部尚书兼内务府总监。

威廉·亨利·皮古：英国东印度公司驻广州英国商馆主任。

威廉·威廉姆斯：英国海军前准将，“休斯夫人号”船长。

乔治·史密斯：英国商船“休斯夫人号”大班。

乔治三世：英国国王。

罗金汉姆：英国国王近臣。

腓特烈·诺思：伯丁克内阁内政大臣。

查尔斯·福克斯：伯丁克内阁外交大臣。

小威廉·皮特：英国年轻首相。

# 目录

**第八章　首航归来**

1

第一章

# 美国独立了，陷入困境

同我交战者，就是敌人；

同我和好者，即为朋友。

——1776 年美利坚合众国《独立宣言》

# 一　约翰·莱雅德失踪

1783年（清·乾隆四十八年）4月的一天，约翰·莱雅德失踪了。这汉子曾是已故著名航海家、探险家詹姆斯·库克船长麾下的一名下士。去年年底，他从海上归来，在家里只待了四个月，便又离家出走，一去杳无音讯。

莱雅德的家在康涅狄格邦哈特福德的乡下。这里景色宜人，如诗如画。近处是几小片已经开垦出来的庄稼地，东一块西一块，显得有些零乱，更多的是一些抛荒地。远处的草原上稀疏地散放着一些牛羊。一条蓝滢滢的小河在原野上流淌。草原的边缘便是茂密的原始森林。远方耸立着蜿蜒起伏的崇山峻岭，那就是阿巴拉契亚山。翻过这道山脉，跨过密西西比大河，一直往西，便是更多的大小山脉、更多的大小河流，广袤无垠的肥沃的平原，望不到边的绵延的原始莽林，一直延伸到太平洋的东岸。这片以16世纪意大利探险家阿美利哥·韦斯普奇的名字命名的大陆，富饶，壮阔，美丽，但在本书叙述的年代，这片辽阔的土地，除了点滴地区散居着印第安部落外，它还是一片尚未开发的原始的蛮荒大地，等待着人们来开发和享用。而美国独立战争的战士们和他们的祖先，单单选中这片土地，移民到这里来落脚生根，繁衍子孙，真是慧眼识珠。正如1607年到这片殖民地建立第一个永久居住点的英国人约翰·史密斯所说："天时地利，已造就一个最好的地方，给人居住。"

1893年，著名的美国女诗人凯瑟琳·李·贝茨创作歌曲《美丽的阿美利加》时，显然是被这片土地的令人赞叹之美激发了灵感：

啊，美丽的阿美利加，
辽阔的天空，
金色的麦浪，
耸立在富饶平原的
巍巍群山！
……
阿美利加！阿美利加！
上帝赐福予你，
为了你的善与美，
让全世界兄弟姐妹都爱你！

约翰·莱雅德也许是跟着著名的探险家闯荡过世界的缘故，他对一切外来的新鲜事物怀有永不枯竭的好奇心。当看到 1771 年费城的一家杂志自豪地宣称“北美农业已经成功地引进中国的稻米、高粱和豌豆”时，他便千方百计地弄来种子试种。可惜他家的灌溉系统不适合栽种水稻，但是高粱和豌豆却生长得郁郁葱葱。再加上本地的小麦和玉米，以及家养的一头牛和几只山羊，约翰家算得上是本地屈指可数的温饱型农户了，足以让他无后顾之忧地外出继续闯荡。

约翰一走，全部家务便落在了他妻子玛利亚身上。她年轻时是北美独立战争中一名出色的护理员。她身边有一个 18 岁的女儿珍妮，长得美貌、丰壮。但里里外外的农务单靠她们母女俩是不行的，幸亏玛利亚的两个弟弟查理和丹尼斯从战场回来，一直住在她家，是两个难得的壮劳力。

独立战争之后，像这哥儿俩那样无家可归、无职无业的前大陆军年轻士兵到处都是。仗刚刚打完一年，国家刚刚草创，根本无暇也无力为返乡的士兵们提供工作岗位和住处。战争结束了，他们也失业了。他们赢得了一个国家，但他们自己却失去了一切，成了失业大军中的一员。

查理和丹尼斯对姐夫离家闯荡当甩手掌柜很有些微词：“都像他那样，不用说国家，就是这个破家，也撑不起来！”但是珍妮站在她爸爸一边：“要是约翰在家，还用你们二位干吗？”玛利亚对这种口角之争总是付之一笑，她知道：家对于一名天生的海员，不过是一个暂时的栖息地。她从来不扯丈夫的后腿，因为扯也没有用，儿女情长是拴不往一匹野马的。更何况约翰每次回家，总会留下几个银币甚至金币。有时候，她也会轻声慢气地劝两位弟弟：“发牢骚没有用。你们看看村里的那些年轻人，再看看别人家过的日子。”

在当时，全美国的多数农户，还都在贫困线上苦苦挣扎，而年轻人宁肯背井离乡，巴望着能去城里打工。但城里的境况其实更糟。

在麦地和高粱地之间的土路上，一辆牛车吱吱嘎嘎地行进着，车上装着几个麻袋。珍妮和查理慢悠悠地赶着牛车，不慌不忙。他们打算拿豌豆和高粱到镇上去换些钱，买些日用品。这里距附近的小镇也就几英里。

小镇的景象可惨了。如果说乡村至少还有田园牧歌式的外观，真正的贫困和苦难深藏在外观底下，那么城镇却是从外观到内里都是一派令人垂头丧气的萧条景象，死气沉沉。这个小镇的商店隔三岔五地没有开张，有的已经倒闭；即使开张的，货架上也几乎空空的，没有多少像样的商品。物资严重匮乏，但有限的工业品、日用品却又卖不出去，人们兜儿里没有钱。

空荡荡的街道冷冷清清，乞丐比行人还多，那些流浪儿童到处乱钻，希望能在某个垃圾堆里找到能填饱肚子的东西。街道旁的集市上堆放着有限的一些农产品，但购买者寥寥无几。农民与小贩衣着破旧，扎着堆聊天、抽烟、发火、骂娘。农产品大量积压，原因还是人们没钱购买，很多地区只好用原始的以物易物方式交换一些物品。

幸亏这次珍妮和查理运来的除了麦子和玉米，还有今春刚摘下的新鲜豌豆和去年秋天收割的高粱，这在当地可是稀罕货，因为当地根本不出产豌豆和高粱。

珍妮吆喝着："哎，快来买啊！上等的麦子、玉米！中国的豌豆、高粱！"

这吆喝声立刻引来一群围观者。

"喂，姑娘，中国在哪里呀？那是个什么样的国家？"

"中国吗？"珍妮信口答道，"您知道《阿拉伯的故事》吗？中国在阿拉伯，那里黄金铺地。"

查理笑笑，到一旁抽烟去了，他对外甥女的能耐充满信心。

一位穿着很体面的买主指着一小袋豌豆，拿起一颗尝了尝，嫩嫩的，甜甜的："这玩意儿怎么卖？"

"很高兴您买我的豌豆，先生，"珍妮说，"这一小袋5磅，3元硬币。"

买主掏出一叠纸币："这是1000元大陆币。"

"您用大陆币不行，先生，必须用硬币。"珍妮说。

这位买主不同意珍妮的限定："为什么不行？小姐，大陆币可是大陆会议发行的合法货币，我从未听说它已经被废止。"

"它没有被废止，先生，但是贬值，贬得一分不值！您是揣着明白装糊涂，先生。"珍妮毫不含糊。

"好吧，小姐，除了这1000元纸币，您还需要几个硬币？"

"1000元纸币只值1元硬币，您还需要给我两个硬币，先生。"

"什么？1000元纸币只值1元硬币？您也太贪了！"

珍妮很冷静："这是眼下的市场兑换价，先生，不是我定的。"

那位先生扔下一个硬币，又想拎那袋豌豆。

"您不能把它拿走，先生，还差一个硬币！"珍妮毫不让步。

那位买主只好又扔下一个硬币，气呼呼地拎起那袋豌豆走了。

一个胖胖的中年黑女人挎着篮子，挤进来，数给珍妮6个硬币，拿起两小袋豌豆，笑眯眯地说："我们家小姐特别喜欢吃我做的中国嫩豌豆沙拉和豌豆馅儿饼。"

珍妮高兴地说："我也喜欢吃，我妈妈做得可好吃啦！"

围观的人笑了：“姑娘，你的口福都赶上庄园主的小姐了。”

这时，街道上乱了起来，人们纷纷向街道两旁闪开。只见三辆装着囚犯的马车由远而近驶来。那些囚犯都是负债的农民。

由于经济萧条、农产品滞销，农民们主要的收入来源断绝了，那些购买了土地的农民根本还不出买地的欠款；高利贷主们又索讨本息逼债，更是雪上加霜；各邦政府又财政亏空，不断加重税收，这便更是霜上加雪了。如此霜雪俱下，各邦的许多自耕农只能卖身为佣以偿债务，或者因欠债而锒铛入狱。

珍妮和查理被挤在人群外，只听囚车上一个农妇大声哭诉：“好心的人们啊！我没钱还债就把我关起来。邦政府还要征收人头税，不管男女老幼，每人一律征收50美元。可我们一家四口一年收入也不够50美元哪！噢，天哪！这叫我们怎么活啊……”

人群发出一片同情的唏嘘声和愤怒的咒骂声：“伍斯特县的监狱里，债务犯都占了全部犯人的四分之三了！”

“我们为独立流血牺牲，都换来了什么？”

珍妮注意到人群中有一个面庞黝黑的大汉，双眼冒着凶光，沉默着，下颌的肌肉抽搐着。他就是将要震惊全美国的著名农民起义领袖丹尼尔·谢斯。现在他是个逃犯，背了一身债务,从经济萧条的重灾区马萨诸塞邦逃到了这里。

谢斯在独立战争时是大陆军的一名上尉，积累了丰富的作战经验。战争胜利了，美国终于独立了，他便回到马萨诸塞的家乡，购买了土地务农，但却像当时很多农民一样，负债累累，终于破产。走投无路的农民们和其他穷人积聚的怨愤越来越大，到 1786 年，终于在马萨诸塞爆发了美国历史上第一次大规模的农民起义或曰武装暴动，起义军推举谢斯为领袖，史称“谢斯起义”。这是后话。

眼下是1783年的4月,谢斯盯着渐渐远去的三辆囚车,暴动的火星已经在他的胸膛里乱窜，并且在某些农村地区冒烟。当然对于这一切，珍妮还一无所知。

行文至此，我们有必要概述一下美国的建国简史:

16 世纪，大英帝国由于经济发展、殖民扩张，英国国王准许并鼓励某些私人商业公司（例如弗吉尼亚公司）派遣船只和雇员（主要是契约奴）移民北美大陆，开辟海外市场。1606 年 4 月，其中一支到达弗吉尼亚的切萨皮克湾，建立了第一个贸易据点——詹姆斯顿。其后陆续有这类移民船驶往北美。

17 世纪，宗教改革席卷欧洲。英国国教基督教中的分离派发起激进改革，脱离国教，另立新教——清教。他们反对国教的专横和神甫集团的腐败，主张“上帝面前人人平等”。1620 年 9 月，清教徒们为逃避国教的迫害，与其他工匠、渔民、贫民、契约奴等，乘坐著名的“五月花号”帆船，迁居北美大陆，于 11 月到达今天的马萨诸塞的普罗文斯顿，在当地印第安人的帮助下，于普利茅斯建立了永久居住地或曰第一个殖民地。他们在船上时订立了著名的《五月花号公约》:“自愿结成民众自治团体”，奠定了其后新英格兰诸邦自治政府的基础。这之后，一批批清教徒及其他英格兰人、苏格兰人甚至爱尔兰人，纷纷向北美大陆移民，逐渐形成了如潮的人口大迁徙。

从那时起至 18 世纪，在阿巴拉契亚山以东，在北美大陆东海岸沿大西洋的狭长地带，移民们接二连三地开辟了十三块成片的居住区，后来成为英国的十三个殖民地，它们从北到南依次是：新罕布什尔，马萨诸塞，康涅狄格，罗得岛（注：以上四者加上后来的佛蒙特、缅因州统称“新英格兰”），纽约，宾夕法尼亚，新泽西，马里兰，特拉华，弗吉尼亚，北卡罗来纳，南卡罗来纳，佐治亚。

1765 年夏，十三个殖民地的知名人士组织了“自由之子社”，开始在政治上对抗宗主国英国，并很快发展成了独立运动。1773 年，他们发起“波士顿倾茶运动”:“自由之子”们把英国向北美倾销的四船茶叶全部倾倒入海中，同时民众抗议英国政府向殖民地增税。英军开枪进行武力镇压，造成“波士顿惨案”。

1774 年 9 月 5 日，十三个殖民地的代表在起义者的“首都”宾夕法尼亚的费城（全称“费拉德尔菲亚”，Philadelphia），召开殖民地联合会议，史称第一届“大陆会议”，组成“联合会”，各殖民地实现初步联合，并号召武装反抗英军武力镇压。波士顿附近的列克星敦打响了起义第一枪，揭开了独立战争的序幕。这批“热血志士”致力于达到一个目标：北美殖民地独立！大英帝国驻军和派遣军加强了对北美独立运动的武力镇压。

1775 年 5 月 10 日，费城第二届“大陆会议”发表《宣言》：号召“拿起武器”，并把各殖民地民兵编制成“大陆军”，任命乔治·华盛顿上校为总司令，独立战争正式爆发。同时，“大陆会议”成为革命政权机构。战争期间，法国与北美大陆军结成抗英同盟，西班牙、荷兰也先后对英宣战，因此战争带有国际性质。

同年，大陆会议决定组成《独立宣言》五人起草委员会，这五人是：弗吉尼亚的托马斯·杰斐逊（执笔），宾夕法尼亚的本杰明·富兰克林，马萨诸塞的约翰·亚当斯，纽约的罗伯特·R·利文斯通，康涅狄格的罗杰·谢尔曼。第三届“大陆会议”于 1776 年 7 月 4 日在费城的“独立厅”批准了《独立宣言》，郑重宣布：“美利坚合众国”为“独立自主的国家”，“与大不列颠王国之间的一切政治联系从此全部断绝，而且必须断绝”。由此宣告“美利坚合众国”

正式成立，并决定十三个殖民地改为十三个邦。从此每年7月4日成为美国的法定“独立日”（国庆节）。

1777年11月，“大陆会议”通过《邦联条例》，决定解散原来的“大陆会议”，建立邦联政府——“邦联议会”（又称“邦联国会”或“大陆国会”），成为当时最高政权机构——中央政府（不同于后来作为立法机构的“美国国会”）。

1781年3月1日，《邦联条例》拖了四年，终于在该年获得十三个邦全部批准，该条例正式生效，从此“大陆会议”正式解散，其作用被“邦联议会”（中央政府）取代，美国实行“邦联制”，十三个邦松散地结合成一个国家。

1781年10月，邦联大陆军攻下英军的重要据点——约克镇，取得决定性胜利，独立战争基本结束。1782年11月30日，英、美签订休战条约，结束战争状态，但英军仍占据着十三个邦的各军事据点。1783年9月3日，英、美签订《巴黎和约》，英国正式承认美国独立，苦战了8年的独立战争正式结束。该年11月底，最后一批英军撤离最后一个据点——纽约。但直至1785年，英、美才正式建立外交关系。

以上即是本书开始时英、美关系的态势，以及新生的美国所处的时代状况和历史阶段。

1787年5月25日，由于邦联制的种种弊端充分暴露，“邦联议会”（政府）软弱无能，未能解决内外矛盾和困境，

“邦联会议”决定在费城召开“制宪会议”，修改《邦联条例》，改“邦联制”为“联邦制”，并且制定《联邦宪法》。会上，以亚历山大·汉密尔顿为首的主张中央集权的“联邦派”和以托马斯·杰斐逊为首的主张保留各邦“民主权利”的“邦权派”(二者亦称“国权派”与“邦权派”或“集权派”与“民主派”),发生激烈冲突,又称“集权”与“分权”之争。

1787年9月17日,两派终于达成共识,决定成立“联邦共和国”，改十三个邦为十三个州，加强中央集权的新的联邦政府的权力，同时保留各州的部分州权（但永无分裂或独立的权力),确立行政、立法、司法三权分立的原则。同年年底，十三个州全部批准《联邦宪法》，全国性宪法正式通过并生效。

1789年3月4日,“邦联会议”宣布联邦新政府成立，并安排选举总统事宜。4月30日，举国一致推选乔治·华盛顿为新政府总统,他成为合众国的首位国家元首。同日，华盛顿在费城正式宣誓就职，并且其后连任第二届总统。直到约翰·亚当斯就职第二任第三届总统后，才于1800年11月把首都从费城迁到现在的华盛顿市，他成为首位入主白宫的总统。

……

由此可见，美国这个新兴国家的诞生，是多么艰难曲折！本书开卷时描述的基层民众的困苦和怨愤，只是这个新生命诞生时的阵痛而已，并且仅仅是表象；这个国家的高层治国者们所要讨论和解决的成堆的难题，才是深藏在这些表象背后的实质性症结。

## 二　邦联会议的纷争

1783年4月，在马里兰邦的安纳波利斯的议会大厅内，美利坚合众国的十三个邦的邦联会议正在举行。这里聚集了当时全美国的所有高层精英人物——来自十三个邦的杰出代表，他们全都是赫赫有名的开国元勋、军政才俊、工商巨子，有政治家、军事家、外交家、科学家、银行家、富商、种植园奴隶主等。他们中一大半与新生的合众国一样年轻：《独立宣言》的首席起草人、日后将是美国第三任第四届总统的托马斯·杰斐逊才20岁；被誉为美国"国父"之一、日后将是华盛顿总统的首任财政部长的亚力山大·汉密尔顿28岁；被称为"美国独立的巨人"、日后将接替华盛顿为第二任第三届总统的约翰·亚当斯也才48岁。当然也有年长的51岁的"美国之父"乔治·华盛顿和77岁的"美国的圣人"、科学家、政治家、外交家本杰明·富兰克林等。但全体代表的平均年龄只有38岁。

邦联议会主席查尔斯·汤姆森宣布："本次会议讨论

的中心是合众国当前面临的危机，议题有三个：经济问题，外交问题，政体问题。”

首先发言的是邦联政府的财政部总监（即部长）罗伯特·莫里斯，他 49 岁，身材微胖，一双炯炯有神的大眼睛透着精明。他手拿一份账单，高声说道：“诸位代表先生：我们新生的合众国处在极度危急之中！由于独立战争开支庞大，我们所借外债已达 1100 万美元，内债达 4200 万美元，所欠国债共 5300 万美元。此外，各邦所举债务总额也已超过 1800 万美元。而邦联政府的收入：各邦每年平均仅仅上缴 50 万美元，十三个邦共上缴 650 万美元，这笔收入用于支付邦联政府日常性开支都不够。然而仅仅外债每年利息却须缴付 200 多万美元。由于我们根本没有能力支付这笔利息，因此，先生们，我们的外债总额还在不断增加！”

莫里斯总监停顿了一下。全场鸦雀无声，空气凝固了。代表们心情沉重地聆听财政部总监继续报告令人沮丧的财政状况：“另一方面，代表先生们，我们的货币大幅度贬值！战争期间，大陆会议曾发行 42 批大陆币，总额为 19155 万美元；各邦发行各自的纸币共 24636 万美元。但是，由于我们没有相应的硬通货和物资作保证，我们的所有纸币从 1777 年开始统统贬值：1 元纸币只能兑换 24.5 美分硬币，到 1780 年，纸币与硬币的比值跌至 40 元纸币兑换 1 元硬币，到 1781 年贬到几十、几百比一，到今年 1783 年……”

“1000 元大陆币只值 1 元硬币 !”

没等财政部总监说完，托马斯·杰斐逊气呼呼地插嘴，高声地替他补上这个比值。

“的确如此，杰斐逊先生。由于纸币贬值，硬币奇缺，我们的 230 万国民，尤其是农民，一个个变成了穷光蛋！他们没有生产出农副产品吗？不，那些产品成吨地堆积在那里。我们的工人们没有制造出工业品吗？不，那些产品成批地积压着。但是，因为我们的国民没有钱，他们手里的大陆币变得一文不值，我们的国民丧失了起码的购买力！因此，各邦的某些地区只好又恢复了原始的以物易物、以货易货方式。如此种种，引发了全国性的经济萧条！”

莫里斯总监喝了一大口水，然后把水杯重重地搡在讲台上，气愤地说：“我们的货币越来越不值钱，而外国硬币却大量乘虚而入！当前我国市场上流通的是英镑、法郎和西班牙银元。但我们的外贸状况如何呢？仅以今年为例：我们美国输出的货物仅有 75 万英镑，而单是英国输入我国的货物就有 370 万英镑，美国的进口额远远超过我们向英国的出口额。外国货物的涌入，又吸走了我们的大部分硬币！由于长期的贸易逆差，再加上账目必须用硬币结算，因此我国的货币供应收缩引起了通货紧缩，结果随之而来的是我们美国的全面经济危机！”

“先生们，我必须通告各位代表的是：我作为财政部总监，1781 年就已提出以开辟财源为核心的一揽子财政计划，并且早已开始实施。然而令人失望的是，由于各邦难以达成一致，这项计划至今毫无成果！因此最后，各邦的代表先生们，恕我直言，我的职务不得不令我着重强调以下事实：我们目前的经济危机，已经导致了我们国家的信誉危机，甚至还会进一步导致邦联政府解体的政治危机！”

财政部总监的发言引起了会场的一片骚动，代表们纷纷议论：

“显然，当前邦联的当务之急是：必须尽快解决巨额的债务问题！”

“怎么解决？让英国佬向我们发慈悲心吗？”

乔治·华盛顿气愤地说：“但愿我永远不再看到这种肮脏的唯利是图的国家关系！”

亚力山大·汉密尔顿叹气说：“贸易问题牵涉太广，当前形势确实非常严重，但又并非是我们这批仅仅代表各邦利益的地区代表所能解决的。邦联政府必须具有更强有力的权力！权力！”

代表们稍作休息之后，会议继续进行。

会场内主席台旁悬挂出一幅巨大的北美地图，那上面，当时新生美国的国土，亦即大西洋与阿巴拉契亚山之间十三个邦的狭长疆域，已经用红线从北到南标记得清清楚楚，直至墨西哥湾以南的海洋和西印度群岛都展现在地图上。

邦联政府的外交部长约翰·杰伊第二个发言。他很有风度地走到地图前面，手拿一根比教师的教鞭更细长的木棍，指着地图，用清晰的声音开始了报告：“尊敬的代表先生们，我很抱歉，我没有带来令人愉快的消息奉告诸位，相反地，也许情况更糟。先生们，当前我们合众国所处的外交形势非常严峻！”

他指着地图：“请看，针对我们美国，英国连续颁布了一系列新的航海条例：在英属西印度群岛，英国严禁他们跟我们美国进行任何贸易往来。诸位知道：西印度群岛历来是我们的主要贸易伙伴，而英国就这样轻易地掐断了我们的主要外贸命脉！

“再者，纽芬兰海域，历来是我们新英格兰人捕鱼的渔场，但英国海军禁止我们进入那片海域，剥夺了我们的捕鱼权。他们封锁了我们的港口，我们所有的远航商船和大型渔船，统统被迫停在各个港口，动弹不得！

“与此同时，英国对我们输入英国的美国货物，一律加重了进口关税。如是，我们出口的货物就更难进入英国市场，而我们对英国的原本已数额巨大的贸易逆差，还在进一步以惊人的速度扩大！

“再看看我们的西部边界：英国军队驻扎在西部沿线的各个据点，至今赖着不撤走。他们还垄断了北美大陆西部和西北部地区跟我国边境的毛皮贸易，也就是说，他们用枪炮切断了我国商人的又一个重要的获利来源！”

会场内，代表们越来越激愤的情绪，打断了外交部长的发言：

“这个蛮横的大英帝国，它想干吗？想掐断我们的脖子吗？”

“很明显，历史上的强国总是想把新生的弱国扼杀在摇篮里，这是他们惯用的伎俩！”

“我们必须向这个前宗主国提出最强烈的抗议！”

“软弱的抗议已毫无用处，我们应当以枪炮对枪炮，跟它再打一场！”

会议主席查尔斯·汤姆森几次敲打木槌，会场才渐渐安静下来。

杰伊外长语气平缓地说：“再打一场战争是不可能的，我们原本有限的国力早已消耗殆尽。让我们再看看独立战争期间站在我们一边，帮助过我们的那些‘友邦’吧，它们现在在干什么呢？

“诸位知道：密西西比河以西的广袤土地，如今是法国的管辖地，加利福尼亚是西班牙的属地，他们不允许我们的商人进入它们的属地，英军又切断了我们进入西部的通道。曾经与我们结成‘美法同盟’，一起对英宣战的法兰西，现在早已取消了对我们的一切财政援助。西班牙也曾与我们并肩作战，可是现在呢？它禁止我们跟它的属地加勒比群岛之间进行所有贸易活动。在英国剥夺我们在密西西比河的航行权的同时，西班牙的战舰和军队正驻扎在密西西比河口，封锁了我们农产品的主要输出口岸——新奥尔良港。更有甚者，西班牙一部分人竟然煽动我国西部边境的居民发动叛乱，妄图把我们的某些邦分裂出去，目的是肢解我们的合众国！

“代表先生们：我以外长的身份，确实一直在与西班牙的特使迭戈·德·加多基先生谈判，争取缓和西部边境令人忧虑的分裂趋势，并解决密西西比河口的通航权问题，这项权利是我们邦联外交的主要目标之一。但是非常遗憾，谈判至今毫无结果！”

“总而言之，先生们，”杰伊最后加强了语气，“我们美利坚合众国的处境已经十分危急！英国、法国、西班牙等国虎视眈眈，伺机侵犯我们。我们被包围了，封锁了，捆住了！我们没有朋友，只有敌人！更为糟糕的是：这种糟糕的状况还在不断地糟糕下去！而最糟糕的是：目前我们还看不到摆脱这种糟糕困境的一线希望！”

会场内人声鼎沸，有咒骂的，有议论的，有唉声叹气的。

年迈的富兰克林向邻座的华盛顿感叹道："难道真的如人们所说：国家与国家之间没有友谊，只有利益？"

华盛顿也颇为感慨："看来确实如此。当年阁下临危受命，出使巴黎，争取法国站在我们一边，与我们联合抗英，恍如昨天。"

富兰克林很谦虚："我们的年轻人才是我们独立革命的主力。我很欣赏约翰·亚当斯，这位暴躁的、勇敢的'圆胖先生'，当年他第一次代表我们这个新生的又小又弱的美国，敢于站在法王路易十六和西班牙、荷兰国王面前，争取到了极为宝贵的物资和道义的援助。"

华盛顿低声地征询："那么尊敬的博士先生，我们能不能再次委派亚当斯出使英国，争取从'中央阵地'突破一下外交僵局？阁下您认为……"

"显然很有必要，将军，"富兰克林答道，"我正在密切关注英国的国内政局，一旦出现变数，我打算立即提出和谈倡议。"

这时候，会场内争吵了起来。

挑起这场政体争论，继而导致激烈争吵的是强烈主张中央集权的亚历山大·汉密尔顿和他的一大批支持者。这位年轻的政治家严肃、冷峻，浑身有一种难以掩饰的高贵气质，并且言语掷地有声，逻辑性很强："诸位，我并不否认《邦联条例》相对于'大陆会议'，确实具有一定的历史进步意义和积极作用，‘邦联议会’使得十三个邦从此失去了分裂成独立国家的权力。但是必须指出：‘邦联议会’并不是一个立法机构，它只是一个行政机构。并且更为恼人的是：它只是一个名义上的中央政府，其实毫无实际权力,各邦仍然保留着主权和独立性。这个所谓的‘议会’或中央政府软弱无能，处理不了十三邦之间的任何问题，譬如边界线划分争执不断，各邦法院裁决相互矛盾，邦与邦的贸易限制造成各邦不和，十三邦的硬币和各式各样的纸币各行其是、混乱不堪等。对外更是毫无国家权威可言，任何一个国家都不把我们放在眼里！如此等等，造成了我们目前的经济的崩溃、外交的孤立和合众国的危急局面。是我们的邦联主席阁下和部长先生们缺乏才能，或者工作不够努力吗？不，绝对不是！那么，先生们，问题的症结何在呢？解决的办法何在呢？答案是：必须改变合众国的政治体制，必须将现在松散的‘邦联制’改变为集权的‘联邦制’，必须加强中央集权，建立一个强有力的真正全国性的新的中央政府！”

汉密尔顿的发言引起了支持者的热烈拥护和反对者的激烈抨击。后者的核心人物，便是更为年轻的托马斯·杰斐逊。

杰斐逊体态修长、健壮，面部轮廓分明，脸色红润，金黄的发色衬托着灰色的眼睛，眸子闪闪发亮。他举止优雅，朝气蓬勃，外表安静，内心却涌动着执着的热情。他算不上是个出色的演说家，但是当阐发治国理念时，他仍然会带出犀利的语风：“诸位代表先生，请不要激动。这位令人尊敬的汉密尔顿先生，显然太沉迷于中央集权，而完全忘掉了更广泛的自由和民主政治的可贵和重要性！是的，我们承认在外交上，一个强大的中央政府确实更能发挥更大的作用，但是中央政府的强大绝不能束缚各邦的自由和民主权力。我们同样承认现今的各邦确实存在着弊端和不尽如人意之处，但是这更多的是因为我们的十三邦合众国还太年经，我们在逐步调整和完善各邦邦权的基础上，完全可以逐步解决我们当前面临的所有问题。我必须着重提醒诸位的是：我们的最高目标是给人们以更多的民主和自由，防止某些人在企图削弱邦权的同时，把过于强大的中央政府变成实施暴政的机构！”

杰斐逊的这最后一句结语，受到了他的拥趸们——邦权主义者的鼓掌欢呼，当然也极大地刺激了汉密尔顿派——中央集权主义者的怒火，后者群起反击：

“你们这些漠视权力的空洞的‘自由民主派’！你们期望的是合众国的无政府状态！”

“你们高呼‘自由’的口号，却把秩序抛在脑后！”

“当前的最高目标是加强统一，建立更有效率的政权机构！”

“你们迟早会毁了我们的合众国！”

……

但是邦权主义者们不甘示弱，对中央集权主义者加以讥讽，甚至把后者称为“保皇党”：

“你们是一批保皇主义的汉密尔顿主义者！”

“汉密尔顿的信徒们：你们只会气喘吁吁地跟在他后面瞎跑！”

“你们渴求的是帝王的皇冠和诸侯的爵位！”

……

汉密尔顿尽管气恼，但还是强压怒火，起身高声道：“请醉心于邦权或分权的先生们注意：早在1767年，我们著名的政治思想家迪金森就已提出：这个新生的共和国应当实行联邦制。这位令人敬仰的前辈可绝不是专制主义者。中央集权，集中和强化中央政府的权威，绝不等于专制！”

杰斐逊则把亨利·大卫·梭罗的警句“最好的政府是管得最少的”改造了一下，起身高声答道：“管得最少的政府，才是最好的政府！这个问题让历史来答复吧！”

乔治·华盛顿显然倾向于汉密尔顿的主张，这倒并非因为后者曾是他这位总司令的参谋部中校兼侍从武官和机要秘书，而是因为华盛顿在指挥战争的实践中，由于权力缺失而吃足了苦头。因此他也参加了讨论，喃喃地说：“当年大陆会议缺少权力，正是独立战争被迫拖延的原因。我在指挥作战过程中所遇到的一半以上的困难，以及军队所遭到的几乎所有的困难，都源于权力的缺失！”

马萨诸塞邦的代表格里也说：“我们所经历的苦难，都是源于民主过于泛滥！”

也有代表怒道：“自由，自由，多少罪行假你而行！”

但是邦权代表们绝不示弱，指责对方是醉心于“选举的君主制”“高度集权的君主主义者”。

这时，富兰克林起身，走向主席台，把一个大纸卷交给主席。汤姆森主席向大会展开纸卷，那是一幅富兰克林画的漫画：一条蛇被断成了十三段，象征合众国被分裂成十三个邦，画的下方题着一行字：“合则共荣，分则各亡！”

华盛顿也起身说道：“但愿我们合而不分，荣而不亡！”

这两位德高望重的“美国革命的圣人”撂下这幅画和这句话，便一起慢慢地步出了议会大厅。

整个会场顿时陷入一片寂静，所有代表似乎都在思考和反省……

以上集权派与邦权派在这次邦联会议上的纷争，还仅仅是初试锋芒，用杰斐逊的话说：他与汉密尔顿“就像两只公鸡，天天在为这些问题而斗”。实际上，他们貌似对立的主张，其实是互补的，民主与集中，本来就是一对翅膀，相互不可或缺。因此，这两派的激烈交锋，到 1787 年的“制宪会议”达到高潮之后，便趋向对立统一，终于制定了《联邦宪法》。后来杰斐逊说他与汉密尔顿“我们都是共和派，我们都是联邦派”。两派不斗了，合成一派了。

如果说杰斐逊是民主党的创始人，那么汉密尔顿则是共和党的肇始者。这两党在今天的美国国会却一直斗个没完。这种争斗，能否争出一个促进全球和平与发展主题的两党一致的美国方案，世人将拭目以待！

## 三　财政部总监的苦恼

邦联的财政部总监办公室，宽大的办公桌上，堆满了大大小小的账本、簿册和各式各样的单据、报告。罗伯特·莫里斯总监正被来自全国和各邦的账目和他个人的商业活动的账目，以及他的一家私人银行的账目，搞得焦头烂额。

他向他的朋友、商业活动的伙伴约翰·霍尔克大倒苦水："说实在的，约翰，我已经全力以赴，但是任何一项财政措施都搁浅了！各邦有各邦的打算，障碍重重，困难重重！"

罗伯特·莫里斯是宾夕法尼亚邦费城的富商，也是当时美国最富有、最有影响力的人物之一。独立战争期间，他与大陆军军需司令蒂莫西·皮克林上校合作，采取新的后勤供应方法，并且依靠他个人的信誉，从国内借贷到1150万美元，改善了战时经济。战后，1780年，"大陆会议"任命他打理财政。1781年，"邦联议会"成立了外交部、财政部、陆军部、海军部、邮政管理局五个部门，莫里斯被正式任命为财政部总监。该年年底，他为邦联筹集资金，帮助“邦联议会”建立了北美第一家银行——北美银行，同时他仍继续从事个人的商贸业务。现在他正为这个财经烂摊子愁眉不展，向霍尔克诉苦。

37 岁的霍尔克衣着讲究，一派绅士风度，他对老朋友的苦衷抱着一副超然的态度：“我早已看出来了，邦联现在的财政难题，暂时毫无办法，至少暂时是这样。”

“怎么没有办法？”莫里斯激动起来，从办公桌上拿起一份文件，“这是我早已提交的一揽子财政解困计划，你听听它有什么不妥？它哪一项不是对症下药？”他简明扼要地念起来，“第一，修改《邦联条例》。第二，给邦联政府以 25 年的关税征收权，对各邦进口货物征收进口税——这一项罗得岛就首先反对。第三，邦联政府收入首先只用于偿还国债本息。第四，要求各邦以 25 年为期，向邦联政府拨款清偿国债。这一条遭到几个邦的否定。第五，把各邦现行的按土地价值摊派的款额，改变为按自由民人口比例摊派款项——这一条南北各邦分歧极大。第六，裁减各邦政府开支，征收直接税等。但是，毫无用处！每一条各邦都难以达成一致，两年多以来，整个计划寸步难行！”他气馁地扔下计划书。

霍尔克咯咯咯笑出声来：“这项计划可谓雄心勃勃。

可是，财政部总监先生，您很精明，但是太天真。换了我是某邦的邦长，我也不会同意执行。”

“为什么？请问为什么？”

“很简单，”霍尔克掏出白手帕擦擦嘴角，“因为我也需要钱！每一个邦都入不敷出，每一个邦的钱袋都空空如也，只能各人自扫门前雪。”

莫里斯表示反对：“但是，如果首先不给心脏注入强心剂，你的四肢以及每一个指头都得完蛋！”

“是的，道理是对的。”霍尔克一针见血地指出，“但是你，我亲爱的朋友，你不是心脏科医生。这颗‘心脏’必须靠政治家们来修复，而政治家们还只顾在无休无止地争论国家的体制！”

莫里斯只好承认事实确实如此。

“再说，财政部总监先生，”霍尔克补充道，“你的手掌也不够大。当官而手中没有相应的权力，这个官儿有名无实！而现在你的双手能够拎起多少分量？”

莫里斯有气无力地说：“所以我打算辞职，我已经无能为力了。”

“好啦，我的朋友，我可没有让你知难而退。”

“唉，让我们把该死的权力搁在一边！我们还是来谈谈我们自己的事儿吧。”莫里斯转换了话题。

约翰·霍尔克之所以除了商业头脑还有一定的政治头

脑，是因为这位出生在英国的法国人，曾是法国驻北美海军的代表，以及驻宾夕法尼亚邦、特拉华邦、新泽西邦和纽约邦的总领事。但是，他由于在美国从事大量商业投机的不法活动暴露了，终于被法国政府解除了公职。于是他便留在了美国，开始了与莫里斯的商业合作，两人关系十分密切，他俩的业务遍及烟草、面粉、谷物等领域，其中当然带有很大程度的投机性质。而这，就是莫里斯所说的他们"自己的事儿"。

霍尔克思索着说："罗伯特，我一直在想：我们的业务在国内市场已很难打开局面，但我们总不能裹足不前，我们为什么不把目光投向海外？"

"这一回是轮到你太天真了，约翰。"莫里斯耸耸肩膀，"难道你真的没有看到，我们的欧洲朋友们如何掐着我们的咽喉？"

"当然看到了。但是，"霍尔克扬起一只手掌，"请注意，这手掌尽管丰厚结实，但它的手指之间永远是有缝隙的，一个小水滴就能从指缝中溜过去——当然我指的不是走私。"

"好的，你的水滴已经溜过去了，但是怎么样呢？它能溜到哪里？"

"世界之大，还怕有货难销？"

"很遗憾，约翰，对于我们美国而言，这个世界并不大！”莫里斯双手比画着说，“在这个世界的西方，有英国、法国、荷兰、西班牙等，市场确实很大，但是它们的战舰和大炮正对准了我们！在东方，有古老而幅员辽阔的印度，但那里早已插满了英国东印度公司、法国东印度公司、荷兰东印度公司、西班牙东印度公司等的旗帜，你休想插进一面小小的星条旗！当然还有俄罗斯，那个冰天雪地的、贫穷落后的农业国，你能指望它什么？至于中国……这个古老而神秘的东方帝国，除了几百年前马可·波罗到过那里，没有人知道那个国家是什么样，我们甚至不知道那里的人长得是否同我们一样。它对于我们完全是另一个世界，一个神秘的未知世界，任何人都不会到那里去冒险！”

“你扯得太远了，罗伯特。”霍尔克很有把握地说，“我之所以提出外贸的问题，是有我的盘算的：我在法国和英国有几个很靠得住的朋友，他们绝对有办法运进并消化我们的货物。”

莫里斯苦笑着摇头：“这一回是阁下您的手掌太小了。英国、法国的巨大手掌完全可以把您可爱的小手捏得粉碎！”

“这么说我们无路可走？”霍尔克也开始丧气起来。

“我想是的，至少——用你的话说——暂时是这样！当然啰，对于我们的国家和你我的公司而言，如果现在能有一个新开拓的海外市场，能开辟一条新的外贸通道，那该多么令人神往！但是……唉，你就想入非非吧。”

这对贸易伙伴在浓浓的雪茄烟雾中陷入了沉思。

# 2

## 第二章

# “中国？广州？”

中华民族是最古老的民族、最大的民族、世界上最酷爱和平的民族。

——列夫·托尔斯泰，俄罗斯文学家。

## 一 库克船长命丧夏威夷

约翰·莱雅德并没有失踪。他怀揣着一个梦，一个让他魂牵梦萦的梦，正在波士顿、纽约、费城之间奔波。这个梦是库克船长留给他的。

1776 年 7 月 12 日，英国航海探险家詹姆斯·库克，率领他的“奋勇号”，从英格兰的普利茅斯港起航，开始了他的第三次也是最后一次太平洋之行。在这之前，在库克的第一、第二次远航中，他已经发现了南太平洋的新西兰、澳大利亚，从而使得这两个“大岛”成为大英帝国的属地，库克为大不列颠王国成为“日不落帝国”立下了汗马功劳。

库克的这第三次探险的目标，是考察北太平洋，并且探寻绕过北美洲大陆北端，经北冰洋到达大西洋，最后驶回英国的新航道。因此这一次“奋勇号”绕过南非好望角，横穿印度洋之后，又进入太平洋，圣诞节前发现塔希提岛，因而把它命名为“圣诞节岛”。其后，“奋勇号”便直接向太平洋的北半部方向驶去。1778 年 9 月，“奋勇号”首次发现夏威夷群岛。库克和所有的船员兴奋无比，其中包括船上的下士约翰·莱雅德。他们终于可以在望不到尽头的远航中喘息一下，上岸补充淡水和新鲜蔬菜瓜果了。

“奋勇号”在夏威夷的基拉凯卡湾停泊，船员们跟着库克船长登岸。那一天碰巧是岛上夏威夷人的“马卡希基”节，他们载歌载舞，正在狂欢。也许是因为他们第一次见到白种人,迷信地把恰巧于节日降临的库克们误当成了“马卡希基”节的主宰神——天神“奥罗诺”,因此当“奋勇号”首次登岸时，库克们受到了他们的崇敬和热烈欢迎，酋长下跪迎接，他们高呼着“奥罗诺，奥罗诺”，并且把他们的“祭品”——兽肉、瓜果、野菜和一条红布，献给了库克。莱雅德等船员们喜出望外，但库克更多的是疑虑。毕竟，这位船长阅历丰富，他深知这些土著的自我保护意识超强，生性多疑，语言又不通，因此与他们长时间相处是肯定会横生不测的。于是他下令所有船员立即离岸，“奋勇号”迅速起锚驶离了夏威夷群岛。

1778 年 10 月，“奋勇号”望见了北美俄勒冈海岸（即现今美国的俄勒冈州），在那里再次停泊。这一次与他们打交道的是印第安人，那里的特产是大量珍贵的毛皮——海獭皮、海狸皮、海豹皮甚至雪白的北极熊皮等，而且价格低廉得令人惊讶，几个便士就能购得一张上好的毛皮。

莱雅德和所有的船员，当然还有库克船长本人，个个都倾其所有、尽其所能购买毛皮。可惜他们不是商船、货船，而是探险船，不可能携带更多的钱币和货物，因此他们也就只能购买数量有限的一些毛皮，却从此种下了日后占满莱雅德整个脑海的一个梦想！

“奋勇号”从俄勒冈再往北行驶，穿过白令海峡，便进入了北冰洋。那里是一片冰雪世界，茫茫无际的封冻的冰原，一座座屹立的或飘移的冰山，逼人的浸入骨髓的严寒，迫使“奋勇号”绝无可能再寻找什么绕过北美大陆的航道。库克船长只好放弃原先的探寻计划，下令“奋勇号”折返夏威夷。

不料在返航途中，“奋勇号”突遇飓风，猛烈的风暴将船帆撕裂了几个口子，甚至将一根桅杆吹断了。“奋勇号”在风浪中搏斗、挣扎，总算于 1779 年 2 月 14 日回到了夏威夷基拉凯卡湾。库克命令一部分船员缝补风帆，另一部分船员上岸砍伐木材，赶制桅杆。这下，一场谁也没有料到的骇人事件发生了！

当莱雅德等几个船员刚刚砍倒一棵粗壮的大树时，他们发现已经被土著们包围了，一双双怀疑的眼睛从周围的丛林中透出来。显然土著们开始疑惑：天神“奥罗诺”怎么会在非“马卡希基”节出现？当莱雅德等人赶紧把砍下的树干扛上“奋勇号”时，那一双双眼睛已经射出充满敌意的凶光，土著们终于明白了这些白人不是天神，而是来劫掠他们的“森林之神”的魔鬼！瞬间，那一双双眼睛突然又消失在丛林后面。

当天深夜，土著们悄悄地靠近“奋勇号”一探究竟，并顺手把系在船旁的一艘小艇划走，想让这些“白色妖魔”再也上不了岸。次日清晨，当库克船长发现船上的唯一一艘小艇已被偷走时，勃然大怒，即刻带领一批全副武装的船员涉水上岸，大声命令：“务必抓住哪怕一个土著作为人质，换回小艇！”这可激怒了土著们，只听树林中击鼓声、棍棒敲击声、怒吼声四起，成群结队的土著顷刻在海滩边集结，并且一步步逼近“白色妖魔”，石块、棍棒开始向“白色妖魔”们袭来。情况十分危急，库克举枪射杀了一个土著，试图以此吓退土著们。结果适得其反，这激起了土著们更大的怒火和更猛烈的进攻，梭镖、箭矢飞蝗般地射来，船员们只好边退边举枪射击。一时怒吼声、枪击声响成一片，双方杀气腾腾，又有几个土著倒在了血泊中。

眼看一场血腥的杀戮愈演愈烈，库克忙向船员们高声喊话：“停止射击！停止射……”

但是，一切都晚了，一枝梭镖直插入库克的后背，正中他的心脏。他的喊声戛然而止，他那惊愕、凝滞的双眼向蔚蓝的天空望了最后一眼，便直挺挺地倒在了海水中，猩红的鲜血染红了海滩。

“船长先生！库克船长！”

莱雅德声嘶力竭地呼喊着，拼命向库克飞奔过去，一心想抢回库克的尸体。但是，为时已晚，一群土著已经挡在莱雅德和船员们的面前，并且举着长刀、梭镖，一步步向他们逼近，逼迫他们退回到海中，退回到船上。

海滩上站满了怒目而视的原住民。

詹姆斯・库克的尸体永远留在了夏威夷。维时，他年仅 50 岁。

英国国王乔治三世闻得库克牺牲的噩耗时，失声痛哭，下令举国吊丧，向这位为大英帝国开疆拓土的功臣致哀。

詹姆斯・库克命丧夏威夷，他最后一次环球航行的结束，标志着由克里斯多夫・哥伦布开始的西方列强向全球寻找属地的远洋探险历史的终结，同时也是列强们新一轮在全球争夺殖民地的战舰和大炮时代的开始。

## 二　莱雅德的“中国梦”

库克船长牺牲后，“奋勇号”的船员们曾想继续船长未竟的事业，再闯北冰洋，但是仍未成功。于是他们只得折返太平洋，沿着阿留申群岛和亚洲东海岸南下，便进入了中国海域。

1780 年初（乾隆四十五年），“奋勇号”抵达澳门，船员们纷纷上岸休憩和购物。这时，约翰·莱雅德决定脱离“奋勇号”，带了几张海獭毛皮，搭乘英国东印度公司的一艘商船，前往广州。自从 1771 年他在费城的一份杂志上得知并移栽中国的高粱、豌豆成功之后，他一直被中国这个神秘国度强烈地吸引着，做梦都想到中国看看。

从黄埔港上岸，尚未进入广州城，莱雅德便惊呆了：这里街市的繁荣，应有尽有的商品和货物，华人夹杂着许多西洋人、南洋人、东洋人，汇成熙熙攘攘的人流，此起彼伏的各种叫卖声、喧闹声，如此等等，是莱雅德在曼彻斯特、普利茅斯和伦敦从未见过的，这些欧洲最繁华的城市跟广州相差太远了。

莱雅德满怀着惊诧和好奇，正傻傻地在广州城东门溜达、观望，突然，他被三个毛皮小贩包围住了，一个用竹支架挑着几张零散的毛皮，一个肩上搭着几张毛皮，一个扛着轻巧的毛皮担子。

他们缠住莱雅德，指着他的腋下，抢着跟他搭腔：“您……卖不卖？”

莱雅德这才想起他腋下夹着的那几张叠着的海獭毛皮。

“我……您……十两银子。”一个小贩用两根手指交叉了一个“十”字。

另一个忙伸出两根手指：“我……二十两！”

第三个不由分说，抢过海獭毛皮，塞给莱雅德一把银子：“三十两！三十两！”

那两个跟他争夺起来，那一个紧紧抱着海獭皮夺路而逃，那两个急忙追上去，这三位就这么追追停停地走远了，而争夺还在继续。

莱雅德双手捧着银子，呆呆地站了好一阵。这一下他才体会到：海獭皮在广州竟然如此抢手，如此值钱！

“先生，您卖亏了。”突然有人用英语跟他说。

莱雅德转眼一看，原来是一位文绉绉的年轻先生，用相当熟练的英语在提醒他。

“我是皮货行的一名通事，姓邹。”这位邹先生发觉莱雅德用疑惑的眼神瞧着他，便主动自我介绍，并继续用英语跟他攀谈起来，“您的海獭皮卖亏了，您不能这么卖。”

“那么，我应当怎么卖，先生？”莱雅德直觉地感到了对方的好意。

“您还有海獭皮吗？或者其他从北边来的毛皮？”

“还有一些，但不多。”

邹通事将莱雅德请进了街边的一家茶馆。这里的喝茶方式跟英、美等国完全不同：茶水里不加任何牛奶或白糖之类的东西，点心也不是几片饼干或小馅儿饼，而是热气腾腾的一笼叉烧包，还有热炒及冷盘、干果和蜜饯等。莱雅德觉得这比西方的一顿正餐丰盛多了。

邹通事并不打听更多的情况，只是请莱雅德随意尝尝各类小吃。他自己则慢慢地呷了一口茶，然后说道：“小商小贩都是小本生意，他们自然要尽量压低价格，不可能给您公道的价钱。按照眼下海獭皮的价格，小商小贩是绝对出不起的。”

莱雅德是个有心人，他的本意并非只卖几张毛皮，而是想探听广州的市场行情，于是便问道：“令我感到费解的是，邹先生，为什么海獭毛皮在你们中国会如此昂贵？它的需求量有多大？”

“非常大，莱雅德先生，”邹通事笑笑说，“您也许有所不知：这种只产于北太平洋的海獭，我国古代称之为‘猎虎’‘海虎’，满洲人称之为‘海龙’。这种珍稀的海龙皮非常珍贵，我国四品以上的高官也只是用它来镶衣领、袖口，只有皇上和王公大臣才可能拥有完整的海龙皮褂子或帽子。我们大清国的当今皇上、王公大臣、满洲贵族、老爷太太们，都是从我们中国最寒冷的东北部来到长城以南的，他们养成了用兽毛兽皮御寒的生活习惯。那里也有上好的毛皮，俗话说：‘东北有三宝：人参、貂皮、乌拉草。’这貂皮确是好东西啊，但远不如外来的海龙皮、海豹皮更稀罕，更厚实、暖和。于是便‘物以稀为贵’，并且上行下效，就连汉人高官乃至大富人家，人人都以这类外来的毛皮为珍奇，需求量自然就非常大。”

莱雅德频频点头，又问道：“我听说俄罗斯也盛产海獭毛皮，难道他们没有发现广州的市场？”

邹通事嚼着一颗槟榔，解释道：“前些年有一艘俄罗斯的商船运来过一些海獭毛皮，被一抢而光。然而俄罗斯终究地处偏僻，他们那里比我们东北还寒冷，他们自己也要穿毛皮。而且，他们似乎也不像你们西洋各国那么看重商贸，因此很久没有看到他们的商船了。如此一来，海獭之类的毛皮便显得更加稀缺，那价格自然更高了上去。”

“高到什么价位？”

“嗯，这么说吧，莱雅德先生，我看您为人实在，我就跟您实话实说：而今广州市面上的皮毛买卖，有公、私之分。像先生您这样的个人销售，属于走私，被粤海关扣住是要没收的，视为违法行为。因此私下买卖，我不可能给您更高的价钱，只能出价五六十两银子一张海獭毛皮。”

这价格已比小贩们的翻了一番，莱雅德听得有些愣了，但嘴上还是很平静地说：“我完全理解，我能接受您的价格。走私在任何国家都是犯法的。但是，邹先生，请您理解：我不是走私，我也不是大量贩卖，我只是偶尔有些皮货，并且是偶尔路过这里，主要是想借此机会，了解广州的市场行情。”

邹先生笑了，一边请对方喝茶，一边宽慰他说：“我早就看出您不像商人，更不像走私者。我注意到您是在观察什么。如果您真想了解广州的皮货贸易，重点还是在‘公’与‘私’的‘公’的方面：您必须从贵国开具正式文件或证明，通过广州粤海关批准进口，然后交由广州‘十三行’某家洋行代销。如此您才能堂而皇之地大批量地按官价出售。如果这样，您的每一张海獭毛皮，有可能卖到三五百两银子甚至更多。”

这一下莱雅德吃惊得真正傻眼了：从北美俄勒冈海岸花几个便士买的一张海獭毛皮，到了广州竟然能卖到如此高得令人咋舌的价格，这简直有些天方夜谭！但也正是这一次攀谈，使得莱雅德在俄勒冈播下的那颗小小的种子，刹那间在他脑海里绽放成了一朵闪闪发光的梦想之花，并且从此改变了他的人生轨迹。

1780 年底，约翰·莱雅德乘坐英国的一艘商船，从广州回到伦敦，并且重新归队“奋勇号”。这时英国正在与他的祖国——新生的美国开战，战火正酣。而“奋勇号”被英国军方征用了，莱雅德当然不愿意参加跟自己祖国的战争，他不得不找种种借口，在伦敦的兵营里待了两年。但是到了 1782 年，他终究没有能躲过这场战争，他被命令上了一艘英国海军的军舰，前往美国参战。幸亏这个时候英、美恰好休战，已处在停战状态；翌年，英、美又开始了在巴黎的和谈，美国快要正式独立了；更为凑巧的是，他所在的那艘军舰，正好停泊在他的家乡附近——康涅狄格邦的长岛海湾。于是他便向长官请了病假探亲，回到了哈特福德家中，总算又见到了妻子玛利亚和女儿珍妮。他待在家中的那四个月，几乎什么事情也没有做，只是集中心思写了一份名为《俄勒冈—广州之行》的考察报告。

在那些日子里，他心中的“毛皮梦”“广州梦”“中国梦”，一直在时时烧灼着他的心，使他不能安分，他必须让这朵梦想之花开出丰硕之果。他再也不愿回到那艘该死的军舰上，干脆趁机溜号了，开始了他的推销梦想之旅。

约翰·莱雅德带着他雄心勃勃的毛皮之梦，首先来到马萨诸塞邦的波士顿。这个著名的港口城市，无疑是莱雅德理想的寻梦之地，这里集中了大大小小的商船和怀揣资金等着天赐商机的大批商人。

坐落在市中心的商会大厅，每天晚上都聚集了几乎所有波士顿商界的头面人物。这里灯火辉煌，觥筹交错，商人们高谈阔论，互相交流各种商业信息，但更多的仍是空洞的议论和各地令人泄气的新闻。

莱雅德心想：他与他们相反，他没有钱，但他有他们所没有的滚滚财源。这使他有足够的勇气和信心，一头扎进这帮财大气粗的商业大佬的圈子。

他喝了两杯朗姆酒，便站起身说："先生们，如果我能提供最畅销的商品和最巨大的市场，诸位意下如何？我知道这二者正是诸位所渴求的。"

大佬们立刻安静下来，所有的目光都聚焦在这位衣衫不整的"星外来客"身上。

"他是谁？"

"哪里来的这么一个乡巴佬？"

"我听说他曾是库克船长的部下，也许叫约翰·莱雅德，或者叫什么乔治·莱雅德。"

……

大佬们低声议论了一阵。

"是的，我叫约翰·莱雅德。我曾跟随库克船长考察过俄勒冈海岸和加拿大的努特卡海湾。我们在那里发现了连英国人也没有发现过的上好毛皮，特别是一种毛皮中的珍品，一种闪着深棕色光泽的海獭皮。”

“那又怎么样呢？”

“海獭皮毛？我从来没听说过。”

“我倒是听说过，但它过于遥远，没有人会打它的主意。”

“但是，先生们，俄罗斯商人却早已注意到了它。”莱雅德继续说，“他们在阿留申群岛的乌纳拉斯卡岛专门设立了毛皮贸易据点，它就在阿拉斯加附近，我们到过那里。”

“我想，莱雅德先生，俄罗斯商人的商业头脑绝不会在你之下，他们绝不会让你跑到前头去的。”

莱雅德底气十足地说：“问题是俄罗斯商人的毛皮贸易主要是在他们国内进行，因为那里也天寒地冻，他们自己也需要这些毛皮。所以俄罗斯商人只顾把这些珍贵的毛皮穿在自己身上，他们暂时还没有把主要目光投向海外市场，尤其是中国的广州！”莱雅德提高了音量。

“又是中国！又是广州！人们总是喜欢把它吹得神乎其神！”

“你不会是打着令人尊敬的库克船长的旗号，到这里来招摇撞骗吧？”

“这倒还不至于。我在阿姆斯特丹的时候，曾听荷兰的朋友说：他们确实去过中国的广州。”

“这个广州究竟在哪里？”

“它就在太平洋的西岸。”莱雅德大声地有点兴奋地说，“中国！广州！先生们，这正是我要说的主要之点。欧洲的商船几乎都抢着向那里飞驶。那里的市场之大，肯定超过你们的想象。它能吞进所有值钱的商品，同时吐出你所盼望的叮当作响的白银甚至黄金。它是一块等着你去赚钱的风水宝地，或者说它的市场简直就是一架巨大的赚钱机器！我们从印第安人那里花几个便士买进的一张海獭毛皮，运到广州就能卖到一二百美元甚至更多。然后再从那里买进瓷器、茶叶、丝绸之类的货物，运到波士顿或者欧洲，价钱又能翻上几番。因此，先生们，我要说的是：我们美洲大陆的西北沿岸和中国南部沿岸的广州，蕴藏着巨大的财富！每一个这项远洋计划的参与者，都可以大发其财！”

整个大厅的人静静地听着，半晌，商业大佬们才从莱雅德的煽动性的言论中醒悟过来。

有的鼻子里哼了一声：“蛊惑人心！”

有的窃窃低语。

有一位高声地问道：“莱雅德先生，我们有了印第安人的海獭皮，又有了中国的广州，那么我们还需要您干什么呢？”

“哈哈哈……”

“我们可不缺水手！船长和船员我们都不缺！”

“哈哈哈……”

对于这样的笑声，莱雅德感到羞辱，但他无言以对。他们从他这里获得了信息，然后又把他撇开或者抛弃，对于这种人，他感到极为愤慨！

约翰·莱雅德的追梦之旅，第二站是纽约。

当年的纽约，没有自由女神像，没有摩天大楼，也没有华尔街的金融中心。乌压压的一大片低矮的楼房和平房，像一大把火柴盒撒在哈德逊河岸上。几座教堂钟楼的哥特式尖顶，鹤立鸡群地高高耸立着，在阳光下闪烁。与波士顿、费城一样，纽约还算不上是一座都市，它还是一个较大的城镇，但它已经是美国最大的港口了。

莱雅德走遍了纽约的几乎所有的公司、商号和商人们可能集中的旅馆乃至大街小巷。常年的海员生涯和海洋风浪，磨炼了他百折不挠的性格。但他很失望甚至沮丧，他没有遇到一个理想的“听众”，他的乐观的计划在这里仍然没有得到应有的响应。

傍晚时分，他感到很累，神情黯然地伫立在纽约的街头。路人们行色匆匆，各奔东西，绅士们乘坐的马车，不时在沙土铺成的街道上驰过。莱雅德穿过街道，走进一家酒吧。

这里永远酒客盈门，永远人声喧哗、烟雾弥漫，永远是各种消息的接收站和各种信息的集散地。在这里，莱雅德才成了最受欢迎的人。

“嗨，约翰，怎么样？今天运气如何？”胖胖的酒巴老板热情地招呼他。

“约翰，坐到这里来，你们在夏威夷遇到土著，是怎么回事？”

“还是让他先喝上一杯，然后给我们讲讲他的广州和中国之梦吧！”

“哈哈哈……”

“关于中国嘛,”有位年轻酒客假借《马可·波罗游记》,一本正经地调侃起来,“关于中国，我就可以给你们讲讲:那里‘黄金铺地’，那里的皇宫是‘宝石和珍珠’镶成的，那里的人们都穿着‘金丝’‘金叶’的礼服。你只要一弯腰，就能在那里的地上捡到一枚光灿灿的金币。你们大家快到那里去发财吧！”

“哈哈哈……”

莱雅德已经习惯了这种油腔滑调的挖苦,他喝着啤酒，用低沉的声音说:“我没有去过中国的皇宫，也许马可·波罗先生有些言过其实，而刚才这位老弟又把它夸大其词，成了醉汉的梦呓。但是我告诉你，老弟，我确实到过中国的广州，那里的富庶和繁华，绝不是你所能想象的。中国无疑是我所见到过的国家中最发达的一个国家，即使几个大英帝国加起来，恐怕也未必能与之匹敌！”

有位老者认真地说：“约翰，你也未免夸大其词了。我听学者们说：中国至多也就我们宾夕法尼亚邦那么大。”

莱雅德其实并不缺乏伶牙俐齿，只是他不想在这种无聊的争论上浪费口舌，所以他和气而简单地纠正说：“不，这位老先生，实际上中国的国土面积至少在我们美国十三个邦的十倍以上。”

酒吧胖老板又拿了一升啤酒，搡在莱雅德的桌上：“得了，约翰，润润你的嗓子吧。你这位探险家，一会儿成了冒险家，一会儿又成了吹牛家了。”

听众们又哈哈大笑起来。只有靠墙边座位上的一位年轻绅士始终没有笑。莱雅德感到话不投机，处处是奚落与嘲笑，没有人理解和支持他。他推开啤酒，扔下几个子儿，悻悻地走出了酒吧。

“莱雅德先生！”那位年轻绅士赶上了他，把他叫住，“刚才我在酒吧听到您谈到中国与广州。事实上我在波士顿和在这里的朋友们那里，对您的大名和计划已经时有所闻。”

莱雅德有些诧异：“先生，您是……”

“我叫山茂召（塞缪尔·召，Samuel Shaw），这是我的名片。”

“非常荣幸！召先生。”

他俩沿着哈德逊河岸，边走边聊。

“我认为您关于跟中国进行远洋贸易的设想，或者叫毛皮计划，很有意思，并且具有潜在的可行性。”山茂召诚恳地说。

“召先生，您是我遇到的第一个主动询问我的计划，并且对它感兴趣的先生。”莱雅德显然有些感激。

山茂召思考着说：“只是这个计划似乎过于庞大，并且——恕我直言——有些冒险，但我并不认为它是异想天开。好消息是：由于您在波士顿和纽约的游说，您的对华贸易计划已经在相当大一部分商界人士中传开，实际上您已经取得了部分成效，因此您不必气馁。但坏消息是：目前的波士顿和纽约，仍是被英军封锁的城市，现在美、英虽然已经停战，和谈也在进行之中，但尚未签订和约，英军也并未从纽约的据点撤走，港口还是被封锁的，因此纽约本地的商人还没有心思考虑今后的商业发展，也就是说您还需要等待时机。”

“所以他们说我是罗曼蒂克的想入非非者。”莱雅德叹口气说。

山茂召笑着摇摇头，然后说：“在目前的情况下，我的建议是：您不妨直接到费城去找罗伯特·莫里斯先生试试。”

“您是说直接找财政部总监先生？”莱雅德明显有些激动。

“是的，我想这也许是目前最有希望的一种尝试。您拿着我的名片去就行。”

“太感激了！召先生，谢谢！谢谢！”

莱雅德紧紧地握着山茂召的手。

费城，这个著名的英雄之城，曾经是美国起义者们的临时“首都”，几次制订重大决策的“大陆会议”，都是在这里举行的。但当时的美国十三个邦，人口稀少，交通十分不便，各邦的居住中心就像一个个孤岛，彼此隔绝。约翰·莱雅德从纽约邦到宾夕法尼亚邦的费城的旅程，漫长而艰苦，他坐了几天公共马车，又转坐几天的船，到达费城时已筋疲力尽。

罗伯特·莫里斯在财政部总监办公室接见了莱雅德。他坐在办公桌后面，用犀利的目光打量着这位风尘仆仆的来访者。

莱雅德瘦高个儿，但健壮精干，方脸盘上满是阳光和海风刻下的沧桑，两道眉心打皱的浓眉略显忧郁，但那双蓝色的眼睛却闪着坚定、倔强的光。很难判断他的确切年龄，估计在40岁上下。他的沉稳朴实给莫里斯留下了很好的印象，莫里斯心想：这条汉子是可以信任的。

“请随便坐吧，莱雅德先生。”莫里斯向沙发那边做了个手势，表示欢迎，“关于您的传闻，我已经听到很多，至于那个遥远的东方古国，人们所说的那个中国，我们也听到了一些。现在请您谈谈您的具体计划，我将很乐意恭听。”

“尊敬的财政部总监先生，”疲惫的莱雅德坐在对面的沙发上，捏着毡帽，尽量使自己平静下来，“我向来是个倒霉蛋，我甚至不敢想象自己会有光明的未来。但自从我到了中国的广州，我的想法变了，我突然看到了希望，我一下子振奋了起来！但是我个人的能力太渺小了。我在四处碰壁之后，有幸能够拜访您，我相信我的梦想必能实现！请原谅我确实有些激动……”

“请喝水。”莫里斯让自己坐得舒服一些，表示他很有听下去的耐心，同时也让莱雅德尽情畅谈。

“总监先生，请看——”

莱雅德从旅行袋中取出一张地图，把它展开在办公桌上。

莫里斯迅速起身，很有兴趣地听他娓娓道来。

“我们需要三艘吨位足够大的商船，总监先生。”莱雅德在地图上比画着说，“一艘满载我们美国本地的货物，直接从大西洋绕过非洲的好望角，首先驶往广州。另外两艘将从大西洋向南绕过南美洲最南端的合恩角，驶入太平洋，然后向北航行到北美大陆的西北海岸，也就是俄勒冈至阿拉斯加一带，从印第安人那里，用低廉的价格收购尽可能多的海獭毛皮，或者用生活用品换取各种珍贵的毛皮，然后再横穿太平洋到达中国的广州。”

莫里斯弯下腰，细细地瞧着地图上的航线，只听莱雅德继续说道：“这三艘船组成的两支船队，总监先生，必须同时在冬季出发，原因是要赶上下一年广州的贸易季节，同时也是为了赶在南半球的夏季绕过靠近南极的合恩角，以免巨大的冰山阻断了我们的航行。”

莫里斯直起身，仍然瞧着地图，若有所思地说：“这确实是一个雄心勃勃的计划。”他突然转向对话者，“莱雅德先生，您确实认为您的这个规模巨大的远洋贸易计划肯定能成功？”

“我毫不怀疑，总监先生。我们用我们美洲西北部的海獭毛皮，打开通往中国广州的贸易之路，实际上这并不是我的首创，它的首创者是詹姆斯·库克船长。”

“哦，此话怎讲？”库克船长的不凡声誉，无疑引起了莫里斯的惊奇和格外重视。

莱雅德又从旅行袋中翻出两份资料：“总监先生，这是库克船长留下的他亲自记述的关于‘考察北太平洋’的书面报告副本，这里面记录了北美海獭毛皮等丰富资源和巨大利润。这一份是我写的关于‘俄勒冈—广州之行’的考察报告，这里面重点谈了在广州进行海獭毛皮贸易的丰厚利润。”

“好极了！詹姆斯·库克，大名鼎鼎。”莫里斯拿起这两份资料，很有兴趣地翻阅着，“这位可敬可佩的船长用生命换来的经验之谈，当然是留给我们后人的可贵而可靠的重要遗产，还有您的亲身考察。请允许我留下它们，我要细细地拜读。”

莫里斯与莱雅德初次见面之后又约谈了两次。在莫里斯的脑海里，对遥远的中国进行一次远洋贸易的轮廓越来越清晰起来，决心也越来越坚定，尽管他仍觉得规模过于庞大，也多少有些冒险。

“好吧，莱雅德先生，我可以提供一艘驶往北太平洋的船，用于实现您的毛皮贸易计划。不过您必须拟定一份对华远洋贸易的详细计划书，同时提供一个这次远航费用的预算报告，我还需要跟我的朋友们谈一谈。”

“当然，我会提供的。”莱雅德眼看梦想即将成真，感激兴奋之情难以自抑。但他还是控制住了自己，只是由衷地郑重地说：“总监先生，您将成为美洲大陆有史以来最伟大的一次远洋贸易之行的领导者！”

“您太恭维了。只是我们费城基本上没有本地的航海业，这里绝大多数的船只都是外国的。您打算到哪里去找合适的水手呢？”

“是的，我知道。本地的水手大多数到北面去找工作了。因此，我将尽快去新英格兰招募合适的水手。”

“很好。有一点请注意，”莫里斯加重了语气强调说，“我只希望这一次远航由我们美国的水手来完成，它必须是一次美国人的远航。”

“我理解，先生，这不成问题。”莱雅德满怀信心，起身告辞。

## 三 外交部长的心愿

罗伯特·莫里斯毕竟与约翰·莱雅德不同，莱雅德所坚信的毛皮贸易计划的可行性，完全建筑在他个人的经历和经验的基础之上，并且主要凭他的信心和决心，这就注定了他的毛皮贸易计划不可能不带有主观性和幻想性。而莫里斯从来就是一个既有商业眼光又有政治头脑的上层人物，并且多年担任财政部总监的要职，这使他对重大的商业活动，尤其是涉外的，更何况是跟神秘的中国的远洋贸易计划的可行性与否，不能不从政治和外交的角度，考虑到当时美国的处境和外交环境。因此莫里斯对毛皮贸易计划的可行性研究，首先从拜访当时美国的中央政府“邦联国会”的外交部长——外交国务秘书约翰·杰伊开始。

时年38岁的约翰·杰伊可不是一般人物，他是创建美国的“教父”之一。他曾被选为第一、二次“大陆会议”的议员，参与讨论独立事宜；其后他曾被选为“大陆会议”的第五任主席。他作为美国的重要外交家之一，曾与本杰明·富兰克林和约翰·亚当斯一同出使法国，参与美、英“巴黎和谈”；后又出使西班牙，调停西、法两国争端。后来在华盛顿总统的内阁中，他任司法部长，而后又任最高法院首席法官。他不仅是政治家、革命家、外交家、法学家，而且还是反间谍大师：独立战争时期，他所主持的工作主要是搜捕亲英派托利党人——北美殖民地的保皇党和阴谋分子、间谍、破坏分子。眼下他是邦联政府的外交国务秘书。

今天，他在百忙之中接见了财政部总监莫里斯。

莫里斯开门见山，从约翰·莱雅德的毛皮贸易计划，谈到中国之行的可行性。

杰伊笑着说：“这个莱雅德，到处撒网打鱼，居然都撒到阁下您总监先生那里去了。”

莫里斯笑着答道：“我真的觉得他是一个很可爱的‘渔夫’，至少他告诉了我们哪里有‘大鱼’，如何能钓到那条‘大鱼’。”

“现在想去钓那条‘大鱼’的，可不止您一位。”杰伊走到办公桌边，从桌上拿起一些信件，“您看看，这是波士顿和巴尔的摩以及其他地区的几位商人的来信。他们都询问派船到中国寻找商机的可能性，就是您所说的那条‘大鱼’。他们都试探性地向外交部提出保护的请求，询问能否突破英国和西班牙的封锁，保证他们安全前往中国。”

莫里斯笑起来：“唔，中国，中国，这段时间我的耳朵里灌满了‘中国’两个字。这个莱雅德，确实把火星煽起来了。我倒觉得这是好事。”

“当然是好事。”杰伊把那些信往桌子上一摔，“但让我这外交部怎么办？突破封锁，保证安全，这是海军部、陆军部的事，我手里可没有战舰大炮。”

莫里斯非常理解外交国务秘书所处的困境：“我们现有的战舰和大炮，还不足以突破英国、法国、西班牙的封锁，我们没有本钱跟强敌硬碰硬。但有时候外交手段比军事手段更具克敌制胜的攻坚力。”

“关键是我们的邦联政府还太软弱。”杰伊似乎也软弱地靠在了沙发里，“《邦联章程》规定：国会有权宣战，但却无权征募士兵和金钱来维持作战的需要；它有权议和，但却无权保证和满足实施和平条约的条件；它有权结盟，但却无权完成联盟的义务；它有权签署贸易条约，却无权在国内外遵守条约……一句话，它可以顾问、可以劝告，可以要求、可以请求，但谁愿意理会它也可以，不理会它也可以！”

杰伊越说越激愤，站起身来边走边说。他在邦联会议上是与汉密尔顿和麦迪逊正式批评过《邦联章程》和政府的软弱无能的，但毫无成效，这当然给他的外交工作造成了极大困难。

莫里斯深有同感：“因此，汉密尔顿先生主张建立一个更集权、更强大但依然平衡的中央政府，是正确的。”

杰伊稍稍平静地说：“当然杰斐逊先生主张保留各邦相对自由的权力，也确实有它的必要性。”

“希望最终能一加一大于二吧。眼下我们怎么办？”莫里斯又把话题拉回到了现实。

“眼下的情况是这样，”杰伊娓娓道来，“我们尊敬的富兰克林博士和亚当斯先生还在巴黎与英方代表谈判，已经与谢尔本内阁达成了停战协议，这您是知道的。现在正在与伯丁克内阁继续谈判缔结和约、撤出据点和清算债务的问题。从目前的情况看，争取对方签订和约的可能性是存在的。至于我呢，我也即将再赴巴黎，继续参与和谈，然后必须与西班牙特使再次约谈，关于新奥尔良港的问题、西部边疆问题、加勒比群岛的贸易问题，迟早总得解决吧？而您，尊敬的财政部总监先生，我一向认为，您所看准的事情，是完全可以而且一定能够做成的，因此我完全支持您的决定。您需要什么手续或外交文件，尽管吩咐就是。我预祝阁下钓到那条‘大鱼’！”

“非常感谢！谢谢您的支持与配合！外交国务秘书先生，我有这样一种判断和预感：当我们的中国之行筹备就绪之时，阁下您和尊敬的富兰克林先生、亚当斯先生与英方签订和约的外交使命，也肯定已经取得了突破性进展。”

“但愿如此！”

这两位部长先生的心愿自然是一致的。

会见外交部长之后，罗伯特·莫里斯的信心大增。他回到办公室，推开办公桌上的两大摞公、私账册和文件，拿起鹅毛笔，迅速起草了一份邀请信函，然后招来一位男秘书和两位女秘书，吩咐道："玛丽小姐、凯瑟琳小姐，请你们二位誊抄几份，由我签字后发出去。戴维，你笔录一下，这些信函分别发给以下诸位先生。"

莫里斯在房间里一边踱来踱去，一边口述以下名单："本公司的约翰·霍尔克先生，纽约帕克—杜尔公司的丹尼尔·帕克先生、威廉·杜尔先生，波士顿的詹姆斯·斯杜先生、塞缪尔·布瑞先生、托马斯·拉塞尔先生、约瑟夫·巴瑞尔先生，特恩布尔—玛尔弥公司的威廉·特恩布尔先生、彼得·玛尔弥先生……哦，等等，还有山茂召先生、托马斯·兰德尔先生。"

这位神通广大的商界巨擘，既是首屈一指的大富商，又是美国政府的部长级高官，拿中国清朝人的话说：他是一个标准的"红顶子"商人，他的触觉遍及美国十三邦的各个角落，现在他正利用他的庞大的关系网，发出远航中国贸易计划的第一道冲击波。

## 四 海獭皮？西洋参？

当山茂召和托马斯·兰德尔步入莫里斯的私人宅第时，大厅里已高朋满座，人们谈笑风生。这里集中了莫里斯邀请的来自波士顿、纽约、费城的所有客人。这些大商人体貌不一，心情不一，风格不一，但这些天，他们的心气却渐趋一致，都开始憧憬一个共同的目标：打开通往东方神秘古国的海上之路。他们中的大多数，山茂召和兰德尔这两位前大陆军年轻军官并不熟识。

迎面跟他俩打招呼的是那位矮胖的、秃顶的、永远热情、永远夸夸其谈、永远叼着雪茄的丹尼尔·帕克：“嗨，山姆，你好吗？亨利·诺克斯将军近来如何？”他所询问的这位高级将领，是前大陆军的炮兵司令，也是山茂召和兰德尔的上司和坚定的盟友。

“您好，帕克先生！将军身体很好。这位是我的朋友托马斯·兰德尔。”

帕克又与兰德尔热情握手：“很高兴认识你，我的年轻的朋友！”

莫里斯远远地招呼他俩，做了个随便请坐的手势。两位年轻人也向主人鞠躬致意，便挑了远远的座位坐下。他俩知道：自己是这次商业聚会的旁听者。

考虑到这次远航中国的贸易计划毕竟不是政府行为，而是属于商人们的私人商贸活动，所以细心的莫里斯特意在自己的寓所而不是在财政部邀集商业伙伴们聚会。但是一开谈，对于约翰·莱雅德提交的毛皮贸易计划的探讨便陷入了争论。

约翰·霍尔克仍是一派优雅的绅士风度，他翻阅着毛皮贸易计划的预算报告，并不优雅地说：“这个罗曼蒂克的爱做梦的莱雅德肯定是疯了！将近50万美元的资金到哪里去筹集？现在谁拿得出其中的五分之一或者十分之一？”

山茂召知道：他们虽然都是大富商，但都远不是百万富翁。当时的美国还没有百万富翁，他们与整个国家一样，才刚刚起步，而他们的商务可以说还没有迈出第一步，都被当时国家的内外环境所困。所以他们中的许多人还在观望。

但丹尼尔·帕克却热情支持该计划：“这里有两份预算，这份预算比莱雅德先生的那份预算减少2000美元。我们有波士顿来的朋友们，大家掏掏腰包，资金应当并不困难。”他的意思是众人拾柴火焰高，只要有热情，总可以凑齐。

然而波士顿的朋友们并不吭声。山茂召和兰德尔有些着急。

威廉·杜尔看上去好像有病在身，因此声音也缺乏中气：“我斟酌再三：三艘大型商船，两条跨洲航线，穿越两个大洋。如此宏大的计划，缺乏充分的可行性研究，不能不让人对毛皮贸易计划慎重考虑。”

“威廉，所谓可行性的核心是投入—产出比！”帕克却中气十足地说，“我的研究是：从印第安人那里收购海獭毛皮的投入如果是 1，那么我们把它运到广州的产出是 200，扣除船只、运费、船员开支等成本 100，那么投入—产出比就是 1∶100。”

波士顿的彼得·玛尔弥笑笑说：“帕克先生，从新英格兰或者纽约南下到南美洲的合恩角，再北上到北美洲的西北海岸，这条航线我们闻所未闻。据我所知，没有谁曾经试航过。现在你要开辟这条新航线，你敢保证一定能够试航成功吗？”

“玛尔弥先生，要想赚钱就别怕冒险。”帕克毫不犹豫地说，“我们对遥远的中国一无所知，我们第一次开辟到广州的远洋贸易，这本身就是冒险。只要有价值，有巨大的利润，冒险就是值得的。”

山茂召觉得帕克的话道理是对的，但很不策略：谁愿意为双重的甚至多重的冒险计划投资？何况所谓巨大的利润本身还是未知的、冒险的，这岂不反而搞砸了整个计划吗？

果然，大厅里七嘴八舌起来：

“收购毛皮和广州开市的季节性都很强，我们根本无法保证及时到达那里。”

“南下南美洲必然要经过加勒比海，英国和西班牙的战舰会有什么反应？”

“无论从东北海岸还是西北海岸，也无论横穿大西洋还是太平洋到达广州，这个设想肯定有价值。但在如此险恶的外贸环境里，哪位船主敢于冒这个险？”

……

山茂召一直焦急地等着莫里斯表态。

而莫里斯一直只是静静地听着。这位发起者越来越意识到：莱雅德的毛皮贸易计划实际上已得不到支持，看来不得不放弃了，他为莱雅德感到难过。当他听到大厅里的议论不仅否定了毛皮贸易计划，甚至连对广州的贸易计划都开始加以怀疑或否定时，他知道不得不当机立断作出让步，以保证整个计划的底线——广州之行不被抛弃，于是他清了清嗓子，开口了：

“先生们，毛皮贸易计划并不是我们的全部。我们不会也不必锁定某一种具体的货物而驻足不前。我们的主要目标不是毛皮，而是中国！是广州！我跟外交国务秘书约翰·杰伊先生交流过意见，我们所感兴趣的或者说所关心的是整个远航中国的贸易计划，而且经过实实在在的努力，它是可行的！无论对于我们这个新生的国家，还是对于作为商人的我们自己，眼下我们确实没有别的出路，我们的手脚被几个欧洲对手捆住了。因此我们认为：这次东方远航是我们目前所能找到的，可以说是能够打开商贸局面的唯一通道。因此它是必要的，是值得投入心血和资金的。尽管它确实存在一定的风险，但哪次开辟新航道的勇敢首创者们没有遇到风险？如果说这是冒险，那么我们的国家和我们个人目前的困难处境，迫使我们不得不进行这次冒险！”

山茂召和兰德尔注意到，整个大厅的人们都在认真地聆听财政部总监的发言。这个发言使得聆听者的思路，从赚钱和个人冒险的狭隘角度，扭转到了国家处境与个人义务的层面上来，大厅的气氛开始转变。

“可是莫里斯先生，我们拿什么东西去冒险呢？”

“除了毛皮，我们还有什么值钱的货物去赚中国人的钱？”

“拿木材、面粉、朗姆酒、腌鱼？中国人盼着这些稀罕的美国货？”

大厅里发出一阵笑声，笑声里掺着一种自嘲和苦涩。

莫里斯内心感到很高兴，客人们的议论重心终于从怀疑计划本身，转到用什么货物与中国进行交易的轨道上来了。他也跟着笑过之后，非常认真地说："确实，如今我们美国实在没有什么值钱的产品销往中国，这才是我们真正应当动脑筋解决的课题。但是我相信：既然上帝创造了美国这方美丽的土地，那么上帝也一定恩赐了这方土地某种财富，只是需要我们去发现或发掘。"

大家确实开始动脑筋"发掘"了，不过直到聚会结束，他们也没有发掘出什么"美国牌"的财富来。

过了两天，当商人们再次在莫里斯家里聚会的时候，参与者只剩下了四位：罗伯特·莫里斯和他的贸易伙伴小约翰·霍尔克，丹尼尔·帕克和他的公司搭档威廉·杜尔。至于那些波士顿的商人，他们私下向莫里斯透了口风说：他们并不了解丹尼尔·帕克，言下之意他们不太信任这个矮胖的合伙人，因此他们并不打算急于参与这次对中国的远洋贸易计划。莫里斯考虑到现行计划比莱雅德原有的毛皮贸易计划，已从三艘商船减为一艘，两条航线减为一条，其规模已缩小到了三分之一，如是，筹资问题已不难解决，因此他也就不再勉强波士顿人。事后的事态发展表明：波士顿商人们的担心并非多余，帕克后来给"中国皇后号"

的远航果然造成了意想不到的大麻烦！但现在对这次远航鼓噪最起劲的倒是帕克。

莫里斯与霍尔克、杜尔三人正在为寻找值钱的美国货物而绞尽脑汁时，帕克带着一位医生罗伯特·约翰斯顿，风风火火地一进门就嚷嚷道：“西洋参！一本万利！这就是我们所要找的财富！”

帕克发现他的这一咋呼立刻引起了同伴们关注的目光，便扬扬得意地猛抽一口雪茄，急促地说：“我从法国商船那里得到可靠消息：瑞典的商船‘新哥德堡号’已经从我们美国采购了1万磅西洋参驶往中国。”

约翰·霍尔克慢条斯理地说：“那又怎么样？能说明什么？”

“哈，能说明什么？”帕克似乎没有工夫落座，“我这就告诉你说明了什么：他们卖到中国的西洋参，利润高达百分之五百到百分之六百！而中国每年西洋参的消耗量约在440担，也就是将近6万磅。这就是说，我们的中国之行光西洋参一项，其盈利就将是一个巨大的数字！”

杜尔转向罗伯特·约翰斯顿：“医生先生，您对这种小小的植物根茎有何见解？它真的这么值钱？”

33岁的外科医生约翰斯顿是这四位股东的老熟人，并且是发掘、收集西洋参的老手，为人谦和实在，他介绍道：“杜尔先生，我常年与各种药物打交道，我看到过关于人参的一份调查报告：这种五加科植物的干燥根部，希腊文叫 panax，原意是‘万能之药’。据说中国人把它看成‘灵丹妙药’，甚至‘长生不老药’。它在中国是皇家贡品，要用相同重量的黄金来购买，而每年消耗量却大得惊人，因为他们认为它能包治百病、延缓衰老。”

帕克得到医生的支持，更加信心十足：“我们有人从伦敦、哥德堡、里斯本商人那里打听到：现在西洋参在国际市场的价格已涨到每磅 15 美元，1782 年伦敦公司的购买价是每磅 20 先令，而运费不超过每磅 5 先令，关键是运到中国的售价又远远高于国际市场价。因此我们有理由相信：如果能赶上明年广州贸易季，我们抢在欧洲商船之前，先期将西洋参运到中国，那么我们将大有红利可图，在我们面前将是一个巨大的西洋参市场！”

尽管帕克总是习惯性地喜欢夸大其词，但他对西洋参的乐观估计还是言之有理，毫无疑问确是有根有据的。

莫里斯这样想着，便问医生：“那么约翰斯顿先生，我们到哪里去寻找那么多的这种……植物根呢？”

帕克插嘴说：“哪里都有！在我们的西部边境，遍地都是这种植物根！”

“是的，总监先生。”约翰斯顿肯定地说，“我经常在宾夕法尼亚和弗吉尼亚的西部边境地区挖掘和采购这种植物根。阿巴拉契亚山的茂密森林，历来是生长天然西洋参的绝佳环境。”

医生的这一番介绍，使得房间里的气氛明显地活跃起来。

莫里斯听了十分释怀：“原来值钱的商品就在我们脚下！我建议我们聘请约翰斯顿先生负责这项专业性很强的找参工作。”

对此，几位合伙人当然没有异议。约翰斯顿也欣然接受这项任务。

接下来，正在形成中的姑且可以称为“美国—中国公司”的四位核心人物，作出了以下几项决定：一、这次中国之行的主打商品为美国西洋参，并且马上与费城的特恩布尔—玛尔弥公司签下30吨的订单。这项工作由罗伯特·约翰斯顿医生负责，他同时参与采集、收购、鉴定以及招募挖掘人员等工作。二、这次中国之行总投资定为15万美元。按罗伯特·莫里斯原来的筹款方案：由他自己投资三分之一，由约翰·霍尔克、丹尼尔·帕克和威廉·杜尔投资三分之一，争取由波士顿的商人们投资三分之一。但现在由于波士顿人已宣告退出，因此莫里斯不得不承担起一半股份，由霍尔克、杜尔、帕克承担另一半股份。三、这次中国之行的分工：莫里斯为总协调人，继续寻找合伙人，并负责沟通官方上层，以办理必要的出关、贸易等手续。丹尼尔·帕克负责物色远航船只及船上装备，并被委为这次贸易活动的代理和司库。霍尔克对具体的工作不感兴趣。杜尔的身体欠佳。四、船上必须携带2万美元银币现金，以备购买中国货物之需。这是船上除西洋参之外最重要的本钱，这批银币由司库帕克筹集。五、必须尽快遴选和落实未来船长和大班的人选。

正在这时，山茂召急匆匆地推门进来，他带来了一个新的消息：原来波士顿“智慧女神号”商船的船主希尔斯上校，委派船长哈雷特，装载了9000磅西洋参运往中国广州。不料途经南非好望角时，路遇英国东印度公司的几艘商船，那些船上的英国官员对于美国人也想开发中国市场感到很震惊。为了阻止“智慧女神号”的中国之行，那些英国商船竟然用从广州运出的熙春茶，以双倍的价钱强行交换了“智慧女神号”的全部西洋参。这样，“智慧女神号”的首次中国之行也就很可惜地夭折了，希尔斯上校和哈雷特船长也很遗憾地没有能成为对华贸易的先驱者。

当听到这个令人不快的消息时，几位在座的合伙人不免心头一紧，他们似乎预感到这次中国之行前途多舛，英国甚至在远洋上也竟然会百般阻挠美国的商贸之路。

莫里斯沉思了一会儿，转身询问山茂召：“你对‘智慧女神号’的遭遇是怎么看的？”

山茂召明确地说：“我认为它至少告诉了我们两点：第一，西洋参在广州市场确实很抢手，我们决定主打西洋参是正确的抉择。第二，英国人越是阻拦我们前往广州，越是说明了广州市场的重要性。他们越是担心我们与中国进行贸易，越是说明我们必须打开与中国直接贸易的通道！”

霍尔克、帕克、杜尔和约翰斯顿十分赞成山茂召的见解，认为他分析得非常透彻。

“那么，先生们，我们的事情就这么定了。”莫里斯内心分外豁亮。

# 五　莱雅德梦断开罗城

当约翰·莱雅德满怀信心地在波士顿物色合适的水手和船只时，他得知了他的毛皮贸易计划已被费城的股东们彻底否定了。这个消息使他几乎绝望，同时也很愤懑，但更多的是百思不得其解：为什么如此有价值的计划，那些并不缺乏智慧和眼力的商人总是不赞成呢？为什么非得等到别人第一个发掘出了它的价值，人们才很后悔地充当第二个、第三个追随者？这些人缺少的究竟是什么？

莱雅德本来完全可以返回费城，在莫里斯和帕克的新计划中担任一个诸如船上的大副或二副这样的重要职务，这是完全不成问题的。但莱雅德是个个性和自尊心都很强、性格孤傲的人，他颇像中国古代神话中“夸父逐日”的那位夸父，宁可渴死、累死，最后倒毙半途，也要追逐他心中的太阳！

当罗伯特·莫里斯派人去波士顿寻找莱雅德时，这位满脑子装着海獭毛皮的追梦者，已经横渡大西洋，只身去了欧罗巴。起先，他在巴黎继续寻求资助人或者支持者，但情况仍是老戏重唱：人们赞赏他、鼓励他，而每到临门一脚，希望的火花又熄灭了！最后他作出了一个大胆到近乎疯狂的决定：到俄罗斯去！他打算徒步横穿西伯利亚，在遥远的亚洲的尽头找到一条船，横渡白令海峡，前往阿拉斯加和俄勒冈海岸，在那里收购海獭、海豹等毛皮后，再横渡太平洋直达广州。

然而这项冒险行动的主要障碍，首先不是路途遥远，也不是天寒地冻，而是强悍的俄国女沙皇叶卡捷琳娜二世。当这位女皇得知有这么一个狂妄的外国人出现在彼得堡，并且妄图染指俄国的毛皮贸易时，她震怒了。这位女沙皇当即下令：将莱雅德逮捕，并且以“间谍罪”将他驱逐出境！正如一位历史学家所说：约翰·莱雅德之所以出名，除了他曾是著名的库克船长的属下，更主要的原因还在于，他可能是第一个因为“间谍罪”被俄国驱逐的美国人，而他所首创的新航线和毛皮贸易计划倒是被人们遗忘了。

这之后，1789 年，莱雅德的“追梦之旅”突然转向非洲，首先是埃及。本来他是准备随同一个旅行车队前往非洲大陆的腹地，目的仍是为了从那里收集珍贵的兽类毛皮，横渡印度洋抵达广州。然而仍是天不遂人愿：他在埃及的开罗被种种不如意耽搁了，并且意外地卷入了一场暴力冲突。这场冲突仍是因为毛皮，他与当地的一个盗猎集团发生了激烈的争斗，其中有一个亡命徒向他的胸口扎了一刀，导致伤口感染，最后这位百折不挠、可敬可佩的追梦者，竟于该年在开罗去世。

莱雅德的失败完全归咎于时机，即生不逢时。他倡导的从北美东海岸绕到西北海岸俄勒冈，再直达中国广州的这条航线，对于 1783 年的美国来说，无论是资金还是国内外条件，都是不现实的，不可能被人们接受和实施。到了 1784 年，库克船长的那份考察西北太平洋、记录北美西北部毛皮财源的报告，才在该年的期刊上发表。这之后，波士顿商人布尔芬奇才开始按照库克的考察，试着发掘西北部俄勒冈地区的这一财源，进而促使新英格兰地区的商人们在这项贸易中赚了一大笔红利。到了 1785 年，一批印度的孟买商人，也进行了北美—广州的商贸之行。直到 1787 年，美国商人罗伯特·格雷才正式开辟了从北美东北部新英格兰，绕过南美合恩角，到西北部俄勒冈，再到广州的新航线，这才真正打开了这条被历史学家称为“滋养了几个商业王国”的远洋贸易之路。而这时，他的首创者约翰·莱雅德早已梦断开罗城！

人们常说：“机会总是留给有准备的人。”殊不知：有准备而无机会也仍然白搭。因此，当山茂召回忆起这位壮志未酬的莱雅德时，总是无限感慨：“人们啊，你们在黑夜里摸索，但你们为什么偏偏忘了给你们点亮一星火光的那个人？”而托马斯·兰德尔则颇为愤慨地回应道：“因为大英雄往往是小人物。而约翰·莱雅德无疑是一位失败的英雄！”

显然，在当时，开辟对华贸易是需要时机的，而所谓时机，首先就是当时美国所处的国内外条件。即使是罗伯特·莫里斯等人筹划的广州之行，即“中国皇后号”即将成行的首航中国，也离不开1782到1783年美、英关系的改善。

# 3

## 第三章

# “中国皇后号”

在我所有的著作中，只要有可能，我一直提倡通商，因为我对通商的效果有好感。它是一种通过国与国、个人与个人之间的互助互利而使人类相亲相爱的和平体制……如果让通商达到它所能达到的全球范围，它就可以根除战争体制并在政府的不文明状态中引起革命……由于这些制成品不能通过战争像通过商业那样便宜或方便地取得，它就使通商成为消灭战争的手段。

——托马斯·潘恩:《常识》,1776 年发表，成为北美人民的战斗纲领。

# 一　约翰·亚当斯出使英吉利

让我们概述一下当时的美、英关系,及其停战—和谈—签约—建交的艰难过程。

1781年10月,北美大陆军在法军协助下,一举攻克英军在北美的最后一个战略据点约克镇,英国殖民军惨败,大陆军取得决定性胜利,北美独立战争基本结束,北美殖民地十三邦的独立已成定局。

消息传到英国国内,英王乔治三世大发雷霆,这位传闻中的“疯王”似乎真的疯了,他抡起权杖,把身边所有贵重的玻璃器皿、金银制品击得粉碎,怒吼着:“无能!我决不接受这一事实!这是大不列颠王国的耻辱!他们在光荣的米字旗上沾上了污点!他们必须把约克镇夺回来!”他破口大骂无能的腓特列·诺斯战时内阁,发泄一肚子怒火。

幸好这时他的重臣、两度组阁的罗金汉姆侯爵正在他的身边,平心静气地奉劝国王:“夺回来已绝无可能,尊敬的陛下，北美的局面已难以挽回。再说，国际局势也不利于我们，法国、西班牙、荷兰都站在我们的对立面。问题的关键：北美十三邦只是我们的殖民地，如果是我们的领土，我们的主权当然不容许他们独立，无论付出多少代价。”

暴怒的“疯王”听着侯爵说得在理，也感到无可奈何，但怒气难消，吼道：“那个无能的诺斯内阁必须下台！”

这时的英国议会也正群情激愤，一致谴责诺斯内阁应对北美战争的彻底失败负全部责任，必须下台！于是，1782年3月27日，托利党的腓特列·诺思内阁被迫总辞职，议会推举辉格党的谢尔本伯爵菲茨莫里斯上台执政。

几乎与此同时，外交经验丰富、一直在关注英国政局动向的老博士兼老外交家本杰明·富兰克林代表美国邦联议会，不失时机地向英国提出了“和平谈判”的创议。辉格党的罗金汉姆侯爵和谢尔本伯爵因为恰恰都是“主和派”，故而立即响应美方的和谈提议。双方约定于该年9月开始和谈，谈判地点定在法国巴黎附近的凡尔赛宫。但是一直拖到10月29日，美方的主要谈判代表约翰·亚当斯才由富兰克林和外长约翰·杰伊陪同到达巴黎，与英方代表亨利·斯特雷奇（内务部副大臣、代表团团长）、奥斯瓦尔德（主谈）和本杰明·沃思会面。10月30日，会谈正式开始。

首先是谈判停战协议。

谈判过程十分艰难，尽管战争实际上已经结束，但要落实到协议，便有种种牵涉和利害考量，双方僵持了 6 天，没有任何进展，只得休会。11 月 26 日，谈判恢复，一直谈到该年 11 月 30 日，双方总算签订了停战协议，宣布正式结束战争状态。

但停战并不等于英国承认北美十三邦独立，因此“巴黎和谈”还须继续，并且任务更加艰巨。一方面，乔治三世和英国议会一向把北美殖民地的独立者们如亚当斯等人视为“草寇”“叛国者”“罪犯”“国家的公敌”；另一方面，亚当斯代表美国邦联议会又明确宣布：“我决定竭尽全力使合众国免于受到欺诈而失去确保独立的大片土地和渔场。”双方针锋相对，裂缝几乎难以弥合。

约翰·亚当斯是美方的谈判主角，律师出身，能言善辩。谈判集中在三个议题上：一、边界问题。亚当斯说：“美利坚如果没有对北部和西部地区的开发权、密西西比河的航行权，那么合众国的各种自由和共和传统将受到威胁。”二、债务问题。开战以前十三个殖民地业已拖欠英国商人多达 200 万乃至 500 万英镑的债务，而今想让贫穷的合众国偿债，当然是异想天开，于是谈判又陷入僵局。三、渔业问题。新英格兰人希望重新获得战前的纽芬兰渔场的捕鱼权。亚当斯认为：“何况渔场还是海员的摇篮和海军的源泉！”

美方的要价如此之大，却又两手空空，英方显然处在上风地位。然而经过美方的不懈努力，结果却出人意料地令人欣慰，美方在以上三个重要议题上都取得了突破性的进展：

一、边界问题：合众国甚至将新英格兰与英属加拿大的边界线，又向北推进到了圣克罗伊斯河一线，大大扩展了北部领土。

二、债务问题：穷得叮当响的合众国代表亚当斯，一边拍着胸脯保证："债务就是债务"，合众国绝不会抵赖一分钱；一边又摊开双手：要现钱没有！但邦联议会将一定敦促各邦履行偿债义务，并且这一承诺可以正式写进协议文本。英方代表毫无办法，他们很清楚：向一个身无分文的穷光蛋逼债，简直是浪费时间。

三、渔业问题：英方禁止美国在纽芬兰岛周围 3 里格和附近方圆 15 里格海域捕鱼。亚当斯为此与英方辩论了长达 6 天。他说："英国在这一问题上的立场，其实起源于法国，如果英国沿用这一苛刻条件并将之强加在美国身上，必然引起美国的反弹和英、美的敌对，而这正是法国所希望的，因此英国坚持这一强加条件，其实是上了法国人的当！”

亚当斯巧妙地利用了当时英、法、美三国的微妙关系大做文章。英方代表果然作出让步，但坚持在最后协议中的措词只能使用“自由”捕鱼，而不能使用捕鱼“权利”一词。亚当斯反驳说：“先生们，到特定的渔场捕鱼，难道有或者说可能有比这更清楚的权利吗？假如上帝赋予了一项权利，那么至少我们应当跟你们获得的一样多，为什么我们不应该承认这一权利呢？”他最后着重强调：“我决不在渔业问题没有得到满意结果的情况下，签署任何条约！”他的这一立场，得到富兰克林和杰伊的支持。

但是英方偏钻牛角尖，在“权利”问题上拒绝让步。美方三位代表只好为此进行磋商。约翰·杰伊认为：“谈判就是妥协,双方各让一步。为了顾全大局,避免谈判破裂,不妨同意英方的措词。”富兰克林笑道：“‘自由’地捕鱼和有‘权利’捕鱼，不是一样地捕鱼吗？”于是亚当斯同意妥协，悠然说道：“那么好吧，就让我们‘自由’地捕鱼吧！”

三大问题顺利解决，英、美双方代表在凡尔赛宫商定了《巴黎和约》文本,只等英方批准了。历史学家们评论说：“亚当斯和富兰克林、杰伊从一开始就赢得了美国外交史上最伟大的胜利。”亚当斯“参与并领导了”和谈，在以上三个关键问题上“发挥了主导作用”，是和谈的“第一功臣”。

但是,《巴黎和约》文本一公布，在英国国内立即掀起轩然大波，从国王乔治三世到国会一致谴责“这是一个屈辱的投降”，全部怒火集中到辉格党主和派谢尔本内阁身上，迫使他于1783年2月下台，同时责令卡文迪许·伯丁克公爵组织新内阁，由托利党的腓特列·诺斯出任内政大臣，辉格党的查尔斯·福克斯出任外交大臣，并任命下院议员戴维·哈特利取代谢尔本派的奥斯瓦尔德为谈判代表，跟美方继续谈判。

然而外交是国力的延长，英国对北美已无力回天，焉能靠谈判桌上要嘴皮子挽回颓势？再谈也只是拖延时间。福克斯甚至赞扬“华盛顿是伟大的举世无双的人物”，他愿意“与这位伟大人物进行谈判”。因此拖到1783年9月3日，英、美终于正式批准并签署了《巴黎和约》，《和约》的第一条规定：“英王陛下承认合众国为自由、自主和独立的国家。”至此，英国正式承认美利坚合众国独立，美国正式成为独立国家，持续了8年的北美殖民地独立战争正式结束。

但以上停战、签约并不等于建交。直到此后的1785年亚当斯出使英吉利，美、英两国才正式建立外交关系。

这一年，美利坚邦联议会委派约翰·亚当斯为“美国驻不列颠部长”（特命全权大使），出使伦敦，廷见英王乔治三世，争取正式建交，廷见的地点在白金汉宫。

约翰·亚当斯是《独立宣言》五位起草成员之一，与华盛顿、杰斐逊并称为美国独立运动的“三杰”，甚至被誉为“美国独立的巨人”，被英国视为仅次于华盛顿的第二号“邪恶人物”。他曾在北美独立战争期间先后出使法国、荷兰，成功地争取到这两个主要大国站在美国一边，是一位年轻而老练的政治外交家。英国则必欲除之而后快，派出刺客对他穷追不舍。亚当斯尽管身材矮胖，被政治对手讥笑说他的肚子有“一英尺半高”，绰号“圆胖先生”，但他身姿矫健，机警过人，几次躲过刺客对他的追杀。

但这一次他出使英吉利，情况却完全不同，他等于是把自己送入敌国的口袋里，而他肩负的重任又恰恰是争取建交，其处境的艰难和任务的艰巨可想而知。当他乘坐豪华的马车，抵达豪华的白金汉宫殿，拾级而上，进入豪华而奢侈的大厅时，内心不免忐忑不安，但他依然外表庄重而沉稳，步履坚定而稳健，不断给自己鼓气：“我代表的是一个国家，国家的权利不容侵犯……”

肥胖、暴躁的乔治三世因战争惨败、失去北美殖民地而威信降到最低点，甚至一度曾想逊位。但这时他站在大厅的中央，两旁侍立着勋章与绶带辉映的群臣和珠光宝气的宫廷女官与贵妇们，面对来自“叛方”的第一个使节，国王仍高昂着高贵的头颅，目光灼灼地盯着亚当斯步入大厅。

廷见的声势宏大，气氛十分庄严。亚当斯向英王脱帽鞠躬致意，然后掷地有声地开始了他的那篇著名的致辞：

“尊敬的大不列颠王国国王陛下：美利坚合众国指派我为驻英全权大使，前来朝见陛下。美国之派驻大使来到陛下的朝廷，将会成为美、英两国历史上开宗明义的一件大事。我忝有此幸，能先于我的国人同胞，成为美国的第一位外交使节，被派驻到陛下面前。如果区区在下能够在其中沟通两国关系，仰陛下之仁，得以恢复我们两国的尽管隔着汪洋却有着共同的语言、相似的宗教和骨肉相连的血脉的人民之间的尊敬、信任、好感，或者更为准确地说，两国人民之间既有的美好人性与悠久传承的幽默感，那么，我将视自己为世上最为载福之人！”

大厅里一片寂静。大家都在等待乔治三世的答辞。但是国王却只是瞪大眼睛直勾勾地盯着亚当斯。沉默，沉默，还是沉默。大家以为国王面对这个一向被他斥为“乱臣贼子”的北美的“重要罪犯”，心中的怒火必将喷发。而亚当斯担心的是这位著名的“疯王”是否会真的失去控制，狂躁症发作。

但其实此时此刻，国王只是在回忆罗金汉姆侯爵对他的劝告而已。经过令人难熬的几分钟沉默，乔治三世终于开口了，并且他的同样著名的答辞出乎所有人的意料：

“尊敬的大使先生：您的这一廷见的情形是如此超乎寻常，阁下使用的语言是如此恰切，而且您所表达的情绪是如此应景合辙，以至于我必须说，我不但欣然接受来自美利坚合众国的友好姿态，而且我很高兴贵国所派大使的人选是您而不是他人。我希望您——先生——会相信，也希望同时可以被美国所理解，即：在近年来的两国冲突中，我从未做过任何超乎我所认为我应当对我的子民们所负权责的事情。我对您坦白地说，在所有人中我是最后一个同意美洲分裂的；但是分裂既已形成，而且已不可挽回，我又一直在说，正如我此刻所说：我会是所有人中第一个迎接美国作为独立国家并向她伸出友谊的橄榄枝的人。”

乔治三世的话音刚落，亚当斯发现国王的眼睛里竟然闪着盈盈泪光，不知是他为两国的和平与友谊而激动，还是为他自己作出的决策而感怀。反正此时亚当斯是感动的，建交成功了，任务完成了，他向国王深深地鞠躬致谢，健步退出了廷见大厅。

事后，当谈起乔治三世对美国的态度的一百八十度转变时，富兰克林笑着说：“坐在最高贵的王位上的伟大君主，也得坐在自己的屁股上。”

## 二 大班之争

让我们回到美、英停战之初：1782 年 11 月两国达成停战协议的消息，于次年 3 月传到美国，立即像长了翅膀似的，飞快地传遍了十三邦各地。有一份报纸刊载道：“毫无疑问，现在该计划一次前往中国的航海行动了，不过要完成这一使命，至少需要 120 万里弗尔。”尽管最后一批英军直到 1783 年 11 月底才撤离纽约，但船主们和商人们已迫不及待地开始为恢复对外贸易而准备行动了。前文已述，沿海多名船主和商人，已分别请求邦联议会予以保护，突破英军封锁，前往中华帝国。而邦联财政部总监罗伯特·莫里斯凭借其特殊身份，先行拜会了外长约翰·杰伊，并且得到了明确的支持，从而抢得先机，拔得了首航中国的头筹。

正是在这一形势下，约翰·莱雅德播撒的“广州之梦”，才开始变得现实起来，而首航中国的“中国皇后号”这艘划时代的商船也才应运而生，并且先于同行们，整个首航计划已经在实施之中，这架商业机器已经开始运转起来。

这是1783年（乾隆四十八年）初夏，尚未正式挂牌的松散联合体“美国—中国公司”，犹如在部署一场重大战役，开始全面动员、积极行动起来。莫里斯—霍尔克公司的罗伯特·莫里斯办公室、约翰·霍尔克办公室，帕克—杜尔公司的丹尼尔·帕克办公室、威廉·杜尔办公室，就像四个被一根无形的棍棒骚扰了的马蜂窝，顿时乱哄哄地忙成一团。秘书、办事员、会计人员、通信人员、外勤人员匆匆忙忙，进进出出，听指示、作记录、收信息、传信件，汇总或者分发各种财务报表……

而四只“蜂王”莫里斯、霍尔克、帕克、杜尔，时而坐镇一方，时而碰头会商，忙得不可开交。他们目前急于要解决的大事是：一、调动和筹集预算所需的15万美元资金。二、及时收集和购进至少30吨西洋参。三、遴选并组织精干得力的远航船队，尤其要确定大班和船长人选。四、重中之重是挑选一艘远航中国的足够吨位、足够坚固、足够气派的大船。

这四件大事必须同时进行。

但是在遴选大班的问题上，四位“蜂王”一开始就出现了分歧。病恹恹的威廉·杜尔口气十分强硬：“坦白地讲，我希望担任这次远航的大班与船队一起出发。我必须承认，这次远航将给我带来巨大的商业利益，这是诱使我参与这次远航的原因。为此，我已经投入了我的几乎全部资金。因此我毫不讳言：我必须作为主要商务代理人——大班，前往广州，照顾我的生意。”

霍尔克瞧了莫里斯一眼，默不作声。

莫里斯笑笑说：“这也是我的生意，威廉，我也很想到那个神秘的国度去看看。可是我们这里还有一大堆事情要处理，缺了你是不行的。再说你的身体也需要康复呀！”他亲切地拍拍对方的肩膀。

帕克也很关心地说：“是的，亲爱的威廉，我担心你的身体。这次远航本身就是一次冒险，你可不能让你的身体险上加险，大西洋的狂风巨浪可不是闹着玩的。”

杜尔感到气氛不利于自己，很有些生气：“我的身体不用你操心！丹尼尔，我有信心能够在短期内康复。”

莫里斯见事情陷入僵局，只好采取拖延战术：“好吧，让我们再斟酌斟酌。威廉，你是否也再考虑考虑？”

所谓大班，就是从事海洋贸易的股东们所委托的主要商务代理人，船上的货物和钱款的主要管理员，代表股东全权负责并管理商船所携带的资金、货物和一切商贸活动。他的副手则称为二班。大班、二班这些名称，最初是不是清朝的中国人——广州“十三行”的行商们给各国洋船上的这类商务代理人所取的一个名称，后来被对华通商的各国外商和史学家们所接受和通用，这个问题还需要进一步考证。但大班、二班在远航商业活动中的重要作用是毋庸置疑的。

按照莫里斯和帕克原先的商定，他俩明确地认为：28岁的大陆军前炮兵少校山茂召，是出任大班的最佳人选。因为这位年轻的波士顿人善于交际和经营管理，很有文化修养，受过会计训练，擅长与外国人打交道，并且总是那么精力充沛、朝气蓬勃。尤为重要的是，山茂召曾是亨利·诺克斯少将的侍从武官，与少将有着特殊的亲密关系，而这位少将在大陆军中，是官阶仅次于乔治·华盛顿的最高级别的军官，他的话在政府各部门颇有影响，对这次对华贸易将会起到非常重要的作用。因此莫里斯、帕克选定山茂召为大班，是从其个人和经济、政治的角度全面考虑的，霍尔克当然附和他俩的选择。

但是，现在作为股东之一的威廉·杜尔，坚持要亲自出任大班，这使得另外三位股东十分为难。其实杜尔的这一做法，还是出于对帕克的不信任，他总是隐隐约约地觉得，他的这位公司合伙人老是在瞒着他搞些什么勾当。因此既然帕克担任这次对华贸易的司库——财务总管，那么他杜尔就要求担任商务总管——大班，亲自掌控他的那一大笔投资。而鉴于杜尔是重要投资人之一，莫里斯和霍尔克也就不便直截了当地反对他的要求。因而这四位投资人之间的这种“不和谐音”或者说裂痕，在“中国皇后号”

成行之前就已经隐隐存在。

在纽约的北郊，在哈德逊河西岸，坐落着一座小镇——西点。独立战争期间，总司令乔治·华盛顿命令在西点小镇设立了一个军事据点——西点要塞。战争结束后，阿历山大·汉密尔顿建议把这个要塞创办成一所军校。到了美国第三任、第四届总统托马斯·杰斐逊时，终于正式组建成了一所军校，这就是后来赫赫有名的“美国将军的摇篮”——西点军校。

停战以来，山茂召一直暂住在这个军事要塞里。这几天，他正在为未来的“中国皇后号”的大班这个未定的新职务闷闷不乐。他一边与来访的好友托马斯·兰德尔在河畔散步，一边很恼火地说：“我不会去中国！大班，大班，现在成了杜尔一个人的事。”

兰德尔也满腹牢骚：“我被排在杜尔之后，显然是二班的候选人了。但让我与杜尔搭档，做他的副手，我宁可不干！”

山茂召叹了口气：“整个事情变得模糊而渺茫，我们远航中国的计划已经发生了改变，恰恰是投资人把它搞得面目全非。”

山茂召和托马斯·兰德尔二人，在战争时期曾同在大陆军炮兵团服役，一起参加过几次著名的战役，并且同样从少尉、中尉晋升为上尉，最后以少校军衔结束军旅生涯。如今这两位年轻人正面临一个至关重要的人生抉择：是以大班、二班的身份参加具有历史意义的首航中国之行，还是失去这次机会而重新寻找目前完全未知的其他什么职业。这种抉择当然将影响他俩的一生。而令他俩恼火的是：他俩的人生道路，不是由他们自己决定，而是由别人决定，并且这种决定的发生和结果，仅仅是由于威廉·杜尔一人的节外生枝。这是这两位自尊心极强的年轻人所完全接受不了的。

山茂召捡起一颗石子，狠狠地向河心甩去，像是甩掉心中的烦恼，然后说：“一切与他们开始跟我们讲的相去甚远，我们中国之行的梦想，已经完全破灭！”

威廉·杜尔同样满腹牢骚，他向他的夫人抱怨道：“莫里斯总是设法回避我，拒绝就委托我担任大班管理商务的问题跟我进行讨论。”

吉蒂夫人一边为丈夫准备丰盛的晚餐，一边慢声细气地说：“莫里斯先生为人热情，其实是个圆滑的人。”

杜尔没有食欲，也没好气：“帕克的影响也一直对我不利，我怀疑这家伙在背后悄悄地瞒着我、反对我，即使不是在中伤我。”

“我始终不了解你的这位合伙人。”吉蒂夫人小心地咬着甜馅饼，尽量不让它弄脏了自己的嘴唇。

“霍尔克也故意借口说没有时间，不与我进行讨论。”杜尔喝了一口牛奶。

“算了吧，亲爱的，我认为你并不缺乏主见，但是在行动上你确实不是一个有很强个性的人。”夫人瞧着丈夫的反应。

杜尔生气地将杯子一推，但又叹了口气，感到很难反驳夫人对自己的评判。

吉蒂夫人连忙为丈夫叉了一块熏鱼放在盘子里，温柔地说：“你们商人总是把钱看得比什么都重要，可是我认为你的健康才是最重要的。中国之行至少需要一年多的时间，而我，亲爱的，我需要你在我的身边。”

杜尔的最后一道防线彻底瓦解了：“唉，你不知道，亲爱的，让我放弃我的初衷，我是多么痛苦！”

吉蒂夫人是斯特林勋爵的女儿，无论是她的高贵门第还是她个人的温情，对于杜尔都具有不可抗拒的影响。结婚以来，夫妇俩感情甚笃，虽然他们的婚姻仅仅维持了四年，原因不知其详。

当晚，在丹尼尔·帕克的“艳窝”——贝蒂小姐的卧房，又是另一番旖旎风光，这里陈设香艳，烛光摇曳。

贝蒂小姐是帕克瞒着妻子儿女在外面包养的一个年轻

的酒吧女郎。在帕克看来，她的脸蛋非常娇艳，身段极其火辣，蓝宝石鸡心项链在她胸前一晃一晃，大克拉钻石戒指在她纤指上一闪一闪。这当然是帕克给她买的，贝蒂戴着心满意足，帕克瞧着心花怒放。

贝蒂喂了他一口酒，柔婉然而正经地说：“我打听了，亲爱的，靠近小河的那幢小小的别墅，价格并不很贵。”

“哦，这事儿我差点儿忘了。”帕克似乎清醒了一些，“最近我太忙了，等忙过这一阵……”

“不，不嘛！”贝蒂在他怀里浑身扭动，噘起了嘴，“过一阵肯定被别人抢走了！你瞧瞧，为了找它，我的脚趾都跑肿了。”

这阵香风一扇，帕克又立即变得出手阔绰：“好吧好吧，你就把它买下吧。”他把一个钱袋扔给了贝蒂。

贝蒂兴奋地跳起来，马上端来一瓶威士忌，两人喝得昏天黑地。

次日，威廉·杜尔派人给罗伯特·莫里斯捎来一纸便笺，上面仅寥寥几句：“我的医生让我住院三天。我决定放弃这次远航的大班或其他任何职务。”

莫里斯看了便笺，非常高兴：“他终于改变了主意，我估计他肯定受了吉蒂夫人的影响。”他意味深长地笑了，把便笺递给霍尔克和帕克。

帕克叼着雪茄，咧嘴笑道：“枕头风历来比什么都管用。”

莫里斯说：“我始终认为，年轻人出任大班更为合适，因为这次远航非同寻常地艰辛和难以预料。”

帕克转而向霍尔克说：“那么我们原计划不变，马上通知山茂召和兰德尔，尽快到任？”

霍尔克点头道：“我完全同意大班、二班的人选，何况诺克斯少将向来是这二位的挚友和全力支持者。”

莫里斯说：“只是这两位年轻人自尊心很强，被威廉的横生枝节搞得心灰意冷，恐怕要做做劝说工作。”

经过莫里斯的解释和好言相劝，山茂召和兰德尔当然改变了另找出路的打算，欣然接受了担任大班、二班的聘请。他俩立即从西点要塞给亨利·诺克斯将军写了封信，其中说道：“现在我们肯定要去中国，这次行动是命中注定的。我们的前途一片光明！在过去许多重要的时刻，我们都得到了您的庇护，我们相信您将一如既往地眷顾我们。一旦踏上中国的土地，我们将立即和您联络，这将是我们的荣幸！请代我们向诺克斯夫人转达我们最尊敬的问候，并请告诉夫人，我们将终生铭记在她家里受到的亲切款待。”

山茂召（Samuel Shaw），按照现今的译名，通常会音译为“塞缪尔·召”（简称“山姆”）。但清朝时的翻译家总是喜欢把洋人的姓名“汉名化”，因而把他音译成“山茂召”。我们则按照有关文献的记载,沿用“山茂召”其名。

山茂召和托马斯·兰德尔（简称“汤姆”）这对挚友，都在二十八九岁的年龄，而且，无论从女性的视角还是男性的视角，从西方的标准还是东方的标准看，两人都是英俊、潇洒的帅小伙儿。山茂召有着蓝蓝的眼睛、饱满的脸颊、金色的卷发、温和的目光，而兰德尔则是卷发漆黑，眸子灰蓝，脸颊瘦削而棱角分明，目光冷峻。他俩都有一副健壮的体魄，保持着军人气质，其举止、气度又称得上是两位年轻绅士。只不过山茂召更显得和蔼而文质彬彬，兰德尔则更显精致和内敛，但都是那种在人群中一眼就可以看出有别于他人的青年。

他俩的出色不仅在于外貌和才干,更在于人品和素质，因此他俩深得诺克斯将军的器重和罗伯特·莫里斯的信任绝不是偶然的。他俩担任未来“中国皇后号”的大班、二班，是再恰当不过的了。

# 三　西洋参涨价了

在宾夕法尼亚和弗吉尼亚的西部边境，在阿巴拉契亚山脉的原始森林里，到处都生长着北美洲特产的人参——西洋参。

这种人参因为最初是通过西洋商人进口中国的，又出产于西洋，因此清代人称之为“西洋参”（简称“西参”）。后来这种西洋参更多地由美国商人从美国大量出口，而美国的国旗全是星星和红杠白条，花色斑斓，故而清时人称美国为“花旗国”，称西洋参为“花旗参”。又因为当时外商洋船运来的西洋参，主要从广州粤海关进口，故而人们又称西洋参为“广东人参”。

西洋参或花旗参，有别于中国本土东北三省出产的野山参（简称“东参”）和出产于朝鲜的“高丽参”。东参虽有大补元气之功，但其性温而助火，实症、热症者服之，反而火上浇油，戕害身体；而西参的补元益气功效与东参相同，但其性凉而滋阴降火，因此它有东参的补益之功，却无东参的偏热之弊。中国的医药家们发现了西参的这一特点，如获至宝，凡须用人参而又不能耐受东参之温补者，皆用西参。因此清朝从皇帝、后妃、王公贵族、达官显贵、豪门富室以至平民百姓，从宫廷御医到普通郎中，都纷纷视西参为补益上品，其需求量自然是惊人地巨大，中国成了收售西参的最大市场，从而也成了未来“中国皇后号”的股东们决意主打西参首航中国，以期赚取最大利润的主要原因。

33 岁的罗伯特·约翰斯顿医生，骑着快马，带领着他的马队，一直跋涉在艰险的收购西参的旅途中。马队由西洋参收购员和驮参的马匹组成。这样的马队还有好几支，分散在各处购参、驮参，然后驮到约翰斯顿指定的地点汇总，最后由内河航行船只运载到纽约港码头。

约翰斯顿从宾夕法尼亚边境到弗吉尼亚边境，途经巴斯镇、坎伯兰、斯汤顿、奥古斯塔、弗雷德里克斯堡等小镇，沿途眼见各个西洋参收购站都在忙着收参、付款，有的站点卖参者甚至排成了长队。

边境的印第安村庄、猎人小屋和山谷的农舍里，几乎家家都多少储存着一些西洋参。约翰斯顿手下的收购员们骑着马，背着帆布包、帆布袋，出了东家进西家，简直像警察搜查似的，在忙着收集零星的、数量不等的西洋参。

约翰斯顿沿着阿巴拉契亚山谷策马而行，一眼望去，在山坡的密林里，近处和远处，到处散落着星星点点的或扎堆的身影，那是单独而行的或三五成群的挖参人。在约翰斯顿看来，这景象真像漫山遍野的山花一样令人欣喜。这些边远山区的居民和印第安人，还有流动的小贩们，亟须用昂贵的西洋参去换取大米、谷物、日用品或者现钱。在这些地区，西洋参历来能与货币一样通用，甚至比货币更好使。他们挖参简直就是挖钱，这成为他们挖参的最大动力。

时值9月，正是西洋参成熟的季节，挖参者们带上一把小锄头、一个麻袋和一份午餐，一大早就进入密林深处，开始寻找这种价值连城的植物根。不光是男人和老人，就连女人和小孩都加入挖参者的行列，有时甚至全家出动。这种能换钱的植物根，在山区的男孩、女孩中都遐迩闻名。

约翰斯顿一路瞧着收购站、收购员和挖参者们忙忙碌碌的情形，非常高兴，心想：特恩布尔—玛尔弥公司到处张贴的收购广告已起了作用，完成30吨西洋参的收购指标不成问题。

珍妮·莱雅德在费城没有找到父亲约翰·莱雅德，却见到了收购西洋参的广告，这位一向闯劲十足的姑娘于是直奔宾夕法尼亚山区，也加入了挖参者的队伍。既然弯弯腰就能赚到一大笔现金，干吗不去捞一把?

但是她对西洋参这玩意儿从未见闻，更不用说找参、挖参了。这位毫无经验的挖参者，只好学着别人，在密林中乱寻、乱挖，不料正好碰上另外两个更无经验的“小混混”，于是双方发生冲突也就不可避免。

冲突的起因是“领土”之争：珍妮发现了一片茂密的蕨类植物，认定它们就是人参，便用小铲子起劲地挖掘起来。她挖出了一棵蕨的根茎，擦去泥土，咬了一口尝了一尝，似乎并无异味，更加以为是人参无疑了，便挖得更加起劲。不远处有两个“小混混”，挖了半天也没挖到人参，眼看珍妮挖得劲头十足，又是咬又是尝的，心想那一片蕨肯定就是人参，便赶紧跑过来，也起劲地挖掘起来。珍妮抬头一看，是两个小子，皮肤一个黢黑，一个棕色，显然是印第安小子，衣衫破破烂烂，浑身脏兮兮，肯定是流浪儿。

“喂！你们俩干吗？”珍妮直起身来，向那两个小子嚷嚷道，“想抢我的人参吗？”

“这人参是你种的吗？我们为什么不能挖？”那两个小子也不是好惹的。

“谁发现的就是谁的，你们有能耐自己去找参。”珍妮仍然坚持自己的“领土所有权”。

那棕色皮肤的反呛道：“你发现的是那一头，我们发现的是这一头，这一头也是你的吗？”

那个黑皮肤的理也不理，照旧挖“参”不止。

珍妮感到语言“照会”已经无济于事，必须用“武力”解决“领土”争端了，便赶过去夺下黑小子的锄头，向远处一扔：“什么这一头、那一头，你们给我滚开！”

这一下黑小子不干了：“你干吗扔我的锄头？你给我捡回来！”

“你的锄头你自己捡，赶快离开这里！”珍妮毫不让步。

“你扔我的锄头，我就扔你的铲子！”黑小子不由分说，上来就夺珍妮手中的铲子。

珍妮哪里肯松手，便与黑小子扭打在了一起。棕色皮肤的小子眼看自己的小个子伙伴落了下风，立即撸起袖子，加入战斗，上来帮着争夺。三人扭打得难分难解。突然，黑小子脚底一滑，向前一踉跄，整个身子跌向珍妮，把珍妮连同棕色小子一起扑倒在地。三人在地上滚作一团，把蕨类植物滚倒了一大片，而双方的六只手还是死死地抓着那把铲子。

“哈哈哈……”从树丛后面传来一阵笑声。

这三位坐在地上向笑声处望去，原来是一位老人，双手拄着锄头，正在看他们打架。这位老人一部银白的大胡须，银白的浓发从帽檐儿下露出来，通红的脸庞，通红的肉鼻子，如果是在圣诞节的晚上遇见他，准以为他就是圣诞老人。

“傻小子们，你们这是在挖人参哪？打架可不像绅士和淑女。”老人走近他们，瓮声瓮气地说，“让我看看你们挖的参……呵呵，这是人参吗？这哪里是人参？这是蕨的根茎啊，倒是可以磨成淀粉拿来吃。嘿嘿嘿，为了一个蕨根，打得头破血流。”

三个少年感到很羞愧。珍妮理理长发，红着脸轻声地说：“是我先动的手。”

老人笑道：“看得出来，你是个急性子的姑娘。但挖参可不能性急。”

棕色小子问道：“老爷爷，哪里能找到人参？”

“哪里都能找到。”老人指着周围的一大片树林，“你们仔细看看，哪一棵树最大，树阴最密？哪一棵的背后终年见不到阳光？哪一棵的枯草烂叶最阴凉、最潮湿？”

三个少年各指各的：“是那一棵！”“不对，是那一棵！”

老人说：“都不对，你们跟我来。哈哈，瞧瞧，它们躲在这里呢！”老人找到了成片的人参，搓着手说，“你们仔细瞧瞧：它们长得多漂亮啊！简直像一群可爱的小娃娃。它们的长相有什么特点吗？”

“都有一根高高的细细的茎。”

“茎上都长着手掌似的叶子。”

“有的还开着小小的花儿。”

“有的还有鲜红的诱人的浆果。”

“这浆果真可爱，它能吃吗？”

“当然能吃，”老人答道，“不过不能像吃草莓似的，它可是药啊！”

老人接着问:“你们再瞧瞧，这一大片‘小家伙’当中，哪一棵的茎最粗、叶子最多、浆果最大？”

那三位小学徒比较了半天，说:“这一棵！”

“对，”老人说，“这棵是这一大片‘人参家族’的爷爷的爷爷，它的种子撒落在地上，长出了它的儿女，这些儿女的种子又不断地撒落，又一代代地长出来，长成了子子孙孙，长成了这一大片西洋参大家族。那么，哪些又是最年幼的人参娃娃呢？”

三位学徒茫然了。

“找参是一门大学问。”老人指着一棵参苗耐心地说，“仔细观察参叶，你们看这一棵，才长出一片大叶子，大叶子上再长着三片小叶子，就像一只手掌才长了三根手指，这还是一个出生不久的人参娃娃，不能挖它。那一棵呢，虽然一片大叶上已经长出了五片小叶子，长成手掌形了，但还只长了一只手掌，它还是一个两年生的小小子，就像你们一样，还在成长，也不能挖它。这一棵，还有这一棵，那一棵，已经长出了两只手掌，五个手指，最后甚至增加到六只手掌，他们已经长了三年到六年以上，有的甚至更老，它们都已成年了，到壮年、老年了，可以让它们为我们人类作贡献了。”

珍妮早就等不及了，拿起铲子就想对那棵“参爷爷”下手。

“慢慢慢，姑娘。”老人忙阻止珍妮，“挖参可是一门大学问，不能把参须挖断一丝儿，更不能把根部挖伤了，必须把整颗参连根带须、连茎带叶完完整整地挖出来。你们瞧着。”老人拿起珍妮的铲子，以那棵老参为圆心，以大约50厘米为半径，画了一个圆圈。然后他沿着圆圈，用铲子把浮土挖松、挖开，挖成了一个坑；然后他把铲子深深地插进泥土里，又使劲地晃动铲子，晃松泥土；这样又挖又插又晃地一圈下来，那一圈泥土就晃成了一堆松土。老人这才一手轻轻地晃着深深地插在泥土里的铲子，一手抓住那棵老参的茎部，慢慢地，试探地，悠着劲地，渐渐地把那棵老参整棵地拎了出来，只见根须上的松土刷刷地向下掉落，那棵老参便完整地拎在老人的手里了。

三个小学徒欢呼起来，他们的欢呼声和老人的笑声在树林里回荡。

“行了，孩子们，咱们干起来吧！”老人一声令下，孩子们便迫不及待地挖起参来。这一回他们个个挖得小心翼翼。

他们边挖边问：“老爷爷，西洋参真的那么值钱吗？”

“嗯，这么说吧：一棵上等参的价钱，就足够让你乘邮轮从纽约到伦敦去玩一趟。”

“那么什么样的参才算上等参呢？”

“这就不好说了，如果你运气好，可能挖到几百年的老参，也可能是二三百克重的优等参。人参一般长到六片大叶，就已经长到顶了，已经十分稀少。若是能长出七片叶子，那简直就是奇迹了，成了十足的宝中之宝！”

珍妮说：“老爷爷，我猜您肯定藏着七片叶的‘宝中宝’吧。”

老人没有正面回答，只是呵呵地笑着说：“约翰斯顿先生到我家里来过好几趟了，我还在考虑让不让给他。”

这是一场让人受益匪浅的挖参入门课。比起西洋参的昂贵价格来，“人参老人”的教诲和三位新结识的少年朋友的友谊更为珍贵！那两个小子，从此成了珍妮的铁杆哥儿们。

罗伯特·约翰斯顿医生以令人钦佩的敬业精神，不知疲倦地为收购西洋参奔忙。白天，他骑着快马在交通极其不便的各个小镇、各个收购站之间穿梭，为装参、运参安排驮马、车辆和船只，把它们从弗雷德里克斯堡由水路运载到纽约。晚上，他在烛光下，像战争时期发送军情急报似的书写和送出一封封快信，向费城的丹尼尔·帕克及时通报西洋参的收购和参价的涨落情况。

9月初开始时，这些快信的语气还非常乐观：

这里的情况令人满意。以前运往欧洲的有限收购量，还不足以将西洋参价格抬得很高。因此开始时我们能以最高每磅2先令6便士，或每磅2先令9便士的价格就能买到。目前我们的购买价格是每磅3先令6便士，购进了布拉诺的3000磅西洋参……

到9月上旬，参价有所上升，约翰斯顿写道：

我已经与这里的人订下协议，以每磅3先令9便士的价格收购2000磅西洋参。大约还有1500磅很快送到这里。我需要大约2000美元现金。我已经收到500美元的银行票据，但这些乡下人根本不收，我也无法和商店老板兑换……

到9月中旬，参价又攀升了，医生写道：

由于我们的收购量巨大，这里的西洋参每磅4先令3便士都很难买到。我只能给出每磅4先令8便士的价格。我急需补充现金……

到9月底，参价进一步上涨，使得约翰斯顿非常不安：

西洋参的价格又大大提高了。杰斯·申希先生大约有3000磅西洋参，他承诺以市价每磅5先令卖给我们。但现金远远不足，我又不想在结算方面为赊欠开了先例，因此请尽快送来现金……

到10月初，西洋参的行情更让约翰斯顿紧张起来：

巴尔的摩的三四个西洋参买家，打算抬高价格，出价每磅5先令6便士买进，比已经很高的每磅5先令还要高。这里有一家公司出价每磅5先令6便士要买我的西洋参，但我拒绝了。竞争非常激烈。到账的资金像海绵吸水一样很快又给吸干了……

到10月中旬，随着西洋参的收获季节即将结束，收购足够数量的人参的时间变得日益紧迫，约翰斯顿只好在价格方面进一步提升：

我想稳定参价已绝不可能。我们的收购量太大了，必然刺激参价疯涨。我们只能喝下自己酿成的苦酒！我已打出新的广告，将出价每磅 6 先令收购头等西洋参。如果我签订的合同到货的话，本周还将有大约 1 万磅西洋参运到。请让信使捎来相应的现金……

到 10 月上旬，资金的极度缺乏让约翰斯顿由发愁而变得惊慌：

现金根本没有！你们无法想象：我为缺乏现金感到多么苦恼！西洋参每天都送到，下周将有一条船装载 70 大桶 238 升西洋参前往纽约。普林杰尔先生一直不太情愿借给我钱，这些天他干脆拒绝了。麦克·艾德礼先生和亨利先生一直十分好心地为我们垫付货款，他们希望能拿到现金或你们的期票。因此我冒昧地请你们赶快开一张 10 天后支付的支票，这是他们能等待的最长期限了……

在费城，丹尼尔·帕克越来越害怕，约翰斯顿不断派信使送来雪片似的快信，那简直是一道道“催命符”，使他的秃脑袋上渗出了汗珠。这位司库拿着这些信件，向他的三位合伙人叫苦不迭：“钱钱钱！叫我到哪里去弄到那么多钱？你们瞧瞧，还有特恩布尔—玛尔弥公司发来的账单！让我怎么去填这个永远填不满的钱窟窿？反正我已经身无分文！”

罗伯特·莫里斯也是愁云满脸，疲惫不堪：“已购进的30吨西洋参当然不能退货或转让，否则我们的中国之行还有什么价值？但我完全没有把握：以我的北美银行的信誉，能否借贷到足够的现金。”

威廉·杜尔用热水吞进一些药片，他瞧着急得团团转的帕克，不说幸灾乐祸，至少也无动于衷，鼻孔里哼着气。

约翰·霍尔克是实力最雄厚的一位，但是他除了分内的投资，向来对这次远航的具体事务能不插手就不插手。但这次帕克只好求助这位“财神爷”追加投资了：“约翰，我们都知道：无论是信贷发放方面，还是资金流动方面，您是最有办法的。您不会眼瞅着可怕的财政问题威胁到我们的中国之行而不肯伸伸手吧？”

霍尔克只简单地回答了一句：“我们的支出不能超过我们的预算。”

帕克抱头哀叹：“噢，谁能保证我们的预算一定正好等于我们的支出？”

莫里斯向帕克使了一个眼色。帕克马上心领神会，他知道，只有莫里斯才有可能说动霍尔克追加投资，但这当然必须在私下进行。

从11月开始，超过30吨的西洋参，由沿海商船“贝特西号”“兄弟号”“莎莉号”“黑鸭子号”，源源不断地从弗吉尼亚和宾夕法尼亚的西部运往纽约。搬运工们把一箱箱西洋参从船上搬进码头仓库。

劳累得瘦了一圈的罗伯特·约翰斯顿医生，把一张张货单交给帕克、山茂召和兰德尔，同时哑着嗓子说明着：“我们从收集到的西洋参中挑选了242箱，总共重57687磅。所有的箱子上都作了记号：Ⅰ表示上等参，Ⅱ表示二等参，Ⅲ表示三等参，X表示最次等参，每个等级之间都存在着巨大差别。但是我必须说明：由于时间紧迫和数量庞大，根本不允许我把它们细细地挑选、精确地分类，再说也缺乏这方面的专业人手。因此最次的里面也许能挑出许多质地优良的上等参；相反，上等参中也可能夹杂着次等参……”

帕克叼着雪茄，拍拍医生的肩膀，打断了他的话：“好啦好啦，亲爱的老弟，这一切已经非常令人满意了。我会给所有的运送船只发放奖金，当然还有您，医生。”

兰德尔看过货单，然后说：“还有少量的西洋参在不断地运来，我们这里又收到了六大桶，大约有2020磅。”

帕克忙说："统统收进！无论从哪里送来的，都不能放过，我对这批参在中国的销售前景非常乐观，而且毫无疑问这是有根据的。最新的和最好的情报表明：所有货物在中国的价格，都远远高于本地的和欧洲的市场价格，尤其是西洋参。只要我们能抢在欧洲商船前面赶到中国，那肯定将有十分可观的利润！"

山茂召不无忧虑地说："最大的困难是怎样把它们从美国运出去。该死的英国军队至今没有从纽约撤离！邦联国会的官方手续也还没有办下来。"

帕克很有把握地说："放心吧，山姆，我相信约翰·亚当斯先生在巴黎的谈判会有好消息的。至于邦联国会方面，莫里斯先生正在跟他们打交道。"

丹尼尔·帕克显得踌躇满志，因为他从霍尔克那里得到了后援资金，故而又神气活现起来。

## 四 从“安吉丽卡”到“中国皇后”

中国的民间神话说，夜空中的牛郎星和织女星，原本是一对恩爱夫妻，但王母娘娘惩罚他俩永远分离，把他俩隔离在银河的两岸，永生永世不许团聚。这对夫妻只能隔河相望而不能相聚，只有到每年农历七月初七“七夕”之夜，无数的喜鹊会自动地聚集到银河之上，用它们的翅膀搭成一座“鹊桥”，牛郎和织女才能在桥上相会一次，然后又只好分隔两岸……

听故事的小孙孙问奶奶：“牛郎、织女为什么不坐船相会？”奶奶叹气说：“因为银河上没有船。”这个神话也许能启示我们：无论是在天上还是在人间，婚姻之船、爱情之船、友谊之船、心灵之船对于人们之间相互沟通交往，是何等重要！

计划远航中国的四个合资伙伴，实际上从1783年5月就已经开始寻找船只了。尽管对于这几位大富商来说，随便找一艘船并不困难，但是要找一艘符合他们要求的，足够吨位、足够坚固、足够气派，又适合远航的商船，就不那么容易了。战争期间，大陆军海军曾打造、修理了很多“私掠船”，用于骚扰英国的军舰。战争结束以后，这些船只都没有了用武之地，只能停泊在美国东部沿海的各个港口。罗伯特·莫里斯本人就拥有几艘这样的船。但是这种船虽然速度很快，十分坚固，可惜都是船型、吨位偏小的单桅帆船、纵帆船和双桅帆船，只便于隐蔽和伏击，而不适合远航和载货，若用于运载货物进行远洋航行，根本达不到要求。

当然除了“私掠船”，也有为数不多的一些大型远洋货船，它们的船主都是跃跃欲试，然而又资金不足、冒险精神欠佳的蹩脚“冒险家”，在目前周边被列强包围的严峻形势下，他们是绝对不敢贸然远航的。有的虽然萌生了远航的意愿，但是还在观望，想看看风头再说。当他们得知莫里斯—霍尔克公司和帕克—杜尔公司正着手寻找远航中国的商船时，便纷纷抛出信息：愿意出租或出售、转让他们的船只，这其中就有“波旁号”“阿图瓦伯爵号”“哥伦比亚号”“海牙号”“丽达号”和“安吉丽卡号”等。但直到该年的秋天，中国之行的决策者们仍然委决不下：到底挑选其中的哪一艘担任未来远航的主角更合适。

杜尔认为，这些船的租金或售价都偏高。帕克认为，价格不是问题，主要应考虑船只的吨位。霍尔克认为，这些船的吨位都在300至500吨之间，用作首次具有冒险性的中国之行，吨位足够了，但必须考虑气派。莫里斯认为，既然是首航中国的美国商船，当然应具有必要的气派，但同时应挑选最坚固、质量最好的，这才是关键。

最后山茂召建议：“若是要了解一艘船的质量，最便捷和有效的办法，是了解这艘船的建造设计师和他的设计理念，以及船只的建造年代。我们不可能登上每一艘船，用我们的眼睛去目测它的质量优劣和老化程度。”

这一建议立即得到了四位“东家”的一致赞同，同时也提醒了莫里斯：“山姆，请你与兰德尔尽快去拜访约舒亚·汉弗莱先生，他就在费城，他是我们美国历史上第一任海军舰艇督造官，从他那里，肯定能了解到哪一艘船的设计师是谁。然后你们把情况带回来，最好能带来船只的设计图纸。”

找船的问题总算有了一些头绪，但是遴选未来的船长同样非常重要，却仍然难以意见一致。帕克坚持说：“詹姆士·尼科尔申当然是第一人选，他曾是大陆军海军的高级军官。他现在是‘阿图瓦伯爵号’的船长，他也曾指挥过我们公司的一艘商船。”

莫里斯从容地说：“对我来讲，我更熟悉约翰·格林，他曾担任我的一艘往返于费城和纽约之间的商船船长。格林船长是大陆军海军中的第31位上校，是一位经验丰富的航海家。他是我所遇到的最狂热的爱国美国人，他的口头禅是‘祝华盛顿胜利，大败英军’，他的朋友们对他的评价是：无比正直，非常乐观，虽性格粗犷，但本性淳良，为人豪爽，他的‘慷慨和好客，已经达到不凡的程度’。说心里话，我对他十分信任。”

莫里斯的这一番推荐词是如此充分、有理，以至于霍尔克和杜尔一下子给约翰·格林投了赞成票。但是帕克对格林仍持保留意见，他嘟囔着说：“不管怎么说，我认为格林不该被委任比尼科尔申更重要的职务。”

当莫里斯和帕克为未来的船长人选争执时，约翰·格林这位前海军上校正在圣乔治湾海滩的一块礁石旁与人决斗。

事情的起因是这样的：一位来自纽约的商人塞缪尔·琼斯先生与格林发生了冲突。

琼斯认为，要让英国驻军撤离纽约并非易事，因为美国海军“太软弱”。格林火了，推开酒杯，嚷道：“草包才怕英国兵！你等着，我们会用大炮把他们轰出去，至多再打一场战争。”

琼斯呷着朗姆酒，讥笑他说：“我看你还是用你最擅长的船桨去打英国佬的屁股吧，哈哈哈……”

格林十分藐视他：“我的船桨只打你这种孬种的脑袋！”

琼斯恼羞成怒，骂格林是“懦夫”“流氓”。

于是身强力壮的格林挥起拳头，一个右勾拳，就把对方打出去几米远。

琼斯晃晃悠悠地站起身，捂着流血的嘴说:“野蛮……十足的野蛮人！这一拳绝对完不了！”

就这样，两人当场约定：双方用手枪再打一次。

48 岁的约翰·格林身材魁梧，体重超过 200 磅，身高 6 英尺 4 英寸，有着长年在海洋上磨炼出来的丰富的航海经验，以及冷静的头脑、果敢的性格和火爆脾气。这时他正在海滩上手持手枪，虎视眈眈地盯着相隔五米远的对手。他的儿子——18 岁的小约翰·格林，惶恐地瞧着老爸的疯狂举动，不知所措。

富有经验的格林侧身站着，把左胸转向左边，保护住心脏，只把身体的右侧暴露给对方，缩小了对方瞄准的目标，然后举起手枪，瞄准了对方。而毫无经验的琼斯怒气难消，只顾报一拳之仇，岔开双腿呈“大”字形站定，挺胸面朝对手，双手抖抖地握着手枪，喘着粗气，怎么也瞄不准目标。

格林心想:“这小子完了！”他把枪口瞄准对方的心脏，正要扣动扳机，只听远处有人大声喝道:“住手！谁也不许动！你们被捕了！”

格林斜眼一瞥，只见一队海上巡逻警察和水手正朝这边奔来，举枪对准了他俩，步步逼近。警官和几个水手大步上前，把格林和琼斯强行拉开。

但一心要报仇雪耻的琼斯发疯似的反抗："放开我！你们这帮该死的混蛋！我要杀了他！"

他暴跳如雷，拼命挣扎，狂乱中他竟向一名警察的大腿开了一枪。警察们一拥而上，立即把他按倒在沙滩上。结果他与格林都被押走了。

舰艇督造官约舒亚·汉弗莱先生有一本业务手册，那里边记录着某些重要船只的建造年代、性能和相关数据，有的还附有设计图纸。通过他，山茂召果然很快就找到了一位最著名的船舶设计师和他的船只。

这位船舶设计师，就是波士顿大名鼎鼎的约翰·派克先生，他被誉为"美国历史上第一位海船建筑师"。他创造了一套设计帆船的新颖而独到的方法，人们对他的评价是："这位先生，把造船发展成了一门具有独特理论体系的科学"，"他的理论既科学又实用"，他是一位"具有独创精神的大师"。派克已经完成了七艘大船的建造工作，而且每一艘新船都有改进和创新。山茂召很尊敬地请他重点介绍一下其中最近建造的和他最满意的一艘海船的情况。

"那就得是'安吉丽卡号'，"派克十分干脆地回答说，并且拿出了这艘船的图纸和模型，“这是今年也就是1783年刚刚在波士顿建造的一艘新船。它所参照的模型是英国海军航速最快的一艘帆船——‘贝利萨留号’。但是我又把它作了一些小小的改进。”

这位58岁的瘦小个儿的老人调皮地、神秘地向山茂召眨眨眼睛，像是在透露一个小小的秘密。这更引起了山茂召的极大兴趣，他细细地打量着“安吉丽卡号”的精致模型。

“您以为它的外形仅仅关系到它的气派？不不不，年轻人，外形是一艘船的最重要的特性。”老人比画着船的模型说，“以前人们总是喜欢把船头造得很窄，而内部的龙骨则有很多曲线变化。但是这样，船的形状就跟鱼类完全不同，违背了大自然的规律。因此这样的船，就会像捕鲸船那样容易翻船。与此相反，你看我的‘安吉丽卡号’，我把它的船头稍稍地加宽，并且稍稍地向上翘起，这样就能使它具有强大的对抗风浪的能力，并且速度也加快了，而载货量反而比同吨位的其他船只增加了。”

“这真神奇，先生，哦，不，大师！您真是一位造船大师！”山茂召由衷地赞叹道。

“‘大师’可不敢当，人们爱这么叫就这么叫吧。您知道吗？年轻人，起初他们叫我什么来着？”

“什么？”

"'傻瓜派克'！叫我'傻瓜派克'！"老人眯缝着眼，很开心地笑起来，"因为当初我运用我的理论，顶着巨大压力建造的第一艘船，人们觉得不可思议，都把那艘船叫作'派克傻瓜'。嘿嘿，'派克傻瓜'，'傻瓜派克'，我喜欢这个名称。"

"我也喜欢这个名称，大师，它具有非同一般的标志性。人们往往把天才叫作傻瓜，而把傻瓜叫作天才。"山茂召感慨地说。

老人说："重要的不在于名称，而在于实绩，在于你有没有实实在在的成果，有没有创造性的理念和观点，可不能当'空头支票'！您看我的'安吉丽卡'，她多漂亮，她简直是一位美女！是吧？"老人双手托起他的"美女"的模型，陶醉于其中。

"那么您的这位'美女'现在在哪里呢，大师？"山茂召急切地问道。

"大概被特恩波尔—玛尔弥公司买走了吧！唉，我多想念她啊，我的'安吉丽卡'！"老人抱着那艘船的模型，望着窗外的蓝天和白云，思绪飘向远方。

约翰·格林船长遇到的麻烦，要比他参与这次决斗大得多，因为他这时还是大陆军海军的现役上校，而且以前他在军队里就曾参与过类似的一次决斗，因此他的这类行为，即使够不上犯法，也必须接受调查。于是，海上巡逻警察把他转到了波士顿军事法庭去接受必要的传讯。尽管他没有被关押起来，行动是自由的，但是在传讯期间，他不许擅自离开波士顿，必须随叫随到。

正是在这期间，在波士顿海港的众多大小船只中，格林第一次见到了后来将要由他指挥的“安吉丽卡号”。他与它不期而遇，也许是命运的安排，但肯定也是由于这艘几乎全新的船只的造型，引起了这位航海老手的特别的注意。

“嚯，多漂亮！能驾驶它漂洋过海的好运，不知会落到哪个幸运的家伙头上。”

任何一艘性能优良的船只，都逃不过这位经验丰富的船长的锐利目光。这之后，格林在接受传讯的过程中，每次路过“安吉丽卡号”的身旁，总要驻足打量它，凝望它半天。

这一天，他正在如此痴痴地凝望着，他的儿子小约翰领着托马斯·兰德尔找到了他。

“格林先生，您知道罗伯特·莫里斯先生正在找您吗？”

格林疑惑地打量着兰德尔，粗声粗气地问：“什么事？”

小约翰怯生生地说：“爸爸，这位是托马斯·兰德尔先生，是财政部总监先生派来找您的。”

“是这样，格林先生，”兰德尔解释道，“我们正在准备进行一次前往中国的远航，莫里斯先生认为您是担任未来的船长，指挥这次远航的最合适人选。”

格林的双眼睁大了，发亮了，但立刻又黯淡下去：“我现在麻烦缠身。该死的传讯！传讯！我哪里也去不了。”

“我知道，船长先生。”兰德尔笑着说，“我特地来找您，正是想告诉您一个脱身的办法。”

格林又疑惑地睁大了眼睛。

兰德尔继续说：“我的建议是：您向莫里斯先生提交一份‘海运代理’的书面申请，同时再向大陆军海军部提交一份‘休假书’，请求批准您‘从事私人业务’，直至应召恢复公职为止。至于剩下来的事情，比如传讯等，您就甭管了，莫里斯先生自会料理。”

“老实说，我早就想离开这死气沉沉的海军！既不打仗，又不把英国驻军一炮轰出去，整天不知在干什么。可是先生，您的办法能行吗？”格林有些担心。

“您就按我说的做吧，船长先生。今天晚上您就把您亲笔写的申请书交给我，明天我就回费城交给莫里斯先生。”

格林喜出望外，两眼放光，狠狠地一拍他儿子的肩膀：“嗨，小子！你还傻站着干吗，快给你老爸找纸，找笔！”

小约翰被他老爸的大巴掌拍得直咳嗽。

兰德尔瞧着这爷儿俩离去的背影，觉得这位船长的豪爽性格确实很可爱。

但是格林船长却又突然折返回来，大声问道:“兰德尔先生，你们开往中国的船只是哪一艘？”

兰德尔大声答道:“正在物色当中，还没有最后确定。”

格林突然走过来，一下搂住兰德尔的肩，弯下腰，指着“安吉丽卡号”,轻声地说;“您瞧,瞧见没有？好好瞧瞧，简直是一位海上女王，对不对？千万别错过了它！回去告诉莫里斯先生。”

他又突然直起身，双手插着腰，深情地凝视着“安吉丽卡号”，轻柔地自言自语地说:“这将是我的船，我相信！它正是我所需要的，这是它和我共同的幸运！”

这一年 11 月初的一天，罗伯特·莫里斯在费城的办公室，分外喜气洋洋，这位主人甚至还特意预备了香槟酒。中国之行的四位投资人和两位未来的大班、二班，手中拿着酒杯，笑逐颜开地围着“安吉丽卡号”的精美模型，细细地打量又打量，犹如在瞧一位总也瞧不够的新娘。

这是一艘三桅（前桅、中桅、后桅）加头桅和尾桅的航海大船，船身外壳和船体包裹着闪闪发亮的铜皮，船体极其坚固、结实。它的前甲板有一座船头楼，后甲板有一座船后楼，两者之间架有步桥相连。船尾是尾楼和船长室。它的船体从上到下隔成三层甲板：上甲板是主甲板，中甲板是一排炮眼，下甲板是船舱，下面是底舱和压舱货物。它的船舱，前后又隔成了四段，以防相互进水，分成前舱、二号中舱、三号中舱和后舱。它的船舱几乎是可以密封的。它的船舵由舵柄和制动杆操纵，柄上缚着大索，帮助舵手固定舵柄。船侧的前部有一座瞭望台。在它的主桅上方，靠近最高上桁处，还有一座高高的瞭望台，使它的视野分外开阔。最引人注目的是：它的船艏雕刻着一位女神像，她的双眼遥望远方，神态庄严而安详……

山茂召摊开该船的设计图纸，拿出说明书和记事本，娓娓道来："这艘船是今年在波士顿新建造的，设计和监工是著名的约翰·派克先生。它船长为 104.2 英尺，宽为 28.4 英尺，吃水深度为 16 英尺，排水量为 500 吨，载货量为 400 吨。请注意：它内部的龙骨是按照仿生学原理，仿照抹香鲸的脊骨和胸腔设计打造的，船身呈流线型。它的船头比一般的海船宽而尖，而且微微上翘，而船尾呈方形，这样就减少了阻力，加快了速度，增强了稳定性，使它足以抵抗狂风恶浪。一般的海船需要大石块压舱，才能使船头翘起并加强稳定性，而这艘船无须压舱石也能达到同样的目的，从而增加了载货量。"

帕克听得兴致勃勃："太棒了！它无疑是一流的，无论是航速还是质量。它的工艺水平绝对是全国第一，而且是全新的。"

莫里斯点头称是：“显然是这样，‘傻瓜派克’就是不同凡响。那么它的配备呢？”他问山茂召。

“船上配备如下，”山茂召翻开记事本，“它需要水手42名，包括14名炮手。船上共安装有能发射9磅炮弹的重炮10门、能发射6磅炮弹的加农炮4门。缆绳、锚以及索具全都是新制的，此外还多配备了一套索具，以备不虞之需。它的全新的船帆也装备有两套，包括主帆和各种副帆，以及首帆、三角帆、操纵帆和前后支索帆。罗盘仪、象限仪、测程仪等，一应齐全。除了各类必要的船舱，它还设有食物和淡水储藏室以及医务室……”

帕克抢过话头说：“总之，它是一艘可以远航到任何地方的大船！”

这一次，就连冷冰冰的威廉·杜尔和一向保持矜持的约翰·霍尔克，也赞同了帕克的结论，露出了少有的笑容。

但一直在一旁静听的兰德尔思索着说：“只是这艘船的命名，‘安吉丽卡号’，是否需要考虑？”

“‘安吉丽卡’，Angelica，‘天使号’，这个船名很好啊，我喜欢。”霍尔克说。

“是的，它很可爱。”杜尔也很赞同。

“只是，我担心中国人是否理解‘天使’是什么。”兰德尔说，“我想，东方文化跟我们西方文化恐怕是完全不一样的。”

莫里斯也立即意识到了这一点："哦，是的，'安吉丽卡'，'天使号'，这个船名虽然很好，然而不妥，确实不妥。"

"那怎么办？"帕克有些性急，"换个船名当然可以，但命名是很费脑筋的事。"

兰德尔试探着说："我曾听格林船长把它称为'海上女王'。"

帕克马上附和："好！这个名称很响亮。"

但山茂召婉转地提出异议："据我所知，东方民族对于'君王''女王'之类的称号是特别敏感的，它意味着威严、至高无上、凛然不可侵犯。我们首航中国的商船若是命名为'海上女王'，对于中国人来说，是否会产生一种傲慢、盛气凌人甚至想与他们的皇帝平起平坐的误解？"

"哦，这显然不利于我们的首航。"莫里斯思索着说，"我们这艘船的命名必须独特，有别于所有西方船只。它不仅要响亮，而且必须向中国人传达出友好、尊重的诚意，必须有一种亲和力、亲切感，同时最好具有某种中国色彩，让中国人一听就会有一种眼前一亮，心头一惊、一喜的感觉。"

帕克气馁地倒在沙发里："这就难了！这么复杂！"

但大家十分赞同莫里斯的理念，于是都思索起来，办公室一时陷入沉寂中。霍尔克虽然有一个精明的商业头脑，但可惜对于命名之类缺乏想象力。杜尔很想想出一个出色的名字，但他的病恹恹的身体影响了他的脑力。帕克倒是脑力、精力都过剩，但对于文绉绉的命名的事，他只会瞎咋呼。

莫里斯进一步补充说：“我在想，它既能有女神般的美丽、庄重，又能使中国百姓、官员乃至中国皇帝喜爱，这至关重要。”

帕克为难地喃喃道：“这怎么可能？让皇帝喜爱……”

“皇后！”兰德尔灵光一闪，冲口而出。

“中国皇后！”山茂召几乎嚷道。

“‘中国皇后号’！”那三位船东不约而同地喊起来。

“就是它！天才的构思！”莫里斯霍地站起，兴奋地搓着手，然后捧起那艘精美的船只模型，十分动情地朗声道：“The Empress of China！来吧，朋友们，让我们为这位尊贵而美丽的‘中国皇后’，干杯！”

一阵欢声笑语，一阵叮当碰杯，整个办公室顿时沉浸在喜庆的气氛中。

在约翰·格林船长的海运代理申请和休假单尚未批复下来，还在焦急地等待的时候，他未来的手下如事务长、大副、二副等，以及大部分水手，就已经在业已命名的“中国皇后号”上忙碌起来。实际上早在这一年的夏天，船队的主要成员就已经被挑选出来，并且开始集合了。

大副罗伯特·麦克卡弗和二副亚伯·费彻忙着带领水手们检验、熟悉船上的帆、舵、锚、缆绳和索具等，它们全都是崭新的，而且就像自己的四肢一样听话好使。炮手们关心的首先是那14门重炮和加农炮，炮身和炮膛油光锃亮。他们把一批火药、炮弹、轻武器如滑膛枪、手枪以及刀、剑等，一一安放停当。

事务长约翰·怀特·斯威弗特戴着眼镜，拿着账单，在码头上验收船上的日常必需品和部分已经运到的货物，如烟碱、松节油、木材、焦油和7桶葡萄酒、白兰地，足够全体船员使用5个月的淡水和14个月的食物，全套医疗设备等。搬运工们像蚂蚁一样，沿着舷梯爬上爬下，气喘吁吁。

这时，从码头到船上已是一片忙碌、一片嘈杂，但是最引人注目的还是船头。在那里，几名专业工人正站在吊悬在船头两侧的木板上，把“安吉丽卡”几个大型英文字母取下来，把“中国皇后”几个新制的英文字母安上去。雕刻匠正忙着给船头的女神头上新安上一顶“皇后”的金冠。大班山茂召和二班托马斯·兰德尔站在码头上，监督着这项至关重要的工作。

但最突出的，还是刚刚赶到船队上任的船长约翰·格林，他抽着烟斗，咧着大嘴，赞赏着新的船名。他正好在船队最忙碌的当口拿到了申请和休假的批复，赶到了他的新岗位。

在波士顿港口，一大批其他船只的船长、船员、水手和闲杂人等，远远地望着“中国皇后号”议论着，路过的行人也停下了脚步，都觉得这个船名十分新奇。

“中国皇后？我只知道英国、法国、西班牙、荷兰有皇后，中国也有皇后？”

“中国皇后长得怎么样？漂亮吗？”

“你没有瞧见吗？戴着金冠，她就在船头。”

围观的人越聚越多，这使得格林越发感到自豪。

“这是我的船。当然，这位皇后是中国的。”格林向同行们自夸说。

“约翰，你又说大话了吧？我想知道，这艘船怎么会是你的呢？你是它的船长呢，还是它是你建造的？”他们显然还不知道格林新的任命，带着对船只的羡慕和对格林的怀疑和不信任打趣着。

格林开心地卖了个关子：“你们瞧着吧，它和我，都会让你们大吃一惊的。可是你们，小子们，就连碰一碰这位‘皇后’的鞋子都不配！”

“喂，格林，这位皇后叫什么名字呀？”观众们好奇地打听着。

“她肯定不会叫玛格丽特皇后，或者伊莎贝拉皇后吧？”

“可是中国是个什么样的国家呢？从未听说有这么一

个国家。”

“格林先生，这个中国到底在哪里呀？”一位妇女大声问道。

“您问中国吗，夫人？”格林高声回答，“中国在这个世界的东方，您乘坐这艘‘中国皇后号’，一直往东，再往东，直到地球的最东面，那就是中国。可是很抱歉，夫人，我们这艘船不接待女士。”

格林的打趣引起一阵笑声。山茂召和兰德尔也被他逗笑了。这艘船和他的船名受到人们如此关注，他俩的内心充满了愉悦和自豪。

“等着吧，好奇的朋友们！”格林豪迈地说，“等着这位‘中国皇后’即将远航到她娘家的万里征程吧！”

## 五　首航“梦之队”

1783 年（乾隆四十八年）的下半年，美国谈判特使约翰·亚当斯取得了又一个重大的外交胜利：英国同意于该年的 11 月底，从纽约撤离占据美国的最后一批英军。这消息一传开，美国举国上下欢欣鼓舞，奔走相告。纽约的市民拥向哈德逊港，用嘘声“欢送”那最后一批不受欢迎的大不列颠“客人”。尽管周边的形势仍处在列强的包围之中，但纽约的船主们总算挣脱了身边的一条锁链，因此也开始打理行装，准备进行远航商贸活动了。而独占先机的“中国皇后号”更是万事俱备，只等国会的出港通行证批下，便可扬帆启航了。

这时，还停在波士顿港口的“中国皇后号”，船队的全部成员早已会齐。他们特意在船头楼聚会，开了一桶马德拉葡萄酒，欢庆纽约终于畅通无阻，那里才是他们远航的真正出发港。

这个船队人才济济，阵容强大，组织精良，并且是清一色的美国人，可以说是一支进行远航的理想的梦幻组合，或者说是首航中国的远洋“梦之队”。

这个船队的主要成员有：

船长约翰·格林：48 岁，大陆军前海军上校，老资格的航海家。

后备船长彼得·霍金森：大陆军前海军上校。他是格林的连襟，他俩的妻子是姐妹。

大班山茂召：29 岁，大陆军前炮兵团少校。

二班托马斯·兰德尔：28 岁，大陆军前炮兵团少校。

事务长约翰·怀特·斯威弗特：曾获费城学院硕士学位，与格林也是姻亲。

大副罗伯特·麦克卡弗：大陆军前海军中尉。

二副亚伯·费彻：大陆军前海军少尉。

船长文书弗雷德里克·莫利纽克斯：曾受聘于英国东印度公司，对东印度海域非常熟悉，后来从中国之行回国后，将提交极不寻常的航行报告。

外科医生罗伯特·约翰斯顿：不知疲倦的旅行家和著名的淘参者，受雇于公司，负责收购 30 吨西洋参。

医生助理安德鲁·卡德威尔：医学学士，其父是宾夕法尼亚邦海军中将。

安德森：经验丰富的远航操舵手。

小约翰·格林：18 岁，海军军校学员，船上实习生，格林船长之子。

塞缪尔·克拉克森：18岁，海军军校学员，船上实习生，小格林的同学和好友。

此外还有货物押运员哈奇森，伙食管理员、厨师托马斯·布雷克，厨师卡尔，木匠约翰·摩根等，以及42名水手，其中包括14名炮手。

在酒会上，格林把霍金森拉到一边，嘱咐说：“我的休假申请已经批复下来，我已向莫里斯先生和帕克先生建议：在我正式上任之前，由你担任代理船长，把这艘船从波士顿驶往纽约港。请注意，纪律与秩序决定一切，必须用军事纪律来管理这艘船，必须把它当作战舰来指挥。”

山茂召和兰德尔所关心的是船上的货物。酒会之后，他俩在事务长斯威弗特陪同下，下到货舱清点货物。

斯威弗特戴上眼镜，念着货单：

上等西洋参30吨

银块17325盎司

铅块63595磅

薪炭木材97445磅

厚木板2395英尺

薄条锡块69桶

铁丝2桶660磅

坦那利佛酒 4 桶

马德拉烈性白葡萄酒 5 桶

白兰地 1 桶

牙买加陈年烈酒 1 桶

焦油 25 桶

松节油 13 桶

壶与盘子 1 箱

毛皮 1 箱

宽布 437 码

……

听着事务长念完货单，兰德尔笑笑说："我深深感到我们的中国之行确实是一次冒险，我们只是凭着一种信念和希望。但仅仅靠这些货物，能否赚到钱，我完全没有把握。"

山茂召显然更有远见，同时似乎也在给同伴和自己鼓气："没有关系，今天我们美国的确很困难，没有什么值钱的货物。但我相信总有一天，我们会赶上甚至超过英国船和法国船。而且在我们之后，也会有更多的美国船只前往中国。我们这次中国之行的全部意义在于：它是第一次！我们将第一次打开通往中国之路！"

当天晚上，丹尼尔·帕克把山茂召单独请到了他的私人办公室，郑重地向他交代了一项重要事务：“山姆，这 7 个箱子里装的是你们必须携带的一笔巨款，总共 2 万美元的银币，这是我们几个股东所能凑集的购货现款。我们估计你们到了广州，单靠出售船上的西洋参和那些货物，肯定不足以购买我们所需要的全部中国货物。这 2 万美元是支付缺额的特别购货款。”

山茂召瞧着堆放整齐的 7 个结实的木箱，体积并不大，但他的心头却感到十分沉重。

“大班先生，”帕克继续说道，“你是我们特别遴选的全权商务代理人，现在我把这 7 个箱子交给你。请注意：山姆，这是你们船上除了西洋参之外最重要的东西。”

“我知道，帕克先生。”山茂召也郑重地答道。

“问题不在这里，”帕克瞟了他的大班一眼，“问题是：我必须从中取出 2300 美元银币。噢，不不不，你不必用这种眼光瞧着我，亲爱的山姆，你听我解释：我非常需要用这笔钱来支付一张到期的借据，否则我的信誉肯定会受到损害。有什么办法呢？我的债务人没有按期偿还欠我的借款，使我一时出现了资金短缺，我感到非常失望！”

“这么做，帕克先生，恐怕会有麻烦的。”山茂召有些担心。

“不会有任何麻烦，山姆。”帕克把握十足，“这笔钱我会在‘中国皇后号’起航之前补回。我决不会让你因此受到任何伤害。而现在，我必须扣留这一部分款项，用于偿还到期的债务。我的信用状况迫使我必须这么做。”

帕克递给大班一份账单。

山茂召看着账单：“那么，帕克先生，我们是否把账单上的 2 万美元改过来，改为 17700 美元？”

“不必，不必！”帕克断然说，“这么改来改去太麻烦，因为你们带往广州的将是 2 万美元，我马上就会补上这 2300 美元，到时候又得改回来。”

“或者，或者您至少出具一张借据？”山茂召试探地说。

“也不必，不用几天，我就会把这笔款子补上的。”

山茂召抹不开面子：“那么好吧，您是东家，我完全相信您会把它们及时补回。”

“需要注意的是，山姆，”帕克亲切地搂着山茂召的肩膀，“你不必向任何人提起这笔款子的事，以免引起你所说的不必要的麻烦。我想你对我的信任就像我对你的信任一样。”

“当然，帕克先生。”山茂召虽然感到有些不安，但他还是相信了帕克只是资金周转一时遇到了困难，这在生意场上是常有的事情。

但这位年轻的大班怎么也没有料到，他对帕克的轻信所造成的后果恰似一场噩梦，将会一直纠缠着他，无论在广州期间还是回到美国之后，乃至终其一生！

## 六 三份“特别通行证”

1783年12月25日的圣诞节，“中国皇后号”的全体人员是在船只到了纽约之后，在欢快和忙碌中度过的。

在这之前，11月22日，这艘令人瞩目的商船，在代理船长彼得·霍金森上校指挥下，驶离波士顿港前往纽约，但正好遇上了非常恶劣的天气，狂风卷着暴雨，考验着这艘著名船只的首段航程。

尚未随行的格林船长非常担心，咒骂着不合时宜的天气:“下吧！刮吧！我倒要看看谁比谁更厉害！”

他穿着帆布雨衣，顶着狂风暴雨，像是在与它们抗争。他站在波士顿港的码头，望着船只在暴风雨中渐渐远去。

经过15天的风雨兼程，12月7日，“中国皇后号”终于抵达纽约港。为此而高兴的，首先是还在波士顿的约翰·格林，他逢人就说:“我的船已经先期到了那里。你们难以想象它经历了多么糟糕的天气，但它的表现可再好不过了。它是全美国最棒的船！”

现在格林更有资本到处吹嘘“我的船”了，因为11月21日“中国皇后号”的第一张登记证上，已经正式登记了它的船长是“约翰·格林”，登记的船主则是“丹尼尔·帕克”。

当然，格林提出的海运代理申请和休假申请，直到此时莫里斯去海军部打了招呼，才正式以书面形式批复下来。于是格林船长便马不停蹄地赶往纽约，正式上任。

1784年（乾隆四十九年）的元旦一过，罗伯特·莫里斯开始进一步行动了。他十分欣慰地感到整个“中国之行”计划的进展相当顺利，“中国皇后号”的远航已经整装待发，只等一支令箭了。这支令箭就是出港和外贸所必需的美国官方开具的“海上通行证”。这一官方渠道，当然得由他这位美国财政部总监出面去打通，他一直在等待这一天。

1月上旬，莫里斯乘坐私人马车从费城赶到纽约，他视察了停泊在纽约港的“中国皇后号”之后，首要事项便是拜会纽约州州长乔治·克林顿。这里要说明一下：1787年美国《联邦宪法》生效之后，十三邦才改为十三州，但有关文献资料确实于1784年已有称“州”和“州长”的记载，本文从之。

45岁的克林顿州长身材高大，神态威严，他对财政部总监的来访，当然是礼貌有加，热情地将他迎进办公室，并且两人晤谈甚洽。

“总监先生，首先我要祝贺‘中国皇后号’试航成功，并衷心欢迎它来到敝州。”州长由衷地说，“至于您所需要的那两份文件，遵您所嘱，并遵外交部长先生关照，我已经吩咐秘书罗伯特·本森先生备齐，我将派人直接送到船上，交给约翰·格林船长。”他所说的两份文件是《出港证书》和《海上通行证》。

“非常感谢！州长先生。”莫里斯虽然坐着，还是低头致谢，“您知道，我们合众国的财政状况依然很糟，糟糕透了！并且依然看不到任何好转的迹象，但我们总不能永远这么糟糕下去。”

克林顿深有同感：“我们纽约州何尝不是。如果说费城还能算是世界第二大英语城市，那么我们这个小小的纽约市算得了什么呢？我们需要尽快恢复活力。‘中国皇后号’来港并从这里出发，正好为纽约港开创一个极好的先例。”

“谢天谢地，纽约港总算送走了最后一批不友好的客人。”莫里斯指的当然是那批最后撤离的英军。

克林顿笑道：“是的，是的，新的一年已经开始，我们希望一切都会有一个新的开端。”

“让我们从中国之行开始吧。”莫里斯把话头拉回本题，

“我们这次商贸远航，虽然纯属私人性质，但我的合伙人一致认为：直接与中国进行贸易，打开这个巨大的东方市场，对于解决我们这个新生国家当前的经济困境，即使不是唯一的办法，至少也是最便捷的办法。”

“我完全同意。”克林顿说，“关于这个中华帝国，近年来我也听到不少。我真诚希望并尽我所能，协助你们首航成功，我更期盼我们纽约港成为通向这个东方大国乃至世界的第一大港！”

“我十分钦佩州长先生的雄心和气魄！我想这也是我们全体美国人的愿望，并且我相信它一定能够实现。”

“谢谢您的吉言，总监先生。”

“那么，我该告辞了，州长先生，请原谅我打扰了。”莫里斯起身，拿起了帽子。

州长边送客人边说：“那份《出港证书》我已经签署，另一份《海上通行证》，因为是跟沿途各国和中华帝国打交道的文件，所以若是再添上阁下您财政部总监的签字，也许更稳妥一些。”

“好的，我悉从尊命。”莫里斯与州长握手告别。

以下是这两份重要文件的全文：

## 出港证书

乔治·克林顿阁下

纽约州州长　民兵总司令　海军司令

致所有相关人士：

此许可证授予“中国皇后号”船长约翰·格林先生。该船载重500吨左右，配备14门火炮，载有银元、索具、西洋参和其他商品。驾驶人员有42人，全部都在上述船只起航前经检查没有任何会引起瘟疫的疾病和传染病。准许上述船只和货物离开本州，前往中华帝国的广州港，免受滋扰。

上述文件由我亲自签发，并在纽约市加盖印章，时间为1784年亦即本州独立第8年的1月25日。

此致

敬礼

（签字）秘书罗伯特·本森

（签字）乔治·克林顿

# 海上通行证

乔治·克林顿阁下

纽约州州长　民兵总司令　海军司令

向各国皇帝、国王、诸侯、君主、州、共和国以及政治力量，美利坚合众国的朋友和盟友，以及这些文件将呈交的所有其他相关人士致以问候：

这艘名为“中国皇后号”的船，载重500吨，由约翰·格林先生指挥，即将离开纽约港，前往中国展开贸易之旅。该船归丹尼尔·帕克以及其他本州以及美利坚合众国其他州的居民和公民所有。

因此，我恳请并要求贵方在能力范围之内，给上述的约翰·格林以帮助、协助和救援，而不要对他做出任何不公正、麻烦和妨碍之事，在他提出要求时，给予所需协助。

特此证明。

关于此事，我已经在这些文件上亲笔署名，并加盖我的印章。日期为纽约市1784年亦即本州独立第8年的1月25日。

此致

敬礼

（签字）部长 L.R. 莫里斯

“中国皇后号”的船东们所需要的第三份重要文件，是美国“邦联国会”开具的《海上通行证》。罗伯特·莫里斯等几位合伙人认为：跟中华帝国打交道，持有这样一份美国国会的最高权威的官方文件，是非常关键的。但事后证明：当该商船抵达广州时，中华帝国的粤海关对它的热情、宽容和友好，根本不需要或者说用不着这样一份郑重其事的文件。

但是 1784 年的美国朋友们可不这么想，因为在当时，在美、中贸易之初，根本没有人清楚地知道与中国人打交道应该采用何种正式手续，甚至也不知道广州的清廷官员是否会允许来自刚刚诞生的美国的商船在那里进行贸易。因此，他们觉得还是准备好一份国会的正式文件最为稳妥。

为此，在圣诞节期间，罗伯特·莫里斯就向邦联国会申请了官方《海上通行证》，同时，他又专门请他的好友和知己——在纽约的政要古维诺·莫里斯和亨利·诺克斯少将给国会主席查尔斯·汤姆森打了招呼。

古维诺·莫里斯还特地给国会主席先生写了一封支持信：“查尔斯·汤姆森主席阁下：罗伯特·莫里斯先生和

丹尼尔·帕克先生告诉我说：他们向国会为即将起航前往中国广州港的‘中国皇后号’申请《海上通行证》。劳驾您帮助我和您的其他朋友为此多说几句话，使这一问题得到国会代表们的充分关注。我认为开辟这条与中国的直接贸易航线，对于防止欧洲列强削弱我们新生的合众国十分重要，就像现在，他们阻挠我们的银币换取我们需要的东方物品。因此开辟与中国的贸易，这种设想本身就是值得鼓励的……”

1784 年 1 月初，莫里斯与帕克便乘马车赶往马里兰邦的安纳波利斯，到设在那里的大陆国会领取这份非常关键的《海上通行证》。查尔斯·汤姆森在国会主席的办公室里热情地接待了他俩。

值得一提的是，这位国会主席，早年在任国会秘书期间，曾敲定了代表美国国家权威的国家纹章，即“国印”。1776 年 7 月 4 日，大陆国会任命三个委员会分别设计国家纹章，但三个委员会的三个设计方案讨论了三年也未能达成一致意见，最后只好把这一问题提交给国会秘书。查尔斯·汤姆森便把三个方案加以综合取舍，1782 年 6 月 20 日国会通过了他所整合的方案，这就是使用到现今的美国“国印”。1782 年 9 月 16 日，查尔斯·汤姆森首次使用这一国印，确认授权乔治·华盛顿与英国谈判交换战俘事宜。直到 1789 年依照宪法成立了以华盛顿为首任总统的美国新政府之后，汤姆森才将这一“国印”移交给当时的第一位国务卿托马斯·杰斐逊。而1784年汤姆森在国会主席任上给“中国皇后号”的《海上通行证》所加盖的，正是这个美国的“国印”。这就使得“中国皇后号”的这次中国之行，在客观上具有了国家行为的性质。

莫里斯总监与汤姆森主席算是老熟人了，汤姆森对帕克也早有耳闻，三人热情地寒暄之后，便在主席办公室落座。一位高高瘦瘦的国会文书，恭敬地站在国会主席身旁，手里拿着那份烫金的系着淡绿色丝带的《海上通行证》。

“我已恭候二位多时。”汤姆森客气地表态说，“我已收到财政部总监先生和亨利·诺克斯少将、古维诺·莫里斯先生的有关信件。我们国会非常支持‘中国皇后号’首航中国。我们一致认为：把古老的东方尤其是中国的产品介绍、引进到美国，我们的国家必将从中受益。”

“非常感谢国会主席先生！”帕克抢先答道。莫里斯今天有意让他唱主角。

汤姆森接着作了以下说明：“这份文件，帕克先生，是由国会的一个专门委员会签发的，该委员会的会长是托马斯·米弗林议员，成员由弗吉尼亚邦的詹姆斯·门罗议员、马萨诸塞邦的乔治·帕特里奇议员、北卡罗来纳邦的休·威廉森议员组成。该委员会决定以下述形式批准这一文件——”

他示意那位文书宣读那份文件，于是，文书打开《海上通行证》，清晰而庄重地朗读道："致所有将查阅或听取阅读这一文件的宗教或世俗、城市或地方的最尊贵、尊贵、最强大、强大、伟大、高尚、卓越、高贵、尊崇、庄严、贤达和谨慎的皇帝、国王、共和国首脑、亲王、公爵、伯爵、男爵、贵族、地方首长、议员以及法官、政府官员、司法官、摄政：我们美利坚合众国国会宣示，这艘名为'中国皇后号'的商船的……"

帕克听着这一长串空前绝后的尊贵头衔，不禁肃然起敬，他听着听着，不由得浑身紧张起来，最后竟不由自主地站起身作肃立状了。

"请坐，帕克先生。"汤姆森只好打断文书的朗读，笑着说。

帕克这才发觉自己站着，他有些不好意思地望望莫里斯。莫里斯也示意他坐下。

"帕克先生肯定会对文件上的这一大堆头衔感到惊讶，"汤姆森解释说，"是这样，帕克先生，我们对中华帝国一无所知，我们不清楚一个新生国家的船只进入中国进行贸易需要什么文件。我们根本无法预料，'中国皇后号'将会接触到中国的什么重要人物或哪一级别的达官显贵，我们甚至对广州的清廷官员是否允许美国商船进行贸易都没有把握。因此我们最好还是以最尊重和友好的态度，准备好这份合法文件，以赢得中华帝国与我们美利坚合众国的相互尊重和友谊。”

“是的，国会主席先生。”莫里斯诚恳地说，“国会考虑得非常周到，我们也正是这样考虑的，因此特意向国会提出申请。赢得中国的尊重和友谊，也正是我们所希望的。”

帕克十分感激地说：“是的是的，我们非常希望有这么一份通行证！”

汤姆森从文书手里拿过《海上通行证》，展示那上面的美国“国印”，然后郑重地说：“我们要向‘中国皇后号’的先生们特别加以强调的是：这份文件已加盖了美利坚合众国的国印，并且由托马斯·米弗林会长特意写了‘附证’。这就意味着：你们的这次中国之行虽然属于私人商贸行为，但它同时也具有了政府行为的官方性质。因此，我希望二位务必转告二位的同仁先生们和属下：请注意维护美国的国家荣誉！”

“当然，国家荣誉至上，我们会转达阁下的嘱咐。”莫里斯恭敬地说。

帕克忙上前接过《海上通行证》，向国会主席先生深深地鞠了一躬。

以下是这份文件的全文：

## 海上通行证

致所有将查阅或听取阅读这一文件的宗教或世俗、城市或地方的最尊贵、尊贵、最强大、强大、伟大、高尚、卓越、高贵、尊崇、庄严、贤达和谨慎的皇帝、国王、共和国首脑、亲王、公爵、伯爵、男爵、贵族、地方首长、议员以及法官、政府官员、司法官、摄政：

我们美利坚合众国国会宣示，这艘名为“中国皇后号”的商船的船长约翰·格林属美利坚合众国公民，其指挥的船只属于上述的美国公民所有，我们期望看到该约翰·格林可以顺利进行其合法事务，我们恳求针对前述所有地方以及各个地方，在该约翰·格林携其船货抵达该处时，他们应当乐意以善意接待他，以适当的礼节款待他，允许他按照平常的关税和费用缴费通关，经常出入、航行于港口、关口和领土，并依照其认为的合适方式，在任何地方进行交易。我们将为此不胜感激。

我们已加盖美国国印作为证明，托马斯·米弗林会长附证于1784年亦即美国独立第8年1月30日。

# 七　终于启航了

1784年（乾隆四十九年）1月的一天，约翰·格林船长正式上任，首次登上“中国皇后号”。副船长彼得·霍金森率领船队全体成员，列队在甲板的两边，严肃而热情地欢迎他们的船长。格林一改平时粗手粗脚的做派，以军人的姿态，接受这一简单而庄重的欢迎仪式，满意地瞧着他的属下，俨然是一名海军上校在检阅他的水兵。

当天下午，丹尼尔·帕克把格林、霍金森和大班山茂召、二班兰德尔召集到他的办公室，一副公事公办的架势，首先将纽约州州长的《出港证书》《海上通行证》和国会的《海上通行证》十分庄重地移交给格林船长，然后以船主之一的身份，郑重其事地向格林和霍金森下达指令，同时也让大班、二班领会整个中国之行的重要性与严肃性。

格林和霍金森肃立着聆听指令。

“格林先生，我以‘中国皇后号’东家的身份，向你——

美国海军上校，‘中国皇后号’的船长，发出以下指示，”帕克手拿指令一字一顿地说，“你们抢在任何其他载有西洋参的欧洲商船之前抵达广州，率先到达中国，这非常重要！其他商船都没有你们这种优势。这次中国之行不仅能够获利多多，而且将促使我们美国其他商船进行新的同样的远航行动。

“你要听命于大班山茂召先生，如有不测，则由二班托马斯·兰德尔先生代之。他们将会提供和支付维修以及其他事项所需的费用。他们的指示是值得信赖的。你将根据大班的命令，是在澳门停留还是继续前进。他们也将帮助你以最有利的方式处理船上的货物。

“这次航行花费很大，因此利用船上所有的空间来载货非常重要。你们的利益和东家的利益是息息相关、互为一体的。你格林先生的正直品格足以令人信赖。

“你们应尽快从中国按原路返回，至于返航的条件，大班将会作出最佳判断，你应当听从他的命令。

“你必将是在那遥远的地方，第一个展示美国国旗的人，你要顾及个人荣誉以及你所代表的国家的荣誉！

“你们将随身携带《独立宣言》，以及由纽约州州长签署和国会颁发的《出港证书》和两份《海上通行证》，以备在需要的时候出示。

“以上指示我将以书面的形式，作为正式命令亲手交给你。”

最后帕克照着书面指令上的落款念道：“丹尼尔・帕克，代表本人及‘中国皇后号’东家。纽约，1784 年 1 月 25 日。”

格林跨前一步，接过指令，宣誓般地说：“我以‘中国皇后号’船长的名义，向‘中国皇后号’的船东们保证：我将恪尽职守，执行指令，维护国家荣誉，完成远航任务！”

山茂召也表态说：“我和我们的朋友兰德尔先生，感谢船东们的委任，我们将忠实履行代理人的职权！”

帕克叼着雪茄，拍着格林和山茂召的肩膀：“我衷心祝愿你们行程安全，顺利返航！”

临近起航，“中国皇后号”的最后也是最热闹的一批“乘员”，开始从船尾的跳板上登船。它们排成了长长的一溜队列：最前面的是一大笼公鸡、母鸡、火鸡，脖子从笼子里伸出来，探头探脑，东张西望，圆圆的小眼珠充满疑惑，咯咯咯地叫个不停，由两名健壮的船员抬上船去。接着是鸭子和鹅组成的方阵，嘎嘎嘎，伸着长长的脖子，迈着方步，摇摇摆摆，不慌不忙地走过跳板。再接着是几只圆滚滚的肥猪，这个方阵有点乱，两名船员只好挥动树枝，帮助它们遵守秩序，胖家伙们哼哼唧唧地很有些不服气，但还是无奈地走上了跳板。再后面，便是一小群山羊，它们在头羊带领下，挤挤挨挨，可以说基本上秩序井然，咩咩地叫得很欢。其中最引人注目的是一只刚出生不久的小羊羔，奶声奶气地叫着，神情有点慌张，紧紧地跟在它妈妈的身边。最后压尾的是五匹高头大马，昂首挺胸，从容不迫，像久经沙场的老兵一样排成一列，踏着进行曲的节奏，神气十足地走过跳板，依次进入船只的底舱。

围观的人群被这一溜特殊的队列吸引住了，指指戳戳，嘻嘻哈哈，比参观动物园还热闹。他们谁也没有注意到，在靠近船头那块跳板上，有七个船员肩扛七个箱子，也正在登船。大班山茂召、二班兰德尔和船长格林监督着搬运这些箱子。帕克远远地瞧着他们。

山茂召命那七个水手把箱子搬进司务长的舱房里，然后他转身嘱咐司务长和大副：“斯威弗特先生，麦克卡弗先生，这七个箱子请你们二位严加保管。这里面是 2 万美元的银元。在到达广州之前，也就是在你们将箱子交还给我之前，二位不得擅离职守。”

“明白，大班先生。”麦克卡弗按照军人的习惯，挺了一下身子。斯威弗特则是戴上眼镜，弯腰查看箱子上面的封条和编号。格林船长叼着烟斗，绕着那七个箱子，眯起眼睛细细地打量着。末了，他把山茂召叫到身边，悄声地问：“大班先生，2 万美元银元可不是个小数目，仅仅装在不大的七个箱子里，您不觉得有些奇怪吗？”

“怎么？您表示怀疑？”山茂召感到意外。

“我只能说，有些怀疑，按照我的判断。”

“请放心吧，船长先生。”山茂召宽慰他道，“这些箱子我都曾打开、过目。我完全信任帕克先生的人品，我屡屡从他那里感受到他的友谊，我坚信他为人的诚实。”

山茂召认为帕克肯定已按照承诺，在起航前补回了那2300美元，因此他也践诺不把此事向格林和兰德尔提起。

格林半信半疑地点点头，继续抽他的烟斗。

这之后，格林又几次提起这样的怀疑。实际上，格林的怀疑是对的，如果在箱子装船之时，再清点一次那里面的银元数目，就不至于种下日后难以补偿的苦果！

这一年的早春，天气特别寒冷。从北冰洋南下的一股强大冷气团，牢牢控制了美国的东北部。纽约港完全被冰层封冻了，巨大的冰块堵塞了海峡和东河。同时，两天就下了20英寸厚的大雪，不少地方的杉树被冻裂了，发出啪啪的爆裂声。天气极端恶劣，船只根本无法动弹。“中国皇后号”上的人们，只得干等着天公作美，气候好转。

“从未见过如此严寒的天气！”格林船长气呼呼地说，从他嘴里喷出哈气和烟气组成的白雾，“一旦冰层和风况允许，我将会在第一时间起航！”

兰德尔笑笑说：“看来一开始上帝就在考验我们。”

“考验吧，这艘船是绝对经得起任何考验的。”山茂召给他俩打气说，“这是一艘设计特别的船，不仅航行迅速，而且能够抵挡最恶劣的风浪。它在从波士顿驶往纽约的充满狂风暴雨的行程中，已经经历过严峻的考验，并且证明了它的全部优点。”

格林和兰德尔对此当然毫无疑义。

1784 年（乾隆四十九年）2 月 11 日，纽约市又下了一天一夜的大雪，按照旧历，这一天是乔治·华盛顿的 52 岁生日，报纸报道了各地举行庆祝的盛况。“中国皇后号”的船员们也兴高采烈，他们在船头楼举行了酒会和娱乐表演，踢踏舞、魔术、滑稽剧、乐曲、歌舞等，其中有的是船员们自己的看家本领，有的是从岸上请来的江湖艺人表演的。当四个美丽娇娆的舞女出台的时候，船员们疯狂了，口哨声、跺脚声、起哄声响成一片，整个船舱都要爆炸了。这时，不知是谁带头唱起了《扬基之歌》，全船所有的人立即跟上：

扬基，嘟得儿，
骑着小驹进城去。
帽上插根羽毛，
称为时髦哥儿。

（合唱）
扬基，嘟得儿，加把劲儿，
扬基，嘟得儿，时髦哥儿，
留心音乐和脚步，
轻巧伴着姑娘舞。
……
还有那首领华盛顿，
骑着一匹高头骏马，
向部下发号施令，
我猜准有上百万人。
……
扬基，嘟得儿，
美利坚人就爱这曲儿，
它可供你吹哨、吟唱和弹奏，
而且在战斗时有它最带劲儿！

“扬基”是美国独立之前和之后，英军对新英格兰移民乃至所有美国人的蔑称，嘲笑他们是“土包子”。“嘟得儿”是“傻瓜”“蠢货”之意，因此这歌也叫作“美国傻瓜之歌”。但当时节节胜利的美军反而以乐观主义的精神，把它加以改造，变成了自己的歌，对自己的朴实、勇气、淳厚和诚实感到自豪，乃至把这首歌一时当作了非正式的“国歌”

和最喜爱的儿歌。

船员们唱得如此欢畅，如此尽兴，一曲终了，他们高举酒杯，大声欢呼：

“来吧，自由之子们，痛痛快快地喝吧！”

“所有支持美国独立和宪政自由的人们，都来参加吧！”

“让我们为华盛顿干杯！”

“为‘中国皇后号’即将胜利远航，干杯！”

有几个船员跳上台去，拉起舞女共舞。于是整个船头楼沉浸在歌舞和乐曲声中。正在热闹达到高潮时，忽听“轰”的一声巨响，所有人员霎时惊呆了。紧接着又听到“轰轰轰”的十二响，狂欢的人们这才明白：原来是格林船长命令船上的炮手鸣放了十三响礼炮，代表十三个邦，向乔治·华盛顿的生日表示庆贺。于是狂欢的人们重又更尽兴地狂欢。

直到该年的 2 月 17 日，天气终于放晴，久违的太阳出来了，气温转暖了，坚冰开始融化。纽约市犹如从冬眠中苏醒过来，立即又显出了活力，街道上车辆、行人络绎不绝，人们忙着扫雪、干活，店铺在忙着进货、售货，招徕顾客。

这种非常暖和的天气持续了四天，河面的冰冻终于完全融化。“中国皇后号”的船东、船长、船员们个个笑逐颜开。格林船长咂着烟嘴，踌躇满志地说：“万事俱备，只欠东风。

现在我只需要一场合适的风！”

1784 年（乾隆四十九年）2 月 22 日，星期日，或者说是基督教的安息日，按照已修订的“格里历”（即“格里高利历”，是教皇格里高利十三世于 1582 年倡导、使用的日历），这一天也正好是乔治·华盛顿的 52 岁生日（按照旧历他的生日是 2 月 11 日，这犹如中国人也有两个生日：农历生日和公历生日）。“中国皇后号”决定在这一黄道吉日起锚远航！

这一天拂晓，曙光映红了东边的天空。停泊在纽约港的“中国皇后号”被打扮得焕然一新：从它的主桅到船头、船尾的斜拉索上，挂满了鲜艳的彩旗。船头的“中国皇后”艏像胸前，挂着用鲜花扎成的巨大花圈，从那里飘下一条条彩色的绸带。船尾则是一面巨幅的美国国旗迎风招展。船员们已各就各位。瞭望台上站着瞭望员。格林船长、山茂召、兰德尔、霍金森等船上的主要成员和部分水手，整齐地排列在船舷一边的甲板上。

在韦尔斯码头上，挤满了前来送行和看热闹的人们。美国国会主席查尔斯·汤姆森，纽约州州长乔治·克林顿和“中国皇后号”的股东们：罗伯特·莫里斯、威廉·杜尔、约翰·霍尔克、丹尼尔·帕克，以及几位嘉宾：西蒙德思·斯卡姆霍恩、波特·克雷吉、詹姆士·尼科尔森、艾比尼瑟·扬，都赶来送行。尤其是“中国皇后号”的设计、建筑师约翰·派克，也特地赶来了，他心情分外激动。他们衣冠楚楚，谈笑风生，只等起锚那一刻的到来。

清晨6点半，一轮金黄色的朝阳从纽约市布鲁克林区的上空冉冉升起。军乐队奏响乐曲《美丽的阿美利加》。这时，聚集在码头和东河两岸的观众越来越多。帕克与上述几位贵宾向国会主席、州长、船东等人脱帽致意后，鱼贯登上“中国皇后号”。这几位先生作为特殊宾客，将随船送行至沙嘴钩半岛，再下船回来。

上午，纽约港规律性地出现了高水位，格林船长终于等来了他所盼望的涨潮。

“起锚！”船长格林拿起扩音筒，用洪亮的嗓音下达命令。

巨大的铁锚带着哗哗的流水，从河底被慢慢卷起。观众们一阵阵地欢呼起来。莫里斯、霍尔克和杜尔这三位船东在兴奋中不免掺杂着一丝紧张。约翰·派克则是激动地揪下帽子，把它紧紧地抓在胸前。

“启航！”格林又一声命令。

“中国皇后号”从码头缓缓行至东河中流。码头上的人们发出雷鸣般的欢呼声。国会主席、州长和船东们挥舞着帽子向它祝福。约翰·派克流下了眼泪，颤抖着双唇喃喃地说：“再见，我的安琪尔！再见，尊贵的皇后！”

随着潮水的不断上涨，“中国皇后号”终于从纽约港启航了，它将驶向遥远的东方。莫里斯、霍尔克、杜尔这时总算舒了口气，而约翰·派克则已泪流满面。

温暖的和风吹拂着船只徐徐前行。两岸不时有大批行人驻足观望，有的在振臂高呼。船只行至曼哈顿岛前端的炮台公园，河面豁然开阔。

格林又一次下令："全速前进！"

于是船上升起了主桅的上桅帆、中桅帆、下桅帆和前桅、后桅的横向帆，以及船首的三角帆、船尾的操舵帆。岸上的边境贸易站（亦即前大陆军驻守地"乔治堡垒"），按照美国规矩，为"中国皇后号"的航行升起了美国国旗，并且鸣放了十三响礼炮，向"中国皇后号"致敬。"中国皇后号"也鸣放了十三响礼炮回敬。当地的居民则以三声欢呼向船只致意。船员们也以欢呼回敬。炮声和欢呼声又一次形成了送行的高潮。

高耸在海角上的八角形的灯塔已在眼前，这是二十多年前新建于新泽西的沙嘴钩半岛上的标志性建筑物。早就有一艘单桅快船等候在那里，它熟练地靠近"中国皇后号"，将丹尼尔·帕克等几位贵宾接上了快船，向半岛驶去。船员们向贵宾欢呼送别。

这七位贵宾站在岸上脱帽致意，遥望着"中国皇后号"驶向远方，驶向海洋。他们默默祷念："愿你一路平安！"

"中国皇后号"在大海的劲风和海浪的推动下，越驶越远,渐渐地,它消失在无边无际的大西洋的茫茫水雾之中。

就这样，第一艘载着希望、带着友谊驶向中国的美国商船，开始了它史无前例的远航。在它的前面，将是众多的海峡、无尽的海洋、辽阔的天空和繁茂的市场!

当天晚上，在弗吉尼亚邦的芒山弗农山庄，乔治·华盛顿的家人们，正在为这位大陆军前总司令、未来的美国第一任总统举办家宴，庆祝他的 52 岁生日。

烛光辉映。洁白的桌布上,菜肴并不丰盛。各色酒瓶、杯盘、刀叉闪烁着柔和的光。华盛顿坐在餐桌的主位，他的妻子玛莎·卡斯蒂斯夫人坐在餐桌的另一端，子女和几个亲友端坐在两侧。

大家都静静地听着华盛顿的女儿丽莎朗读当天的报纸:“《纽约信息报》: 今天早上,‘中国皇后号’将开往中国。船长是格林先生。整个船只洋溢着一派喜庆的气氛。由于这个季节特别寒冷，商业往来已停止了很长一段时间。从观众的表情可以看出，每个人心底都充满着喜悦之情。人们期望着‘中国皇后号’能够给这个城市和国家带来新的财源，每个人都对它寄予了很大期望，并对那些走在商业往来和国家交往事业前列的人们满怀感激! ”

华盛顿站起身，拉开窗帘，立于窗前，仰望着辽阔的星空，思绪万千。

丽莎继续朗读："《独立公报》：'中国皇后号'于今天启航，这是一个对外交往的里程碑。虽然它前面有许多困难不得不去面对，但这是我们这个新生的国度开往地球上那个富饶而遥远的东方古国的第一艘商船，因此我们有理由期待他们的成功。这也将是每一个对他的国家持友好态度的朋友的真诚的愿望。因为这次远航将为扩展我们的商业空间提供新的契机，这样的成功也是他们的爱国之情的体现。"

华盛顿转过身来，动情地说："哦，是的，'中国皇后号'，这是我收到的最珍贵的一份生日礼物！"

他举起酒杯，向家人们说："干杯！"

# 4

## 第四章

# 在海上

经过那些气候炎热的国度，
来到那些岁月悠久的海岛，
她热切地沿着航线探索，
很快，中国的海岸就要来到。

——菲利浦·弗兰诺:《致美国独立战争后第一艘远航中国、东印度探险的商船“中国皇后号”》

# 一　股东们的内讧

“中国皇后号”自从驶入大西洋以来，一直顺风顺水，没有洋流作怪，没有风暴捣乱，现在它正横渡大西洋，向着非洲西海岸南下。

它升起了所有的风帆，它的矩形横方帆和三角帆都兜满了风，这是这艘风帆化船舶唯一的动力系统。

格林船长下令将所有横方帆调到45度角以上。因为在顺风情况下，只有保持这个角度甚或更大角度，横方帆才能吃饱风力，全速航行。如果小于30度，那么后桅帆就会挡住主桅帆的一半风力，而主桅帆又会挡住前桅帆的全部风力，大大影响航速。船员们迅速执行船长的命令，使劲斜拉牵引索，把帆桁转动到45度的方向。

“船长先生，快看船头正前方！”瞭望员在瞭望台上突然大喊起来。

格林和船上所有成员向正南方向望去，只见前方大约1英里处，海水搅起了忽大忽小的波浪、白沫和旋涡，一张黑色的三角形大鳍和三张较小的尖鳍，时隐时现地在海面上盘旋搅动。

“好家伙！这是一头巨鲸在跟三条鲨鱼搏斗啊！”格林倒吸了一口冷气，赶紧向舵手和操舵帆的水手大声喊道，“左满舵！船头调向东南方向，绕过去！离它们远一些！”

果然，一头抹香鲸的巨大的尾鳍高高地扬出了海面，奋力拍打海水，击起一层层大浪，传来比加农炮还响的嘭嘭的击水声。而那三头大白鲨正在轮番攻击巨鲸。

大家都很清楚：若是挨近这场战斗，船只准被掀翻！

“看来它们是狭路相逢了。”格林感叹地说，“那头鲸除了用尾部击打敌人之外，没有任何其他的防御武器。它虽是海洋中最大的动物，却没有进攻性武器，只能用尾部来抵抗，赶走敌人。”

“如果被它的大尾巴拍着，鲨鱼准会被拍得粉碎。”

“可是鲨鱼太灵活狡猾了，它们可以轻而易举地避开鲸的尾鳍。这些嗜血成性的杀手！”

大家惊异地瞧着这场激战，议论着，着实为那头鲸担心。

突然，那鲸巨大的身躯窜出海面，只见一条鲨鱼猛地向鲸的侧面咬去，鲸拼命地扭动、挣扎了几下，又重重地摔入海里，溅起高高的白浪。它的尾鳍更猛烈地拍打水面，顿时，海面上泛起了一片殷红的鲜血。

“糟了！鲸受伤了！”

“这下可麻烦了，血腥味会引来更多的鲨鱼。”格林揪心地说。

不一会儿，海面上果然出现了更多的大白鲨的尖鳍，绕着鲸出没。这些大白鲨像狼群围攻一头水牛一样，从四面八方围住了鲸，用它们锋利的尖齿撕裂鲸的庞大的身躯。刹那间，大海被涌起的一团团鲜血染红。鲸愤怒地喷出一柱柱水雾，它的尾鳍一次次拼命地拍打水面，发出阵阵巨响，但显然毫无用处，那尾鳍的拍打越来越无力，渐渐地，它终于垂了下去，沉没进了海水里。那群鲨鱼疯狂地抢食鲸肉，相互争夺着、倾轧着，在海面搅起一片杂乱的白色波涛，混杂着一股股殷红的鲜血……

船上的人们都呆住了，沉默了。

山茂召愤愤地说：“这种事情在人类世界越少越好！”

但兰德尔低沉地说：“遗憾的是，鲨鱼并非只在海洋世界才有。”

大家显然颇有同感。

“中国皇后号”绕过这个血腥的战场，远远地驶离了这片恐怖的海域。

正当“中国皇后号”向南航行时，在它的后方，在美国费城，它的“后院”起火了：它的股东们陷入了一场持续不断的、愈演愈烈的商务纠纷。

起先是罗伯特·莫里斯与约翰·霍尔克发生了激烈冲突，继而是他俩再加上威廉·杜尔三人与丹尼尔·帕克之间爆发了更为错综复杂的财务纷争，乃至一直牵连到他们的商务代理人大班山茂召和二班托马斯·兰德尔，甚至直到“中国皇后号”胜利返回美国之后，它的余波仍未停息，并且将造成山茂召和兰德尔无法挽回的损失。

这也许是任何大型商业活动很难避免的一种常见现象，也许是人类群体活动本身所具有的复杂的矛盾二重性特征：国家利益与个人利益的交织，客观的历史业绩与主观的褊狭私利的交织，人们的首创精神与人性中的自私和卑劣的交织。

罗伯特·莫里斯与约翰·霍尔克的闹翻，开始时与“中国皇后号”无关，起因并不是这次对华贸易的风险，而是一笔陈年旧账。

在独立战争期间，费城富商莫里斯几乎独揽了乔治·华盛顿军队的所有军火事宜，财源滚滚而来。从1781年起，亦即战争进入最后阶段，从法国回到美国的大富商霍尔克开始与莫里斯合作，两人组成了合伙企业——以他俩为后台的“特恩布尔—玛尔弥公司”和“小哈里森公司”，共同为战时军需效力，同时在此期间也堆积下了“剪不断、理还乱”的财务纠葛。

现在，1784年的开春，“中国皇后号”已经起航了，围绕这次远航而忙碌了大半年的集资、找船、组队、载货等繁杂的筹备工作终于告一段落，于是业已辞去财政部总监职务的莫里斯得以回过头来，着手清理这些年来公与私两个方面积累的财务问题。

这两个方面他一直承担着大得令人难以置信的财务责任，其中当然包括他与霍尔克之间的合伙老账，他要求后者尽快梳理双方近年来形成的复杂的账目问题。

而霍尔克则予以反诘，他正好要求弄明白：他与莫里斯的合伙企业为什么经过三年经营仍然没有起色。两人恰似针尖对麦芒，双方都被对方所激怒。

莫里斯向霍尔克不断施压，而霍尔克则对莫里斯的怀疑日益加深。固执的对抗取代了彼此的信任和密切合作，两位绅士不顾颜面地争吵不休，忍让和优雅的风度荡然无存。

莫里斯怒气冲冲地把账本摔在桌上，几乎吼道："你，先生，我发现在你心里只有攻击和怀疑，而这些全都基于毫无根据的臆断！"

霍尔克毫不示弱："我索要我们之间的书面凭证和结算账目，丝毫没有不当之处！而你，先生，令人十分遗憾地拒绝任何有关的沟通，无论是私人的还是战争期间公家的账目。"

"哈，这倒反而是我的不是了？"莫里斯气愤地说，"我正被公与私层层叠叠的账目弄得焦头烂额，而你，尊敬的悠闲的先生，你在干什么呢？你除了跷着二郎腿抽雪茄，又干了什么？尽快结清这些账目我正求之不得，而你却只是一味抱怨我们公司的经营状况。”

霍尔克的气愤不亚于对方：“你动用了公司的全部资金以及其他款项，总数达6000元银币，我想其中的一半你至今都没有还上。”

“我曾承诺交给公司20万英镑的现金，并且把我的生意的一大部分交给公司经营，是为了什么？难道不是为了向公司补偿我在商业联系中获得的利益？”莫里斯反问。

“然而你并没有给任何人以任何这样的利益！”霍尔克仍然质疑。

“霍尔克先生！”莫里斯火冒三丈，“你的行为决定了我必须放弃与你的进一步合作！你我之中必须有一人从‘特恩布尔—玛尔弥公司’以及‘小哈里森公司’撤出股份，你可以选择其中之一或者全部！”

霍尔克冷笑道：“实际上，莫里斯先生，对于解除这样的合作关系，我感到非常荣幸！我不愿在这样的生意往来中再自取其辱。”

于是，莫里斯与霍尔克的商业合作自行散伙了，这是“中国皇后号”的后台老板们之间产生的第一道大裂缝。

但是这两位投资人在一点上总算还达成了共识：要特

别顾及那些在船上的人们的利益。

然而当“中国皇后号”返回美国之后，我们将会看到这两位股东是否真的实践了他们的承诺。

## 二　奇特的海上仪式

今天，“中国皇后号”将穿越北回归线，船员们沉浸在兴奋、欢愉的气氛中，因为即将要举行一场奇特的庆祝仪式。

按照航海的惯例，当船只穿越回归线或赤道时，必须举行这样的仪式，“中国皇后号”选择在越过北回归线时举行。这与其说是一场庄严的仪式，不如说是船员们在漫长、辛劳、枯燥的航海过程中的一次寻开心、找乐子。

这天下午，艳阳高照，和风拂煦。庆祝仪式即将开始，格林船长命令所有的水手在前甲板列队，然后席地而坐。山茂召、兰德尔、事务长斯威弗特、医生约翰斯顿等非水手“贵宾”不在其列，后者们兴致盎然地观赏仪式的进行。

格林威严地下令：“那些从未穿越过北回归线的水手，出列！”

于是有六名平生第一次穿越北回归线的水手战战兢兢地站了出来，其中包括船长的儿子小格林和他的同伴见习生克拉克森。他们不知道接下来会发生什么事。

格林又下令道："蒙上他们的眼睛！把他们关押到甲板下面去！"

"是！"一群水手如狼似虎地咆哮起来，早有一帮水手一拥而上，七手八脚，用布条蒙上了那六个倒霉蛋的眼睛，把他们推推搡搡关在了甲板下。小格林和克拉克森两个小伙儿委实有些害怕，像是遇上了海盗。

格林高声道："奏乐！迎接回归线老人和他尊贵的太太！"

副船长霍金森和大副麦克卡弗立即吹起了年久失修、音调失准的破铜号和大贝斯，嘟嘟呜呜地吹不成调，谁也不知道吹的是什么曲子。听众们一阵哄笑。

乐曲声中，船头楼的舱门大开，四个由水手装扮的"海神"，光着膀子，从脸庞到全身画着红道、黑道、白道，扛着一辆用窗棂和栅栏组成的"马车"。"马车"上，威严地端坐着大腹便便的"回归线老人"和他那瘦骨嶙峋的"太太"，这是由二副亚伯·费彻和病恹恹的木匠约翰·摩根扮演的。他俩的脸庞涂得黑黢黢的，发着油漆的光。

"回归线老人"的头上顶着一个巨大的"王冠"，那是将拆散了的拖把扣在了他的头上，一部分挂在他的腮帮下当作胡须。他的"长袍"从肩上一直拖到脚面，但是油光光的大肚子还是有一半露在袍外，那条权充"长袍"的毯子根本裹不住二副的圆鼓鼓的肚子。"老人"的"长辫"——

一根缆绳，晃动着从“王冠”后面垂到他的腰部。

他的“太太”显得漂亮多了：瘦瘦的黑脸蛋上涂了两个红红的圆，很像咸鸭蛋流油的蛋黄。头部披着红布头巾，额前缀着一朵布条扎成的“红绣球”。披在肩上的花毯紧紧地裹着“骨瘦美”的身躯。胸部却是鼓鼓的格外硕大、丰满，那是用两个大铜盆倒扣在了他的胸前。用作腰带的缆绳把那细腰勒得更细。腰带下面便是花毯围成的拖地的长裙。

蓄须的胖“老人”搂着胡子拉碴的“太太”，显得非常恩爱。

这对“夫妇”一出现，立即引起了观众们一阵哄笑，欢呼声、呼哨声、鼓掌声响成一片，人们乐不可支。

格林船长庄重地走到“老人”跟前，恭敬地弯腰致意：“尊敬的回归线老人，尊敬的回归线太太：请允许我代表‘中国皇后号’及其全体成员，向您和您的太太致以崇高的敬礼！”

“回归线老人”用洪亮的声音答道：“你们是一艘从未到过这里的新船。我代表我的太太并以我个人的名义，向尊敬的格林船长和您率领的尊贵的客人们致敬！欢迎你们的‘中国皇后号’来到我的领地！”

接着该是“太太”的台词，但生性胆怯的木匠是胖费彻硬拉着他，赶鸭子上架，扮演这位“太太”的，他早已紧张得魂不守舍，只是干愣着。“老人”悄声催促“太太”：“说呀！快说！”

“说……说什么？”木匠睁着惊恐的眼睛，早把台词忘干净了。

“胡子！胡子！”“老人”在“太太”的腰眼上戳了一下。

“啊呦！……胡子……是……胡子……”“太太”似乎想起来了，哆哆嗦嗦地说，“孩……孩子们怎么会……在船上……长胡子……这么多……怎么会……这么多……长胡子的脸？”

这句话又把观众们逗得哈哈大笑，大家都摸着自己满脸的胡楂，嘲笑道：“老太太，您的胡楂比我们还多呢！”

格林船长认真地解释道：“请原谅，尊贵的太太，您的孩子们自从开船以来，已经有很长时间没有刮脸了。但我们将会给您一个满意的答复。”然后他大声发话道，“船上所有的人都应入乡随俗，把自己的胡子刮干净！”

话音刚落，小格林等第一次穿越北回归线的六名水手仍被布条蒙着双眼，被一个个带到了甲板上。

“回归线老人”扬起树枝，隆重地欢迎他的孩子们：“我很高兴与你们见面，我将会保护你们在大洋上继续前进！”

他的“太太”哆嗦着嘴唇，张了几次嘴，还是说不出一句话来。“老人”只好代替“太太”说道：“我的太太被孩子们的热情感动得难以言表。她希望她的孩子们在继续前进之前，最好还是刮刮脸，她实在看不惯他们的胡楂。”

格林庄重地承诺：“尊敬的太太，遵照您的命令，我们这就给孩子们刮脸。”

原来早就有一艘小艇放在甲板的中间，小艇里面事先盛满了水，上面搁着一块横跨的木板，小艇旁边放着一只装满焦油和油脂的小桶。

刮脸的仪式开始了：被蒙着眼睛的小格林作为那五位的代表，被推上了小艇，胆战心惊地坐在木板上，双脚离水面一尺来高。一个“海神”拿着油漆刷子，在桶里蘸了焦油和油脂，涂在小格林的稀疏的胡楂上。另一个“海神”拿着一片弯刀形的木片——也就是“剃刀”，象征性地替他刮脸。

做完这一切，“回归线老人”站起身，领着那六个蒙脸汉庄严地宣誓：“我们将尽最大的努力证明自己是好人！在我们身体强壮时决不喝淡酒，除非我们喜欢喝淡酒！在我们能吃到白面包时决不吃黑面包，除非我们喜欢吃黑面包！在我们亲吻女主人时决不亲吻她的女仆，除非我们喜欢她的女仆！在我们有新船时决不坐旧船，除非我们喜欢坐旧船！最后，我们决不容忍任何第一次穿越回归线的人，没有举行同样的仪式而穿越回归线！”

如此不伦不类的誓词，在一次次哄笑和一阵阵肃然中结束。

一个“海神”便把一个喇叭塞到小格林手里，告知他用喇叭声向回归线欢呼。当小格林刚刚举起喇叭吹了一下，另一名“海神”立刻把一桶海水向他劈头泼去，同时他坐着的木板突然被抽掉，小格林“扑通”一声掉进小艇的水里。其他五个蒙面汉一把扯下蒙面的布条，一拥而上，按住小格林，给他扎扎实实地洗了个澡。

小格林吓坏了，不知是何用意。只听他爸老格林大声告诫众人：“想当一名合格的水手，必须经得起各种磨难。吃得苦中苦，方为人上人！”

说罢，那破铜号和大贝斯又嘟嘟呜呜地吹起来，整个庆祝仪式在众人的震耳欲聋的欢呼声中结束。

当天晚上，全体船员在船头楼举行了热热闹闹的聚会，大家喝着兑水的烈酒和船上自己酿的麦芽啤酒，唱着豪放的或粗俗的歌，为第一次穿越回归线的船只和船员们自己干杯。

这一天也是“圣帕特里克节”——爱尔兰守护神的节日，船员们也是在用这种特殊的方式表达对这位神祇的敬意和对各国友谊的祝愿！

“中国皇后号”的股东先生们的“内战”，远不止罗伯特·莫里斯与约翰·霍尔克之间的闹翻，更大的问题出在这次远航的财务总代理兼出纳丹尼尔·帕克身上。而帕克私下进行的勾当，也远不止从 2 万美元预购款中私自扣下 2300 美元的问题，随着时间的推移，他的三位合伙人将逐渐发现：他所蛀蚀的财务空洞，要比他们想象的大得多。

但是在“中国皇后号”离开纽约前往东方之初，帕克却还在向霍尔克哭穷、要钱。

他愁眉苦脸地唉声叹气：“我承受着双重压力，一方面是这次远航所支付的款项，远远超出了股东先生们所提供的预付款和我们的预算；另一方面是我个人的其他商业合伙人欠我的债款迟迟偿还不了。由此之故，我们需要一笔额外的、数目巨大的款项，来弥补这次远航的支出。因此你——霍尔克先生——付给我的 3900 英镑汇票，我不得不延期偿还给你，同时我希望你能进一步提供我们所需的资金。”

但是当霍尔克发现：实际上是帕克自己向波士顿商人借了一大笔借款，反而试图让人相信是人家欠了他很多的钱；并且，他霍尔克付给帕克的汇票，实际上是他在替帕克个人偿还私人债务，而且这些债务都发生在他成为帕克的合伙人之前；而现在，帕克却还在竭力向他索要更多的资金，以满足帕克私人的需要。

当霍尔克发现这一切时，他被真正激怒了，他向威廉·杜尔发火：“我已经向他预付了按规定比我的股份应付资金多两倍的钱款，我已经押上了我自己的非借贷的财产，但结果如何呢？我简直成了被他愚弄的傻瓜！我所遭遇的所有这些不幸，都是因为你——杜尔先生——在向我介绍丹尼尔·帕克时，你说他是一个值得信赖的人！”

其实威廉·杜尔对帕克的怒火绝不亚于约翰·霍尔克，因为他也逐渐省悟到：帕克一直在对他这位合伙人隐瞒实情，一直在欺骗他们。正在此时，艾比尼瑟·扬又找上了杜尔和霍尔克，使得帕克的骗局更加真相大白。

艾比尼瑟·扬是船舶木工的负责人，曾掌管帕克—杜尔公司的船只装备、维修等事务。

他绝望地向杜尔和霍尔克大倒苦水：“帕克先生还欠我们 430~440 英镑工钱，这是船匠们的血汗钱！我一直都在等着这笔钱。但是尽管我再三催讨，帕克先生总是有理由支吾搪塞。船匠们越来越觉得这笔钱可能要不回来了，他们越来越焦急，他们不愿再等了。如果这个星期我不能付清他们的工钱，他们就要诉诸法律，所以我只能向你们二位求救了……”

杜尔与霍尔克大吃一惊，他们没料到情况竟比他们预料的还要严重得多！

他们认为必须立即采取行动，于是杜尔当即向扬下令道：“你必须牢牢盯住帕克先生的行踪！不管他是在费城、纽约、波士顿还是在康涅狄格，时刻盯住他，尽力跟踪他！

我给你的这一授权，你必须要保密。”

霍尔克的指令更为严厉：“如果你发现帕克先生有离开任何港口的任何迹象，你就立即找一名一流的律师，以我和杜尔先生的名义提出起诉：责令丹尼尔·帕克归还15万美元的股金，并将他扣押！他必须交付2万英镑保释金后，才能被保释！”

这就是说：霍尔克与杜尔已预感到或觉察到帕克必将外逃的苗头，因此他的受骗者们开始将网渐渐收紧。

艾比尼瑟·扬领命后匆匆离去，但工钱却一分也没有要到。

## 三　暂停佛得角

“中国皇后号”穿过大西洋的北回归线之后继续南下。

船员们发现船的左舷和右舷都有裂缝渗水，有几只水桶也漏水了，如果不及时修补，很可能没到好望角就要断水。于是格林船长跟山茂召、霍金森商议，决定在非洲西海岸的佛得角群岛的主岛圣雅各岛暂作停泊，借此机会也可以补充一些淡水、水果和食品，这对即将穿越赤道、保证船员们的健康是十分必要的。

当他们驶进圣雅各岛的普拉雅港时，已经有几艘葡萄牙和法国的双桅或三桅帆船停泊在那里。后者见到“中国皇后号”进港，立即升起国旗和舰旗，并且以四响旋转炮表示欢迎。“中国皇后号”也同样升起了国旗和舰旗，同时以一响礼炮和三声欢呼表示感谢。

这类远航船只因为常年漂泊在海洋上，远离大陆，又时时面临难以预料的千难万险，因此他们约定俗成地养成了一套他们之间的礼仪规范和相互帮助、相互救援的好传统、好习惯，自然而然地有一种“相逢何必曾相识”的心态和友情，形成了一种“四海之内皆兄弟”的美德和规则。他们常常相互登船拜访，互通有无，互递信件，互相支援，这是人类最应当尊重、珍视和推广的一种国际关系。譬如葡萄牙船就派来了有经验的木匠，帮助“中国皇后号”检修船舷漏缝和水桶；山茂召和兰德尔则委托法国船将信件转手另一艘驶往美国的船只，代为交给美国费城的丹尼尔·帕克，报告航情。那时这样转交的往往只是船员们的一些私人信件，因为当时各国之间尚无邮轮开通，更无电报之类通讯工具。

山茂召向兰德尔感慨地说:“设想一下吧，如果各国之间的关系也能像各国海员之间的关系一样，那么我们这个世界将会是怎样一种友好、和谐的面貌！”

兰德尔也感慨道:“可惜这个世界总有不和谐音！你看——”

山茂召抬眼望去，只见海港稍远的海面上，停泊着一艘很诡异的船：甲板上站着许多光着膀子的黑人，呆滞地望着岸上。

“那是一艘贩奴船！是一个从事黑奴买卖的公司经营的。”兰德尔厌恶地说，“法国船的那位船长很清楚它的底细。它是从欧洲来的，在塞内加尔装载了 123 名黑奴，每个奴隶只花了 5 法郎，但运到美洲能卖个好价钱。可怜的人哪，他们绝望地被切断了跟亲人的所有联系，注定在饱受折磨、衣食无着之中度过悲惨的余生！”

突然，只听那船上“叭”的一声枪响，几个打手挥舞着皮鞭，把甲板上的黑奴统统赶进了船舱。只有一男一女两个黑奴留在了甲板上，他俩跪着，那个凶狠的船主暴跳如雷，几个打手举起鞭子向他俩猛抽。

“那又是怎么回事？”山茂召紧张地问。

“那是一对黑人夫妇，”兰德尔忧郁地说，“前几天，他们的孩子逃跑了，一个十三四岁的小黑奴。这条船就是为了追捕这孩子才在这里停了几天，但这个岛上的人们谁也不愿帮他寻找。”

“这个没人性的东西！但愿他早些离开。”山茂召望着那个船主愤愤地说。

格林船长让大副罗伯特·麦克卡弗和木匠约翰·摩根带领船员们填补船上的漏缝，修理渗水的水桶；又放下了大艇靠岸取水，用小艇运取生活必需品，并且安排了船上的哨位和值班的职员和船员。格林便和大班山茂召、二班兰德尔、医生约翰斯顿上岸，骑着船上自带的马匹，去拜访佛得角群岛的总督，向他说明中途停泊的原因。

由葡萄牙女王任命的该群岛的总督，是一位55岁的土著，很胖，黑白混血，正卧病在床。当他得知禀报来访者是美国人时，便兴奋而惊讶地呼喊道：“波士顿人！波士顿人！”显然在当时，海港城市波士顿比美国还闻名。他忙命人将来访者请进他的并不十分气派的“总督府”，用葡萄酒、糖制杏仁、水果、奶酪和西瓜招待客人。四位美国客人表示十分感谢葡萄牙女王支持并承认美国独立，说“美国人对葡萄牙人的好意心存感激”，当然也感谢总督大人的盛情款待。而总督大人也感谢约翰斯顿医生为他治病和给他用药。宾主双方都感到十分愉快，交谈甚为融洽。

但托马斯·兰德尔觉得海岛风光肯定比美酒佳肴更合他的胃口，他趁宾主聊得起劲，独自溜了出来。

哦，佛得角！圣雅各岛！这里气候温和，海风习习，远处山脉绵延，近处遍地是橙子、可可豆、罗望子、无花果、菠萝，新鲜湿润的空气夹带着花木的清香拂面而来。兰德尔徜徉其间，感到浑身的每一个细胞都舒展开了。

他选了一块岩石小憩，望着周围的美景，望着不远处丛林中的村落，心旷神怡。忽然，他看见有一溜当地的土著少女，从丛林中鱼贯而出，有黑人姑娘，也有黑白混血姑娘。她们人人头顶瓦罐，显然是到那一泓瀑布下的水泉去汲水的。她们个个裸露着上身，腰间系着一块薄布权作短裙，黑油油的肌肤在阳光下闪着幽幽的光，光着双腿和脚丫，缓缓地走在小道上。她们蓦地发现有一个异样的男人正在出神地盯着她们，她们嗤地笑了，叽里咕噜地聊了些什么，露出一口洁白的牙，然后嘻嘻哈哈地逃远了。

兰德尔痴迷地沿着小道走去。突然，从丛林中钻出一个十三四岁的黑人小男孩，眨着慌乱的大眼睛，急于向他兜售一个大菠萝。兰德尔马上意识到：这就是那个逃跑的小黑奴！为了验证一下这个判断，他抚摸着那个男孩满头卷发的大脑袋，尽可能柔声地问，他的爸爸妈妈在哪里。那男孩指着远处岸边正在离港的那艘贩奴船。兰德尔顺着他的指向，仿佛能看到那艘船的底舱，在某个舷窗的窗口，有一对黑人夫妇的双眼正依依不舍地、绝望地最后一次呆望着这海岛。小男孩这一生再也见不到他父母了！两行眼泪从他的脸颊簌簌流下来。兰德尔又问他现在住在哪里。小男孩警惕地低下了头，没有吭声。兰德尔望望丛林后面的村落，心想：这里的许多黑人都是自由人，他们肯定收留了这个小男孩。他们比那些披着狼皮的白人更像一个真正的人！

他接过男孩的大菠萝，掏出了一枚银币放在他手里，有些哽咽地说："好孩子，你会长成一个顶天立地的男子汉的！"那男孩抓过银币，像兔子一样钻进了丛林。

兰德尔望着男孩消失的身影，久久不能平静："天哪！这是人干的吗？这还是以弘扬人道和美德为特征的人吗？上天把创造幸福、化解痛苦的能力赋予了他们，把是非判断、善恶判断的能力传授给了他们，把善有善报、恶有恶报的信念教会了他们，可是他们呢？却肆意践踏慈悲众生的原则，这还是人吗？一个折磨他的同胞的恶魔，故意让可以跟他一样度过幸福一生的同胞遭受非人的折磨，这是人干的吗？……”

三天后，“中国皇后号”完成了填缝、修桶的工作，用大艇加足了清甜的泉水，用小艇补足了猪、羊、鸡和橙子等食物，又装上了几根粗细不一的圆木和一些木板，一切准备就绪，它又从普拉雅港扬帆起航了。

格林船长叼着烟斗，遥望着渐渐远去的佛得角群岛，对副船长霍金森说：“我们这次停泊完全正确。从这里到好望角乃至巽他海峡，我们再也不怕缺水了。以后我们从美国到中国的船只，把这里的港口当作中继站，是再合适不过的选择！”

丹尼尔·帕克并没有从费城逃跑，用他的话说：“我不是那样的人，我不会一走了之。我将为我们共同的事业负责，为我的合伙人负责，我是一个有责任心的人。更何况这次中国之行将是一次有利可图的商机，那里有巨大的市场，我不会放弃。”

约翰·霍尔克马上写信给威廉·杜尔，让他从纽约立即赶到费城。他俩又同帕克约定，三人到罗伯特·莫里斯办公室会齐。

会晤的气氛非常紧张，三位合伙人逼着帕克拿出他的所有账单，验证一笔笔账目，要他解释为什么负债累累，为什么言行不一，资金流向何方。

帕克苦着脸说："这些都不是问题，账目、账单等自然会公之于众，我也正在考虑清理债务的问题，这是一个复杂的连环关系网……"

杜尔打断了他的活："我对你的复杂关系网不感兴趣。我所考虑的是：你我必须马上结束帕克—杜尔公司的业务，我们可以任命托马斯·菲兹蒙斯先生为共同托管人，结算公司的账目，解散公司。"

帕克无可奈何："我完全同意。"

霍尔克尖锐地说："我和莫里斯先生很想知道：围绕这次远航中国的账目如何清理，债务如何解决。"

帕克似乎早有盘算："我的建议是：把我在'中国皇后号'上的那部分股份出售，或者把那艘船以船舶抵押契约加以抵押，来借一笔钱，或者以 15 万美元的价格，卖掉六分之二的'中国皇后号'及其货物。"

"老实说，帕克先生，"霍尔克极不耐烦地说，"关于卖掉'中国皇后号'的一半资产或者部分股份的方案，实际上我们已与巴黎的勒古德斯公司沟通过，但是必须考虑我们的损失会有……”

不等霍尔克说完，帕克抢着说：“据说最近在广州刚成立了一家英国商号，专门从事这方面的交易事宜。”看来他是急于想卖掉“中国皇后号”了。

霍尔克对他不屑地瞥了一眼，不想再说什么。

最后莫里斯总结性地发言了：“这次‘中国皇后号’的对华贸易，无论就其性质还是影响来说，对于我们都非常重要。我们必须保证它的远航成功，争取把损失减小到最小的程度。因此我认为，先生们，解决目前因帕克先生而造成的亏空，唯一的办法是出售帕克先生在‘中国皇后号’上的那部分股份。”

杜尔：“这是今天唯一能作出决定的一件事。”

霍尔克：“可以把它作为决定确定下来。”

帕克掐灭雪茄，垂头丧气地叹息说：“好吧，这也正是我所提出的第一个方案。”

## 四　激战狂风恶浪

“中国皇后号”驶入非洲南端的好望角海域，格林船长开始紧张起来，因为对于他，这是一条全新的航线，他完全不熟悉，船上所有的人也全都从未到过这里。格林只能靠导航书和一些海图，尤其是塞缪尔·邓恩所著的1780年新版本《东印度群岛新指南》一书，来指挥驶过好望角的航行，而那本《指南》上警告说：“这个海域有时会遭遇狂暴的西风，而且来势很急。”格林暗暗祈祷：“但愿别碰上这种倒霉的天气！”

但这时船只所在的方位，格林和他的三位助手又偏偏出现了分歧：大副罗伯特·麦克卡弗测出的经度是东经20度30分，船只向西多航行了28分钟；副船长彼得·霍金森测出的经度是东经23度，船只向东多航行了2度或2分钟；二副亚伯·费彻测出的经度是东经22度06分，船只现在正在好望角以东54分钟航行处，也就是处在离好望角180海里的地方。山茂召和兰德尔两个航海的外行根本插不上嘴。格林船长皱起了浓眉，两眼盯着海图，一个劲儿地抽着烟斗，然后当机立断地说："那么我们就折中一下,按测量仪测得的20度58分为准。有一点可以肯定：我们现在正在好望角的南端，船只应继续向东方航行。"

正在这时，主桅上端瞭望台的观测员大声喊道："船长先生，西北方向有一片乌云正在迅速升腾！"

格林打了个激灵，立即冲出船长室，几位助手也跟了出去。大家向西面望去，只见从西北到西方之间的天空已经迅速布满了乌云，夹着闪电，遮住了海际线，并且飞快地向他们的船只压过来。格林心头一紧："糟啦！这正是《指南》上说的强劲的风暴！"这真叫怕什么来什么。他立即吩咐霍金森赶到船尾盯住舵手，麦克卡弗指挥前、主、后三桅大小帆的升降，费彻负责船头艏帆和所有三角帆。他请山茂召和兰德尔立即进舱，严守货舱的货物尤其是西洋参。

他刚分派停当，狂风就刮过来了，乌云笼罩在头顶，雹子般的雨点噼里啪啦地砸下来。格林赶紧命令瞭望台的观测员下来,然后猛地吹响哨子,拿起喇叭筒大声下令："全体船员各就各位！"整条船像被搅动的蜂窝一样，立即骚动起来，一切都处在紧张、忙碌之中。水手们有的紧拉一根根斜拉索，有的麻利地攀爬绳梯，迅速登上帆桁，像猴子一样敏捷，前、中、后三根桅杆的上、中、下三层帆桁，立即站满了水手，开始使劲地收卷桅帆。

这时狂风大作，电闪雷鸣，天昏地暗，暴雨倾盆，浪涛也开始疯狂地汹涌起来。格林向船尾喊道："右满舵！舵手和操舵帆注意：赶快把船尾朝向顺风方向！麦克卡弗，让他们赶快收起所有横向帆！"

船身刚刚艰难地调转到了顺风方向，海浪已汹涌澎湃地拍打船只，船只更加剧烈地颠簸。"快收起主桅帆、前后桅大帆、后桅纵帆！"格林喊道。但是风帆被狂风暴雨击打着，哪里那么容易卷起？尽管下面的水手使劲拉着斜拉索，帆桁上的水手们还是很难收卷风帆。小格林费了九牛二虎之力，根本卷不动横帆，眼看船体将要倾侧，理查德连忙挪过去帮他收帆。但这时"啪"的一声，支撑帆桁顶端的桁索断了，帆桁在狂风中猛地向前掠去。小格林"啊"的一声被甩下了帆桁，掉向海面，他拼命抓住升降索，悬荡在半空中。幸亏理查德眼疾手快，膂力过人，一把抓住小格林，把他从半空中拎了上来。小格林吓得脸色煞白。

"你小子笨蛋！不许下来！快抱住帆桁，继续收帆！"老格林骂着儿子，又喊道，"詹姆斯，彼得，快收起支索帆！大家听着：收起所有大小三角帆！"

这时，只见在船只的后方，远远的西北方向的海面突然隆起，并且越隆越高，巨浪像一道山梁似的向船只压来。这是乌云开始升腾时第一阵暴风掀起的主浪，因浪速慢于风速，这时它才从后面向船只追来。而船只所在的海面却突然陷了下去，并且整个海面向西北方向倾斜、滑动，像被那道“山梁”吸引了似的，带着船只像一片小小的树叶似的滑向那巨浪的谷底，船只根本控制不了自己。

“它终于来了！”格林船长忧心如焚，他知道：这才是主浪，它会把船只整个儿吞没，到那时，对船只的任何人为的操作都将无济于事，他作为船长也将无能为力，只能完全靠船只本身——“中国皇后号”自己，跟巨浪搏斗。

格林大声吼道：“全体船员注意：快紧闭舱门！抛下铁锚！抛下所有船前锚和船后锚……”他正张嘴喊着，一个浪头灌了他一口海水，他喷出海水，狠狠地喊道，“来吧，我的‘中国皇后号’能够斗过你！”幸好，他手下的大多数水手，都是久经磨炼、经验丰富的海军老兵，足以对付强横的风浪；而像小格林、克拉克森等几个生瓜秧子，亚伯·费彻早已把他们赶进了船后楼。

格林刚向船后望去，那道“山梁”般的巨浪已经到了眼前，足有一二十米高，像一座座喷着白沫和水雾的“活火山”，排山倒海地卷来，劈头盖脸地向船只压下来，把正在低谷的船只连同所有船员整个儿吞没。但是“中国皇后号”顽强地从巨浪中抬起头来，挺起了身，带着格林船长和全体船员从巨浪中挣脱出来。格林不禁喊道：“好样的，我的‘中国皇后号’！”

那巨浪似乎愤怒之极，它更加疯狂肆虐，时而把船只高高地抛向波峰，时而又狠狠地把它摔入波谷，妄图把它深深地摁入海底。

但是船身包着铜皮，几乎可以密封的“中国皇后号”十分蔑视巨浪的淫威，它像一个英勇顽强的钢铁战士，一次次地把巨浪从自己的身上甩掉，并且把它摔在自己的脚下，压在自己的身下。它一次次地在巨浪中抬起头，挺起胸，把它的桅杆一次次地冲出海面，刺向天空。它的船底的铜皮一次次地跃出海面，在浪涛中闪着骄傲的光。它似乎在嘲笑巨浪：“来吧！你奈何不了我！我是胜利者！”

格林船长撸掉头发上、胡须上的水流，大声笑道：“好啊！斗吧！就这样跟这狂风恶浪斗吧，我的‘中国皇后号’！谢谢您，天才的‘傻瓜派克’先生，您打造的简直不是一艘船，而是一位海上英雄！”

嚣张的主浪疯狂地肆虐了几个小时，始终拿“中国皇后号”无可奈何，它似乎气馁了，认输了，也累了，它开始疲软下去。高潮终于过去，但是它的余威并未消失，它似乎并不甘示弱，然而，它的威力毕竟已消耗了大半。

狂风卷着余浪仍一阵阵地向船只猛泼，闪电像一条条火蛇在船只的周围直击海面，犹如从乌云中掷下一个个炸雷。木匠摩根蜷曲着瘦弱的身躯，把自己捆绑在前桅下，跪在甲板上，瑟瑟地祈祷：“大海之神波塞冬啊，快救救我们吧，快斥责风与海，使风与海平息下来吧！……”

然而风与海并没有平息下来，整个海面依然汹涌着滔滔巨浪，在船只四周涌起一个个几米高的波峰，此起彼伏。它们不断地把船只抛上抛下，颠簸得几乎所有人都呕吐不止。

格林船长抱着桅杆，环顾四周，发现有一名水手竟把自己捆绑在右舷的围栏上，半个身子已拖在海里。他急忙喊道：“那是谁？不要命啦？快抓住缆绳，爬过来！爬过来！”一语未了，一个浪头泼来，船头猛地向上一翘，格林重重地摔倒在甲板上，整个身子向左舷撞去，只听“咔嚓”一声，左舷的栏杆被撞断了，格林不顾肩背的疼痛，连忙抓住缆绳，把它紧紧地缠绕在自己身上。

木匠摩根被这浪涛淹没了，他拼命探出身子，大口大口地喘着粗气，艰难地跪起身，察看周围的情况。暴风推涌着浪涛，浪涛拍打着船体，船只像要倾覆一般，狂躁地颠簸着。

这时，只听观测员突然喊道：“船长先生，风向转了！西北偏西转向西南！”

格林抬头一看主桅顶上的湿漉漉、软耷耷的风信旗，果然已被强劲的西南风费劲地吹向东北。“旋风！”这个词儿很快在他的脑海里一闪，他自语道：“那本《指南》上提到的恶劣天气，全让我们赶上了！”他赶紧向船尾喊话：

“左满舵！让船尾转向西南！”

幸亏这时西北风已经减弱，西南风越加强劲，没有引起多大的旋风，船只并未受到太大影响。但是渐趋狂躁的西南风也掀起了滚滚浪涛，从西南方向卷来，跟原先来自西北方向的浪涛撞在一起，形成了交叉浪，把船只夹在中间，从两个方向向船只挤压过来。这使得船舵、舵柄和操舵杆震动得更加剧烈，发出吱吱嘎嘎的声响。霍金森和舵手安得森死死地抱紧操舵杆，眼睛紧盯着罗盘，拼命使船只朝向西北方向。

两股狂风和恶浪合力向船只猛扑，只听“咔吧”一声巨响，主桅的上桅被狂风折断了，像一棵树一样倒了下来。格林大喝道：“快躲开！快躲到船头楼的墙根下！”

木匠摩根又一次大声祈祷起来：“大海之神波塞冬啊，拿起您的三叉戟，喝退那狂风大浪吧。波塞冬说：‘你们这些人啊，你们人的信心和力量在哪里呢？你们战胜风浪，风浪就止住了，平静了。’”

说也奇怪，转眼间，那风势果然减弱了下来，继而竟渐渐地几乎平息了。格林忽然想起那《指南》上的提示：“风暴来势很急，去得也快，一旦风向转向西南，风势就减弱，突然间会停下来。”但是大海并没有那么快平静下来，依然波涛汹涌，整个海面像被晃动了似的，船只也随着左右摇晃，幸亏这种涌浪不算太大，否则准会将船只晃翻。

暴雨也没有马上停止，依然瓢泼盆倾。格林忙下令道："快撑开前后所有水帆，快接雨水！"他想：这么好的优质水可不能让它白白流掉。

奋战到日落时分，雨停了，乌云终于远去，夕阳的斜晖开始照耀海面，风浪减弱到了可以承受的程度。甲板上横七竖八地躺满了船员，大家累得筋疲力尽，浑身像散了架。

这时，舱门突然被撞开，山茂召和兰德尔踉踉跄跄地从舱门里跌了出来。他俩鼻青脸肿，衣衫不整，上衣被撕开了几个口子，裤子也有几处裂了缝。原来他俩守在货舱里并不比甲板上舒坦，反而像被密封在罐子里的两颗骰子，身子只能任凭"骰盅"颠簸摇晃，在木桶和木箱这些硬家伙之间跌跌撞撞、磕磕碰碰。起初，他俩还手忙脚乱地用手臂和身子去稳住那些装着西洋参的木桶、木箱，但不一会儿，这些成堆的硬家伙便像塌方似的砸下来，结果他俩被砸成了这副伤痕累累的模样。大家瞧着他俩的狼狈相，都哈哈大笑起来，他俩自己也撑不住哑然失笑。

格林的头部和肩背被撞破了，医生约翰斯顿额上缠着纱布，忙着给船长、大班、二班和其他伤员治伤。麦克卡弗喜出望外地大声报告："船长先生，前后几张水帆至少接了 2000 加仑雨水！"船员们欢呼起来："这下可以痛痛快快地洗个澡了！"

二副胖费彻拍拍瘦摩根的肩膀，故意高声问大家：“我们今天逢凶化吉，遇难成祥，谁的功劳最大？”大家齐声笑答道：“是摩根！他的祈祷救了我们！”

木匠摩根怯生生地说：“不是我！不是我！是波塞冬！是他唤醒了我们人的信心和力量。”

这时，山茂召情不自禁地带领船员们引吭高歌：

大海之神波塞冬啊，
我们豪情万丈斗风暴。
祝福我们吧，
我们将带回胜利的喜报，
仰天长笑！

全船人员向着金色的晚霞，沉浸在歌声中。他们正是在对狂风恶浪的奋战和虔诚的祝福中，汲取并积聚着更大的信心和精神力量！

丹尼尔·帕克终于出逃了！

临行前，他给约翰·霍尔克写了一封“辞别信”：“我将在伦敦着手实施比以前更加宏大的商业计划，我确信，在那里我一定能成功。我必须用最乐观的语气谈论此事。届时，我将派人偿还我在美国的所有欠款，在我的全部债务偿清以前，我不会回到美国。”

此时他已以闪电般的速度逃离费城，突然在合伙人眼前消失。同时他的上述白日梦和“偿还”云云的承诺，当然也永远别指望兑现了。

霍尔克在接到“辞别信”的第一时间，就与莫里斯、杜尔赶到帕克的前公司的会计室。会计员证实了他们三人的最糟糕的担忧：这三位合伙人的和其他账户的钱款，一直被帕克挪用着，其用度包括借东补西和满足他个人的奢侈的花天酒地。甚至，帕克所同意出售抵债的他在“中国皇后号”上的那部分股份，基本上也是借贷来的，实际上他帕克什么资金也没有出，反而让这三位合伙人背上了一笔冤枉债。

他们上当了！帕克耍了个“金蝉脱壳”计！

一切都真相大白了，原来帕克一直在蓄意伪造账目。霍尔克瞅着满屋子零乱的账本、簿册，怒火冲天：“找不到有关他收到的款项、承兑的票据以及付给他汇票的任何证据！而且，多次的谈判也没有留下任何记录。一切都被他毁了！这类伎俩他早就在干了，而我们所有人都被蒙在鼓里！”

杜尔愤愤地说：“你们瞧瞧吧，甚至早在战争期间，我与他给军方的物资供应，他都没有记入账本！”

莫里斯将另一本账册一扔：“从这些账本中，找不到我们与他交易的任何线索，也没有购售额的交换票据。约翰，请你查看一下：在你的账本上是怎么写的？”

霍尔克掏出一个小本子，翻看着说：“他曾跟我说：他预先付给了合伙公司7.6097万美元。而在我的账目上可以看出：在已知的全部开支中，他至少扣留了12.1748万美元在他手里。而他的投入与实际账目竟相差19.7845万美元。也就是说，他的那部分股份，即使是他自己的而不是借来的，也早已资不抵债！”

杜尔狠狠地捶了一拳桌子：“全都是欺骗！赤裸裸的欺骗！彻头彻尾的欺骗！”

莫里斯冷冷地说：“我们必须立即启动法律调查，从费城一直扩大到伦敦！”

霍尔克提议：“应当在伦敦或者荷兰逮捕他！”

几乎与此同时，在纽约，在帕克为他的“甜心”贝蒂小姐所买的海滨别墅里，上演着另一出活剧：一位房产商带着警察和一帮搬运工闯了进去，七手八脚把所有豪华的家具搬运一空，并且宣布：“丹尼尔·帕克先生已经把别墅以及所有家具卖给了我们房产公司，请贝蒂小姐马上离开这里。”同时他们出示了书面凭证。

贝蒂小姐一时愣了，等她醒过神来，忙到珠宝商那里去鉴定那条蓝宝石项链和那枚大克拉钻戒，竟然都是赝品！她大骂帕克“骗子”“流氓”，她决意把他告上法庭，让这个脑满肠肥的畜生尝尝铁窗风味。但她没有任何凭证，只得净身出户，她把项链和钻戒狠狠扔去，拎起皮箱，骂骂咧咧地走了。

然而帕克并没有被起诉或逮捕。他一度确实非常害怕，也曾想请他在纽约的密友安德鲁·克雷格从中斡旋，化解危机。但是当他考虑到所有不利于他的账目、文件几乎都已被他销毁，他的合伙人和债权人根本不可能提供诉讼所需的任何有关证明，那个“雏儿”贝蒂更不用说了，于是他的那颗怦怦跳着的心也就踏实下来，渐渐地心安理得了。在其后的日子里，他一直流亡在伦敦、巴黎、阿姆斯特丹等地，几乎身无分文，如同行尸走肉，其潦倒的佝偻的背影，折射出他那扭曲的丑恶的灵魂。

# 五　前方是广州

晴朗的天气令人愉快。印度洋的海面上几乎风平浪静，暖暖的海风从西南方吹来。“中国皇后号”升起了所有的风帆，乘风破浪向东航行，驱动帆兜满了风，发出隆隆的声响。

经过狂风恶浪，船员们一片忙碌：有的擦洗甲板，有的爬上主桅把折断的上桅重新支起；有的修理船舷的围栏；有的整理拉索和绳具；有的重挂吊床；有的晾晒帆具；二副、炮手和枪械修理员把弹药搬出来晾晒，擦拭炮筒和小型武器；水泵不停地抽水，把涌进船舱的水抽干，让船体保持轻松。格林船长和山茂召、兰德尔乘着小艇，绕着船只兜了一圈，查看船的外体是否被狂暴风浪损坏，所幸船体完好无损。

他们最担心的还是那些桶里的西洋参是否进水泛潮。货物押运员建议打开木桶查看一下。山茂召同意了，格林船长指派大副麦克卡弗带着小格林和克拉克森等几个见习船员协助开桶检查。他们刚打开第一个桶，就被兰德尔制止了："不能开桶！这是在海上，开封后桶里灌进了咸风，反而会腌坏了西洋参。"山茂召查看了一下那桶西洋参并没有进水泛潮，放心了，又赶快让大副他们把它封上。原来船舱被隔成了四段，一舱即使进水，其他船舱并不受影响，而西洋参幸亏都堆放在中舱，因而安然无恙。

印度洋上虽然也风雨无常、阴晴不定，但他们再也没有遇到海上风暴。"中国皇后号"时而顺风而行，时而逆风而上，时而呈"之"字形抢风航行。大批的鲛鱼、海龟和海鸥、信天翁等与他们为伴，晨曦、晚霞、明月、繁星为他们送航，偶尔还有壮观的海市蜃楼让他们欣赏。远洋生活既艰辛又浪漫，既单调乏味又富有诗意。

但是在船上最不方便的也许是"方便"问题，因为船上根本没有厕所，船员们"内急"时，必须把自己悬挂到前甲板的船舷外，坐在两根绳索吊着的木板上解决问题，身子随着海浪和船体一起一伏、一荡一晃，"大便"变成了心惊肉跳的"大不便"，设想一下荡着秋千"出恭"的难度吧，更何况屁股下面就是滔滔海浪！能在这么悬空的"杂技"动作中解决问题，实在是一大本领，没有经过专门训练，恐怕再"急"也休想"恭"出来。

格林船长叼着烟斗，正这么晃晃荡荡一起一伏地"大不便"着，忽听得厨子卡尔喊道："船长先生，您快管管您的儿子吧！”

格林十分恼火，只好草草了事，从舷梯爬上甲板，随着卡尔下到底层船舱。

原来小格林和克拉克森小哥儿俩跟厨子发生了纠纷：一只母羊要产羊羔了，这小哥儿俩正在充当“助产士”，生怕这是一次难产。正在此时，厨子卡尔进来了，说是牛肉变质了，得牵一只羊出去改善伙食。

克拉克森立即拦住了他：“您来得不是时候，卡尔先生，您没有看见吗？这里正在迎接一个小生命。”

“我没有不让母羊产崽，你也别不让我干我的活儿。”卡尔管自向羊群走去。

小格林忙跳起来拦住了他：“瞧你把羊们吓得又叫又跳。你老婆生儿子，你也这么大闹产房吗？出去！出去！”他不容分说，硬是把卡尔推了出去。

等到卡尔领着老格林进来，小羊羔已经顺利产下来了，浑身湿漉漉地跪在母羊身边咩咩地叫。两个“助产士”也跪在那里，欣喜地抚摸着母羊和羊羔：“好样的！了不起的母亲！好样的！小宝贝！”他俩回头瞧见老格林，慌忙站起身。

“爸爸。”小格林战战兢兢地叫了一声。

“这里没有爸爸，只有船长！”老格林铁青着脸。

“是，船长！”小格林连忙改口。

“船长先生！”老格林再次纠正儿子。

“是，船长先生！”小格林打了个立正。

老格林背着双手，阴沉着脸，绕着母羊和羊羔看了一圈，一切都明白了。他狠狠地瞪了儿子一眼，回头又狠狠地瞪了卡尔一眼，刚要发话，忽听舱外大声嚷道：“船长先生，彼得·理查德杀人啦！”

老格林大吃一惊，急忙赶到前甲板，只见水手理查德拿着刀，指着副船长霍金森，破口大骂医生约翰斯顿：“我受够了！你天天逼着我们吃酸掉牙的咸菜，比喂牲口都不如！你们别过来，谁再上前一步，我就宰了他！我要杀掉船上所有的高级职员！”二副费彻上去奋力夺刀，理查德发狂地挥起刀子，把费彻的手臂划了个大口子，鲜血直流。

格林船长见状大喝一声：“放下刀子！”又回头责令麦克卡弗，“你还愣着干吗？”

大副使个眼色，五六个水手立刻从理查德背后一拥而上，把他压倒在甲板上。而这个狂徒还在发疯似的挣扎、谩骂。

“把他的手脚铐上镣铐，绑在前桅上！”格林下令道。

原来长年累月出海的船员，最怕因长期吃不上新鲜蔬菜和水果，缺乏维生素C而患上坏血病。以前库克船长在远航太平洋时，正是由于这种病，船上先后有五名船员丧命。库克因此隔几天就要鞭打一批船员，强迫他们咽下泡菜、麦芽汁等以补充维生素C，谁拒吃就用鞭子抽谁。“中国皇后号”虽然多带了一些水果，但毕竟数量有限，更没有新鲜蔬菜，因此也只能用酸菜之类补充维生素C。彼得·理查德以前只是在近海充当水手，没有远航的经历，又性格粗鲁，脾气暴躁，吃腻了酸菜，嫌它酸得倒牙，死也不肯再吃，又不听劝告，便与医生约翰斯顿顶撞起来，甚至闹到要刀动武的地步。

山茂召与兰德尔瞧着理查德被绑在前桅上，悄悄向格林船长递话：“是否太严厉了些？”格林只硬邦邦地回答了一句：“缺乏军纪的军队，不是一支好军队！”他一吹哨子，命令全体船员到甲板上列队集合。

“见习生小约翰·格林出列！”船长下令道。

他的儿子小格林胆战心惊，只得跨前一步，迈出了队列。

“这个见习生妨碍厨子的正常工作，尤其对卡尔先生很不礼貌，这是绝不允许的！”船长宣布处罚措施：勒令见习生小格林三天不许吃肉，禁闭一天，向卡尔先生道歉。

卡尔忙解释道：“船长先生，我也不该……”

“闭嘴！”老格林把他吓了回去。

二副费彻把小格林押了下去。大家眼瞧着船长对儿子处罚如此严厉，对他肃然起敬。“同案犯”小克拉克森蜷缩着肩膀，不敢吱声。

“现在让我们瞧瞧这位大英雄吧，”格林转向了被捆绑在前桅上的理查德，“你不愿吃酸菜，很好！你在家里跟你老婆这么说，可以！可在这里，在我的船上，不行！因为这是纪律，是命令！你不怕死，不怕坏血病，很英勇！你死在哪里我都不管，但死在我的船上，不行！因为这条船绝不允许任何人自杀！你拿刀杀人，出口伤人，活脱脱一个暴徒，一个街头混混！那么好吧，这里不适合你，你最好重新回到战场上去，让你杀个痛快！”

格林转向了全体船员：“先生们，我们的‘中国皇后号’即将穿越巽他海峡。你们知道穿越了海峡，我们的前方是哪里吗？是广州！是中国！我们将在那里升起第一面美国的国旗，我们将是广州人看到的第一批美国人。再瞧瞧我们的尊容吧：胡子拉碴，衣衫不整，邋邋遢遢，举止粗野，活像一批刚从原始森林里冒出来的野人！简直是一群猩猩！”

船员们你瞧瞧我，我瞧瞧你，嘻嘻哈哈地自嘲开了。

格林等他们安静下来，指着一个个船员的鼻子，继续说：“你！你！还有你！你们就是美国人吗？这就是中国人眼里的第一批美国人吗？我们到广州去干什么？去给美国人丢脸吗？去给美国国旗抹黑吗？”

格林一步跨上台阶，大声宣布：“我们将在巴达维亚靠岸。现在我命令：第一，必须讲究文明礼貌，严守纪律，而且是军事纪律，违反者按军法处置。第二，每个船员必须讲究卫生，洗澡，理发，把胡楂刮干净。第三，每个船员必须衣帽整洁，一律身穿正式的海员服装。听清楚没有？”

“清楚啦！”船员们齐声回答。

“船长先生，放心吧！我们决不会给美国丢脸！”船员们大声答道。

格林转向了那位行凶者：“现在我们拿这位大英雄怎么办呢？”

大家原以为船长会放过彼得·理查德，这位粗壮汉子毕竟在狂风恶浪中救过小格林的命。谁知格林训完话，矛头又指向了彼得·理查德。

“不服从命令，不遵守纪律，侮辱高级职员，拿刀伤人，并且威胁杀人，这种行为野蛮的鲁莽狂徒，不配做‘中国皇后号’的船员！那么好吧，巴达维亚有的是返航欧洲的船只，欧洲有的是驶往美国的商船。霍金森先生，请您把彼得·理查德先生交给荷兰船，请他们把他送回美国去。”

理查德经过格林的训话早就清醒了，他在前桅上拼命地挣扎，喊道：“船长先生，别把我送走！我错了，我吃酸菜，我认罚，我向全体船员赔礼道歉！只是别把我送走，我求您还不行吗？”

山茂召和兰德尔也向格林船长悄声地求情，格林压低声音说：“在进入广州之前，整顿一下纪律，并且趁在巴达维亚停靠，再演习一次，是必要的。”

山茂召和兰德尔这才明白了船长的用意，钦佩地点头：“非常必要！”“十分必要！”

格林转向全体船员：“先生们，你们说吧，我们该怎么处置这位英雄好汉？”

船员们几乎齐声答道：“饶了他吧！”“别把他送回去！”

约翰斯顿和费彻也劝说道：“留下他吧。”“知错必改还是好船员嘛。”

“如果你们能担保他今后不再犯浑，可以考虑把他留下。那么这样吧，”格林最后宣布处罚决定，“把彼得·理查德禁闭十天，在到达广州之前，把他的津贴减半！”

巴达维亚就是雅加达，当时是荷兰殖民地印度尼西亚的首府，1945 年 8 月 17 日印度尼西亚宣布独立后，恢复原称“雅加达”。在“中国皇后号”进港之前，巴达维亚港已经停泊着很多艘荷兰船、法国船、英国船、葡萄牙船、瑞典船，各自挂着各国的国旗。它们不是驶往广州的就是从广州驶来的，从这里就可以预先感受到广州的外贸多么繁忙。

当“中国皇后号”驶进港口时，它果然已面貌一新：船尾升起了美国国旗，船员们剃光了脸颊，一律穿上正式的水手服，整齐地排列在甲板两侧和帆桁上。它依次驶过西欧各国的船只，后者的船员按惯例列队欢呼，向它表示欢迎，它也以三声欢呼回敬。

其中有一艘法国船“海神号”的船长奥德林先生，据说已十一次进出广州，也算是“广州通”了，山茂召、兰德尔和格林船长便特意去拜访他。奥德林和他的副船长柯戴兹先生也及时进行了回访，格林船长精心准备了午餐接待他们。席间，主客双方自然而然地聊起了广州之行，这正是山茂召等这批新来的远客最想请教的，船上的几乎所有高级职员都围坐在奥德林和柯戴兹身边。

山茂召诚挚地欢迎两位船长来访，说能与他们相识感到非常荣幸。奥德林以同样的礼貌表示“很高兴有这样愉快的会面”，他“将尽力在各个方面为美国朋友们提供帮助”。

频频碰杯之后，奥德林告诉美国朋友：“你们‘中国皇后号’是这个广州贸易季节第一批从巽他海峡前往广州的商船之一。”

格林船长听了，高兴地痛饮了一杯。

但山茂召说：“可我们也是第一次踏上中国土地，对那里的情况我们一无所知。”

奥德林意识到这位大班显然是在向他讨教什么，于是他的话匣子打开了：“我的体会是：跟中国人做生意很不容易，确切地说，大清国还不是一个商业帝国，因此它的规矩和对外商的限制非常严格。”奥德林喝着玛特拉酒，侃侃而谈，“首先，你们的船在进入广州之前，必须先在澳门暂停，获准领取入港通行证，他们叫作‘海关船牌’。澳门当然是中国的领土，但又是葡萄牙的殖民地，然而又必须依赖中国才能生存，葡萄牙国王任命的澳门总督也必须依附于中国。否则，只要中国人一翻脸，随时可以把那里的人饿死，也随时可以把葡萄牙人赶走，这使得澳门总督不得不谨慎行事。因此，你们必须小心，应当绝对避免触怒中国人！”

奥德林的美国听众们听得专心致志，事务长斯威弗特甚至感到有些紧张起来。山茂召很有信心地说：“谢谢您的忠告，我们当然会尊重所在国的规章和礼仪。”

格林船长肯定地说：“是的，这不成问题。”

“但是，规章是一回事，礼仪又是一回事。”奥德林感到他的谈话受到了重视，便显得更为推心置腹，“谈到在广州做生意的规章，关键当然首先要打通中国的海关。如今中国只有一个海关，那就是广州的粤海关，它在澳门设有分关。而要顺利打通海关并且保证生意的成功，关键又在能否请到广州‘十三行’的一位洋行商人担任你们的‘保商’，也就是担保你们的商人。因为按照大清国朝廷的规定，我们外商不允许在广州直接做买卖，所有生意必须通过‘保商’,必须把我们的货物统统交给‘保商’代为贸易，我们只能待在商馆里等着。

“而能否请到一位经验丰富、背景过硬的行商作‘保商’,关键又在你们能否首先请到一位‘代理’,他们叫‘买办’。他等于是你们的一位大管家，你们在广州的一切里里外外的事务，从运营货物到购买日常用品等，全都必须由‘代理’代替你们履行他的‘官方’职责。

“而你们能否请到这么一位理想的‘代理’，关键又全在你们能否找到一位精通英语的翻译，他们叫‘通事’。他等于是你们与粤海关打交道的‘嘴’和‘耳朵’，而且他熟悉几乎所有的‘代理’人员,他会向你们推荐哪位‘代理’更合适。

“而你们能否找到这么一位神通广大的‘通事’，关键又全在你们能否选择一位尽职的领航员,他们叫‘引水员’。这是你们在停靠澳门时要做的第一件事。他不仅引导你们的船只沿着珠江抵达广州的黄埔港，而且将代替你们向粤海关澳门分关禀报你们的船来到之事，登记你们的船和船长的姓名，领取入港的‘海关船牌’，也就是通行证，并且为你们聘请‘通事’。你们在广州的整个贸易活动，就这样从找领航员这枚小小的齿轮开始，整架机器才能开动起来。”

山茂召等人听着这一连串的“关键”，感到幸亏事先请教了奥德林这位“老师”。事务长斯威弗特戴起眼镜，认真地作着笔记。格林船长下意识地舒了口气:"总算完了!"

"并没有完,格林先生,"奥德林喝了一口葡萄酒,润润嗓子,继续"尽力帮助"美国朋友,"诸位知道这一切的关键的关键又是什么吗?"他肃然起敬地说,"是礼仪!中国人非常讲究礼仪,上至达官贵人,下至普通百姓,都遵循礼法行事。所以,先生们,我提醒你们,在中国,务必循规蹈矩,切勿做出有悖礼仪的事情!所以说,规章和礼仪是两回事。"

"那是自然。"客人们心领神会地笑了。

"中国皇后号"在巴达维亚补足了淡水和水果、蔬菜及各种食品,又起锚驶上征途。它穿过巽他海峡,沿着加里曼丹岛西海岸航行,向北便进入了中国南海,这就是说,在海域上,"中国皇后号"已经到了中国!前方就是广州!中国大陆已遥遥在望!船上所有人员都激动、兴奋起来。

山茂召不禁想起古希腊神话阿耳戈英雄们去取金羊毛的故事:有一只长着双翼的公羊的毛是纯金的,那是无价之宝,希腊许多君王和英雄都想得到它。爱俄尔卡斯国王的王子、伟大的英雄伊阿宋被派去夺取这一珍贵的金羊毛。他邀请了希腊最伟大的英雄们如赫拉克勒斯、提菲斯、珀琉斯等，都参加到这一英勇的壮举中。雅典娜指导最聪明的建船师阿耳戈，建造了全希腊最大的一艘海船，命名为“阿耳戈”，任何风暴都休想摧垮它。伊阿宋等英雄们把祭品贡献给海神波塞冬，虔诚地祈祷他的保佑。首领伊阿宋率领英雄们，战胜重重困难，终于胜利地取得了巨龙守护着的金羊毛……山茂召有感而发，即兴创作了一首《海神颂》。兰德尔也兴致勃勃，立即为颂歌谱了曲。歌曲很快在全船传开了。

中国南海的海水碧绿、透明，海面安澜宁静，亚热带热烘烘的季风从西南吹来，“中国皇后号”所有的风帆鼓鼓地吃满了风，轻快地、自由自在地徐徐滑行。

傍晚，天气凉爽了许多，晚霞映红了整个天空，把整个海面染成了金色，给所有的风帆涂上了梦幻般的橙红色。船长格林举起望远镜，站在船头楼上；舵手、瞭望员、测程员、水深测量员等工作人员，静静地坚守着自己的岗位；其他休闲的水手们在甲板上或站，或坐，或躺，享受着难得的安宁。

这时，山茂召以清亮的男高音，情不自禁地唱起了他的《海神颂》：

海神波塞冬呵，大海的首脑！
保佑我们吧，

阿耳戈的英雄们业已起锚。

全体船员立即以雄浑的声音齐唱：

驾着智慧女神雅典娜赠予的坚固大船，
吹响商业之神赫尔墨斯的和平号角。
远航遥远的东方古国，
寻找金羊毛。

格林船长也用浑厚的男低音领唱起来：

海神波塞冬呵，大海的英豪！
祝福我们吧，
阿耳戈的英雄们脚踏波涛。

全体水手一起齐唱：

我们劈波斩浪斗风暴，
友谊之船满载豪情与欢笑。
远航神秘的东方古国，
去取金羊毛。

兰德尔的男中音领唱道：

海神波塞冬呵，大海的骄傲！
迎接我们吧，
阿耳戈的英雄们取来金羊毛。

全体船员齐唱：

彩虹女神伊里斯照耀七彩霞光，
神歌手俄尔浦斯为我们弹琴歌唱。
故乡的海岸又将遥遥在望，
心中的她翘首等候在海港。

## 六　乾隆：第六次南巡

1784年(乾隆四十九年)1月至4月，正当“中国皇后号”越洋过海向中国进发时，年届73岁的乾隆帝爱新觉罗·弘历，也正进行着他的第六次也是最后一次南巡。他虽已年逾七旬，须发早已灰白，但精神矍铄，身板硬朗，神采奕奕。这年3月，乾隆的銮驾抵达浙江，他依然驻跸海宁陈家花园，照例是为了视察钱塘江海塘。

正当暮春天气，艳阳熙熙，春风徐徐。这一天，乾隆兴致很高，黄罗伞下，他伫立在钱塘江堤，身披明黄色绣龙披风，近观远望，赏景遐思。在他身旁，只有军机处首辅大臣和珅、两江总督萨载、浙江巡抚赵翼、河道总督李奉翰陪驾，总管太监刘德保随身侍候。其他江浙两省的各级官吏，如布政使、按察使、知府、知州、知县、司道等，远远地侍立了一大群。再远处，便是由黄马褂带刀侍卫组成的长长的警戒线，此外还有江浙两省的戈什哈、亲兵等侍从武弁，里三层，外三层，早把这一处海塘围了个水泄不通。

钱江潮的凶猛，历来是出了名的，其气势固然磅礴，但对庄稼和生灵的破坏力也分外惊人。它虽不及黄、淮之患，但仅顺治十三年一次大潮，便冲垮了从平湖至杭州的百里海塘，造成逾万人丧命的大灾。故而康熙、雍正、乾隆三朝，对于钱江塘堤的治理从不敢掉以轻心。

乾隆细细察看塘堤修筑情况：堤岸已增高到一丈；装着大小石块的巨大竹篓，已层层叠叠地堆积在堤岸上，护卫着塘堤；一条条用巨石垒成的丁字坝，从江岸一直延伸到江中；大堤内侧，已筑起了第二道堤坝，两道堤坝之间的那些住户，早已搬撤一空……

河道总督李奉翰手捧折子，向皇上禀奏修筑海塘的工料账目：搬运石料多少多少万方，动用民工多少多少万人，耗资多少多少万银两……乾隆满意地点点头。的确，至少在他目力所及的范围内，这差使办得还算不错。

和珅瞧着皇上心情愉快，便凑趣道："奴才听说钱江大潮，乃是伍子胥阴魂不散，每年驾着白马素车，怒而驱浪成潮的。"

乾隆不屑地笑笑："无稽之谈。"

和珅忙道："是，皇上圣明。奴才也以为这只是齐东野语之类，不过是吴越之民感念伍员之忠诚和屈死，为他鸣冤叫屈而将他神化了。"

乾隆趁机教训臣工:“足见忠诚与民心是极其重要的。”

他身边的几位大臣连答了几个“是”。

乾隆撇开这个话题，他的思绪显然在远方。他望着滔滔江水和钱江入海处，冷不丁地问道:“和珅哪，出了钱江是哪里啊？”

和珅忙趋前:“回皇上,出了钱江便是我大清国的舟山、澎湖和台湾了。”

“往东呢？”乾隆不知是好奇还是明知故问。

“往东便是琉球和日本。”

“那么再往东呢？”

和珅与李奉翰对视了一眼，答道:“再往东想是大洋了吧？”

“是的，皇上，确是大洋了。”萨载肯定地说。

“大洋的东面又是哪里呢？”乾隆一味追问。

几位臣子窘住了，先后答道:“奴才们孤陋孤闻，实不知大洋之东是哪里了。”

显然，当时的中、美两国，不光是美国对中国茫然无知，同时中国对美国也是闻所未闻。

乾隆若有所思地念起《庄子·秋水》来:“‘天下之水，莫大于海，万川归之，不知何时止而不盈……计中国之在海内，不似稊米之在大仓乎？’”

和珅奉承道:“皇上之谦恭虚怀，真正的世人莫能量也。我大清乃居天下之中央，天下之万川曷能不归之吾大清乎？”

乾隆听了心里很舒服，嘿嘿笑道：“斯言恐‘河伯’之属耳，岂不见笑于天下？”

和珅赔笑道：“奴才们自然只是‘河伯’，然皇上乃‘北海之神’！”

乾隆笑笑。他其实并不满足于“北海之神”，这时他想的是天下和大洋，也想着从大洋涌来的钱江潮。他眺望着钱江入海口，忽然想起王维的诗句：“日落江湖白，潮来天地青。”于是在他的脑海里，不禁浮现出钱江大潮滚滚而来的景象，继而他眼前竟然出现了幻觉：

远远的在海天之间，隐隐约约地出现了一条细细的白线。他定神凝视，只觉这条白线在渐渐变粗、变宽，并且越来越粗、越来越宽。同时，在寂静的空气中，隐隐地传来嗷嗷的似有若无的嘈杂声。不多时，这条白线眼瞅着变成了一道手掌宽的白练，横亘在钱江南北两岸之间。那隐隐的嘈杂声也由远而近，变成了越来越大的隆隆轰响。紧接着，那道白练越推越近，终于能分辨出那原来是潮头涌起的雪堆一般的浪涛，那隆隆声正是浪涛相互撞击翻滚发出的咆哮声。转眼间，那潮头怒涛已近在咫尺，怒吼着，像一堵正在不断增高的墙壁似的迎面冲来，后面的浪潮使江面高高地抬升，汹涌澎湃，整个江面浊浪排空，卷起千堆白雪，排山倒海般地涌来。刹那间，那怒涛已到了眼前，像一座山似的向堤坝冲来。猛然间，一个巨浪冲击江岸，激发出冲天水柱。紧接着，另一个“钻地浪”已越过堤岸，钻进第二道塘堤的地下，淹没了一大片江岸，当它退去时，已把第二道塘堤连同堤上的一间茅屋整个儿卷走，那大片堤坝和茅屋顷刻间便消失在滔滔浪潮之中……乾隆回头看时，只见又一个巨浪已向他冲来。那浪头冲击石垒江岸，迸发出爆裂般的巨响，同时炸起几丈高的水幕，像一张从天而降的巨网，向他劈头盖脸、醍醐灌顶般地压下来。

乾隆只觉眼前一黑，不由得打了个寒噤，突然从幻觉中醒过神来，眼前仍是一派风和日丽、海晏河清景象，他终不知这幻中之潮是何兆头，兀自惊疑不已。

总管太监刘德保忙上前担心地问：“皇上？……”

乾隆这才完全清醒过来，又定了一会儿神，望着眼前平静的江面，摆摆手说：“回銮吧。”

刘德保高声唱道：“皇上回銮啰！”

一乘十二抬黄罗大轿抬了过来，刘德保搀扶着乾隆上轿。大小臣工们跟随着这位七旬老人，前呼后拥地离开钱江而去。

# 5

## 第五章

# 到广州

中国商人以他们的方式来显示开明和大方。他们很克制自己的情绪，而且会很细心地关心他人的情绪。作为一种商人，我们发现行商在所有的交易中都是可敬的、负责任的，对签下的契约很守信，而且宽宏大量。

——山茂召（Samuel Shaw）“中国皇后号”大班，乾隆时美利坚合众国第一任驻广州领事。

# 一　广州：海上丝绸之路的起点

广州又称“羊城”“穗城”，相传有五羊衔谷穗而至，或传五仙人骑五色羊持穗至此，故又名“五羊城”。其时在周？在楚？在秦？传时各异。广州是广东省的省会。据传，广州自公元前3世纪周赧王之初，已始筑城池。公元前7到前2世纪春秋战国时期，广东属于楚国的“百越”之地，“越”同“粤”，古族名，泛称“百粤”，故广东省简称“粤”。

从公元前2世纪秦朝置“南海郡”开始，广州便是中国的南大门。

公元前1世纪西汉时，广州就开始成为中外“古代海上丝绸之路”的起点和发祥地。

公元2到5世纪魏晋南北朝时期，广州则是西人东来的初泊码头和中外商贾云集之地。

公元6到9世纪唐朝时，广州乃是海上贸易最繁盛的对外商贸口岸。

公元15世纪明朝时，其他通商口岸被撤销，广州成为全国唯一的因而也是最重要的对外通商口岸。

1685年（康熙二十四年），实行“四口通商”，设粤（广州）、闽（厦门）、浙（宁波）、江（松江）四海关。其中，广州“粤海关”仍是最重要的商贸出入关口。

1757年（乾隆二十二年），撤销闽、浙、江三海关，改“四口通商”为广州“一口通商”，广州遂成为唯一的中外万商云集、群贾毕至的对外贸易口岸和驰名中外的商贸兴隆之港市，成为“18世纪贸易全球化的中心市场”。而美国商船“中国皇后号”的成功首航中国，也正是在广州“揭开了中美两国人民友好交往的序幕”！

## 二　“粤海关”的由来

16 世纪，西欧各国开始从封建社会过渡到资本主义社会，进入资本原始积累阶段。随着“地理大发现”，各国开始寻找海外市场和进行殖民扩张，一批批西方冒险家远涉重洋，叩击东方大门。

对此，大清立国之初，顺治朝的对策是：紧闭大门，严行海禁，商民船只不准私自出海，外国洋船亦“片帆不许入口”。只允许荷兰按朝廷定例“八年一贡”（朝贡），而“贸易二字不宜开端”。

直至康熙朝，朝政稳固，国力强盛。1684 年（康熙二十三年），康熙帝爱新觉罗·玄烨认识到“海洋贸易有益生民”和增加税收，他亲自主持内阁大臣会议，决定开放海禁，设立海关。次年，1685 年（康熙二十四年），正式宣布开海贸易，设粤（广州）、闽（厦门）、浙（宁波）、江（松江）四个海关，每一海关设“海关监督”一职，直接向皇帝、户部负责，史称“四口通商”。这是中国海关制度的正式始创，并且从此对外贸易的管理机构——“海关”与对外贸易的商业机构——“洋货行”（简称“洋行”）加以区分，同时专事外贸的“洋行商人”也从一般商人中分离出来，我国历来传统的“朝贡贸易”从而转变为以洋行为核心的“商业行馆贸易”。在广州，这类专事外贸的各洋行商人始集“十三行”地方（广州城西南珠江岸边），统称广州“十三行”。

1720年（康熙五十九年），广州各洋行商人为避免“鹬蚌相争”，反让外商“渔人得利”，决定联合建立“公行”组织，并制订“行规”。1728年（雍正六年），又建立了“商总制度”：“商总”等于是“公行”首领，由各行商推举，粤海关监督批准，加强对外贸、外商的管理和稽查。由于“公行”组织和“商总”制度的建立，广州“十三行”的对外贸易制度更趋完善，外贸更加繁盛。

18世纪，完成了资产阶级革命和工业化、近代化的西欧各国，加紧了全球性的殖民掠夺，先后瓜分了印度和南洋各国，并以此为基地，试图向中国沿海各地渗透。

乾隆初年，朝廷对是否重开海禁进行了廷辩：争议的一方惧怕海洋贸易影响、威胁、动摇封建制国体，力主海禁；另一方侧重于“商民生计”和“关税收入”，主张有限制地开禁。1742年（乾隆七年），乾隆帝弘历采取折中态度：既继续开展对外贸易，又对外贸加以限制、压缩。1757年（乾隆二十二年），英国商人“移市入浙”，企图直接打开浙江这一丝、茶产区市场，这使得弘历担心外商势力渗透“海疆重地”和“华夏文明礼仪之乡”，影响“风土民俗”，也为防止宁波成为另一个澳门，遂下谕取消闽、浙、江三处通商口岸，只保留广州一地对外贸易，同时只留粤海关一处海关，始行“一口通商”。

1750 年（乾隆十五年）又实行“保商”制度：洋船抵粤贸易，必须由“十三行”的一家洋行商人作担保，称为“保商”。“十三行保商”总揽一切对外贸易，负有洋船进出港及船、货纳税等责任；洋船的货物不许直接出售，必须交由“保商”代为销售；外商所需用品亦必须由“保商”负责购买；若外商违法，“保商”须负连带责任。故而“保商”兼有商务和外交、进行贸易和管束外商之双重职责和性质。“保商”由官方选择“殷实富户”承保，由朝廷封赏顶戴花翎，具有标准的半商半官性质，甚或称其为“官商”。因此“保商制度”具有官方垄断性质，配合粤海关统掌外贸洋务。

粤海关下辖 7 个总关口：其中最重要的是设在广州的“省城大关”和设在澳门的“澳门总口”。澳门虽从明朝以后成为葡萄牙以“租借”名义占据的殖民地，但由于大清帝国国势强盛，澳门实际上又是广州对外贸易的外港，因此凡外洋商船欲进入广州进行贸易者，必须先在澳门停泊，在“澳门总口”办理登记、进港手续。

“澳门总口”同样下设“税官”（职能是征收外商船税、货税、“规礼”及其他款项）、“夷务所”（办理外商船只进出手续及其他贸易事务）、“买办馆”（为外商提供代理人即“买办”和“通事”等后勤服务）、“永靖营”（派驻总口和各港口的兵营，执行防卫任务）。

1784年（乾隆四十九年）8月23日，“中国皇后号”进入中国的第一个关卡，便是这“澳门总口”——粤海关设在澳门的分关。山茂召和格林船长感到很庆幸：幸亏在巴达维亚停靠时，得到法国“海神号”船长奥德林事先提醒，才将“中国皇后号”首先驶向澳门报关，不致盲人瞎马地直接驶入广州碰钉子或吃闭门羹。但与奥德林所言不同的是：澳门报关并没有那么多“关键”，实际情况要比预想的顺利得多,因为他们恰巧碰到了两位理想的“帮手”。然而又恰恰是其中的一位“帮手”，给他们铸下了一个意想不到的大错。

# 三　澳门报关：铸下大错

这一天，在澳门港口的堤岸上，有两位年轻的富家公子在信步闲聊，年龄皆在20岁出头。他俩手摇折扇，身着云纹罗长衫，外罩轻纱坎肩；腰间束着丝绦，上面挂着玉佩、荷包、扇袋等饰物；头戴藤丝编的六合帽，上有红绒顶子，顶后飘着尺余长的红缨，绣着金线，缀着珠子；一条油光光的大辫子垂到腰间，辫梢系着长长的黑丝红穗辫坠。

其中一位方脸盘，浓眉大眼，举止洒脱，生性豁达，他是广州“十三行”中大名鼎鼎的同文洋行潘大行商潘振承的孙子潘正亨，现是在粤海关挂号、就职于同文行的买办（外商洋人称之为“代理”，代替外商办理一切进、出关及购买物品等事务，手下自有一批职员和役工为他专职办理）。

另一位是潘正亨的姨表弟江寅兮，容长脸，两道剑眉，一双秀目，文质彬彬，神采飘逸。他是在粤海关挂号、就职于同文行的通事（翻译）。他因为跟一位西洋传教士学过洋文、洋话，又做了几年通事，与西洋各国商人打了多年交道，更兼天资聪明，所以英语自然不在话下，就是法语、荷兰语、瑞典语也略通一二，因此他在广州“十三行”的通事同行中被公认是一位佼佼者。

这表兄弟俩由于职业之故，又为了给同文洋行招揽外商，故而经常在广州粤海关与澳门总口之间走动，跟粤、澳两地的海关官员混得极熟。

那天，这两位正在港口这么踱着、聊着。

“寅弟，这段时间你怎么没到我家来？”潘正亨问。

“这几天正忙着接待几位外商。我祖姑奶奶她老人家好吗？”

“我奶奶倒是很好，天天烧香念佛。只是有一个人天天盼星星、盼月亮地盼着你。”

江寅兮微微一脸红，低了头，他知道表兄说的是他表妹慧珠。

潘正亨哈哈大笑：“还不好意思。我可提醒你，你再不去看她，小心她会‘子不我思，岂无他士？’”

江寅兮知道表兄是在拿《诗经·褰裳》开他玩笑：你不想念我，我可要找别的小伙子了。

江寅兮自信地说：“令胞妹再不会这样，她自会‘投我以木桃，永以为好也’。”他也用《诗经·木瓜》作答，深信表妹情怀贞洁。

潘正亨哈哈笑道：“我信！我完全相信！你投之以‘琼瑶’，也确实配她报之以‘木桃’。”

江寅兮转换了话题：“慧珠妹还是天天学英语吗？”

潘正亨说：“你这位老师不去，她哪有心思学英语呀！”

江寅兮望着港口：“过几天得空我就去。亨哥，你瞧！”

潘正亨一瞧：只见一艘三桅大洋船正在进港停泊，它跟停泊在澳港的所有其他洋船不同，它的船尾飘扬着的那面国旗的花式，他俩从未见过。

潘正亨不禁问道：“寅弟，这是哪一国的商船？”

江寅兮也正纳闷：“不知道，让我瞧瞧……”

待到那艘洋船驶近停稳，这才看清了标识在它船头两侧的船名：The Empress of China。

江寅兮大吃一惊：“了不得！这艘船来头不小！”

“何以见得？”潘正亨也留神起来。

“你瞧它的船名，竟是‘中国皇后号’啊！”

“啊？”潘正亨吓了一跳。

从这时起，也就是从“中国皇后号”一驶入中国的港口，它的船名果然起到了它的船东们所希望的那种震撼效果。

江寅兮与潘正亨一下子意识到：这船肯定来自一个新的国度，其船名大有深意存焉！这就意味着：他们的同文洋行将要与一个新的国家交往，带来一个新的巨大商机，启动一条新的跨洋过海的外贸通道，打开一方新的滚滚财源。同文洋行当然不能错过它，必须抢得先机。有利条件是：这两位买办与通事本身就是同文行的少爷。于是江寅兮拉了潘正亨，抢先迎接刚刚上岸的山茂召和兰德尔。这真叫人算不如天算，计巧不如事巧，双方恰恰正是相互所需要的。

双方相互迎上去，自有一番热烈的握手、介绍、寒暄。主客之间又相互盘问、了解了半天，潘、江两位这才搞清了来客确实不是英国人、英国船，而是来自一个新建立的国度——美利坚合众国，那面国旗确实应叫星条旗。经过这番热情攀谈之后，潘正亨与江寅兮便陪同山茂召、兰德尔、格林船长和斯威弗特事务长，直接到澳门总口夷务所去办理进港手续。

夷务所的官员一见潘孙少爷和江表少爷陪着四位洋人进来，分外热情，忙起身迎候，差役献上青花瓷盖碗茶。相互客套了一番之后，江通事便陪同山茂召、兰德尔去办理缴送和规礼手续，潘买办则陪同格林船长和斯威弗特去办理礼银手续。

那位负责缴送、规礼的海关官员是个迂夫子，办事却很认真，照例要问问洋船的船名，江通事代为答道：“船名便是‘中国皇后号’。”

这位迂老关员闻得“中国皇后”四字，脸色立刻凝重起来，马上站起身，啪啪掸下马蹄袖，这意思就要下跪叩拜。他郑重问道：“敢问是哪位皇后？是孝圣宪皇后，还是孝贤纯皇后？”他问的前一位是雍正的皇后，后一位是乾隆的皇后。

江寅兮想笑又不敢笑，解释道：“不是哪位皇后……”

“不是皇后，莫非是皇贵妃？”迁老关员有些被搞糊涂了。

江通事忙说道：“也不是皇贵妃……”

“莫非是皇妃？”

“更不是了！您听我说：只是指中国的皇后！”

迁老关员更加执拗起来：“这不还是皇后嘛！敢问是哪一位？敝职当恭迎遥叩！”

说罢，他便又要趴下叩头。江通事忙一把拉住他，一时跟他解释不清。

山茂召和兰德尔瞧着这两位一问一答、一拉一扯的神情，感到莫名其妙，最后问明了江通事，才知是为了“中国皇后”的命名。山茂召请江通事代为解释道：“‘中国皇后’并不是指大清国的某位皇后，也不是指中国某朝某代的某位皇后，她只是表示美利坚国对中国所有聪明、美丽、尊贵的皇后们的敬仰和尊敬，表示对大清国的友好和尊重。”

迁老关员听罢，这才了然释然了，嘟嘟囔囔地直埋怨江通事：“中国人反而说不清‘中国皇后’，倒是洋人说得明白。”

总算解释清楚了，于是便办理缴送、规礼手续。所谓缴送，是洋船缴纳货物税的附加税，按货税的 10% 收取，先登记，待售货后再结算。所谓规礼，乃是粤海关向外洋商船收取的管理费，包括关卡办公开支、兵丁巡衙差饷、通事费、买办费、引水（领航）费、船只丈量费等，这是洋船入关必须缴纳的通关费，洋船在澳门必须先缴纳 325 至 400 两规礼费用，澳门分关才派出通事、引水工等人员。当然山茂召并没有大清国的银两，因此这项费用先由江通事代替“中国皇后号”的“保商”同文洋行垫付。洋行也并不支付现银，而是给银票，或记录在案，到最后结算一年总账时一并支付。

办理手续之后，迂老关员便很客气地招待两位洋人。山茂召问起如何纳税，老关员解答道：“船税和货税不在这里澳门关口缴纳，这里只是登个记，要等到粤海关对贵船丈量了船只大小、清点了货物多少以后，才能算出税额，然后前往粤海关税务所纳税。贵船只有等到丈量、点货之后，才可以开舱就市，出售货物。”

山茂召和兰德尔深感大清海关规则之严，不知要等到何时才能售货交易，而在此之前还要丈量和点货。

潘正亨买办陪同格林船长和斯威弗特办理礼银手续，

又是另一番景象。

那位夷务关员架着眼镜，一见格林船长进来，吓了一跳：这简直就是《水浒》里的“花和尚”鲁智深么！如此虎头虎脑，虎背熊腰，一部浓密的虬髯，黑金刚似的，甚是吓人。只是这位外来的“和尚”并不剃光脑袋，倒是留着满头的卷发，那双环眼炯炯有神，目光如电，被他瞪上一眼就心里发毛。

这位夷务关员颤颤然忙请潘大买办和两位洋人落座，然后架起眼镜，摊开“夷船”进港登记簿，拿起毛笔，舔了墨汁，一副公事公办的架势。他不敢对视格林船长，只盯着斯威弗特问道：“请问贵船船长尊姓大名？”格林和斯威弗特面面相觑，不知他在问什么。潘买办跷着二郎腿，不慌不忙地代为答道：“格林，约翰·格林。”原来澳门总口并不登记洋船船名，只登记船长姓名。

那官员便把这船长姓名登记在簿册上，又问道：“请问贵国是……？”

潘买办又代答：“美利坚。”

那官员直起了眼睛，放下毛笔，满脸堆笑道：“潘少爷真会说笑话，敝职只知《镜花缘》里有‘美女国’，《西游记》里有‘女儿国’，从没听说还有什么‘美丽国’的。”显然，他把“美利坚”听成“美丽国”了。

这一误会，倒是促使潘正亨立即萌生了一个念头：何不将错就错，钻他一个空子？于是他反问道：“那么您看他们二位是哪个国家的洋人呢？”

这官员从来不知“美利坚”这个国度，按他的想法到大清国来的多数是英吉利的商船。他正了正眼镜，又细细打量眼前的那位斯威弗特，其肤色、长相也确与英吉利商人毫无二致，于是凭他的经验判断道：“潘少爷不用考我，凭敝职的拙眼，英吉利人还是分辨得出来的，想是从东印度公司驶来的港脚船？”

当时把从东印度公司进港的洋船称为港脚船，因为从17世纪末到19世纪中叶，印度、东印度群岛与中国之间的贸易称为港脚贸易，往来其间的商人称为港脚商人，其运货的商船便叫港脚船。

潘买办对于这位关员的这一误判，只管嗯嗯啊啊地不置可否，然后哈哈哈地笑着算是回答，给这位关员的感觉像是他猜对了。

“那么敝职就这么落笔。”这位官员便自作聪明地在簿册上写道：“英吉利东印度公司港脚船一艘。”

潘买办故意转过头去，只管跟格林和斯威弗特搭讪，由着这位夷务官员在簿册上将错就错。

潘正亨之所以要钻这个空子，出发点倒是为“中国皇后号”着想，因为当时粤海关对于第一次来粤新加入贸易的洋船，进港时须得缴纳一笔不菲的礼银——1950两白银。

外商也有叫“贡品”的。

而广州“十三行”的行商,一旦担任了洋船的“保商”,在某种程度上便与洋船的利益休戚与共，为了与外商搞好关系，同时也为洋船的利益着想，往往千方百计帮助外商逃避这项礼银。其中的一个办法就是潘正亨所使用的：利用海关官员分不清洋人的国籍，把新来的洋船冒充常来常往、已办过礼银的英国港脚船，从而逃避了这项礼银。这在当时是非常有效的一种计谋，可谓是属于“三十六计”中的“瞒天过海”吧。

但是，正是潘正亨这一小小的计谋，恰恰“聪明反被聪明误”，铸下了一个大大的错误，结下了一个几乎难以解套的死扣，致使“中国皇后号”最后差点儿回不了国！

进港手续办完，山茂召等美国客人觉得澳门报关相当顺利。夷务所的那位官员随即捧出一纸盖有“粤海关”大红关防印信的《海关船牌》——进港通行证，并说:“为贵洋船领航珠江的引水工和引水船只已经安排下了。”美国客人们非常感谢海关的精心安排，也感谢潘买办和江通事帮了他们大忙，但是山茂召和潘正亨都没有留意到：夷务官员并没有给他们开出缴纳礼银的收据或书面凭证。

报关之后，潘正亨和江寅兮便陪着四位美国客人顺便在澳门逛逛。逛到妈祖阁渡头，兰德尔好奇地问:“这个半岛贵国人叫它澳门，葡萄牙人却叫它 Macau（麦考），这是什么缘故？”

潘正亨回答道：“说起来这是一个笑话。在我国，此地原名叫濠镜，或者叫濠镜澳。明朝嘉靖年间，葡萄牙人借口货船触礁进水，要求登澳晾晒货物，又贿赂了当地官员，强占了澳门一隅。葡人初次来澳时，正是在这妈祖阁渡头登陆，便指着此处问一位渔夫：‘这地方叫什么名称？’那渔夫一看他手指的是这妈阁庙，以为他问的是这寺庙之名，便随口答道：‘这叫妈阁。’偏巧那渔夫操的是广东口音，把‘妈阁’说得近似‘麦考’，于是葡人便误以为这整个半岛都叫‘麦考’了。”

山茂召笑道：“西方人永远理解不了中国之大，往往把大地方误解成了小名称，正像把中国叫成‘瓷器’（china），恐怕也是这样。”

兰德尔很好奇，又问道：“大明皇朝为什么不把澳门收回？”

江寅兮叹了口气说：“大明自嘉靖以后，国力已每况愈下了。一是因为朝政紊乱，二是因为长年忙于与倭寇海战，三是因为葡人协助朝廷平定晚明水兵哗变有功，于是 1614 年（明万历四十二年）决定‘惟倭去而夷（葡）留’，便正式把澳门‘租借’给了葡萄牙王国，成为葡商对华贸易的要冲。唉，归根到底还是晚明王朝衰败无能之故！”

山茂召听得很专心，进而问道："如今大清帝国国势强盛，为什么还不把澳门收回呢？"

江寅兮答道："这也有三方面的原因：一是据澳葡人愿向大清投诚，归顺朝廷，愿为大清国的'太平之民'。二是大清朝廷将澳门'归其所属'，划归粤省管辖，朝廷以为这样等于在名义上已经收回了澳门，所以康熙帝把据澳葡人'视吾子民一般'。三是将澳门权作通商口岸，方便与葡商来往贸易，有利于大清征税养兵。因此顺治、康熙、雍正以来，直至如今乾隆，仍允许葡人租借澳门，葡国便长期以此地为对华通商据点。"

山茂召渐露艳羡之色："那么，每年的租金是多少？"

潘正亨说："嘿，每年租金才区区 515 两银子！"

格林大惊道："啊？这么廉价？"

兰德尔笑了一声："难怪葡萄牙叼着这块肥肉死不放手！"

江寅兮听了很不是滋味。

山茂召望着妈祖阁渡口，脱口说："有这么一个理想的贸易据点，当然不会放手。"

兰德尔一看江寅兮的脸色，赶紧碰碰山茂召的胳膊肘。

山茂召会意，忙改口说："但我们需要的不是据点，而是朋友。"

江寅兮说："我们欢迎所有真诚的朋友！"

## 四　进港："虎门"雄威

"中国皇后号"从澳门起锚，顺利穿过零丁洋，向珠江和广州城进发。江寅兮通事领着珠江引水员（即领航员）和四名引水工，早已登上船只。潘正亨买办则是乘小艇直奔同文洋行，向他爷爷潘振承禀告有关事宜去了。

船上有了引水员领航，格林船长的担子轻松多了，他命大副麦克卡弗帮助安德森掌舵，桅杆只升起上桅帆和操舵帆，船只转眼就行驶进了珠江口。

"中国皇后号"刚一驶进沙角，便见有25艘拖船像一群飞蝗似的，快速地靠拢过来，又听引水员在船上一通吆喝，引水工们一番忙碌，那些拖船立即把一根根拖缆和搭钩抛上"中国皇后号"，那四名引水工利落地把这些拖缆和搭钩钩在船只的艏柱、系缆桩、绞盘上，其动作之熟练、快捷，令人赞叹。原来一进沙角，便是珠江水道了，完全靠风帆驱动的大型西洋帆船再也无能为力，必须雇用本地拖船将它们一艘艘拖到黄埔锚地。因此澳门分关遂收有引水费一项，事先为洋船安排下引水员、引水工和拖船。

对于这种安排，格林船长十分叹服，虽然费用贵了一些，但不能不赞叹粤海关想得周到，保证洋船安全、快捷地通过珠江，到达黄埔。有了拖船拖着行驶，他这位船长便可以放心、自在地观赏两岸景致了。山茂召、兰德尔在江通事陪同下，也站在船头楼上，只管领略中华帝国的异国风光。船员们自然也趴在两侧船舷，新奇地看个不够。

格林船长发现：从零丁洋到珠江口再到广州的漏斗形航道，跟美国东部从梅海角到特拉华河再到费城的航道十分相似，只不过这里的特点是两岸河道纵横的水乡风光和多种多样的物产：稻田、甘蔗地、竹林、桃林、橙林、荔枝林、香蕉林、菠萝地……令人目不暇接。格林想：在这种地方航行，简直是一种享受。什么时候荒凉的特拉华河两岸也能这么富庶、诱人呢？

山茂召和兰德尔这两位大陆军前炮兵校级军官，感兴趣的不是田野风光，而是珠江两岸排列着的一座座炮台：虎门炮台、老虎岛炮台、阿娘鞋岛炮台、海珠炮台、东炮台……每座炮台都有重兵把守。它们或建在山岗岭峦之间，或建在悬崖峭壁之上，都是在地势险要之处，雄视着珠江。那一门门巨炮，黑油油的炮身在阳光下闪光，一个个黑洞洞的炮口对准了珠江，令人不能不心生敬畏。

“山姆，让你率领一支军队攻打虎门，怎样？”兰德尔故意问道。

山茂召紧盯着这些炮台："不，汤姆，说真的，我真的很难描述我现在的感受，这绝不是'震惊'二字所能形容的。"

江通事对他俩的话题很感兴趣，用手向这些炮台画了一圈，用英语问道："二位先生以为如何？"

"这是一座真正的要塞，江先生。"山茂召用炮兵团少校的专业口吻说，"您看：地势险要，阵地坚固，炮位密集，配置合理，火力交叉，扼住江道，封锁珠江进出。不用说我们美国，就是西方最强大的大英帝国的炮舰舰队，也肯定不敢对它稍有轻忽，更不用说进犯了。"

兰德尔说："现在我才明白，这口岸为什么叫虎门——'老虎之门！'"

"固若金汤，是吧？"江通事笑笑，见格林船长等人围拢过来，便说道，"我给诸位讲一件真事：1782年（乾隆四十七年）夏天，英法战争期间，曾有一艘法国商船驶向广州，谁知在它后面有一艘英国炮舰紧紧衔尾追驶，幸亏这艘法国船已经驶入虎门，虎门炮台的官兵当即派出炮艇驶向那艘英国炮舰，警告它立即驶回外洋，并示之以炮台的威力。那艘英国炮舰慑于虎门的火力，终究不敢擅闯虎门，只好在外海逡巡游弋，行径诡谲，几经大清快艇驱逐，它才倏忽离去。事后粤海关官员严厉责问英国驻广州商馆主任：为何对本国兵船不加约束，有碍法国商船与我大清通商？令其切实禀覆。该主任最终作出道歉，并承诺不再发生类似事件，此事才告罢休。”

山茂召、兰德尔和格林船长等人听后，大为感慨道：“当年我们纽约港如果也有威力如此巨大的炮台要塞，英国军队怎敢占据纽约不走！”

说话间，“中国皇后号”已驶近黄埔锚地。珠江江面十分开阔，航行其上的西洋、南洋各国商船和中国本土的大小船只数不胜数，进进出出，川流不息，真有百舸争流、千帆竞发之势。据统计：仅行驶在江面的船只就有四五千艘，而停泊在两岸的船只更如连营一般，鳞次栉比，密密麻麻，一艘紧挨一艘，俨然一幅“门泊东吴万里船”的景象。

其中那一艘艘“疍船”，就像一户户水上人家，所谓“泛宅浮家”，男男女女各自在船上忙着活计。这些“疍户”是很可怜的，他们不许上岸，不许与岸上人家攀亲交友，终年只能待在船上，以出海捕鱼为生，当时被视为贱民。

江面上，这里、那里铜锣响处，便是做鱼虾海产生意的水上集市，吆喝声、嘈杂声此起彼伏，人人都在忙碌。广州的港口竟然如此繁忙、兴隆，令“中国皇后号”的朋友们诧异、惊羡不已！

专门停泊外商洋船的黄埔锚地，此时已经有英国、法国、荷兰、丹麦等国的三十多艘商船停泊在那里，它们有的是经马六甲海峡抵达广州的。格林船长早已下令全体船员整顿装束，整齐地排列在船舷的两侧和上、下帆桁之上，炮手各就各位，星条旗和舰旗升空飘扬，“中国皇后号”以严整的姿容，在锚地徐徐前行。

轰！轰！轰！一阵炮响，那是“中国皇后号”按照航海惯例，鸣放十三响礼炮（代表新生的美国十三个邦），向停泊在锚地的各国商船致敬，同时全体船员欢呼三声。那三十多艘各国商船也早已升起了各自的国旗和舰旗，同样以十三响礼炮和三声欢呼回敬，这是为欢迎第一艘美利坚商船进港而举行的庆贺之礼。顿时，黄埔港炮声隆隆，硝烟四起，情景壮观，热闹非凡，恰似庆祝隆重的节日一般。这是和平的炮声，响彻黄埔港上空；这是友谊的硝烟，弥漫在整个江面。

麻烦的是：黄埔锚地几乎没有空余的泊位，这里早已挤满了二十一艘英国船、五艘法国船、四艘荷兰船、三艘丹麦船。格林船长人地生疏，不知将“中国皇后号”停泊在何处抛锚才好。而按粤海关的规定：外洋商船又只能停泊在黄埔锚地，这时就连船上的那位引水员和江寅兮通事也束手无策。正在踌躇为难之际，幸而法国船及时派出了两艘小艇和一位高级船员，沉着地指挥、引领“中国皇后号”，帮助它找到了一个很合适的泊位。格林船长和山茂召十分感谢那位法国朋友，表示不日定将拜访该船船长。

“中国皇后号”刚一泊定，便有丹麦船派出一名高级船员乘着小艇，向美国朋友们道贺。荷兰船也派出小艇送来了面包、香肠、水果、蔬菜。英国船的一名高级船员乘着小艇，热情地高声喊道：“欢迎你们的美国国旗与我们的国旗一起飘扬在中国的广州！”格林船长和山茂召、兰德尔向友好的朋友们一一致谢，脱帽致意。这种海员之间在异国他乡的真诚友谊，远远超越了国家与国家之间的隔阂、军队与军队之间的敌视，把所有仇恨抛在一边，海洋把他们连在了一起，成为这个世界国际关系的楷模！

这是1784年（乾隆四十九年）8月28日，“中国皇后号”终于抵达了中国，驶入了广州黄埔港。它从纽约起锚，经过1.8万多英里的远航，耗时6个月零6天，终于到达了它的目的地！

# 五 “保商”潘启官

“中国皇后号”在黄埔下锚以后，山茂召和兰德尔多少有些失望，因为这时他们才发现：原来黄埔港远在广州城郊外，相距城区尚有 12 英里，外商是不许随便进城的。他俩只好立于船头，遥望那望不见的向往已久的外贸中心广州城。好在江通事向来是了解外商们的心理的，他从挎袋里拿出一套当时的外销画，其中有画着广州的各种景致的，他便一一向美国客人介绍，总算让他俩领略了一下广州城的风貌。

山茂召和兰德尔果然很感兴趣，边欣赏画上的景致，边听江通事讲解。当他俩看到宝塔，这在西方从未见过的建筑时，感到特别好奇，问道：“这是什么？”

江寅兮便当起了旅游向导，解释道：“这叫宝塔。这座宝塔名叫‘六榕寺花塔’，高 57 米，八角九层砖木结构。”

兰德尔问：“可以上去吗？”

江寅兮答：“可以的，它的内部其实有 17 层，每一层都有阶梯可以上下。这座寺庙是南北朝时梁朝建造的，原名叫‘宝壮严寺’，后改名为‘净慧寺’。北宋时我国著名的大诗人苏东坡来寺游览，见寺内有六棵巨大的古榕树，便挥笔题了‘六榕’二字,从此这寺庙便改名叫‘六榕寺’，这宝塔也就叫‘六榕塔’了。”

山茂召问道：“这‘六榕塔’至今有多少年了？”

“哦，让我算算，”江通事仰天心算了一下，“距建塔有一千几百年了，距苏东坡题字亦有六七百年了。”

兰德尔笑道：“我发现在中国，几乎每一个地方、每一样东西，一提就是几百年、几千年。”

山茂召感慨道：“是啊，到了中国，我才深深领会：什么叫古老，什么叫年轻。我们美国宣布独立才九年，正式建国才两年。”

“这确是一个有意思的对比。”江寅兮笑着说，“古老积蓄着力量，年轻含蕴着希望。”

山茂召觉得这位年轻翻译见解独到，对他更生好感。

这时，潘正亨买办乘着一艘小划子，笑眯眯地登上了“中国皇后号”，通报他们：美国客人的住处——美国商馆，已经安排下了。不多时，两艘小划子也随即驶来，那是专门来迎载外国商船上的洋人的，把他们送到洋人的居住地——商馆，当然只有洋船上的“官员”才有资格进驻商馆，其他船员或水手只能一直待在船上。于是山茂召、兰德尔、船长格林、副船长霍金森、事务长斯威弗特、船长文书莫利纽克斯、医生约翰斯顿等高级职员便开开心心地登上了小艇，大副麦克卡弗和二副亚伯·费彻则轮流待在船上督管船员们。至于船上的货物，要等到粤海关官员丈量完船只和清点完货物以后，才能从船上用大驳船搬运到商馆。

商馆是广州“十三行”的行商们出资建造的，专门租赁给外商们居住。乾隆初年，因管理不严，某些“嗜利之徒”贪图厚利，便把自己的私宅装修得富丽豪华，专门招揽外商寓居，如是朝廷便不免担心一些别有用心的人教唆、引诱洋人，纵容其外出闲游，以致私行交易，走税漏饷，无所不为，无弊不作。为了堵住这个漏洞，1759 年（乾隆二十四年），乾隆帝弘历便谕准两广总督李侍尧奏议：除了广州“十三行”行商，“凡非开洋行之家，概不许寓歇洋人；其买卖货物，必令行商经手，方许交易”。自此，“十三行”行商们便更大兴土木，相继扩建原有的商馆，外商“到粤，俱系寓歇行商馆内”，这也是为了行商“管束、稽查”外商方便。这次美国客人的商馆便是同文洋行的行商潘振承建造的产业。

潘正亨和江寅兮陪同美国客人们首先熟悉他们的这个“新家”，美国客商便好奇而兴致勃勃地一睹他们的“公寓”：

原来商馆一般是三层楼房，第一层除了大厅，便是会计室、仓库、储藏室和助手、仆人（如果外商自带男仆的话）的房间；第二层用作餐厅和起居室；第三层是卧室区，几乎所有的卧室都配有宽大的阳台，向阳而明亮。美国住客们觉得：这里虽然谈不上有什么上档次的装饰品，但整幢楼房确实非常精致而舒适。

美国商馆的新住民们又细细考察了一处重要场所：楼前的那一大片开阔的院子。它的一角是由厚重的花岗岩砌成的一个“金库”，装着厚厚的大铁门，因为当时的广州没有银行，“金库”便成了外商必备的“储蓄所”。院子的另一边摆放着长桌，上面摆着天平和砝码，这是交易时不可或缺的用具。这个院子将是美国客商们进行贸易活动的重要舞台之一（另一个重要舞台便是同文洋行）。

第二天，正当美国的客人们正在满意地浏览他们的新寓所时，潘正亨的仆人忽然进来禀报：“我家老爷特来拜访美利坚客人！”

这太出乎美国客商的意料了，他们不免有些忙乱，赶紧出门迎候。只见须发灰白的潘振承已经落轿，轿旁除了四名轿夫，还有四名男仆跟随。他穿着一身绢绸的便服，外罩棕色细纱大袖对襟外褂，腰间系着丝织嵌宝石串、翡翠环的常服带，上挂玉佩、荷包、扇袋、汗巾等饰物，头戴一顶六合一统竹丝帽，缀着一颗红宝石顶子，项后垂着灰白色的发辫和长长的辫坠。江通事向潘振承一一介绍美国客人的姓名、职务。潘振承满脸带笑，分外热情地与他们一一把臂拉手。

潘振承对他担保的外商，一般是不到商馆去亲自迎访的，只因“中国皇后号”的美利坚客人是首次来粤，又是来自新建立的国度，其船名又起得分外尊重，故而他才格外重视，也格外热情，破例亲自登门拜访。

进了大厅，宾主落座。潘买办和江通事并不敢坐，只恭敬地侍立在潘振承两旁。山茂召从潘振承的风度、气派上，顿时感到这老人是一位很有分量的人物。潘振承通过江通事笑着客套道：“这两天正巧老朽忙于公务，不曾迎接远客，简慢得很，还请美利坚朋友见谅！”

山茂召彬彬有礼地回应：“我国商船是首次远航贵国，能够请到启官先生作为我们的全权商务代理人，我们感到十分荣幸！一切还望启官先生指教。”

潘振承，字启，美国等各国外商遂尊称其为“潘启官”。

潘启官笑道：“好说，好说，但凡需要老朽效力处，先生们尽管直言就是。”

潘买办便适时地把两份清单呈给了他爷爷：“这是美利坚朋友的一份售货单和一份购货单，寅兮弟已将它们译成了中文。”

潘启官接过清单，笑眯眯地略看了看，又递还给了他孙儿。他知道：外商们除了西洋参，是没有什么值钱的货物可售的，他们要购买的也无非是瓷器、茶叶、绸缎之类。况且今天他是作为主人，特地来礼节性地拜访看望客人，不宜开谈正事，因此他便嘱咐孙儿道："你且好生保存着，回头我还要仔细看看。"

这时，小约翰·格林和克拉克森小哥儿俩用盘子托着两瓶葡萄酒和一套高脚玻璃杯，端了上来。按大清规条规定："禁止外商雇请汉人役使"，"外人不得雇佣汉人婢仆"。因此格林船长便让这两个船上实习生暂时充当了"仆役"。

潘启官端起酒杯，礼貌性地抿了一口，赞道："好酒！醇香甘美，竟使老朽不禁想起'葡萄美酒夜光杯'来了。"说罢又笑着抿了一口。

山茂召客气地说："西方的美酒，总不如贵国的茶叶闻名全球。"

潘启官笑道："说起茶叶——来啊！"

两名随从捧着两个锦缎面的大筒应声上来。

潘启官道："这一筒是今年新下来的福建武夷山的'铁观音'，那一筒是熙春茶中的'珠茶'，都是当作贡品进贡朝廷的。先生们不妨尝尝。"

山茂召和格林船长表示非常感谢。

最后，潘启官又端起酒杯，起身道："今天老朽竟要借花献佛，祝诸位美利坚朋友在敝国万事如意！也预祝我们的首次合作愉快！”

主宾们叮叮当当地碰了一阵杯。

事后，山茂召等美国客人听着江通事讲述，才清楚潘振承在广州“十三行”确是一位超重量级的人物。潘振承已届七十高龄，脸庞略显清癯，目光深邃。他热情中略带矜持，谈笑间不失儒雅，谦恭不俗，老成持重。在美国客人看来，他与其说像商人，不如说更像一位官员。

潘振承原籍福建，家族世代从商，他本人年轻时独闯南洋，在当时葡萄牙的殖民地菲律宾马尼拉经商，赚得“第一桶金”，积累了丰富的外贸经验，说得一口熟练的广东腔葡语，英语等外语也略懂一二。回国后，他定居广州，创办同文洋行，在广州“十三行”中一直是佼佼者，资产积累达2000万两白银，位居首富，成为公认的行商领袖，被称为广州的“首名商人”。

潘振承的出众之处还在于：他身为富商，却十分注重诗礼家风，令其七子皆亦贾亦仕、亦商亦官，甚或专攻仕途，使得潘氏家族在“十三行”中成为最显赫的家族，并且经久不衰。

其次子潘有为：乾隆时进士，官至内阁中书，参与《四库全书》编纂。

四子潘有度：也是进士出身，曾是翰林院庶吉士，其后弃官从商，协助乃父执掌同文行；而后将继承乃父之职，仍将是行商之首、公行首领，被外商称为“启官二世”。其人既擅经商之道，又喜吟诗作画。眼下是同文行的二当家，其父主内，坐镇本行；有度主外，常在江、浙、赣、闽、蜀等茶叶、瓷器、丝绸产地乃至南洋各国跑业务，订货、进货，追款、收款，顶着同文行的半边天。

五子潘有科：官至兵部职务司员外郎，如今仍在京师任职。

其孙潘正亨：现暂为粤海关挂号的买办，其实也是乾隆时贡生出身，善诗书，未来将闻名于粤。

潘振承恪守儒商信条:“利者，义之和也”，或者叫“财自道升,利缘义取”。他经营同文行的成功之道,在于“诚信”二字。他向外商供货从来确保质量，赢得国际市场极高信誉。他的经营作风十分谨慎，从不追求利润丰厚，若有亏损只当风险投资。有一次英国东印度公司向同文行退还“废茶”1000 多箱,他即令全部焚毁,不惜损失 1 万多两白银,并且建议公行定为行规:以后凡有退还“废茶”,一律焚毁!

潘振承的这种经营理念植根于他的个人修养。他的洋行特以“同文”命名，乃是取“本县同安，本山文圃”之义，这是颇有深意的:因为他出生于福建省泉州府同安县,故而“本县同安”乃是双关：既是指他的出生之地，又是希望他的同乡们、乡亲们一同平平安安。又，旧时称自己从前所居之山为“本山”，故而“本山文圃”又是希望自己的家乡成为文化园地之意。因此这“同文”二字深含着潘振承念故土、不忘本、造福桑梓的意愿，体现着“为富重仁”的品格。

正因为潘振承有卓越的人品涵养和商业才能，以及谙熟外贸洋务，因而由广州“十三行”行商们推举，朝廷批准，他成为公行即众行商商会之首领——商总，他的同文洋行也一直稳居于众洋行之首，在广州“十三行”中有着举足轻重的地位和作用。

广州“十三行”的行商，由于都在户部挂号，又由朝廷奏准，具有“官商”性质，又因为都是朝廷封赏的、挂名的“品官”，因此洋人对他们都各有一个官称，从而洋人外商便都用他们的官称来尊称他们：譬如万和洋行的行商蔡世文官称“蔡文官”(Munqua)，而益洋行的石琼尧官称“石琼官”(Shy Kinqua)等。而潘振承因字启，因此洋人们尊称他为“潘启官”(Puank Kequa)。他在“十三行”中年纪最大，威望最高，品衔也最高，现领着朝廷封赏的三品顶戴花翎，其他行商则都为四品、五品。

正是由于潘振承的这种半商半官的身份地位，再加上他跟外商、官场打交道的丰富经验，因此他在粤海关、广州知府、广东巡抚乃至两广总督等各级衙门，都很吃得开、兜得转。如果说大洋彼岸的美国邦联财政部前总监罗伯特·莫里斯，可喻称为美国的半官半商的“红顶子”商人，那么大洋此岸的大清国的三品顶戴行商潘振承，便是当时中国的半官半商的真正的“红顶子”商人。

山茂召这位“中国皇后号”的大班，日后经过跟潘振承的实际交往，感到请潘振承做“保商”确是最佳的选择。后来他在日记中写道：“潘启官的能力以及朝廷官员对他的重视，使得他在这里成为我们最好的帮手。他通过一点儿手段，成为我们最可依赖的商人。”

# 六　丈量与“赏礼”

今天，潘振承要尽地主之谊，宴请来自大洋彼岸的美国客商们。

潘家花园一片忙碌。潘振承亲自督促男仆们洒扫庭院。潘老太太和大奶奶潘有度的夫人忙着分派婢女和厨役安排餐具，准备菜肴。孙少爷潘正亨拿了大红烫金请柬，乘了小划子，横渡珠江，到美国商馆去请“中国皇后号”的美国朋友了。只有表少爷江寅兮一直钻在姨表妹慧珠小姐的绣房里，两人嘀嘀咕咕，卿卿我我。

慧珠小姐才十七八岁，长得如花似玉，亭亭玉立，已是一朵绽放的白玉兰，在阃朋闺友中是个有名的小美人。这会子这位娇小妹已经噘过小嘴，娇嗔过一会儿了，总埋怨表哥来得不够勤。那位情哥哥也已经低声下气，赔过好几回罪了，说是洋务实在太忙。现在两人已经进入情意绸缪阶段。

“慧妹，你瞧，我给你带来了什么？”江寅兮从怀里掏出一只精巧的小坤表。

“我不要，又是洋人送的礼物！”表妹并不领情。

“真的不是礼物，这是我特意向洋人买的，花了几十两银子呢。”

“买的总不如自己绣的好。”慧珠捧出一个绣花香囊。

江寅兮忙要接过香囊，慧珠手又缩了回去，说道：“别动，我替你系上。”

慧珠刚要把香囊亲手系在江寅兮的丝绦上，江寅兮已经把香囊连同慧珠那双纤纤玉手捧在手心，轻声说道：“先让我香香。”

慧珠咬着嘴唇嘻嘻笑着。江寅兮捧起玉手，轻轻吻了一下，闭上眼睛陶醉地说：“嗯，真香！”

“是什么香？是香囊香，还是手上的花粉香？”慧珠故意问道。

江寅兮深情地对视着慧珠的明眸，轻声吟道：“娇羞花解语，温柔玉有香。”

慧珠知道表哥是用《西厢记》的唱词在赞美她的小手和玉体之香，便羞红了脸，轻轻地啐了表哥一下，亲昵地把脸蛋依偎在他怀里，一边用小手绢擦拭着小坤表。

江寅兮叹息道：“唉，我们大清国什么时候才能造出这么精巧的小机械！”

“为什么洋人造得出，我们造不出呢？”慧珠问。

“不是造不出，是不想造！总以为人家洋人制造了，进贡来享用就是。人家拿机械制造来强国，我们只拿它当玩意儿。”

“那我不要这玩意儿了。”

江寅兮忙说：“妹妹别误会，我说的不是你，我说的是朝廷，是当今皇上。”

慧珠慌忙说：“小声点儿，皇上是说不得的！”

“病根就在这里！”江寅兮说得更起劲了，“黄梨洲先生就说过：‘为天下之大害者，君而已矣！’历来做皇帝的，只知‘敬天’‘法祖’，不思变革进取，两眼只向‘天’看，不向下看，不向外看，不向前看，越来越妄自尊大！”

这位江通事因为了解一些西洋的“新法”，平时又喜欢看一些明、清之际被斥为“异端”的书，故而思想颇有些激进。他表妹虽然受表哥影响，绝不是“女夫子”，但还不至于直指朝政和“圣上”。于是她便想有意转移这个敏感话题，说道：“近来我也读了戴东原先生的一些书，我非常赞赏他说的‘以我之情絜人之情’，‘情得其平’，他还说‘达己之情者，广之能达人之情’，这是何等爱心！《红楼梦》里的贾宝玉就是这样的人，所以说他是‘开辟鸿蒙’以来的第一‘情种’。”

“是啊，自晚明以来，有多少先觉者如王艮、何心隐、李卓吾、黄宗羲、顾炎武、王夫之、唐甄、颜元等，他们著书立说，提出了新的‘王道’‘仁政’论，新的‘人道’‘人性’观，新的‘富民’‘情欲’说，新的变革、‘补天’主张。何心隐反对暴力的‘革天革地’，主张非暴力的‘易天易地’，就是近代改良主义‘补天’思想的先驱。想法都非常了不起，而有一个人用鲜明而形象的方式，同样说到了‘补天’——改良这个根子上。”

“是谁？是你吗？”

“嗨，我哪有那么大本事。是你最爱读的《红楼梦》的作者——曹雪芹先生！”

慧珠诧异了：“是吗？我怎么没有读出来？”

江寅兮细细解释：“只有雪芹先生明确地、形象地挖到了‘国体仪制’这个专制制度的根子和这个吃人制度的人格化身：‘朕躬禁锢。’你瞧他说：天下‘儿女’的悲剧是谁造成的？是‘国体仪制’，是‘朕躬禁锢’！‘皆由朕躬禁锢，不能使其遂天伦之愿，亦大伤天和之事’！‘未免有国体仪制，不能略尽骨肉私情，天伦中之至性’！”

慧珠若有所悟：“哦，我有些明白了，所以全书一开头就提出要‘补天’，要补苴‘天’之缺失，这个‘天’可不就是‘朕躬’和‘国体仪制’吗？”

“正是。《红楼梦》就是写了两个方面：一方面是痛斥封建专制之‘天’的腐朽性、残酷性、非人性，这是全书的‘伤时骂世之旨’，是一大副题；另一方面是控诉‘金陵十二钗’众多女子的悲惨命运，这是全书的‘谈情’之‘大旨’，是又一大副题。因此雪芹先生提出了‘补天——济人’的主张：改变‘天’的秩序，改善人的命运。这就是他的‘补天’的主题，‘补天’——改良的理想。这个主题和思想，又通过贾宝玉体现出来。贾宝玉为什么‘不稀罕功名’，不愿‘为官作宰’，决不为‘天’服务？为什么尊重‘女儿们’为‘人上之人’，甚至‘甘愿为诸丫鬟充役’？完全是出于他对‘天’和‘人’的不同态度，出于他的理想。这是多么了不起的理想！可惜这理想在当时是不可能实现的，只能是‘无材补天’、无法‘济人’，只能是失败，是个大悲剧！”

慧珠难过地说：“难怪他‘日夜悲号惭愧’，我为雪芹先生和贾宝玉感到伤心！”

“但雪芹先生和贾宝玉是很顽强的，他俩的理想是很坚定的，他俩虽然失败了，但还是把自己比作一块顽石，一块‘无材补天’的‘石头’。脂评批点得明白：石头的‘无材补天，幻形入世’，‘八字便是作者的一生惭恨’。就是说：石头只是作者的化身，石头的‘无材补天’，其实就是作者曹雪芹的‘无材补天’，这是他创作《红楼梦》的出发点和落脚点，是全书的第一主题：‘书之本旨。’”

慧珠恍悟道：“所以《红楼梦》以‘补天石头’幻变成‘神瑛侍者’和贾宝玉开卷，又以贾宝玉还原为‘神瑛侍者’和‘补天石头’结束。贾宝玉就是曹雪芹的代言人！唉,贾宝玉的‘以情絜情’‘达人之情’,曹雪芹的‘补天——济人’，要是能实现，那该多好！”

江寅兮愤愤地说:“我真希望刮一阵大风，干脆把这混账透顶的专制之‘天’刮翻！”

慧珠忙捂住表哥的嘴:“不要命啦！曹雪芹只是要‘补天’，你竟然要‘翻天’，你想造反啊！说出这种不顾轻重的话来。”

这对“红楼迷”从明清之际的“异端”思潮,聊到《红楼梦》的叛逆思想，在万马齐喑的漫漫长夜，感受着黎明前奔突在地下的风雷，其情怀固然可嘉，但也必将给他们自己招来不测之祸。

他俩正聊着，一个小丫头进来传道:“表少爷，客人们快到了，姨老爷正到处找您呢。”

江寅兮忙放下慧珠的玉手，抽身就走。慧珠喊道:“寅哥哥，什么时候再教我洋文呀？”

“送走了客人我就来。”江寅兮噔噔噔跑下了楼。

潘启官的私家花园在珠江对岸的广州郊外。他带着江寅兮、大管家和男仆们,早在花园大门口等候了,一见“中国皇后号”的洋客们在潘正亨的陪同下弃舟上岸，欣欣然而来，启官老便迎上去，笑呵呵地拱手，又把臂拉手。这礼节比洋人光握手亲热多了。

当时，获得邀请的外商洋朋友在中国赴宴也很特别，居然会自带一些烧鹅、色拉之类的西洋食品和洋酒，甚至送来一张餐桌。这次美国朋友带来的显然出自船上厨师的手艺。潘启官是早已熟悉了洋人的这套礼数的，但还是表现出欣喜，道了谢，忙命仆人将这些礼物搬进花厅。

潘大“保商”照例是先领着客人们参观他的花园：古树佳木，奇花异卉，假山瀑布，卵石小径，清澈的泉池，池中的凉亭，一排鸟笼传出啾啾的各种鸟鸣……对于这一园林布局，洋朋友们颇感惊讶：“不用说美国，就是欧洲的皇宫，也没有把大自然搬进庭院的！”

潘启官笑道：“你们若是有机会去看看苏州园林，就不奇怪了。”

山茂召看出了其中的特点，说道：“西方人喜欢把建筑物建在大自然中，而中国人喜欢把大自然搬进建筑物里。这也许就是东西方文化的差异吧？”

潘启官很赞同他的观点。大家通过江通事的翻译谈得甚是欢畅。

众人进了花厅，潘夫人、大奶奶、慧珠小姐等女眷早已回避了，而菜肴早已备齐。

潘启官笑道：“诸位，舍下实在无可招待，吃顿便饭罢了。老朽倒要先尝尝诸位送来的美国菜，然后请你们也尝尝我们的粤菜。”

潘启官便先到洋朋友送来的餐桌旁，礼貌性地略尝了尝那几宗洋菜，嚼一嚼，点头连声赞好，然后便请大家入席。洋客们客客气气地就了座。

但美利坚客人是第一次使用筷子，没有一个能驾驭这两根细细的小棍儿。格林船长那熊掌般的大手几次试着摆弄它，还是一次次掉了。大班、二班、事务长、医生、文书等几位的手指也不比船长的好使。

主客们哈哈大笑，说是想吃中国餐首先得练会“杂技”，气氛十分快乐融洽。幸亏潘夫人招待洋客是有经验的，事先已在餐桌上摆放了一副副刀叉，并且知道洋人们习惯于分餐，因此自有男仆将每一道菜一一布在每一位洋客的碟子里。洋朋友们对美味的粤菜赞不绝口，对那套精美的白瓷餐具更是赞赏不已。

酒过三巡，山茂召早就憋着想谈谈正事了，便婉转地说：“启官先生，我们听说西洋参的价格波动很大，也许我们的担心是多余的？”

潘启官放下筷子，正经说道：“其实呢，在诸位到埠之前，参价已经下跌了。我奇怪的是贵船为何不运载一些北美毛皮？那倒是很抢手的，也一直缺货。”

“这也正是我们深感惋惜的。”山茂召实话实说，“按我们的原计划，最初我们确是打算专运毛皮，但是我们的船只、航线、资金都不允许我们从毛皮开始，只得放弃。”

潘启官点点头，哦哦了几声，说道:“至于西洋参跌价呢,老朽以为倒是不足虑的。货物的市价总是有涨有落。若有上好的参，其利润还是很丰厚的。”

这批参的收购负责人约翰斯顿医生忙咽下一个虾丸，用餐巾擦擦嘴，说:“我可以有把握地说，启官先生，质量上等的参，我们肯定有足够的数量，只是我们在筛选分类方面，也许过于仓促粗疏。”

“这倒无妨，敝行自有几位经验丰富的老师傅，尽可帮着贵方重新筛选。诸位别只顾说话，请尝尝这道浇汁鲍鱼。”潘启官说着，从孙子潘正亨手中接过“中国皇后号”的供货单和购货单，戴起老花镜，边看边说道，“恕老朽直言，贵船所载货物，真正能独占市场风光的似乎不多。纵然西洋参一宗，数量也似乎太谨慎了一些。西洋参乃是贵国得天独厚的特产，历年西洋各国运来的西洋参，其实亦都产自贵国和加拿大，何不大量运进？”

山茂召不好意思再说资金不足，心想：就只这批参，还不知能卖出什么价钱呢!

兰德尔聪明地回答:“我们的船只载货量太小，我们又是首次来华，不敢多运。”

潘启官瞧他俩的光景和口风,便知道是资金有限之故，心里有数了，也就不再多问，只瞧着供货单说:“至于木炭、锡块、铅块、焦油、松节油、木板、码布数宗，诸位大概也略知一二：中国并不缺货，需求量原本也不大，因而销售和利润恐怕很难说呢。葡萄酒、白兰地等洋酒呢，国人是喝不惯的，多数倒是喜欢喝本地产的黄酒、烧酒，所以……不过诸位也不必过虑，我们且看行情吧。”

潘启官的意思，就连粗直汉子格林船长也听出来了。事务长斯威弗特和文书莫利纽克斯更感气馁。

潘正亨忙插嘴给客人打气：“这种情况不足为奇，如今欧洲来的各国商船，哪一艘不是只有这类商品？也还是能赚了钱回去的。”

江寅兮也呼应道：“确是如此，我经手的欧洲商船，大抵都不过如此。”

但潘启官却对两位后生严肃地说道“做生意不是小孩子‘过家家’，应当丁是丁、卯是卯，岂可虚头巴脑、掉以轻心？我们作为‘保商’，应为我们的美国朋友尽责，但首先应实事求是，这才是款待朋友之道。”

那两位后生只好低头，答了个“是”。

美国客人反而对这位严肃认真、严谨笃实的老人更加起敬了。

潘启官又看购货单，说道：“据老朽所知，瓷器、茶叶、丝绸还有肉桂等中国药材，在西洋各国历来都是紧俏货，想必到了贵国也是颇为畅销的。依老朽之见，尽可大量购进。”

“是的，启官先生，这份清单我们也认为过于保守。”山茂召放下酒杯说，“原因是我们事先无法确切地估计西洋参的收入会有多少。”

他始终想把话题拉到参价上来。

潘启官领悟到客人们还是在担心西洋参的市价，笑笑说:“有时候商机是靠人创造的。常言道：危机与商机并存。老朽以为某种商品的跌价，或许倒是蕴藏着可遇不可求的大好商机呢。”

山茂召感到他们的这位“保商”绝不是在故弄玄虚，而是透着一种稳扎稳打的老健。

兰德尔也意识到：这位商场老将有一种运筹帷幄的气概，他起身举杯说:“我提议为启官先生的健康干杯！”

潘启官完全清楚这杯酒的感谢和托付之意，也起身道：“多谢！多谢！也祝诸位在广州生活愉快！”

大家重新落座之后，潘启官笑着说:“今天我要带给美国朋友一个好消息。”

美国朋友们立即屏息静听。

潘启官抿了一口酒，慢悠悠地说道:“眼下老朽做着几艘西洋商船的担保人。其中的第一艘商船 7 月 5 日就已抵达广州，但粤海关方面迟迟未加丈量，他们被迫等了一个多月，海关才派官员丈量船的吨位和清点货物，计算关税数额，这才准许他们开舱就市。诸位知道：按照粤海关规条，不经丈量、点货，是不准买卖交易的。”

美国客人们耐心地等着他的“好消息”。

潘启官的语气和表情一下子变得舒展了，说道：“贵船就不同了。前天当我再次面见粤海关监督韦恩大人，说起贵船的船名是‘中国皇后号’时，监督大人先是一怔，然后又问了一遍船名，证实确是‘中国皇后号’，大人的神色立即庄重起来，沉吟着说道：‘竟用“中国皇后”命名其船，实乃亘古未有之事！’大人还埋怨老朽何不早些禀报。大人背着手踱了几步，自语道：‘此事须得禀奏皇上！’然后便命老朽道：‘你马上通知“中国皇后号”，提前丈量！后天，后天就丈量开舱！本职要亲自登船，会会“中国皇后号”的洋客们。他们既然尊重中国皇后，我们也当尊重他们才是。’诸位请想：这岂不是大好消息？”

“当然！当然是特大好消息！”美国朋友兴奋地说道，“才等了 16 天就能开舱了！”

一时间，花厅里觥筹交错，笑声朗朗。宾主起身举杯，潘启官朗声道：“预祝‘中国皇后号’开舱大吉！”

过了一天，9 月 14 日一早，“中国皇后号”便又洗刷一新，升起了国旗和舰旗，船员们一律正装，整齐地排列在船舷的两侧。两艘舢板放了下来，山茂召、兰德尔、格林船长和船上全体高级职员都穿上正式礼服，在潘启官、潘正亨、江寅兮陪同下，迎候在码头上。

上午10点，一队兵马远远地开来了：队前是两面大锣噹噹地鸣锣开道,后面举着“粤海关衙门”“粤海关监督”两块官衔牌和“回避”“肃静”牌,接着是两行挎刀的兵勇，最后便是一顶八人抬绿呢大轿，轿的两边和后面簇拥着随从官员，六名武弁骑着大马随轿扈从，排场甚为庄重、气派。要知道：粤海关监督乃是正二品高官，其品秩、地位是与总督（正二品）、巡抚（从二品）平起平坐的。韦恩身穿二品孔雀补服，头上顶戴花翎，由仆从搀扶下了轿。

这时，船上鸣放九响礼炮，隆重欢迎并向粤海关监督大人致敬。山茂召、格林等洋客们迎上前去，在潘启官、江通事介绍下，一一拜见监督大人韦恩，双方自有一番热情、礼貌的寒暄。韦恩大人带着明显而适度的好奇目光，打量着这几位美利坚洋客：他们的肤色、长相、服饰、发套等，跟西洋各国洋人并没有什么不同。引起韦恩好奇和关注的显然因为他们竟是“中国皇后号”的客商，这当然会有一种特别的新鲜感和亲切感，使他格外留意和客气，气氛也特别庄重、友好。主客双方都显得愉快而礼仪有加。

船只的前甲板上，早已特设了桌案，桌上摆满了美酒、饼干、羊奶、水果等款待之物。在格林船长带领下，全体船员以三声欢呼举行欢迎仪式。山茂召、兰德尔请监督大人于桌案就座，请潘启官陪坐。其他主客人员只站在韦恩大人周围侍立。兵勇们早已在码头上和船舷两侧肃立守卫。与此同时，船税官员在大副麦克卡弗、二副亚伯·费彻陪同下，货税官员在事务长斯威弗特陪同下，开始丈量船只和清点货物。而韦恩大人只顾与大班、二班、船长聊天而已。

所谓丈量，就是从船的前舵头到前桅后部，用绳索拉一条直线，然后用卷尺量出两者之间的距离，以此为基准，按一定比例算出或丈量出全船的长度和吨位。船的宽度是从主桅杆到船中部的船舷木，同样用绳索拉一直线，然后用卷尺测量出其间的距离，再加上船的另半边相同尺度。丈量官大声宣告其丈量的尺度，他的属下便把这些数字记录在案，最后按长、宽尺度计算出此船该交纳的船税或者叫船钞。

所谓货税或货钞，是清点完该船所运载的所有进港的货物之后，按朝廷或粤海关制定的税率所交纳的货物税。由大班将货物及其清单交给“保商”全权处理，大班等外商不得直接参与贸易，只能坐守在商馆内等候支付关税数额。一俟船钞和货钞交齐，粤海关便发下一份开舱许可证，这才可以不受干扰地卸货、入市，但仍须通过“保商”进行买卖。

粤海关监督大人韦恩不管这些琐事，只是默默地品尝着饼干和香槟酒。

韦恩大人和颜悦色地问山茂召和格林船长:“贵船带来 sing songs 没有? 本职理当过目一下。”

山茂召和格林被问得面面相觑、一头雾水，美国客人们都不明白中国海关关长大人要过目“唱歌”做什么。因为按这位韦恩大人用广东腔说的、山茂召他们听成“sing songs”的这个发音,很像英语里“唱歌”的意思。

潘启官看出美国朋友们闹了误会，忙解释道:“大人是问贵船有没有带来送审报告，就是贵船在澳门总口领取入港船牌时，由总口呈送到粤海关审核的缴付‘礼银’的收据或凭证。”

这事其实只有买办潘正亨一人请楚，但他又偏偏不能说清楚，因为那日在澳门报关时，他有意隐瞒了实情，把新来的“中国皇后号”谎报成了已缴过“礼银”的英国港脚船，为美国朋友省下了 1950 两“礼银”，因此总口也就根本没有发给“中国皇后号”送审“礼银”的单据或凭证。如果这时潘买办能把这一环节说清楚，立即补交 1950 两“礼银”，那么“中国皇后号”后来也就不致遇到差点儿迈不过去的坎儿。但因为这一环节关涉到谎报和故意逃避“礼银”两项，乃是犯法的，故而他又不敢说清楚。因此眼下当海关监督大人问起送审时，潘正亨只好站在一旁装聋作哑，缄默不语。

而山茂召确实不知道还有送审一说，更不知道其中的内情，便实话实说："非常抱歉，监督大人，我们没有送审。"

韦恩一听便面露不悦之色，很生气地白了"保商"潘启官一眼。但潘启官和江寅兮实在也不清楚其中出了什么岔子，还以为美国客商毕竟是首次来华，一定是忙中出错，忘了领取一份送审收据了，这也是难免的。潘启官便很生气地白了孙子潘正亨一眼，责怪他作为买办工作疏忽。这位"保商"一时也没有估计到日后问题的严重性。

江通事忙向韦恩大人躬身解释道："大人容禀：这艘船来自一个新的国度，他们是一批新客，哪能懂得我们天朝大国粤海关诸多规矩？"他只拣大人顺耳的话替山茂召他们解围。

韦恩果然缓颜了，说道："下次来时定要带来才好。这么说这船来自一个新的国度？"

江寅兮忙答道："是的，这艘'中国皇后号'乃是美利坚国的商船。美利坚是个新的国度，他们又是首次来广州贸易，对许多规矩自然生疏得很。"

"哦？"韦恩感到很惊讶，"'中国皇后号'原来不是英吉利商船？这美……美利……坚与英吉利有何区别？本职怎么从未听说有此国度？"

江通事忙让山茂召拿出美国和英国的国旗以及世界地图，一一打开摆在韦恩桌上，又解释了两国国旗的不同。这一下韦恩似乎明白了："唔，果然，确实不同。你们美利坚首次来华，便以‘中国皇后号’命名贵船，难得！委实难得！潘启翁，你可要好好接待美利坚的新客呵！”

潘启官忙答道：“是是，大人的钧谕，老朽记下了。”

兰德尔打开地图，说道：“大人请看：这里是英吉利，这里是美利坚，这里是大清国，三国之间都隔着大洋。我们美国现在的国土仅有十三个邦，但是，大人请看：我们西部尚待开发的土地，几乎与贵国一样辽阔，那里的物产也与贵国一样丰饶。因此，我们两国之间未来的贸易规模必将超过任何其他国家。而‘中国皇后号’这次首航贵国，仅仅是个开始。”

兰德尔的这一席话，显然使得粤海关监督大人被打动了，他盯着地图连声说道：“前途无量！前途无量！你们美利坚这个新生国家前途无量啊！”

山茂召用外交口吻说道：“我相信，我们两国之间的贸易和交往也肯定将前途无量！”

江通事见监督大人心绪大好，便把该船的三份通行证和他翻译的中文副本呈了上去，说道：“这是美国邦联国会和纽约州州长开具的三份海上通行证。”

韦恩大人一听，便问山茂召：“在贵国，州长是几品官阶？国会又是什么衙门？”

山茂召等美国客人根本不懂这个问题该怎么回答，潘启官和潘正亨也完全不清楚美国的政治体制，只有江通事还略知一二，便躬身答道：“回大人：这州长等于是我大清国各省的总督、巡抚，乃是封疆大吏。国会嘛……相当于御前会议吧。”他觉得这实在没有可比性，只好这么凑合着拉扯一气。

韦恩一听是这么高级别的官阶和衙门开出的证件，不禁心头一怔，更觉得这艘“中国皇后号”来头着实不小，不可小觑。他便立即调整了心态，摆好海关监督的架势，正襟危坐了，然后命江通事道：“念吧。”

江通事捧起美国邦联国会的通行证，朗声念道：

“致所有将查阅或听取阅读这一文件的宗教或世俗、城市或地方的最尊贵、尊贵、最强大、强大、伟大、高尚、卓越、高贵、尊崇、庄严、贤达和谨慎的皇帝……”

韦恩听到“皇帝”二字，立即肃然起敬，他理解这份国会证书乃是国书，是直接上呈给皇帝的，这足以使他诚惶诚恐，他岂敢僭越听闻？于是他一扬手，立即止住江通事的朗读，然后站起身，啪啪掸下马蹄袖，躬了身，双手很恭敬地接过那国书的英文原件和中文副本，把它很小心地交给随从官员。他如获至宝，觉得竟意外获得了得以晋见皇上的重要奏本。他随即转身，与山茂召和格林船长热情拉手，分外客气地笑道：“今日本职登临贵船，甚感欣幸！谨祝贵船开舱大吉！本职竟要告辞了。”

这时船税官员和货税官员的丈量和点货工作早已结

束，随从的官员们和兵勇们便跟随韦恩大人下船上岸。格林船长将手一扬，船上又鸣放九响礼炮致谢，船员们又列队以三声高呼表示欢送。山茂召、兰德尔、格林和潘启官等人将监督大人送至码头。韦恩的大轿和大队扈从便在炮声和欢呼声中浩浩荡荡而去。

美国客人们刚送走韦恩，就见另一列奇特的队伍从另一边冉冉而来，那是两头公牛、八袋面粉和七坛好酒，在一名官员的带领下，由一群衙役赶着、抬着、扛着、挑着，来到了眼前。

那位领头官员捧着大红礼单，朗声唱道："下官奉粤海关监督大人之命：特赐'中国皇后号'公牛、面粉、佳酿以为赏礼！"

美国洋客们正感诧异，潘启官笑着解释道："我国与海外各国的贸易，在明朝时以'贡舶贸易'为主，也就是外商以'朝贡'的方式运进货物，朝廷则以'回赠'的方式给予外商几倍、几十倍、几百倍的'赏礼'，作为外商的利润。我大清朝虽已取消了'贡舶贸易'，改行'海关贸易'，但为交好友邦，却也沿袭了明朝的'回赠'方式，但只作为赠送的礼物。康熙二十三年重开海禁后，我圣祖皇帝便谕令'牙行'对外商皆须劳以'牛酒'。如今我乾隆皇上便遵循祖制，只是改由粤海关以'牛酒'为礼物，回赠或慰劳外商罢了。"

山茂召等美国客商听了，恍然大悟，笑逐颜开，觉得跟中国做生意，实在别具一格，深有意味。他们真诚地嘱托潘启官一定要向粤海关监督大人表示衷心感谢。

这一场丈量和赏礼程序及对粤海关监督大人的接待，美国客人和同文洋行的宾主们都觉得非常成功，都认为对于“中国皇后号”的首次对华贸易，是一个令人欣喜的开局和颇为吉利的兆头。

# 七 广州“十三行”

在清代广州的对外贸易中，处于中心地位的便是当时闻名中外的广州“十三行”。何谓“十三行”？盖有三种说法：

一说：据樊封《夷难始末》载：“至乾隆间，有闽人潘启(振承)者,熟于洋商贸易事务,陈商办、官办得失。(两广)总督李侍尧请于朝，置户部‘总商’……奏入，许之。于是‘总商’六家，‘副商’七家……名之曰‘十三行’。”

这个“十三行”是指洋行刚创办时的十三家商行或洋行，其后虽洋行时多时少，皆沿用“十三行”之名。《粤海关志》按：“‘十三行’之名，乾隆前不可考。”

二说：魏源《海国图志》引《华事夷言》曰：“十三间夷馆，近在（珠江）河边……内住英吉利、弥利坚、佛兰西、领脉（丹麦？)、绥林（瑞典？)、荷兰、巴西、欧色特厘阿(西班牙？)、俄罗斯、普鲁社(德国)、大吕宋(菲律宾)、布路牙（葡萄牙）等之人。按：此即所谓‘十三行’也。”

这个“十三行”是指专供外商们借住的“十三间”商馆。

三说：据《广东新语·货语·赎货篇》载：明朝时广东琼州府领“十三州县”，各种营销货物集中于此地，又称“十三行货”，所以人们将此地称为“十三行”，即“十三行”乃是地名。至清代，对外贸易商行称为洋行，又多集中在明代“十三行”地区一带，因此人们把“十三行”地名与洋行混淆，以为“十三行”是指“十三家洋行”。其实洋行时多时少，最多时达几十家（如乾隆初有二十家），有时恰好十三家（如道光初有十三家），最少时仅只有几家（如“中国皇后号”来粤时仅有七家洋行），但仍称“十三行”。故“十三行”与洋行数目多少无关，它只是地名。当时的“十三行”地区，在广州西城门外，东起新豆栏街，西至靖远街（即今之广州市西南部），北起十三行路，南至西堤马路一带。

笔者认为：以上第一说近是，又记录了潘振承最早建议创办“十三商行”的作用。第二说已是后来嘉庆、道光时的外贸情况了，且“十三间”商馆怎能等同“十三行”商行、洋行？第三说亦有疑窦：琼州府“十三州县”偌大地区，如何演变、缩小成了广州城内“十三行”所在地小小一隅？这显然也矛盾或含混，尚待史家考证。

在清代，广州“十三行”的各洋行，是半商半官的外贸商行。它们既专门从事与外洋各国的商贸活动，又由朝廷委派，在朝廷挂号，向朝廷负责。早先它们由内务府、两广总督管理，后来改由户部管辖，但须直接向皇帝汇报账目、呈缴税银。他们由朝廷赐予一定品级的顶戴花翎，因此都有如“启官”“文官”“琼官”之类的官称，他们实际上又是官商。

广州“十三行”各洋行，兼有商务和外交双重职能。从明代沿袭下来的原有的怀远驿，只能接待外国贡使（朝贡的使臣），不能接待外国商人。于是清朝的礼部规定：这类不能以官方形式接待的外商，便由洋行来接待，由他们建造行栈、商馆解决外商的贸易、停居等问题。因此洋行商人如潘启官等辈，既有出色的商业才能，又有与外商打交道的丰富的外交经验。

广州“十三行”的各洋行，又有负责管理、约束外商的职责。清朝规定：各行商不仅从事对外贸易，同时还须负责对外商的管理、稽查。外商有违反中国法律者，行商必须及时向官府通报；若外商违禁，行商当负连带责任。行商不仅承担洋船应缴进出口各种税款责任，甚至外商所需日常用品，亦须由洋行的买办统一负责购买。外商不得随意四处行走，皆由行商、买办、通事管束稽查。

广州“十三行”各洋行，乃是朝廷独许经营对西洋贸易的垄断性商行。1760 年（乾隆二十五年），为了将广州的全部商行分工明细，遂将所有商行按不同职能分别设成三类：一类曰福潮行，负责本省潮州和福建商人的贸易、货税；一类曰本港行，其初只管暹罗（泰国）进贡、贸易、纳税之事，后来统管南洋各国的贸易、货税；一类曰外洋行，简称洋行，专办西洋各国洋船、货税，总揽对西洋之贸易。本书所说的洋行，即是专指这类外洋行。

其中外洋行“独操（西洋贸易）利权”，“操奇计赢坐拥厚资”，其富饶隆盛，“尤天下所艳称”。由于洋行“巨万之款，咄嗟可办”，故而当时《广州竹枝词》云：“粤东十三家洋行，家家金珠用斗量。”又云：“洋船争出是官商，十字门开向二洋（南洋、西洋）；五丝八丝广缎好，银钱堆满十三行。”

康、雍、乾三朝，广州“十三行”的洋行实行公行制度，然而这公行之制又几废几立，其中的原因在于行商与外商之间激烈的贸易摩擦及其对朝廷税收的影响。

常言道“商场如战场”，这其中的矛盾，全在是否能恰当处理。但18世纪的粤海外贸，还不擅恰当处理：外商总是利用华商之间各自为政的内部竞争，各个击破，分化瓦解，以取得议价的优势和丰厚的利润；而华商则针锋相对，设法避免自相内耗，一致对外，以垄断商品的定价权，争取利益最大化。于是1720年（康熙五十九年），广州“十三行”行商决定组织起来，建立公行组织，并缔结行规：共同议价，单独行动者受罚。这是公行制度的开始。

1728年（雍正六年），又设立商总制度，由各行商推举，负责总管外商，“十三行”的外贸制度进一步完善（潘振承即是商总）。

公行的“价格联盟”一统广州的外贸市场，必然大大压缩外商的利润空间，激起外商的强烈反对，导致来华洋船的数量锐减，这当然会影响到广州和朝廷的关税收入。于是1771年（乾隆三十六年）两广总督李侍尧又下令撤销公行，行商又分行各办。

但公行一旦撤销，外商“军团”便立即伺机反攻，卷土重来，夺取议价主动权，把行商冲击得支离破碎，致使行商在利润上遭受重创，这当然更会影响广州和朝廷的关税收入。如是，潘振承遂递呈两广总督，条陈公行废、立得失，于是于1760年（乾隆二十五年）和1775年（乾隆四十年）又二度重组公行，潘启官被推举为公行之首，任商总之职。自此，广州“十三行”的洋行便统一掌握了这一重要口岸的对外贸易。

必须分清，这里所说的洋行，是指清时广州“十三行”由华商（中国商人）的资本开办的、专门负责对西洋开展对外贸易的商行，即外洋行，简称洋行。它与晚清至民国时，由洋人（外国商人）用外国资本在华开办的洋行（洋人的商行），有着本质的不同。

这里所说的洋商，是指清时广州“十三行”的洋行商人，简称洋商，不能与外商混淆；当时称外洋商人——来华贸易的外国商人为外商，一般不称洋商。这与晚清至民国时称外国商人为洋商也不相同。

这里所说的买办，又称代理，是指清时粤海关所设买办馆中或广州“十三行”中专门负责代替外商购买物品、办理通关等手续的职员或工作人员，为外商提供后勤服务的专职人员。这也不同于晚清至民国时外国洋行雇佣的作为洋人代理人的买办，更不同于依靠洋人为后台，利用洋人资本进行投机活动、操纵内外贸易的买办资本家、买办资产阶级。

1759 年（乾隆二十四年）规条与禁令规定：“外商到广州只能居住行商馆内”，“外人不得随时自由出入”，外商“购买货物须经行商（买办）之手”。

但是到了 1777 年（乾隆四十二年），“十三行”行商向广东巡抚提呈禀帖：要求在珠江畔外商居住的商馆区范围内，开辟一条新街，两旁开设店舖，让外国商人能够就近购买日用杂物，免其外出滋事。新街路段由洋行派人把守，外商不许越出规定范围，其他闲杂人等不许混入街内。但实际上此类限定十分松弛，外商活动范围逐渐扩大到商馆区外乃至城内的十三行街，这从清代的有关外销画上即可看出，画中十三行街便有不少洋人混在华人中间行走或购物。于是，“十三行”附近的市面更加繁荣、热闹。

自从粤海关监督韦恩大人亲临“中国皇后号”，经丈量和点货并发下开舱许可证后，船上所载各种货物便由几艘驳船搬运到美国商馆存放，其中的242箱西洋参则直接运到“保商”潘启官的同文洋行，由几位专业老师傅重新进行优劣筛选。

这一天，大班山茂召、二班兰德尔和医生约翰斯顿便由同文洋行的少东家、买办潘正亨和通事江寅兮陪同，来到位于同文街的同文洋行。这几位美国朋友早就盼着观瞻他们的大“保商”、各洋行的首领潘启官的“大本营”了。

原来在现有的七家洋行中，唯有同文行独占了一条大街——同文街。路面开阔的同文街两边，一家家连成一体的店铺、商号，差不多都是同文行开设的，有洋货店、广货店、福潮店、皮货店、药材行、百货行、五金行、粮铺、布铺、茶叶铺、陶瓷铺、古董铺等，各色店铺应有尽有，每爿店铺均生意兴隆，中外顾客盈门。山茂召他们一下领略到了同文洋行庞大的营业网络之一角。

在同文街的中部，同文洋行大门前车水马龙，洋人和华商进进出出，川流不息。同文洋行的门面别具一格，分外令人瞩目：那是一座高大的石库门，大门上方嵌着一块颇有气派的大匾额，镌着四个颜体大字：“同文洋行。”大门两侧凿着两方对联式的竖匾，上联题着“本县同安”，下联题着“本山文圃”，其中嵌着“同文”二字，皆取“念故土、不忘本、造福乡梓”之意。美国朋友们当然不懂得汉字，但大门前的两块上马石和停在两边的一溜轿子、马车和马匹，他们是注意到了的，足以感受到同文行内宾客盈门的盛况以及宾客的身份、级别之高。

他们走进大厅。厅堂正中又是一方大匾，用篆书题着“丰亨豫大”四字，“丰”“豫”乃是六十四卦中第五十五、十六卦两个卦名，取其富饶昌盛、太平安乐之义。匾下是一幅中堂，画着陶朱公范蠡《泛舟图》。中堂两边挂的竟不是对联，而是用汉隶题写的曹魏时期曹植《赠白马王彪》中的两句诗：上首是“丈夫志四海”，下首是“万里犹比邻”。

山茂召他们进来时，潘启官正在忙碌着迎送一批又一批客商，其中除了不少外商，多数还是京商、浙商、晋商、徽商、赣商、川商等各省各地的华商，其中多数又是他的老客户、老朋友，因此与其说是谈生意，不如说是会朋友。大厅里热闹异常，寒暄声、聊天声、议价声、商讨声夹杂在一起。山茂召从中感到同文行的商贸触角延伸到了中外各地。

潘启官忽见山茂召他们进来，忙上前迎接，又转身向厅内笑着介绍：“诸位，诸位！这几位就是‘中国皇后号’的美利坚朋友！”厅内客商多数是早已听得“中国皇后号”

和美利坚国大名的，便纷纷起身向山茂召们拱手相迎，几位外商当然是上前与新朋友一一握手。

潘启官拱手笑道：“诸位中外兄台，兄弟须得陪美利坚朋友在敝行转一转。回头诸位就在敝行用饭，兄弟先告退一步。”

同文行的各部门到处都是一派繁忙景象，犹如一架巨大的开足马力的机器，正在全力运转，有进货的、出货的、正在商谈的、正在签约的、算账的、出纳的等，不一而足。

美国朋友们切身感受到了同文洋行规模之大，他们对其中的账房尤其感兴趣，因为他们从未见过算盘。只见一二十位账房先生，有的戴着眼镜，正埋头算账，他们一手打着算盘，一手翻着账单或写着什么，专心致志，目不转睛，满屋子噼里啪啦一片拨打算盘声。他们拨动算盘的手指，灵巧得超过西方任何一位天才的钢琴家，这让美国朋友们又惊奇又着迷。在这种魔术般的手指拨动和噼里啪啦声中，一张张中文、外文的账单，不断地送来，又不断地送出。那账单上面的一项项货物的“磅”或“法郎”“美元”等，很快被换算成了“担”“斤”和银两，或者反过来将中国的重量和货币单位飞快地换算成西方的单位，其速度之快疾和精确，令美国朋友们赞叹、钦佩不已。江通事忙着翻译和讲解，而潘启官祖孙俩对于洋朋友们的惊讶似乎早已习以为常，只是笑眯眯地陪着。

在同文行的后面大栈房的旁边，有一个单独的小跨院。这里面分外宁静，与其他各处的闹哄哄情形形成鲜明对比。山茂召、潘启官等宾主几位走进跨院的北房，只见几位药栈的老师傅戴着老花镜，正在一支支地细细地分拣、筛选西洋参。其中最优质的参被轻轻地放在一边，几个伙计立即在每一支优质参的参芦上系上红丝绳，小心翼翼地装进红绫衬底、缎子面的锦匣里。这批古色古香的高贵锦匣，已在条案上摞成一座高高的小山。

医生约翰斯顿看到堆在一旁的那些原有的参箱，便指着那上面的记号Ⅰ、Ⅱ、Ⅲ、X，有些惭愧地跟潘启官说："这是我作的记号，分一等参、二等参、三等参、劣等参四等。但时间不允许我们细分，我们也缺乏专业眼光，所以……"

潘启官笑道："这个无妨。欧洲的客商们运来的参，大多根本不加区分，只是成箱成桶地装着。如今敝行特地把贵船的参重新分为五等，加了一档'特等参'。"他领着美国客人们走到屋子的另一边，那里的几案上排列着一摞更高贵的锦匣。他拿起其中的一匣，继续说："这里是特等参。请看这一支，若按我们大清国的东北野山参而言，历来有'七两为参，八两为宝'之说。据老朽所知，你们西洋参一般都小于我们东北参，极少有超过七两的。但这些参七八两是有的，所以列为特等参。"

这时，约翰斯顿小心翼翼地从挎包里抽出一个很大的扁匣，一边打开，一边嗫嚅地说：“启官先生，请您看看这支参。”

“啊？七叶人参！”潘启官惊呼道。

听到他的这声惊呼，那几位鉴参的老师傅也都赶了过来，都想见识见识这见所未见、但闻其名的“七叶参”。大家向匣中看去，果然是七叶！并且参叶、参体、参须、参芦乃至压枯的参花、参果齐全，保存得惊人地完好。

“奇迹！真正的奇迹！”老师傅们戴着眼镜细细观瞧，议论纷纷，“我们跟人参打了一辈子交道，只听说长有七片五出复叶的，却从未有幸亲眼目睹七叶参，今儿真正开了眼了！”

有的说：“且‘芦’‘体’‘纹’‘皮’‘须’这‘五形’皆优，真乃稀世之宝！”

潘启官向美国朋友解释说：“鉴定一支参，必须凭眼力验过‘五形’‘六体’十一道关卡。”

约翰斯顿忙掏出笔记本，通过江通事悄声向一位老师傅讨教：“请问那‘六体’又是什么？”

那位老师傅也小声道：“鉴参的‘六体’便是‘灵’‘笨’‘老’‘嫩’‘横’‘顺’。”

约翰斯顿忙把它记在笔记本上。

潘启官十分感叹：“我们东北参最多只长到六片叶，已算很稀奇的了。据我所知，贵方西洋参至多长到四片叶，而此参竟长至七片叶，且重量足达九两，真正堪称‘千年参王’了！当然这是夸张，但据老朽看，这参几百年是有的。诸位以为如何？”

老师傅们连连点头赞同。

约翰斯顿喜不自禁，向山茂召和兰德尔说道：“这就是我从阿巴拉契亚山的那位挖参老人手里买下的那支参。”

兰德尔好奇地问潘启官：“这支参市价会值多少？”

“无价！”潘启官断然说道，“为什么说无价呢？因为它是谁也不许卖、谁也不敢买的。”

“为什么？”兰德尔更奇怪了。

江寅兮语带讽刺地说：“因为像这样的‘宝’、这样的‘王’，当然只有一个人才配享用，那就是皇帝。除了皇帝，谁敢僭越？”

“不许胡说！”潘启官斥道，又缓颜说，“正经地说，这是贡品，按例是应进贡给皇上的。贡品当然是无人敢买的了。不仅这支参，就是那些特等参，也是价值连城，但依老朽之见，从中选出六支，也是不卖为好。”

美国客人疑惑地瞧着潘启官，知道他定有下文。

潘启官果然一板一眼地道出下文来：“诸位想必知道：西洋参终究是有价的，而有些东西是无价可买的，譬如人情和礼仪就无价。因此老朽以为：从这大堆特等参中选出六支，用以留作礼物为好，孝敬给军机处和珅中堂大人、户部尚书海望大人、两广总督舒常大人、广州巡抚孙士毅大人、广州将军存泰大人、粤海关监督韦恩大人。诸位请想：这几位大人的人情，岂是这六支参的参价能抵得上的？”

山茂召立即想起了在巴达维亚那位“海神号”船长奥德林的话：大清官员是非常讲究礼仪的，规章和礼仪是两回事。同时他又十分肯定：此老的这一建议完全是为“中国皇后号”着想，是有利于他们在广州开展商贸活动的。因此拿几支参在中国打响“美国品牌”是完全值得的、必要的，何况优质的特等参在他们这批参中还多得很，拿这六七支作为礼物算得了什么？因此山茂召说道：“启官先生考虑得很周到。我们西方人做生意，同样不仅要靠智慧，同时也要靠人情。”

兰德尔立即拿起一支匣装的特等参，捧给潘启官道：“这是我们送给启官先生的人情。”

潘启官慌忙道：“这断断使不得！我们之间不用讲究这种人情。”

山茂召诚恳地说：“这支参不只是人情，更多的是友情。我们事事得到启官先生的帮助，我们无以为谢，请启官先生务必理解我们的诚意！”

潘启官听这么说，又推辞了一番，才谦恭地接了：“老朽无功受禄，惭愧！惭愧！”

山茂召、兰德尔和约翰斯顿告别了潘启官祖孙和江通事，出了同文行，走过同文街，一拐弯就来到了十三行路。这里集中了其他六家洋行：伍姓行商的源顺行，杨姓行商的隆和行，吴姓行商的丰泰行，陈姓行商的源泉行，文官蔡世文的万和行，琼官石琼尧的而益行。这六大洋行跟潘启官的同文行一样，都是朝廷指派专做外洋生意的垄断性商行。一家家洋行同样门庭若市，中外商贾进进出出、络绎不绝。整条街车水马龙，人声鼎沸，繁茂兴隆。

各家洋行的行商自然十分欢迎来自美利坚的新客商，热情地接待“山先生”“兰先生”和“约翰先生”。近月来，关于“中国皇后号”“美利坚”“花旗国”的新名、新词、新闻，已经传遍“十三行”乃至整个广州市面。

这六家行商，尤以而益行的石琼官年富力强，雄心勃勃，近年来非常活跃，很受粤海关官员重视，他在官、商两途也都很有路子，也是一位很受人尊敬的行商。他与山茂召、兰德尔一见如故，分外热络，特意将美国客人请进客厅，品茗畅谈。山茂召自然将话题有意往西洋参上拽。石琼官笑着摇摇头，叹息说：“唉，别人看着我们洋行行商轰轰烈烈，殊不知我们有我们的难处，这难就恰恰难在又官又商，常常两头为难！譬如西洋参就是一例。”

美国客人不想打断这位健谈的主人的话头，正想听听这西洋参之“难”。

“敝人是法兰西商船‘普罗旺斯号’的‘保商’，该船的一批西洋参想趁着参价尚未大跌，尽快出手后返航法国。敝人当然也希望尽快抛售，以完成朝廷规定敝行应上缴的定额。诸位有所不知，我们洋行做外贸，每年是必须完成一定的数额的。但是提前出售西洋参，必须得到粤海关的开舱许可证，敝人便前往粤海关监督大人府上，请求提前丈量、点货，争取及时开舱。谁知无功而返，导致这笔生意未能及时做成，法国船只能眼巴巴地瞧着参价一跌再跌，而敝人亦未能及时完成其中的定额。麻烦的是敝人在商场上的一个对手——此人姓甚名谁不去提他，他不知从何处得知了敝行对朝廷的几项缺额，便将这过愆密告了海关监督大人，监督大人雷霆大怒，便要将敝人法办。诸位可不知道，我们洋行完成不了朝廷定额，是要抄家革职甚至充军流放的。前些年，丰进行的倪宏文未能完成定额，便被抄家革职，流放伊犁了。那个竞争对手的这一招，吓得敝人几天心惊肉跳，寝食不宁。后来敝人花了 5000 两银子，打点粤海关衙门，才平息了此事，挽回了监督大人对敝人的器重。诸位请想：我们这风风光光的洋行行商，是好做的么？”

山茂召从石琼官的叙谈中，窥察到了商贸行业的激烈竞争和尔虞我诈，不过他一时还顾不上这许多，这时他只为西洋参的跌价而焦虑，也为行商之间的竞争是否会危及“中国皇后号”的商业利益而担心。于是他说：“商业竞争是正常的，但不正当竞争有害无益。我深信贵行与同文行之间绝不会发生类似的不愉快。”

石琼官立即敏感地察觉到了这位美国朋友在担心什么，他坦诚地笑着说：“启官翁是我尊敬的老前辈，敝行与同文行之间也历来相处融洽。尤其是贵船‘中国皇后号’首次来粤，深为我同仁们和官、商各界所关注，敝行虽帮不上什么忙，但凡有需要敝人出力处，美利坚朋友们尽管开言就是。”

山茂召三位很感谢这位新朋友的招待和善意。他们与石琼官的这种交道，对于“中国皇后号”解决此后遇到的麻烦，确实将起到很重要的作用。

这段日子，可把小格林和克拉克森小哥儿俩憋闷坏了，他俩天天嘀咕，悄悄商量：怎么想个法子溜出这商馆才好，外面的世界——广州的诱惑力实在太大了。

这一天，克拉克森关心起格林船长的抽烟来了：“船长先生，您的烟丝快抽完了吧？”

小格林小心地说：“听说广州的烟叶是上等的，克拉克森想替您……”

老格林咧嘴笑了：“这俩鬼小子，跟我耍滑头？去吧！”

他的大手掌一拍两个小子的后脑勺。

"谢谢船长先生！"这俩小子飞快地奔出了商馆大门。

其实老格林憋得并不比两个小子好受些，大海之子哪里受得了这闷罐似的商馆拘束？他已跟霍金森、斯威弗特商量好了：等山茂召三个回来，他们三个也去"十三行"逛逛。

十三行街依然行人如织。两个卖水果的小广仔在路边席地而坐，正歇着，两人的面前各摆着一个小竹筐，都用湿毛巾盖着，一个在毛巾上放着一串新鲜荔枝，另一个则放着一个菠萝，这就算是样品广告了。

他俩远远瞧见两个金发碧眼的洋靓仔向这边走来，那样子好神气，穿着整洁的洋服，戴着洋帽，摆出一副洋架子：腰板笔挺，一只手弯在腰后，另一只手插在前胸衣襟里，十足绅士派头，迈着整齐的步伐，两眼直视前方，目不斜视。

那个卖荔枝的广仔捅捅他的同伴："瞧，两个洋仔。"

那个卖菠萝的广仔见怪不怪："哦，英国仔啦。"

但是那个卖荔枝的广仔同样见多识广，他对同伴的判断不以为然："不对啦，是花旗仔啦。"

然而那个菠萝仔坚持道："你错啦，是英国仔啦。"

"不是啦，是花旗仔。"

“是英国仔！”

“花旗仔！”

“英国仔！”

两人正争执着，那两个洋靓仔小格林与克拉克森已经到了跟前。他俩瞧着这两个席地而坐的小广仔很像西方的流浪儿，便在那两个竹筐里很阔气地放了两个便士，依然绅士般地向前走去。

这两个小广仔以为那两个洋靓仔扔下银币是要买水果，但又并不拿荔枝和菠萝，被弄得莫名其妙，便拎起荔枝和菠萝追了上去。

“您买菠萝？菠——萝？”

“荔——枝？”

那两位洋小伙连连摇头：“No！ No！”

那个卖菠萝的看来与洋人打交道是老手了，便问：“您，英吉利？”

小格林似乎猜到了对方的意思，忙摆手结结巴巴地说：“No！ I…… I am a American。”

那个卖荔枝的高兴了：“您，花旗？ Ameri……美利坚？”

克拉克森终于明白了对方要问什么，使劲点头说：“Yes,I am a American。”

这一下那位荔枝仔总算证明自己猜对了，赢了伙伴，便分外高兴地把那串荔枝捧给了克拉克森，连声说：“谢谢！谢谢！荔枝，您，吃荔——枝！”

那位菠萝仔也连忙把那个菠萝捧给小格林：“好吃！Ameri……美利坚！好！菠——萝，非常好吃！”

那两位洋靓仔被这突如其来的热情馈赠弄得不知所措，涨红了脸，连连推辞：“No！ No！ Thank you！ Thank You！”

但这两个广仔坚持要赠送，而那两个洋仔又坚决推辞，双方这么来来回回地一阵推送，便把两位洋仔硬绷着的绅士派头搅得荡然无存，十分尴尬，正想拔腿而逃，孰料那两个小广仔已抢先了一步，把荔枝和菠萝往对方的怀里一塞，便转身跑回去看守他俩的水果筐了。

小格林和克拉克森捧着荔枝和菠萝，瞧着跑远了的那两位满腔热情的小广仔，愣在那里，搞不清这水果是买的还是送的……

当天下午，格林船长特意从商馆赶回船上，把全体船员集合起来，向他们宣布：让他们轮流去澳门散散心。把他们分成两拨，一拨由大副麦克卡弗带领，一拨由二副亚伯·费彻带领。每拨乘坐一艘十支桨的大舢板，撑起风帆，来往于黄埔与澳门之间。

甲板上立即欢呼雀跃起来：“船长先生，您简直钻进我们的心眼里去了！”“您太心疼我们了！”“我们真想吻吻您的大胡子！”……

这批一直闷在船上的海上游子，这一下简直就像困兽解套、倦鸟出笼，兴奋得一个劲儿恭维船长。

“慢着，小子们！”格林一扬手，说道，“澳门可是个好地方，有的是商店、酒楼、茶坊、戏园，也有有名的赌场和妓院。你们尽可以花天酒地、寻欢作乐一番，把兜儿里几个可怜巴巴的银角子花得精光，变成一个个穷光蛋回来。可是请注意，小子们：当心你的老婆把你这个输得只剩一条裤衩的赌徒赶出家门！当心你的未婚妻跟别的小伙子跑了！记住：贪图一时的痛快，惹来一身麻烦，那你可就毁了！到那时，你哭都找不到调门儿了。”

水手们嘻嘻哈哈地高声答道：“放心吧，船长先生，我们不会给您丢脸的！”

# 八　西洋参价暴跌

在广州城外东南郊，珠江北岸，挨着江岸的一条狭长地带，一幢幢几乎一式的中西合璧的精致楼房，坐北朝南，从东到西，一字排开。在一幢幢楼房的前面，竖着一杆杆旗杆，飘扬着西方各国的国旗：英国的、法国的、荷兰的、瑞典的、西班牙的、葡萄牙的、丹麦的、奥地利的等，现在又新添了美国的星条旗。这就是广州这个口岸特有的西方各贸易国的外商们租住的商馆区，别有一番东西方文化交融的风光。

商馆区是一个特殊的区域，等于是各国外商的临时专属区，形成了他们之间自己的一套礼仪规范。“中国皇后号”的高级职员们住进美国商馆伊始，就很热闹了一阵：先是麦丹、荷兰、英国、法国等商馆的代表先后来访，然后是美国商馆的代表一一回访，再后是几家商馆的负责人发出邀请，轮流做东，举行一些酒会。

但是在平时，这样的社交活动就十分稀少了，更谈不上什么娱乐活动，因为大家都忙着做生意。只有每个星期日的晚上，丹麦商馆会举行乐器弹奏音乐会，各商馆的异国朋友们当然都很乐意前往，因为这几乎成了他们唯一消遣和交流商贸信息的地方。

在柔和的灯光下，乐曲悠扬，美酒飘香。从丹麦商馆的大厅到庭院，到处都是来自不同国家的商人。他们举止适度，谈吐得体，彬彬有礼，一派绅士风度，但也不免带着几分拘谨，因为到这里毕竟是到丹麦商馆做客。他们东一堆，西一圈，或欣赏音乐，或悄谈行情，或品酒，或闲聊，气氛平和而安闲。

约翰·格林和其他几位船长开怀畅饮，大谈各自的海上冒险经历，当然也免不了会谈到刚刚过去的独立战争。

“当时我是美国海军名册上的第 31 位上校，可跟你们大英帝国大干了一场。”格林酒气熏天地说。

英国“苏利文号”的船长是个主和派：“跟你们开战是最大的错误,封锁你们港口也是不对的。不过战争已经过去，打仗归打仗，经商归经商，英国与美国应当摒弃偏见。”

瑞典商船的船长说：“北美根本不是英国的领土，只是一块遥远的殖民地，没有理由不许独立。”

……

在另一边，英国船的一位事务长有些醉醺醺了，大着舌头埋怨斯威弗特：“老实说，我……我们非常失望，我们商馆邀……邀请你们，你们却在法……法国人陪同下，拜……访我们，和法……国人站在一起。”

斯威弗特的舌头也短了一截，醉眼蒙眬地嘻嘻笑着：“你……老兄妒忌……法……法国人，我……很遗憾。我们……你们……他……他们都……都应当友好！”

英国东印度公司驻广州商馆的主任威廉·亨利·皮古端着酒杯，走近山茂召和兰德尔：“朋友们，你们顺利首航广州，这是一件值得庆贺的隆重的事，我们感到高兴。如果能向你们提供任何帮助，我们将很荣幸。英国与美国应当捐弃前嫌，联合起来，我们将所向无敌！”

山茂召很有分寸地强调了联合，但仅限于商业：“谢谢，皮古先生。在商业上，我们确实需要合作，也感谢您友好的表示。”

兰德尔语带讥刺地说：“我们美国是个小国，在商业上也是个新手，但很难说小国不能帮助大国，新手不能帮助老手。”

这时，丹麦商馆的货物主管菲立普先生匆匆进来，大声说道：“先生们，我给你们带来一个坏消息！”

大厅里立即安静下来，大家纷纷竖起了耳朵。

菲立普先生喝了一大口啤酒，气喘吁吁地说道：“刚才我从我们的‘保商’先生那里得到确信：广州市面上的西洋参交易价大跌了！今年年初直至上半年，它的价格还是每磅15美元，或者说每担2000美元，利润高达500%~600%。但是到今年6、7月份，它的市价一下跌到了每磅五六美元，每担六七百美元。而现在又突然跌到了每磅1.5~2.25美元，每担200~300美元。先生们，足足跌了九成啊！”

听众们立刻七嘴八舌起来：“简直是狂跌！暴跌！”

山茂召急切地问：“这是什么原因呢？”

菲立普先生气呼呼地说：“什么原因？原因就在我们自己！我们所有的欧洲商人都看好西洋参，我们所有的商船都运来了西洋参。今年夏季广州贸易季就开始供过于求，价格开始波动，而今秋季贸易季运来的数量又比以往多了10倍，还能不出现滞销、暴跌？”

这一下犹如一桶冷水泼进了火炉，把大厅里的音乐和欢声笑语顿时泼灭。

山茂召只觉脑袋“嗡”一下，一时傻在了那里。他们这次来华，主打商品或唯一值钱的货物就是西洋参，他们能否赚到足够资金购买一些中国商品返美，希望全在西洋参能否卖出一个好价钱。不料参价会如此暴跌，这就意味着他们不仅赚不到钱，而且“中国皇后号”将血本无归！他们的这次首航中国将以惨败告终！

格林船长拿着酒杯，两眼发直，瘫坐在椅子上。

喝醉的斯威弗特早被吓醒了，但两腿已挪不动步子。

兰德尔焦急地踱着步，想不出任何办法。

只有皮古冷眼瞧着失神的山茂召，悠然说道："也许我们应当考虑利润更丰厚的商品，单单指望西洋参显然并不可靠。"

兰德尔知道英国东印度公司的这位商馆主任，一直在密切关注着"中国皇后号"的成败，但是他现在还并不知道皮古所说的"利润更丰厚的商品"是指鸦片。

次日上午，山茂召、兰德尔、斯威弗特、约翰斯顿匆匆赶到潘家花园，拜访"保商"潘启官，他们几乎一夜未睡。其实从西洋参市价波动以来，他们一直没有睡过一个踏实觉。

潘启官和潘正亨、江寅兮热情地接待他们，命厨役在客厅里摆上欧式上午茶，一张大圆桌上摆满了丰盛的糕点和精美的茶具。但美国客人哪里有心思动刀叉？然而又不能显得太急躁，还是先道了谢，然后勉强喝了口茶，吃了点糕点。

斯威弗特终于憋不住了，开口说："启官先生，您肯定知道西洋参价暴跌了。"

潘启官放下盖碗，缓缓地说："其实呢，我们公行前天就已得知西洋参已经跌到每磅 1.5 至 2.25 美元。这是不奇怪的，月盈必亏，乃是自然的道理。市面上西洋参太多了，价格必然下跌。”

约翰斯顿着急地说：“这道理我们懂。现在我们争取以每磅 2.25 美元出售，损失也许能减少一些？”

“损失已经很大了，岂能现在出售？贵船能扛得起这么大的损失？”潘启官反问道。

“那可怎么办？看这行情参价还在下跌啊！”医生和事务长着实焦急了。

潘启官可一点也不急：“老朽倒觉得，眼下这参价跌得还不够。”

“啊？跌得还不够？还盼它跌到一分钱不值？”事务长和医生瞪大了眼睛。

潘启官笑了：“二位先生想必懂得：危机，危机，‘危’中是有‘机’的。等它再跌一跌吧。物极必反，参价一旦触底，必然反弹。当然不是它自己弹回来，而是事在人为。”

山茂召和兰德尔一直没有吭声，因为他俩来访的用意和心情，潘启官肯定清楚，他俩不用再说，只看他们这位“保商”如何应对眼下局势即可。听了这位老人所说“跌得不够”“再跌一跌”“事在人为”等语，他俩已似有所悟，感到这里面自有商业计谋的考虑，老人肯定有一套谋略成竹在胸，只是时机未到，不便提前张扬，这正是老人的稳健之处，因此他俩也就不便多问。要知道这两位年轻人可也是聪明的商人。

潘正亨与江寅兮也一直没有吭声，他俩对老爷子的回答很有些腹诽：含含糊糊，神秘兮兮，摆出一副“任凭风浪起，稳坐钓鱼台”的架势，倚老卖老，对美国朋友一点也不爽快！究竟怎么盘算的，应当直截了当明告美国客人嘛,瞧他们急得什么似的。但他俩焉知老爷子的深谋远虑?

告别时，山茂召紧紧地握着潘启官的手说：“谢谢您的接待！多多拜托了！”

他想说的话，全在“拜托”二字里了，既表达了信任，又包含着希望，同时也多少流露出他们的无奈与不安。

这些日子，潘振承正在为美国客商动脑筋的，首先倒是他们所要购买的一种商品——绸缎。

本来，生丝和绸缎历来是中国的主要出口商品，但由于乾隆朝“一口通商”的限制，使得江、浙一带走私丝绸出洋的情况愈益严重。于是1759年（乾隆二十四年），朝廷干脆下令严禁丝绸出口。到了1762年（乾隆二十七年），生丝出口虽有所放宽，但绫罗绸缎仍在严禁之列。直到1775年（乾隆四十年），才基本取消禁令限止，但想通关顺利，还是要靠些关系、搞些手段的，否则就会被海关官员敲了竹杠。

潘正亨与江寅兮瞅着美国朋友递交的购货单，有点儿犯难。

“其他都好办，只这绸缎一项，通关恐怕会遇到麻烦。”

潘正亨说。

江寅兮也有同感：“眼下有何办法？”

潘正亨想也不想，说道：“且看老爷子怎么办吧。”他把这个难题上交给了他爷爷潘振承。

潘振承当然是早就看过美国客人的购货单的，他正要考考他的孙儿：“正亨哪，这绸缎一项你看怎么办呀？”

潘正亨也不多想，答道：“说难也不难，我们库里堆着那么多湖绸、湘绸，拣一些打上包，送到船上，谁又能知道那是绸缎？”

“胡闹！你就不怕查出来，把你充军发配了？什么时候改改你这一根筋的毛病！”

李老总管在一旁打圆场：“孙少爷到底还年轻，再历练几年自然就老成了。”这位老总管试着提了个建议，“我记得前几年，有一国洋人倒曾经得到朝廷的优惠，被特许购买了500匹绸缎成品。只因为他们上折子口称自己是‘天朝属国’，跟大清的‘小厮’一般，乾隆皇帝听了心情舒畅，恩准了他们的请求，顺利通关。”

潘振承又有意问道：“寅兮哪，你认为美利坚的‘中国皇后号’沿用该国商船之例，可行吗？”

江寅兮断然答道：“这可不行！‘中国皇后号’怎能比作大清小厮？美利坚国会证书明明与我国互称友邦，又焉能以天朝属国视之？”

潘振承很满意地点点头:“正亨哪，你得好好向寅兮学学，凡事得多动脑筋。”

潘正亨答了个“是”，说道:“只是这解决办法还得请爷爷示下。”

潘振承其实早已有了主意，说道:“既是友邦，就不能唯利是图。好比朋友第一次向你开口，你岂能不帮他这个忙？”

过了两天，潘振承特地拜访粤海关监督韦恩。韦恩是二品大员，潘振承乃是三品顶戴，两人官阶相若，又是老熟人，韦恩自然笑脸相迎。

两人寒暄之后，潘振承便提到“中国皇后号”美利坚人要买绸缎之事。

韦恩一听，笑道:“这丝绸出口，自乾隆四十年以来并不限禁，这不是您这位大‘商总’举手之劳嘛！”

“多加监督大人一纸手令，岂非更是双保险？届时‘中国皇后号’通关，亦须多多借重大人手谕，诸事也越发顺当。”

“启兄也忒谨慎了，凡事总是未雨绸缪。”

韦恩捋着胡须，想了想，问道:“美国客人打算起运多少匹绸缎？”

“数目倒不多，400片单片，外加5匹整匹。”

“这么少？”韦恩着实吃惊，“看来他们确是……数目着实有限。这样吧，回头请孙少爷过来取一纸《出关许可证》。”

潘振承立即起身拱手：“多谢！多谢！”

韦恩也起身拱手：“好说！好说！”

这一天，潘振承与潘老夫人、潘大奶奶、慧珠小姐正在吃晚饭，潘正亨与江寅兮匆匆进来，急着说：“爷爷，西洋参已跌破每磅 1.5 美元了！”

潘振承停住筷子，问：“这消息可靠吗？”

江寅兮说：“刚才正亨哥与我约了‘中国皇后号’的朋友和其他几国的朋友吃西餐，在饭桌上听到这消息的。”

潘正亨说：“那些外国朋友急得什么似的。”

“好！我正等着这消息呢。”潘振承放下碗筷，吩咐道，“正亨啊，你把李总管叫来，我在书房等你们。”

掌灯时分，潘正亨、江寅兮与李总管在潘振承的书房会齐。潘老爷子开始部署他的一个绝密商业行动，一字一顿地交代：“五日之内，你们三人务必将广州市面上的所有西洋参统统买进！”

潘正亨自然知道，这是贱买贵卖、垄断市场、操控物价的通常做法，用现今的话说，这叫“以最小的投入追求利润的最大化原则”。潘正亨应了一声“是”，摩拳擦掌，转身就走。

“回来！”潘老爷子喝住孙子，问道，“你打算怎么做呀？”

这倒把他孙子问住了。

潘老爷子继续问道：“你们大量买进西洋参，其他洋行不会闻风而动，也纷纷买进吗？捏在其他洋行手里的参怎么办？他们会卖给我们同文行？还有各艘洋船上尚未出手的参，各有洋行做‘保商’，我们同文行是不能插手的，坏了公行的行规，岂不麻烦了？你们怎么弄到这批参？”

江寅兮与李总管只是静静地等着下文。潘正亨尴尬地笑笑说：“孙儿实在尚未想得周到，还望爷爷明示。”

他爷爷这才伸出三个指头，一一部署：“首先，你们三人不能出面，就是说，不能由我们同文行出面买参。其次，寅兮啊，你立即派人骑快马去福州，知会你爷爷，让他手下的所有药商尽速来粤，分头购进各洋行手里的参，价钱要明显高于每磅 1.5 美元，尽可能引起各洋行竞相抛售。至于所需银两，我与你爷爷已事先商妥，全部从我们同文行支取。”

江寅兮答了个“是”。他爷爷是潘老太太的娘家内弟，潘振承的小舅子，福建有名的大药商，掌控着全省的药材行业，生意遍布国内外。

“再者，”潘振承转向了他孙子，“你马上跟各国洋船的买办打听一下，那些洋船上还有多少剩参？同时你要把福建药商们跟各洋行洽谈购参的消息和参价，及时透露给各国洋船的买办和大班，促使洋人尽快抛售船上的剩参。你给那些买办的好处费不可小气。”

“你呢，”潘振承交代李总管说，“你挑选一批可靠的伙计，装扮成各地的散商，专门分头收购散在市面上的西洋参，出价务必也要高出眼下市价，但要讨价还价拖一两天。你告诉伙计们：办完差使老爷有赏。”

李总管答道：“是。我手下历来有一批极可靠的帮手。”

“最后，你们想想，我们这么大举收参，参价立即反弹上涨怎么办？”潘振承着重指出，“所以最最要紧的是保密和迅速！这三件事必须在头两天同时准备，到第三天必须同时出手，争取三头同时拍板成交，务必要快刀斩乱麻，把洋行的、洋船的、散户的西洋参一网打尽，要让各洋行和洋船再后悔也措手不及。你们听清没有？”

三人答道：“记下了，我们这就去办。”说罢转身就走。

潘老爷子分派完毕，靠在太师椅上，又静静地思考了一会儿，想想是否还有疏漏之处。他像一位稳坐中军帐的老帅，考虑着排兵布阵是否稳妥，他要部署一场夺取西洋参垄断权、定价权的战役。

潘正亨三人出了书房，穿过天井，向大门走去，而江寅兮则慢吞吞地落在后面。他听见二门内细声细气地叫了一声“寅哥哥”，忙回转身走进二门，惊喜道，“慧妹，你怎么在这里？”

慧珠嘻嘻笑着，调皮地说：“我在等你呀！刚才我在书房外偷听你们说话呐。”

江寅兮蹙眉叹道：“唉，我一辈子也做不了商人，我实在不想做商人，商场上的伎俩我实在干不了！要不是你爷爷吩咐的……”

慧珠辩解道：“我爷爷也是为了‘中国皇后号’的西洋参呀！”

“是，这我知道。”江寅兮说，“要不是为了‘中国皇后号’，我才不参与这种事呢！”

“那你想做什么呢？”慧珠问。

“我想啊……我一直想教书，回到福建老家去当个私塾先生。”江寅兮说。

“那我也去！”慧珠说。

“好啊，”江寅兮搂着慧珠的肩膀说，“我就当塾师，你就当师娘！”

“啐！美得你！”慧珠娇羞地用纤指点了一下江寅兮的鼻尖，然后说，“哎，说正经的，‘中国皇后号’的洋文我已经会念了，你听听对不对——The Empress of China 。”

江寅兮高兴地说：“对对，你真聪明！不过发音还有点不准。你跟着我再念几遍。”

他俩坐在花荫下这么教着、念着，直到皓月当空。

# 九　乾隆："一口通商"

每到深秋季节，乾隆帝爱新觉罗·弘历便照例从圆明园回銮紫禁城。

这一天，乾隆在养心殿议论完朝政，便留下近臣首辅军机大臣和珅与大学士、吏部尚书刘墉，又特召前几天到京的粤海关监督韦恩晋见，为了听听粤省的洋务情况。

年迈的乾隆歪在龙榻上，呷了一口参汤，便有意无意地问道："韦恩哪，近来海关洋务如何啊？"

韦恩忙躬身趋前奏道："回皇上，近来有美利坚国洋船来粤，对皇上极为恭敬。"他从袖筒里取出美国国会的那份《海上通行证》英文原件和中文译本，交由总管太监刘德保呈了上去。

乾隆做了个手势，让刘德保念来。刘德保便打开那份中文译本，刚念了个开头："最尊贵、尊贵、最强大、强大、伟大、高尚、卓越、高贵、尊崇、庄严、贤达和谨慎的皇帝……"乾隆也以为这是"国书"，于是从榻上坐起身，虽觉得这“国书”的抬头款式实在新鲜，但听了很受用，不禁笑道：“这个美利坚国倒很有意思。”

刘德保忙禀道：“皇上，这份洋文后面还盖着美利坚国的国玺呢！”他把美国国会的洋文印章亮给君臣三位过目。

韦恩见皇上心情大好，忙将手里的那个紫檀锦匣呈了上去，那上面贴着“敬献大清国皇帝”的红缎字条。他笑嘻嘻地奏道：“启禀皇上，那艘美利坚洋船，还特意向皇上进贡了一棵七叶人参！”

“哦？七叶人参？”乾隆原是鉴品人参的高手，但也只知传闻有“六叶参王”，从未听说长有七叶的人参。

和珅和刘墉也不由得惊讶起来。

刘德保打开锦匣，和珅、刘墉从乾隆左右两边看时，惊讶道：“果然是七叶！”“真真称得是‘参中之王’了！”

乾隆正经道：“大凡奇珍异物，乃至物华天宝，总是天地间‘理’之流行，‘气’赋予形而生。”

乾隆竟用朱熹“天理论”的大道理解析此参，和珅不禁肃然，连连点头称是，奉承道：“这也正合着天子之理、王家之气，故而也只有明君英主方配享用此参。”

韦恩见乾隆龙颜大悦，更是兴头十足，奏道：“启禀皇上，美利坚国的这艘商船，其命名竟是‘中国皇后号’，在粤省官民、商界甚是轰动。”

乾隆一怔，似乎没有听清：“其名什么号？”

韦恩听到皇上这一问，便有些肝颤，嗫嚅道:“确确确是……‘中国……皇后……号’。”

乾隆沉吟了片刻，缓缓站起身，踱到门前，凝望门外景物良久。

原来“中国皇后号”其名，使得乾隆油然想起他的第一位元嫡皇后——孝贤纯皇后富察氏。纯后 16 岁嫁于时为宝亲王的弘历，婚后鹣鲽情深，不料纯后年仅 37 岁即薨，乾隆大恸，特撰《述悲赋》云:“念懿后……廿一年而于斯。痛一旦之永诀，隔阴阳而莫知……制泪兮泪滴襟，强欢兮欢匪心……影与形兮难去一……对嫔嫱兮想芳型……呜呼，悲莫悲兮生别离，失内位兮孰予随？”其悲痛思念之情溢于言表。

和珅素谙乾隆心腑，料定必是“中国皇后”一名引起皇上感伤，便想宽慰圣心，于是有意转换话题奏道:“皇上，而今粤海关差事办得很是不错，韦恩大人正有盈余账目上奏。”

“哦，”乾隆这才从悲思中回过神来，口谕道，“韦恩哪，这美利坚特呈国书，又特以‘中国皇后’命名其船，显见是有心交好中国之意了。你们倒不可辜负其一片诚心，更不可辜负了‘中国皇后’之名，况且它乃首航中国，务须多加体恤才是。”

韦恩忙躬身道:“遵旨，奴才这就传喻广州‘十三行’，对‘中国皇后号’多加关照。”

刘德保搀扶着乾隆，重新在龙榻上坐定。乾隆这才转身命韦恩禀奏粤海关商贸盈亏账目。

韦恩忙从袖筒里抽出一个折子，喜滋滋地躬身奏道：“启禀皇上，我大清历年与洋人商贸，有盈无亏！这里各有折子，敬呈皇上细细御览。”

刘德保将折子呈给乾隆。乾隆展开略看一看，面露悦容，似乎有意问道：“韦恩啊，西洋众多国度，对我大清一国，因何总亏无盈呢？”

韦恩躬身道：“回皇上，依奴才愚见，总是皇上和我大清朝廷委派的广州各洋行行商精明干练，外商做生意是做不过我们的。”

刘墉见乾隆不以为然，便奏道：“臣以为韦恩大人之言非是，华、洋盈亏之由，在于人有求于我，而我无求于人！”

“哦？这是怎么说？”乾隆显然有意让他细说分明。

刘墉奏道：“皇上只需瞧瞧臣这一身衣帽穿戴即可了然：臣头上的顶戴花翎是皇上赐的，朝服、补服、朝靴是坊间所织所制，袜子是白土布缝制，从头到脚，从里到外，哪里用得着一件洋货洋物？臣忝列枢机之位尚且如此，况百姓小民乎？”

和珅也顺着说：“刘大人说得极是！诸如西洋的座钟怀表、洋酒洋烟、玻璃器皿等，小民百姓如何用得起？就是洋布、洋线、洋袜之类，也远不如土布、土线、土袜结实耐用、便宜实惠，这一般都是百姓自织自制的。因此洋货在我大清自然没有市场了，洋人是赚不到钱的。”

“反过来，”刘墉继续奏道，“我大清的茶叶、瓷器、绸缎乃至药材、香料等，却是西洋各国断不可少的，已成了从王公贵族到市民百姓须臾不离的日用之物，甚而至于成了竞相争购的奢侈之品，每年须用大量洋币购进。如此一进一出，他洋人焉能不亏，我大清焉能不盈？”

乾隆笑道：“这就是了。彼国之物，中华尽可不需；中华之物，彼国断不可少也！”

和珅忙奉承道：“皇上真是一语中的！”

韦恩得意地附和道：“足见我中华农桑大国，远胜彼工商小邦！”

和珅便乘机满脸堆笑地说：“说起盈利之道，奴才倒想起圣祖康熙仁皇帝的‘四口通商’来了。”

乾隆看了和珅一眼。

但韦恩却没有留神皇上的眼色，附和和珅说：“和中堂说得是，如今我大清只是广州‘一口通商’，其盈利和船税、货税已逾百万，若是恢复粤、闽、江、浙‘四口通商’，则其利不啻翻上几番矣！”

这两位提议者是掌握海关的实权人物，通商口岸越多，越有利于他俩雁过拔毛、中饱私囊。这一点乾隆心知肚明，但他拈髯不语，只是看了刘墉一眼。

刘墉会意，忙奏道：“皇上，臣以为和相和韦恩大人之言差矣！圣祖康熙爷自然英明威德，非历代君王可比，但此一时、彼一时。当年康熙十二年至三十六年，圣祖爷先是削平三藩之乱，继而统一台湾，后又屡征噶尔丹之叛，连年征战，国库内帑几近拮据。以故，圣祖爷为了创收税课，杜绝海上猖獗走私，防止税收大量流失，也是为有益沿海生民起见，遂于康熙二十四年恩准开海贸易，‘四口通商’。而今皇上御极大宝以来，四海宾服，生民乐业，国库充盈，万邦称颂亘古未有之‘乾隆盛世’，何屑这区区几百万海关银两哉？故而，粤省‘一口通商’已足以播恩中外商民，何须重开‘四口通商’？”

和珅笑着辩驳道：“刘大人所言何尝不是，只是这生利一道，奴才以为总是‘韩信点兵，多多益善’！”

这话说得乾隆倒笑了起来，但他并不开口，只是低头理髯，静等刘墉如何反驳。

果然，刘墉驳道：“非也！‘四口通商’只能弊大于利！”

“哦？是何原因呢？”乾隆有意把话题引向深入。

刘墉答道：“‘四口通商’，不啻将我大清门户洞开！一者，海外洋货洋物汹涌而入，必致冲击我中华农桑为本万代经济根底。二者，洋货洋物炫其新奇技巧，惑人耳目，必致国人竞相追逐，奢侈相尚，人人求其欲而不知餍足，坏我世道人心，而致礼制不修，纲纪颓隳。其三，更有甚者，国门一开，洋教、洋说泥沙俱下，必然夹带西洋各国种种异端邪说、怪诞之论纷至沓来，妖言惑众，蛀蚀我大清祖宗法度，蠹坏我国体仪制，动摇我天朝上国千秋根基！以故，臣以为重开‘四口通商’之议，实乃贪小利而丧大义！”

刘墉这一番宏论，把和珅和韦恩驳得——不如说吓得哑口无言，说得乾隆心花怒放，哈哈大笑。

笑毕，乾隆问道：“刘墉啊，依你之见，这洋务之策当如何定论呢？”

刘墉躬身道：“回皇上，依微臣之见，为顾及皇家之需及粤省商贾生民之利，而今广州‘一口通商’足矣。至于对西洋诸国，开门揖盗不如闭关自强，拓海贸易不如自给自足，总是以持盈保泰为尚。”

乾隆非常满意刘墉这一论辩，转向和珅说：“和珅啊，刘墉之言方是老成谋国之论呵！”

和珅忙低头道：“是是，皇上圣训极是！奴才总不及刘大人体察圣心、深谋远虑。”

三位臣工退出之后，乾隆便步出养心殿。落日的余晖照耀着金光灿灿的紫禁城，昏暗下来的天空盘旋着一群群归鸦。乾隆不禁低吟：“落霞与孤鹜齐飞，秋水共长天一色。”但他并未着意“朝霞”还是“晚霞”，“晨鹜”还是“暮鸦”，只管沉浸在“落霞”与“孤鹜”的诗情画意之中。

# 6

第六章

## “休斯夫人号”事件

国际关系学是一门关于人类生存的艺术和科学。绞杀未来人类文明的凶手，不是饥馑，也不是瘟疫，而只能是外交政策和国际关系。

——卡尔·多伊彻，美国著名国际政治学家。

# 一　礼炮下的冤魂

这些天，潘振承的心情很不错，他部署的统购西洋参的暗箱操作正在顺利进行：他的妻弟、江大药商收购广州各洋行库存人参的速度相当快；潘正亨沟通各洋船买办，促使外商抛售剩参的进展也令人满意；李大总管手下的伙计们广收市面上的散参也颇为卖力。潘启官觉得他的垄断参价这一招可以稳操胜券了。

这些天，停泊在黄埔港的西欧各国洋船的大班和船长，心情也轻松了许多：船上的西洋参总算能高于最低价及时抛售出去，所购中国货物也在陆续运进。这样，他们在广州冬令贸易季结束之前就可以顺利返航了，因为按照粤海关的规条，外商是不许滞留在广州过冬的。

这些天，山茂召、兰德尔和格林船长的心情也开始转阴为晴：尽管他们的主打商品西洋参的最后进账究竟如何还不明朗，但是他们从买办潘正亨、通事江寅兮那里终于摸清了他们的“保商”潘启官统购西洋参，垄断、操纵参价，然后抬高参价的通盘计划，并且据说进展相当顺利。他们这才恍然大悟，盛赞老启官的手段高超，上下松了口气，于是他们开始把重点转向落实购货单和准备购货款；船长、船员们个人也带了些小钱，准备搭这艘顺风船，贩运一些中国货物，回国赚些小钱，也不枉来中国一趟。

山茂召所携带的购货现金，就是丹尼尔·帕克交给他的那七小箱 2 万美元银币。这七个箱子一直托付给事务长斯威弗特和大副麦克卡弗保管着。粤海关监督大人韦恩上船丈量那天，海关的点货官员坚持要求打开其中的一个箱子进行检查，因为海关方面最担心洋船偷运鸦片，那可是最严重的违禁品。箱子开封后，那海关官员确认里面装的确是银币，也就不加理会，大家也都舒了口气，但一时还没有清点七个箱子的所有银币，海关也并不关心洋船带了多少钱款。现在，山茂召和格林已经让几名水手划了小艇，把七个箱子从“中国皇后号”上搬运到了美国商馆，准备在购买中国货物时支付现款。

一切都在顺利进行。但正在此时，广州黄埔港突然发生了一件惊动全港的意外事件，并且这事件又很快发展成了一场国际性的纠纷，把一切都打乱了，使得所有洋船贸易不得不停顿下来。当然，“中国皇后号”也被卷了进去。

事件的起因是这样的：

1784 年（乾隆四十九年）9 月 7 日，一艘英国商船“休斯夫人号”抵达黄埔港。这是一艘当时所谓的散船，即私有船，也就是不属于英国东印度公司的商船，它也不是来自英国本土，而是来自当时英国的殖民地印度的孟买。

按照当时的惯例，“休斯夫人号”进港时照例要鸣放礼炮致意。谁知轰隆隆一阵炮声响过，待硝烟一散，惨了！一发炮弹竟落在了一艘下碇在附近的中国帆船上，船体严重损坏，倾侧在水面；船上一片慌乱、惊呼，有三名中国船员已倒在血泊中，伤势严重，其中一人更是生命垂危。原来，“休斯夫人号”上的一名年轻炮手亨利，并未仔细观察附近港面是否有其他船只，更未调整炮弹射程，“轰”的一炮便酿成了这场惨祸。“休斯夫人号”的船长、英国海军前准将威廉姆斯和大班乔治·史密斯顿时明白闯了大祸，麻烦大了！

当天下午，粤海关监督韦恩接到禀报，得知此事，大惊：“岂有此理！竟有这等无法无天之事！”他马上派衙役将潘振承等七家洋行的七位行商请来面议。这七位行商都是各国洋船在粤的“保商”，行商之首潘振承更是历来身兼着“休斯夫人号”的“保商”，负有管束洋船、洋人之责，因此他们最怕洋人出事。而今他们获悉英国商船炮手伤人，紧接着监督大人紧急召见，行商们便个个心中忐忑，潘振承更是胆战心惊。

“此事非同小可，诸位以为如何处之？”韦恩铁青着脸问道。

那七位保商异口同声答道："自然当究查严办，唯望大人决断。"

会商的结果，遵照监督大人钧谕，他们作出三项决定：一、不许"休斯夫人号"擅离黄埔港。二、交出并严惩英船伤人炮手，赔偿一切损失。三、为顾及华、洋友好，先以协商方式了结此案。

与此同时，英国商馆内气氛更为凝重，从主任、司库、出口货物主管、入口货物主管四人组成的特别委员会，到英籍雇员、侍从，个个神情紧张。

英国东印度公司伦敦总部派遣到广州的英国商馆主任威廉·亨利·皮古大发雷霆："荒唐！荒唐透顶！居然发生这种莫名其妙的事情！"

"休斯夫人号"的船长威廉姆斯自知事态严重，又懊恼又丧气，只得默默听训。

大班史密斯心存侥幸地说："也许，我们可以把船只暂时驶回孟买，等事态平息了，再驶来广州？"

皮古轻蔑地斜了史密斯一眼，感到这位大班太天真："不要忘了，亲爱的大班先生，现在我们是在中国的港口，虎门的大炮会把您连同船只炸成碎片！你们的情况已经够糟糕的了，绝不能再出更大的乱子。"

皮古转向威廉姆斯：“船长先生，那个伤人的炮手叫什么名字？他现在在哪里？”

“那是一位为王国作战过的年轻炮兵，皮古先生，他叫亨利。事发之后，我们已经用小艇把他秘密转移到了澳门。”威廉姆斯低声回答。

皮古思忖了一下：“澳门，嗯，澳门是安全的，这很好。他绝不能落到中国人的手里，我们大英王国的士兵绝不能接受中国法律的审判。再说，他们抓不到肇事者，恐怕也无可奈何。最好的办法就是让这个案子不了了之。”

皮古的这一策略，使得他的听众们轻松了许多。

但皮古突然提高嗓门警告说：“注意！威廉姆斯先生，‘休斯夫人号’上的所有人员，包括您自己，船长先生，都不许离开船只，更不许在黄埔上岸随意走动。请您务必管理好您的船员。而您，史密斯先生，作为肇事船只的大班，绝对不许走出我们英国商馆半步。你们应该清楚：眼下你们已经处在清政府的严密监控之下，粤海关的规条在所有各国的海关中是最严厉的，我必须对你们的人身安全负责，同时也要对伦敦总部负责！”

皮古正在作出他的部署，一个侍从匆匆进来禀报：“粤海关监督大人派人来传活：请皮古先生屈驾海关衙门晤谈。”

皮古吃了一惊，他没有料到事情会来得这么快，他向史密斯和威廉姆斯瞥了一眼，然后让自己镇静下来，整理一下衣衫，快步走出大门。

当皮古走进粤海关衙门时，监督大人韦恩和“十三行”现有的七家行商皆已端坐等候，两旁站满了兵勇、衙役和各洋行的买办、通事人等。

这阵势让皮古感到了巨大的压力。

双方客气地寒暄了几句，按中国规矩，主人向皮古献茶，然后便言归正题。

韦恩开门见山：“皮古先生，贵国商船‘休斯夫人号’炮伤我大清船民之事，想必先生已然知晓。”

皮古掏出手帕擦擦嘴角：“听说发生了这一不幸的事件，海关监督先生，对此我感到非常遗憾！”

“那么，贵商馆准备怎样处理这一事件呢？”

皮古似乎感到很为难：“很抱歉，海关监督先生，‘休斯夫人号’是一艘散船，我们东印度公司不具有处理任何私人船只的职权。”

“皮古先生此言差矣！”韦恩笑笑说，“所谓散船，也是来自印度的英吉利商船，理当归属英国商馆管理委员会管辖，怎么皮古先生反而会无权处理呢？”

皮古一时难以反驳，便含混地说：“本商馆自有本商馆的职权范围。何况那名肇事炮手已经逃走，不知去向，本商馆实在是无能为力。”

韦恩轻轻哼了一下：“那名炮手若不是逃走，而是在我大清有司衙门拘押之下，本督今天何须劳驾阁下？至于那名炮手的去向，‘休斯夫人号’的船长、大班、船员，乃至您皮古先生，知道与否，我想不必隐讳了吧？”

皮古狡辩道：“他是从‘休斯夫人号’上逃走的，本人确实不知他的去向。”

“那么好吧，请您问问该船的船长和大班。”韦恩正色道，“本督必须提醒皮古先生：贵国商船在粤肇事，贵国在粤商馆按例负有全部责任！如若因此而影响贵商馆与我大清的商贸往来，您皮古先生，作为贵国商馆主任，恐怕难脱干系！”

潘振承忙插话提醒皮古：“监督大人申述的可是两广总督制定的防范外商规条，也就是贵国所说的法律。若是违背，就是敝人作为‘休斯夫人号’的‘保商’，也干系重大啊！”

那六位洋行行商也纷纷说道：“启翁担心的何尝不是？如若贵国商馆不能尽责处理既发事件，今后我们各洋行怎敢再担当贵国商船的‘保商’？”

皮古感到自己处在两难境地：若是态度强硬，不交出炮手，那么事态的发展有可能影响到东印度公司在粤的商贸利益，乃至他个人的地位；但若是交出炮手，轻易认输，则等于是向大清海关示弱，从而显得东印度公司太软弱，他本人太无能，甚至有可能削弱大英帝国的国威，这同样会影响到他个人的地位。因此他需要冷静地盘算一下，而眼下最好还是先采取拖延战术。

“本商馆和我个人历来十分重视与贵国的商贸往来和友好关系，我们也非常感谢诸位‘保商’先生为我国商船提供的协助。我会尽我的职责，把海关监督大人的要求和诸位先生的忧虑，明确地向‘休斯夫人号’的大班和船长转达。”

“不是要求，而是谕令，皮古先生！”韦恩严正指出，“请转告贵国在粤所有商船，尤其是肇事船只：我大清广州是有法度的港口。第一，‘休斯夫人号’不得擅离黄埔港；第二，肇事炮手必须尽速交由我大清有司衙门处置。若是有意拖延，或擅自妄为，只怕贵方后悔莫及！送客！”韦恩端起了茶碗。

这谕令竟如此严厉，令皮古吃了一惊，但已不容他置喙辩解。他只得起身，鞠躬告退。

## 二　凶手被藏匿

从海关衙门回来，潘振承的精神非常紧张：皮古为人狡猾，态度强硬，显然拒绝交出肇事炮手，关上了协商解决事端的大门，如是事态必然进一步恶化，这是他潘振承不能不提防的。现在他要做的是趁事态失控、局面大乱之前，赶紧把他的另一件要务——他作为“保商”对“中国皇后号”的西洋参所作的部署，进一步落实停当。

当天晚上，他把潘正亨、江寅兮和李大总管叫到了他的书房，询问抢购西洋参的进展情况。

江寅兮说：“现在各洋行的‘保商’都被‘休斯夫人号’搞得惴惴不安，都巴望着手中的西洋参早些出手。依照以往的经验，外贸的路子万一被掐断，这些洋货只能全都砸在他们自己手里。亏本事小，‘保商’的信誉也得受损，尤其未能完成今年上缴朝廷的定额，事情就大了。”

潘正亨说：“正是这话。各国洋船的船长和大班担心的，也正是生怕事情越闹越大，案子拖个没完没了，既耽误了生意，更耽误了他们返航。他们对皮古和‘休斯夫人号’颇有怨言，但又不想得罪英国。”

李大总管说：“散商的西洋参比较好办，市面上的参本来就不多，收购得也差不多了。”

潘振承听了，有些放心了：“这么看来，我们收购的参价还可以抬高一些，不怕那些剩参不赶紧抛售。但时间必须抓紧！我估计就在这几天，广州外商要出大乱子！”

美国商馆人们的精神比潘振承还要紧张：七个箱子的2万美元清点的结果，只有17700美元，短缺了2300美元！

从七个箱子搬运到船上，进而搬运进美国商馆时，格林船长就曾多次怀疑：2万美元仅仅装在七个不大的箱子里，这似乎不太可能。但山茂召并没有及时清点，也没有向兰德尔和格林说明丹尼尔·帕克私下扣留2300美元的事，因为帕克曾要求他不必向任何人提起此事，他也完全相信帕克的承诺，以为在箱子装船之前，帕克已经补回了那2300美元。

现在麻烦了：清点所有七个箱子的结果，唯独缺了帕克扣下的2300美元！麻烦不仅在于，即使2万美元足额，本来就担心不够支付购买中国商品的现款，而现在必将更捉襟见肘了；麻烦更在于，帕克交给山茂召的账单和交给格林船长的装船清单上，写的明明是2万美元，如是实际货款 17700 美元便与账单明显不符，而帕克又没有给山茂召出具 2300 美元的欠条或书面凭证，这就造成山茂召“私挪”或“侵吞”2300 美元的嫌疑！尤为麻烦的是，万一粤海关例行清查、核对装船清单时，发现船上所带实际款项与清单数目不符，这是须由船长对此提交船主的书面凭证的。但他们又根本无法要求隔着大洋的船主帕克提交有关的凭证，而没有凭证担保便是属于欺骗行为，就是弄虚作假。粤海关会不会因此而勒令停止与“中国皇后号”的贸易？这很难说绝对不会。他们并不知道：帕克早已从美国出逃，潦倒在欧洲的某个角落！

山茂召抱着脑袋，垂头丧气，后悔不迭，喃喃地说：“尽管当时对于帕克先生的做法，我也觉得有些反常，但是我非常信任帕克先生的人品，我屡屡从他那里感受到他的友谊，我对他的诚实为人确实抱有坚定信念。因此我没有要他写下任何书面凭证，便同意了按他的要求照办。”

兰德尔尖锐地指出他的这位挚友的弱点：“除了轻信，私心才是最可怕的！你所说的帕克先生的‘友谊’，不就是他推举你担任大班，而不同意威廉·杜尔先生担任此职吗？”

山茂召完全承认朋友的指责是正确的，并且感激兰德尔一针见血地指出了他的病根，觉得这才是真正的朋友。他诚恳地说：“是的，汤姆，我确实太在意我的前途，当时我和你都希望能为国家做点什么，但是你就比我清醒得多，因为你一向注重人性的完美。”

斯威弗特是个心地善良的人，他忙安慰道：“我们完全相信山茂召先生人品的正直，我和兰德尔先生会立即出具书面证明，证实全部箱子开封时就短缺2300美元。我们会以名誉担保。”

但山茂召并不因此感到轻松了些，他沉重地说：“我感到特别内疚的是：我向格林先生和汤姆一直隐瞒了我与帕克先生之间的这一秘密勾当。我很后悔向你们耍了个小聪明。如果当时我就征询你们的意见，也就不至于……唉！”

格林叼着烟斗，像一头压抑着怒火的狮子，一直在房间里转圈。他一拍山茂召的肩膀说：“打起精神来，山姆，我们还有许多事情等着你这位大班料理呢。等我们回到美国，我要揪住帕克这只老狐狸的脖子，问问他到底安的什么心！”

但是他不知道他是永远抓不到这只老狐狸了，帕克早已消失在英伦的浓浓雾霭之中。

“休斯夫人号”炮伤中国船民的第二天，三名受伤船民中有两名因伤势过重而去世。这一下更激起了广州船民的义愤，众人用门板抬着两具尸体，扶着伤者，妻儿们哭哭啼啼，一起拥到广州知府衙门，状告英商开炮杀人，诉求严惩凶手，以命偿命，赔偿一切损失。

一纸诉状递呈知府衙门，一位通判出来接了状子，安慰情绪激愤的众人，说一定将状子禀呈知府大人，按大清律严惩凶手。这样，这一英商杀人事件便正式成了刑事诉讼附带民事赔偿的案子。

广州知府张道源接下这个案子，十分重视，马上乘轿特访粤海关衙门，与海关监督韦恩会商。广州知府衙门并不隶属于粤海关，但因这个案子事关洋务，又是粤海关首先过问,并且粤海关监督的官阶（正二品）又高于知府（从四品），故而张道源必须去拜会韦恩。

张知府很谦恭地请教韦监督:“这案子当如何着手审理？”

韦恩道:“这个皮古着实可恶！他竟把‘休斯夫人号’的肇事炮手藏匿了，以为我们奈何他不得。”

张道源为难道:“拿不到英商凶手，这个案子难以开审啊！”

韦恩冷笑道:“俗话说得好:‘跑得了和尚跑不了庙。’我不让‘休斯夫人号’擅离广州，看他们跑到哪里去！”

张知府沉吟道:“卑职以为，既然这个皮古从中作梗，我们就拿皮古做文章，给他施加压力，监督大人以为如何？”

韦恩捻髯说道:“嗯，这样很好。文章就从皮古做起，再做到该船的大班史密斯，要让他们狗急跳墙，不得不交出肇事炮手。首府大人有何办法对付皮古呢？”（当时各省省会的知府称“首府”，地位高于其他地区的知府。）

张知府说：“这个交给卑职去办就是。有了监督大人鼎力相助，还有什么办不到的呢！”

韦监督很痛快地允诺协助：“这个自然。我们就与英商皮古较量一番。我们与他的协商业已破局，正该动用法律手段，让他尝尝我大清律例的厉害。只是有劳首府了。”

张道源回到知府衙门，便马不停蹄，招来他手下的一位能员通判赵增，嘱咐他如此这般，拿了状子的中、英文副本和传票，立即到英国商馆与皮古交涉。

这几天，英国商馆气氛特别紧张：粤海关监督的谕令十分严厉，听说三名受伤船员又死了两名，事态变得非常严重，不知粤海关会有什么更严厉的后继措施。但皮古怎么也没有想到：这次与他交涉的竟不是海关官员，而是广州知府衙门，这乃是有兵权的行政、司法机关。他的神经一下绷紧了。

江寅兮通事向皮古作了介绍，赵通判便向皮古亮出了传票和诉状副本：“皮古先生，本职奉知府大人之命，奉告英吉利商馆主任先生：贵国商船‘休斯夫人号’炮杀我大清船民事件，因伤亡船员家属向我知府衙门状告，我知府大人已受理此案。用贵国的话说：此案已进入司法程序，将按我大清律审理结案！”

皮古着实吃了一惊，他没有料到，今天广州知府衙门发来的，直接就是传票和诉状！他知道，大清国的知府衙门负有审理案件、维持治安等司法职权。这就意味着，炮手杀伤船民事件，已不是由粤海关协商解决，而是改由知府衙门法办了！事态已经升级，事情更为难办，他将面对大清法律的制裁，内心不免越发惴惴不安。

皮古强作镇静，详细地看了诉状和传票，思索了一阵，辩解道：“如果开炮杀人的是英国商馆的属员，我当然应负法律责任。而你们知道：那位肇事炮手是‘休斯夫人号’的船员，与我们英国商馆无关。”

赵通判的回答十分干脆：“主任先生主管贵国商馆，理当为贵国所有来粤商船负责！”

但是皮古还是一副死猪不怕开水烫的架势，反问道：“可是那名肇事炮手并不在本商馆的看管之下，我又怎么负责？”

赵通判软中带硬地说：“皮古先生，你也许听说过：四年前，一个法兰西商人由于殴斗，在广州枪杀了一个葡萄牙商人，那个法兰西商人试图逃脱，还是被我广州知府衙门逮捕，按大清律之斗杀律，被处以绞刑。而他的藏匿包庇者——请注意！藏匿包庇者！——亦按藏匿罪被判处有期徒刑两年，刑满释放后被驱逐出境，且永远不许再踏上大清国土。有这个前车之鉴，皮古先生是否应当三思？”

皮古听了这个案例，果然心头一怔，他震惊的不是斗杀律，而是藏匿罪的判刑，他必须为自己开脱藏匿的嫌疑，但又转念一想：最好还是对方根本找不到那名炮手，迫使事件不得不不了了之。于是他说：“我本人绝对尊重贵国的法律，如果能找到那名炮手，我肯定会让该船的大班和船长交出肇事者。但是他们能不能找到那名炮手，我现在确实没有把握。”

赵通判料到他仍会拖延并开脱，便又向皮古紧逼一步：“本职特奉广州知府大人之命，转告先生：要么立即交出那名杀人炮手，要么请您——英吉利商馆主任先生——代表贵商馆亲自参与此案的侦缉、审讯全部程序，包括追究窝藏包庇者，二者必居其一，绝无其他选择的余地。否则，粤海关将暂停与贵国商馆的一切商贸合作，广州知府衙门也将派兵保护、看守贵商馆，以免我伤亡船员家属和众船民涌向贵商馆闹事，以致局面不好收拾。”

皮古立即感到广州知府衙门已经把他自己乃至整个英国商馆卷进了案内，这是他没有料到也是绝不能承受的。于是他开始推诿：“我确实无权参与审理这起案件。我想：‘休斯夫人号’的大班乔治·史密斯先生也许更有资格过问此事，我相信他比我更能妥善处理这一案件。”

赵通判心中一喜，对方推出史密斯正中知府大人之计，于是他爽快地说：“既然皮古先生如此说了，那么我们就直接找史密斯先生吧。”赵通判追问道，“这位史密斯先生现在何处？”

皮古忙答道：“他一直在广州，并且我可以代替他向你们保证：在案件没有解决之前，他不会离开广州。不过，史密斯先生是否愿意出面参与案件的侦讯、审理，我不能替他作出决定。”

赵通判觉得，迫使皮古推出史密斯的目的已经达到，这样就可以直接对史密斯动手了。他笑笑说：“皮古先生的意思是，史密斯先生同样会不愿承担任何责任，甚至他会不愿意露面。好吧，我们会让他露面的。”

皮古总算送走了这位难缠的访客，感到十分憋气，在与赵通判这个小小的广州官员的这一回合较量中，他这位大英帝国商馆的堂堂主任竟然没有占到任何上风，反而处处被动，甚至被迫推出了一位大班，这很有些丢面子。当然他也很恼火：“休斯夫人号”竟会给他带来如此巨大的麻烦！

当皮古与赵通判口舌交锋时，史密斯大班和威廉姆斯船长其实就在二楼楼梯口，悄悄地听着下面的谈话。等皮古送走赵通判和江通事，回到客厅，这二位便赶紧下楼来问个究竟。

“皮古先生，您真的让我参与他们的侦审全过程吗？”史密斯担心地问。

皮古白了他一眼：“您以为他们把您当作贵宾，请您去参加宴会吗？他们已经瞄上了您，想把您作为人质扣留！”

“那我怎么办？”史密斯真有些着慌了。

“如果您真的落到了他们手里，我可没有办法救您，懂吗？”

史密斯似乎懂了：最好还是不上广州知府的圈套，绝不参与案子的侦审。

皮古转向威廉姆斯：“那几箱东西还在船上吗？”

“是的，皮古先生，还在船上。”威廉姆斯当然知道皮古指的是那几箱鸦片。英国的有些商船因为对华贸易连年亏本，故而经常想靠偷运鸦片来扭转亏损局面。

皮古皱皱眉头，用命令的口吻道：“今天深夜，您把那些箱子统统沉入珠江！”

史密斯很吃惊：“这……皮古先生，没有别的办法吗？”史密斯作为“休斯夫人号”的大班，他必须考虑这次远航中国的盈亏情况，以便向船只的老板有所交代。

“别的办法就是让大清水师把它们查出来，把您大班先生用镣铐铐走！”皮古恼怒地补充了一句，“您真的不知道现在是什么时候吗？”

威廉姆斯作为船长，比他的大班清醒一些：“好的，皮古先生，今晚我就让水手把那几箱该死的东西扔进江里。”

“你们的船必须设法马上驶离广州，趁粤海关尚未下令禁航。”皮古进一步下令道。

这一下史密斯真的急了：“不行！这绝对不行！皮古先生，如果现在就离开，那我们这趟来华就彻底完了！亏得底朝天了！我即使卖了我的全部家当，也抵偿不了公司给我下达的定额！”

皮古也真的火了：“大班先生，我们都是商人，但商人总还得有点清醒的头脑！我们现在与大清国不是在做生意，而是在打人命官司！不要为小利而闹出大事，大班先生！”

史密斯觉得皮古是站着说话不腰痛，完全不考虑他这个大班的经济损失，他便只得将皮古一军：“也许……也许我们英国商馆能暂借我们‘休斯夫人号’一笔贷款，用以缴纳船运公司的定额。下次我们来华，一定偿还商馆。”

皮古被气得七窍冒烟，欲言又止，他想：这个唯利是图的史密斯！这个又愚蠢又狡猾的商人！他倒把球踢给了我，让英国商馆来承担他的经济损失，真是又可气又可笑！但他也只得压住怒火，问道：“史密斯先生，‘休斯夫人号’还有多少货物没有交割清楚？”

史密斯赶紧说：“不多了，皮古先生。这些日子我们正偷偷地加紧进货，但还有一批茶叶和一批瓷器没有运到。您知道，皮古先生，这是‘休斯夫人号’的主要盈利商品。”

威廉姆斯当然也不希望他的商船白来一趟，因此也帮腔说：“是的，皮古先生，估计不需要多少时间就到货了。”

皮古不得不承认：货物对于任何一艘商船，确是一个利益攸关的重要问题。他叹了口气说：“我并不想也无权干预你们的贸易，我考虑的始终是你们的安全。那么好吧，你们必须尽快结束这次贸易，尽快结账离开广州。但是，能不能离开，还是一个伤脑筋的问题！眼前这个案子……唉！”

提到案子，大班和船长也愁得唉声叹气：“唉！”

## 三 武装对抗

山茂召闷坐在美国商馆的大厅里发愁。格林船长对丹尼尔·帕克的欺骗行为依然怒气难消。兰德尔对那位卑鄙的船东仍是一副嗤之以鼻的轻蔑态度。他们的处境确实令人担忧，主打商品西洋参的销售前景毕竟尚不明朗，原本少得可怜的2万美元购货款又短缺了2300美元，而这一切又并非靠他们的努力所能挽回，看来这趟中国之行很可能无功而返。

小约翰·格林和塞缪尔·克拉克森慌慌张张地冲进来，喊道:“漏酒了！漏酒了！”

格林船长没好气地断喝:“嚷嚷什么？出去！”

克拉克森怯生生地说:“船长先生，真的漏酒了，仓库里流得满地都是酒。”

格林与兰德尔一惊。山茂召忽地从椅子上跳起来，忙向商馆后面的仓库跑去。

他们刚要冲进仓库，就见医生约翰斯顿正搀扶着醉醺醺的事务长斯威弗特，踉踉跄跄地从仓库里出来。事务长喷着酒气，流着眼泪，嘴里不断地嘟囔着醉话，带着哭腔喃喃道:“完了！……完了！这……一下……全完了！”

山茂召疑惑地问医生:“怎么回事?”

约翰斯顿苦着脸说:“这个酒鬼！他瞧着酒桶的裂缝哗哗流酒，他就心疼得呜呜哭着，一边嚷嚷着‘天哪，全完了’，一边用嘴去接那些漏酒，赶到这一桶接了，又赶到那一桶去接，不一会儿他就烂醉如泥了。”

格林和兰德尔感到又可气又好笑，赶紧让医生扶了事务长去歇息。他们进去一看，全傻了：仓库的地面像是遭了洪水，到处流淌着酒，满屋子酒气冲天，有些酒桶还在汩汩地酒流如注。他们细细地检查了这三十只成堆的酒桶，其中有的酒桶是全完了，酒已流得所剩无几；有些酒桶的缝隙还在不断地渗出酒来；有些酒桶也已显得湿嗒嗒、潮乎乎，看来也有些不妙了。

山茂召赶紧对小约翰和克拉克森说:“你们俩赶紧到同文洋行去找潘买办、江通事两位先生，请他们务必找几位中国的箍桶匠，越快越好！”

“是！”两个小伙儿答应一声，转身就跑。

这真是雪上加霜！这一大宗洋酒还没等开舱销售，就已经损失惨重。山茂召、兰德尔、格林船长瞧着那些酒桶，愁容满面。

潘振承的忧愁要比“中国皇后号”的洋客们沉重多了。晚上他躺在床上辗转反侧，唉声叹气睡不着。他当然不是为那个英国炮手着急，而是为他自己忧虑：他身为“休斯夫人号”的“保商”，按照防范外商规条，“保商”负有管束、稽查外商之责，外商若有违禁犯法之事，“保商”是要负连带责任的，甚至从严追究。而今“休斯夫人号”出了人命官司，并且与粤海关和知府衙门闹成了僵局，他夹在中间，两头使不上劲，又两头得罪不得，他甚感棘手难办。

他也曾规劝过威廉·皮古：“那名炮手只是无意杀伤船民，判不了死刑，知府衙门不过要走走审判的形式而已。”孰料皮古就连这个形式都不愿走，生怕丢了大英帝国的面子。唉，这个洋人是铁了心要跟大清衙门对着干了，万一事情闹大，他这个“保商”又如何应对、如何担待？

昨天粤海关监督大人和广州知府大人找他商量：如何迫使皮古交出炮手或者史密斯。本来这倒是一个好机会，既能为粤海关和知府衙门出力，又尽了自己的职责，可是他潘振承又有什么好办法呢？他绞尽脑汁也想不出办法来，反而多了一层心理压力——海关和知府给他的压力。

今天清早起来，他胡乱吃了几口早点，便呆呆地伫立在廊下，心事重重地望着天空出神。

潘老夫人坐着喝早茶，在孙女慧珠小姐耳边悄声说：“昨天晚上你爷爷唉声叹气了一夜。”她向廊下努努嘴，递了个眼色。

慧珠小姐冰雪聪明，她心领神会，便放下碗筷，故意伸个懒腰，大声说：“哎呀，好困啊！浑身没有劲！”

她蹦蹦跳跳到了廊下，晃着潘振承的手臂撒娇：“爷爷，您陪我到花园散散心吧！”

潘振承向来疼爱这个秀慧活泼的孙女，但今天实在没有兴致：“你自己去吧，爷爷懒得走动。”

“要不，爷爷教我作诗？”

“唉，爷爷哪有这份闲情逸致！”

“再不然，我们下盘棋吧。”

“下棋太费脑子，爷爷没有心思。”

“下围棋费脑子，下象棋爽利，我们还是下象棋。今天我一定能赢爷爷。”

潘老夫人在厅内柔声说道：“你就陪她散散心吧。”

慧珠不由分说，拉了潘振承坐到了棋桌旁。

潘振承拗不过她，其实他也完全明白孙女是为了陪他散散心，他不忍违拂了孙女的一片孝心，便勉强摆开了棋局。但他哪有心思对弈啊，只是心不在焉地应付孙女罢了。

慧珠小姐可是认真的，眼看她的“车”跟爷爷的“车”撞上了，她连忙送了个“卒”夹在两个“车”之间。潘振承不假思索，果然拿起他的“车”，顺手就把慧珠的“卒”吃了。慧珠大喜过望，连忙用自己的“车”吃了潘振承的

“车”，同时喊道：“将！”

潘振承吃了一惊：“呀？怎么？我的车……”

慧珠哈哈大笑，又拍手又叫嚷：“奶奶，奶奶！爷爷输了！爷爷输了！谁让您心不在焉的呢？我就来个‘丢卒保车’！”

“丢卒保车？”潘振承瞪大眼盯着孙女，心里咯噔一下，脑中灵光一闪。他忽地起身，急忙套上马褂，戴上瓜帽，头也不回地匆匆跨出餐厅。

潘夫人与慧珠小姐面面相觑，不知老爷着了什么魔。

英国东印度公司的一艘商船“奈卡号”正准备离粤返航，它的船长伍摩尔特地来英国商馆向皮古辞行。

“您来得正好！”皮古说着，便把伍摩尔请进了书房，向这位船长大大地抱怨了史密斯一通，“史密斯竟如此不顾大局！我们当然不希望把事情闹大，但必须有备无患，做好最糟糕的准备。”

皮古从抽屉里取出一封密札，嘱咐伍摩尔：“请您把它交给东印度公司驻孟买分公司主任詹姆斯·戈登先生，请他转呈大不列颠王国驻印度的总督大人。”

伍摩尔领命而去，当他步出商馆大门时，皮古又悄声叮嘱了一句：“此事不能让任何人知道！”

潘振承在书房里正与潘正亨、江寅兮商议：如何对皮古实施“丢卒保车”的计划，迫使他交出肇事炮手。这时，英国商馆的一名汉人听差给潘振承送来一纸便笺，打开一看，是史密斯催问潘启官那两批茶叶和瓷器何时能到货。

潘振承心中暗喜，心想：这真叫人算不如天算，计巧不如事巧！我想要什么，就来什么！他略一沉吟，向那名听差道：“你酉末戌初（傍晚七八点钟）再来取回信。”那听差领了赏钱，颠颠地走了。

潘正亨看了看便笺，笑笑说：“我们正愁着钓鱼没有鱼饵，他倒送上门来了。”

江寅兮道：“商人终究是商人，长的终归是商人的脑袋。”

潘振承道：“我们且不管人家的脑袋，我们再议议这‘鱼饵’怎么做。”

三人正商议着，李大总管进来说：“老爷，知府大人又差人来请您呢。”

潘振承立即起身：“好，你们再议议，我去去就来。”

广州知府张道源与通判赵增连同府里的几位师爷，正在发愁：那个真凶英商炮手藏匿何处，毫无踪影；英吉利商馆主任皮古又拒不交出凶手；“休斯夫人号”大班史密斯又拒不露面，躲在商馆不离寸步，整个案子陷入僵局。怎么办呢？实在想不出突破的法子。

潘振承坐了轿子赶来，张知府等几位分外客气，让座献茶后，张知府道：“这些天让启翁辛苦了，一趟趟地跑。但眼下这案子，棘手得很，海关监督韦大人已然将案情禀报了两广总督大人。事情到了这一步，总督大人是要上奏皇上的啊！”

“若真的上达天听，不光是知府大人您，就是我们做‘保商’的，也吃不消这挂落啊！”潘振承非但没有出招，反而愁上加愁了。

“真是这个话，所以我们大人请启翁过来，大家再想想办法。”一位刑名师爷说道。

“是呀是呀，总要想个办法才好。”潘振承故做思索状，两根指头敲着桌面。

赵通判是个急性子，直着嗓门道：“干脆派一队兵去，把皮古和史密斯都抓起来！”

张知府连连摇头：“不可！不可！怎能擅闯商馆，随便抓人？把各国洋人商馆都吓着了，局面岂不更乱？”

潘振承装着豁然有悟道：“通判老兄的一句爽快话，倒是提醒了老朽：我们不能闯进去，难道不能把他们‘钓’出来，唱一出《钓金龟》么？”

这句话引起了张知府的兴趣：“嗯嗯，愿闻其详，愿闻其详。”

潘振承提醒道：“大人是弈道高手，焉能忘了‘丢卒保车’一招？”

“如何‘丢卒保车’呢？”张知府拈髯细问。

“不是我们‘丢卒保车’，而是让皮古‘丢卒保车’。”潘振承解释道，“大人请想：在皮古眼里，是区区一个炮手是‘车’，还是大班史密斯是‘车’呢？”

知府道：“自然史密斯是‘车’，那个炮手不过是个‘卒’。”

潘振承点破迷津：“这就是了！我们钓出了他的‘车’，还怕他舍不得那个区区小‘卒’么？”

赵通判忙道：“高招！高招！只是，如何钓出那个‘车’呢？”

“是呀，卡壳就卡在这里啊！”张知府也说。

潘振承又故作寻思起来：“是是，这正是关键之所在，如何把他‘钓’出来呢？”

那几位师爷忙笑道：“这自然要看启翁的了。”

张知府也立即笑道：“对对！这‘金龟’自然还得靠您这位大‘保商’去‘钓’啰！”

潘振承正等着上司求他呢，这时佯作推辞：“这……这……老朽何德何能堪当此任？”

张知府笑道：“启翁何必过谦？启翁乃公行魁首，又正是‘休斯夫人号’的‘保商’，各种‘钓饵’都捏在启翁手里，个中‘钓’法，还需我辈班门弄斧？”

上司有求于他，方见出他潘振承举足轻重，但他还是一副勉强受命的样子：“既然知府大人吩咐，老朽不便推诿，只好勉为其难试试吧，只是干系重大……”

“吃饭！吃饭！启翁对本府有何要求，我们尽可在饭桌上再议。”张知府起身，说了声“请”。

潘振承无可奈何地跟着进了餐厅。

张知府拉着潘振承的衣袖，轻声道：“启翁只需‘钓’出史密斯，本职自会在海关监督大人面前替启翁美言，就是两广总督大人面前，兄弟也是说得上话的。他们也正为此案犯愁呢！”

潘振承眼看目的达到，感激道：“多谢多谢！美言是不敢当的，老朽只是尽其所能罢了。”

当天黄昏时分，史密斯接到听差送来潘启官的英文回札：“江西瓷商和福建茶商已到。为史密斯先生和我及客商三方安全起见，请于今晚10点在小篷船上洽谈……”按照当时广州口岸的通商规条，清兵对洋人商馆的控制十分严格，史密斯更不敢在白天抛头露面，生怕被广州知府衙门扣留，因此潘启官把洽谈时间安排在深夜，非常妥帖。

史密斯和威廉姆斯总算接到了潘启官的回音，着实松了口气：只等这笔交易一完，“休斯夫人号”便可以尽速离粤返航了。

但皮古不以为然，抽着雪茄，冷冷地说：“不会是圈套吧，大班先生？”

威廉姆斯船长被大班感染的高兴劲儿，又被皮古一句话扇没了，他用疑问的眼光盯着史密斯。

史密斯也慎重起来，又细细地看了一遍来札，思忖了一阵：“看来不像圈套。潘启官这个人我了解，他行事一向谨慎。再说，若是圈套，他能把自己也套进去？能把那两个江西、福建商人也套进去？”

“他们为什么不能约在明天白天，到我们商馆来洽谈？”皮古毕竟老谋深算，想得更深了一层。

史密斯拍着那回札，急躁地说：“信上写得很明白：明天白天交完货，那两位商人就要赶往江西、云南去进货了。若是到明天洽谈货价，接着还要点货、验货、交货，根本就来不及！人家也根本不可能按照我们的时间表，推迟去江西、云南的日程。如果明天我们拿不到这批茶叶、瓷器，他们就要把这批货转售给法国商船‘普罗旺斯号’了！”

威廉姆斯忙插嘴说；“‘普罗旺斯号’的船长门塞尔先生确实跟我透露过：他们与潘启官订过这批货。”

皮古也为难了：“现在是非常时期，凡事还是小心为好。”

“那怎么办？”史密斯急了，“我去，你们不放心；我不去，白白错过这笔买卖！我们的船这么停在广州拖下去，反而很安全吗？”他往沙发上一躺，任凭皮古决断。

威廉姆斯也一心想尽快交割完毕，他帮腔说：“做生意本来就是冒险。中国人是怎么说的？‘不入虎穴，焉得虎子’！”

“这样吧，”皮古最后拿定了主意，“今晚10点，我先派人到小篷船上看看，如果潘启官亲自赴约，那两位商人也确在船上，你就赴约；如果不是这样，你就取消这场贸易吧！”

入夜后，珠江江面一片沉寂，两岸黑压压的大小船只陆续进入梦乡，只有偶尔的几点灯火在远处明灭。按照当时广州口岸的关防规定，定更后黄埔江面便实行宵禁，因此整个江面静谧寂然。

10点钟，果然有一艘小篷船向英国商馆悄悄驶来，停靠在了商馆的船埠。皮古先让一名听差下船去探望了一番。潘启官推开舱门，探出身子，压低声音喊道：“快请史密斯先生！”

史密斯与皮古、威廉姆斯早已在商馆门内望见了潘启官的身形，并且在船舱的灯笼照耀下，只见两位商人模样的陌生人盘腿坐在船桌两旁，那显然是江西、福建商人了。史密斯用目光询问了皮古一眼，皮古一点头，史密斯便迅速蹿出门去，猫着腰，转眼就钻进了船舱。皮古命那名听差随后也跟了进去。

“快开船！”潘启官压低嗓音催促船家。那扇舱门又推上了，把仅有的一点灯笼光关在了船舱里。

夜色越来越浓，周围万籁俱寂。小篷船在江面上悠悠地行驶。船舱里，那位江西商人拿出了几件外销瓷和青花瓷，福建商人拿出了武夷茶和熙春茶的样品，史密斯非常满意，双方开始讨价还价。

突然，一阵吆喝声传来：“那是什么船？靠过来！”

潘启官忙从窗缝向外一望：糟啦！只见两艘巡逻快艇迎面驶来，艇上挂着“广州水师衙门”的灯笼。

史密斯一时惊呆了。潘启官慌忙命令船家：“快！快调头！快驶回商馆码头！”

但是一切都来不及了，两艘巡逻艇已经夹住了小篷船，胸前缀着“巡”字的兵卒已经跳上船头，不由分说，把潘启官、史密斯和两位商人以及船家，连人带船一起押往广州水师衙门。

凌晨时分，只有英国商馆的那名汉人听差被放了回来。

皮古暴跳如雷，向威廉姆斯吼道：“愚蠢！愚蠢透顶！我早就料到这是个圈套。现在怎么样？这个愚蠢到不可救药的史密斯！”

那名听差胆战心惊地说：“好像……好像……不像是圈套。启官老爷因违反宵禁令，也被水师总兵大人狠狠训斥了一通，还被罚了100两银子，当堂交了银子才赎了回去。那两位外地客商也被罚了银子，还被扣在了衙门里，他们的货全被没收了。那两个船家也被扣了起来。史密斯先生……”

“史密斯先生怎么样？”皮古焦急地问。

那听差说道：“总兵大人让小的向皮古先生传话：明天……也就是今天，请皮古先生到水师衙门去一趟。”

“哼！去一趟！人已落在他们手里，去一趟还有什么用？”皮古愤愤地说。

威廉姆斯像一个犯了错误的学生，底气不足地说：“也许……我们可以提出抗议？”

那名汉人听差是懂得英语的，暗自笑道：“抗议？抗什么也晚了！让那位洋少爷尝尝铁窗滋味吧。这出《钓金龟》唱得真够绝的！”原来他们这些汉人听差，有不少是广州知府衙门或粤海关安插到洋人商馆服役的。

皮古飞快地写了几封紧急便笺，让秘书立即送交西欧各国驻广州的商馆主任，然后雇了轿子，匆匆赶往广州水师衙门。到了那里，水师总兵说：“已把史密斯先生转交给广州知府衙门，因为洋人深夜违禁是要法办的。”于是皮古又调头赶往广州知府衙门。

赵通判很客气地把皮古迎进了知府衙门的签押房，张知府早在里面等候了。皮古压住怒火，用外交口吻说：“知府大人，乔治·史密斯先生是大英王国的公民，是一位正派、合法的商人。贵衙门随意把他逮捕，本商馆对此提出严正抗议，并要求立即释放史密斯先生！”

张知府瞧着皮古气急败坏的模样，感到扣押史密斯这一招奏效了，知府衙门终于处在了主动地位，便悠然说道：“皮古先生，史密斯先生并不是被逮捕，我们只是请他配合侦缉那名肇事炮手。皮古先生曾亲口说过：史密斯先生才是配合侦缉的合适人选。虽然史密斯先生违反了本府的宵禁令，并且他作为‘休斯夫人号’的大班，还牵涉到那桩炮手的人命官司，不能排除他有包庇窝藏凶手的嫌疑。但是他并没有被关进牢房，也没有受到任何伤害，因此您的所谓抗议毫无道理！”

“你们随意扣押史密斯，这是侵犯人权！”皮古几乎吼道。

张知府一拍桌子，怒道：“什么人权？你们的人权就是开炮杀人吗？就是包庇杀人犯吗？你们连我大清国船民的生命都不顾，还妄谈什么人权？岂有此理！来呀，给这位皮古先生念念我大清国的法典。”

那位刑名师爷捧着《大清律》，一字一顿地念道：“《大清律》卷二十一：刑律·人命：故（意）杀（人）者，斩（监候）；误杀旁人者，绞（监候）；过失杀人者，依律收赎，即可交纳罚银赎罪。”

“皮古先生听清没有？”张知府补充道，“英吉利商船那名炮手杀伤船民，罪无可逭。然是故杀，还是误杀，还是过失杀人？是意外，还是有预谋？现在并未定谳，必须接受本府当堂庭审，方能判定他触犯了我大清哪条法律。”

皮古听了法律条文，有些心虚，但口气仍然强硬：“知府大人，我已代表‘休斯夫人号’再三申明：那名肇事炮手早已逃走，我们也无能为力。”

张知府冷笑道：“逃走？怎么逃？他从天上飞啦，还是跳进海里游回了英吉利？纵然他逃回英吉利，我们也将照会贵国政府，把他交回来！请问：是谁把他放跑的呢？是大班史密斯先生？还是船长威廉姆斯先生？还是您皮古先生？”

皮古狡辩道：“他是私下潜逃，与任何人无关。”

张知府不想与他作无谓纠缠，示意刑名师爷继续念《大清律》。

那刑名师爷大声念道：“《大清律》卷二十九：刑律·捕亡：知情人藏匿罪人：凡知他人犯罪事发，将罪人藏匿在家，或指引道路，资给衣粮，送令至藏匿地所者，乃有心故犯，知情藏匿者各减罪人罪一等。”即：若杀人者判“斩”刑，则藏匿者由“斩”减一等判为“绞”刑，以此类推。

“皮古先生听清楚了吗？”张知府笑问，“难道除了史密斯先生，您要让本府将威廉姆斯先生也看管起来？您皮古先生是否也有知情藏匿的嫌疑呢？”

皮古未免一惊："我并不知情，更没有藏匿。您，您没有证据，您这是威胁！"

张知府哈哈一笑："行啦行啦，本府为与英吉利友好通商起见，对此案已格外从宽处之。现在案件已拖了三天，本府再次重申：一旦将肇事炮手送交本府，本府将立即送回史密斯先生，望贵方有关人士切勿执迷不悟！"

张知府将茶碗一端，喊一声"送客"，转身回后堂去了。

这几天，美国商馆的气氛始终很不轻松：除了自身的麻烦，"休斯夫人号"事件又火上浇油，把广州外商的正常贸易活动全都搅乱了，西洋参的前景当然也更加阴晴难测。山茂召正跟伙伴们商议：眼下这局面怎么办？

这时，英国商馆主任皮古派人送交各国商馆的紧急信件，也送到了美国商馆。山茂召拆开信件一看，皱了皱眉头，对他的同伴们说："皮古先生邀请各国商馆的主任和商船的大班，到英国商馆喝下午茶。"

"不用理他。"格林船长说话很干脆，"这个傲慢的家伙让人讨厌！"

"显然是为了史密斯被扣的事。"兰德尔说。

大家都感到皮古肯定又有新花样。

山茂召皱着眉说："皮古先生要求各国商馆协助'休斯夫人号'，与英国商馆合作。看他信上的意思，甚至不惜动用武力，迫使广州知府释放史密斯先生。”

格林船长的反应迅速而干脆：“这个皮古肯定是疯了！任何一个有头脑的人都不会这么蛮干。不用说我们这些商船，就是大英海军的炮舰，也休想跟虎门的大炮较量！”

事务长斯威弗特一向心细而冷静：“广州海关历来是严禁携带武器进入商馆区的，更不用说动武了，这会带来什么后果？必须三思！”

兰德尔言简意赅：“我们不能跟着英国人蹚这趟浑水！”

山茂召作为大班，不能不考虑得周全一些，他说：“诸位，我们不能忘了我们‘中国皇后号’自己的使命。我们必须确保这次首航中国成功，必须打开这个巨大的东方市场，这有助于我们新生的合众国从目前的财政危机中解脱出来。按照邦联国会和约翰·杰伊外长先生、财政部总监罗伯特·莫里斯先生的指令：我们还将争取与大清帝国建立良好的外交渠道，为争取建立领事关系打好基础。这是我们必须首先考虑的大局。”

山茂召停顿了一下，然后继续说：“但是另一方面，我们也不必得罪英国朋友。大英帝国现在的海军战舰就有700余艘，海军现役军人有15万人，这支庞大的海上力量足以保护它的商业利益和殖民地关系。我们西半球没有哪个国家敢于轻易得罪它。尤其是我们弱小的美国，大部分国债债券还在英国人手里，英国的舰队在任何时候、任何地方都可以找我们麻烦，譬如重新封锁我们的纽约港。何况在商业上，我们也还须争取与英国及其东印度公司合作，进行东方贸易。至于皮古的武力冒险活动，我们当然必须与他保持距离。他的图谋肯定失败，这是毫无疑问的，让他碰碰钉子，也未必不是好事，至少对于我们美国没有什么损失。”

山茂召最后说：“因此，面对眼下的局面，我们必须考虑一个两全之策：我们当然不能惹恼广州官府，但也不必回绝英国商馆。也许到必要的时候，我们还可以从中斡旋，为双方调停，充当双方的调解者，这最符合我们的利益。”

大家静静地听着山茂召的分析，觉得鞭辟入里，深中肯綮。他们频频点头，完全同意大班的决策。

英国商馆的大厅内气氛紧张。当天下午，欧洲各国在粤的商馆主任和眼下停泊在黄埔港的丹麦、法国、荷兰、瑞典、奥地利的十几艘商船的大班、二班和船长，都应皮古之邀聚集在大厅里。他们为史密斯的被捕感到吃惊和惊慌，不免有同病相怜之感，颇为自己的处境担忧；而后又经皮古的煽动，这种惊慌和担忧进而变成了愤愤不平。

山茂召和兰德尔坐在他们中间，瞧着这一群欧洲同行们议论汹汹：

“难道史密斯先生也是杀人凶手吗？有什么理由逮捕他？”

“炮手是炮手，大班是大班，我们这些大班，人身安全还有保障吗？”

“人权！这还是人权问题！我们强烈要求大清政府尊重人权！”

“我们各国商馆有必要联合起来，联名向广州当局提出抗议！”

皮古用银勺当当当地敲敲咖啡杯：“诸位！诸位！关键当然是人权，但问题是大清帝国是个野蛮的国家，它似乎有法律，但毫无法治可言，滥捕滥杀，并且还有所谓‘连坐’，一人犯法，常常会株连九族、十族。炮手亨利无意间伤人，大班史密斯就连坐；一个大班被连坐，又可能株连到他的船长甚至商馆主任。谁能保证在座的诸位一旦有事，不会被连坐？因此，人权又是空洞的，法权才是实在的。我们强烈要求人权，同时更强烈要求‘治外法权’！强烈要求我们各国商馆拥有‘商馆裁判权’，即：我们欧美各国的公民在大清的土地上即使真的犯了法，也应当并必须由我们各国自己的商馆惩处，大清政府无权审判我们各国的公民。几年前，一名法兰西商人和一名葡萄牙商人闹出了人命，这是葡、法两国之间的事，大清政府有什么权力判处那个法国人绞刑？”

山茂召和兰德尔相互看了一眼，觉得皮古的话存在太多的问题。

但是其他欧洲各国的同行听了却十分入耳，觉得这个“治外法权”和“商馆裁判权”的提法很新鲜，太好了。他们嚷嚷道：

“对！我们自己的事，应当由我们自己来管，广州海关管得也太多了！”

“我们要求给予我们‘治外法权’和‘商馆裁判权’！”

山茂召站起来说：“诸位，我们的话题跑偏了。我们应皮古先生之邀，来这里是商议释放史密斯先生的事。如果我们把问题扩大到人权和法权，要求清政府放弃审判权和治外权，那么任何一个国家都不会同意，只会惹恼了清政府，反而不利于史密斯先生问题的解决，也不利于我们各国的商贸活动和在粤的处境。”

“恰恰相反，山茂召先生。”皮古反驳说，“据我看来，大清国是个虚胖的巨人，大清国的官员胆小而无能，我们对它施加的压力越大，越有利于史密斯的释放，更有利于我们在粤的商业活动和人身安全。”

他停顿了一下，从口袋里掏出一张字条，继续说：“因此，我代表各国商馆，起草了几点要求，照会广州知府衙门和粤海关：第一，立即释放史密斯先生。第二，炮手伤人一案，应由英吉利商馆自行审结；今后欧美商馆、商船凡有类似案件，广州当局皆应按‘商馆裁判权’由各商馆自行处理。第三，以上两点若得不到满足，一切后果皆由贵方负责。”

主任们和大班们听了很振奋，纷纷表示赞同，顿时觉得身上少了一份约束，多了一份自由。

兰德尔低声说：“这不是要求，倒像是最后通牒。”

“对了，兰德尔先生，”皮古明确答道，“这实际上的确是最后通牒。不仅如此，我已命令‘休斯夫人号’船长威廉姆斯先生：准备好船上的所有大炮，并且武装船上的所有人员，带上枪支，划上小艇，保卫英国商馆。我估计谈判一旦破裂，广州当局肯定会用武力镇压我们。我建议诸位也做好武装对抗的准备，让我们跟他们较量一番。抛掉幻想吧！先生们，权利只能靠武力来捍卫！”

皮古的话，煽动得他的听众们热血沸腾，大家摩拳擦掌，准备为自己的权利而战。他们纷纷涌出英国商馆，各自去准备枪炮和人员了。

只听皮古在他们身后大声吼道：“打开你们的武器库吧！让大清国看看：到底是我们的新式大炮厉害，还是他们那些 16 世纪的红衣大炮厉害！”

兰德尔对山茂召低声说：“此人体内的好战荷尔蒙超常飙升，冲昏了头脑！”

皮古走近他俩，一手搭着兰德尔的肩膀，一边对山茂召说：“我希望得到美国朋友的协助。请别忘了，你们美利坚的血管里流淌的是我们英吉利的血液。”

兰德尔听了这侮辱他祖国的话，火星直冒，他甩开皮古的手臂，厌恶地说：“而你，皮古先生，在你的身体里流淌的是魔鬼撒旦的黑血！”

皮古恼羞成怒：“你……你敢侮辱我？你必须收回你的粗言和无礼，向我赔礼道歉，否则……”

“否则怎么样？”兰德尔盯着对方的眼睛。

皮古做了个手势，向一个侍从伸出两根手指，侍从会意，忙从剑架上抽出两把利剑，递给皮古。皮古把其中的一把扔给兰德尔。兰德尔接过剑，掂了掂，笑笑：“来吧，我乐意奉陪。”

两人立即动起手来，两把剑时而砍刺劈杀，时而缠绞在一起，乒乒乓乓，寒光闪闪。

商馆的职员、侍从、仆人们都惊呆了。山茂召对兰德尔的剑术充满信心。

皮古一个箭步，剑尖直刺兰德尔的胸口。兰德尔用剑格住对方的剑，做了个压剑动作，又一翻手腕，画了个圈，猛地绞住对方的剑，顺势向外一挥，皮古的剑被绞着飞了出去。兰德尔紧接一个滑步，剑尖直刺皮古的哽嗓——一剑封喉！皮古忙举起双手，瞪着惊恐的眼睛，浑身僵住了。

山茂召走过去，取下兰德尔手里的剑，扔在地上，然后对皮古说：“请记住，皮古先生，我们胸膛里流淌的是美利坚的热血！”他转向兰德尔说，“咱们走吧，汤姆。”

次日，黄埔江面一片肃杀气氛。

欧洲各国的商船都已调转船身，横向排开。每艘商船的炮眼都已打开，从中伸出一门门大炮，所有炮口都对准了黄埔江面。行驶在江面上的所有大小中国船只，都被吓得纷纷躲避，慌忙靠岸。一艘艘大帆船赶紧收起风帆，抛锚在江面……珠江的一切航行都停止了。

从每艘欧洲商船上陆续放下一艘艘满载武装船员的小艇，向着洋人商馆区划去。

细心的巡逻清兵注意到：唯独“中国皇后号”没有调转船身，也没有打开炮眼、伸出炮口，更没有放下武装小艇。

“洋人造反了！”

这个消息立即在广州城内外风传，从民间传到官场。人们议论纷纷：“黄埔那边全是西洋兵！”

两广总督府内，会齐了几乎所有衙署在广州的文武高官：两广总督舒常，广东将军存泰，广东巡抚孙士毅，粤海关监督韦恩，广州知府张道源。官员们个个面露愠色。

张知府起身禀报了外商们武装骚动的详情，又将皮古的三点“要求”念了一遍，最后说：“他竟说洋人犯法，当由他们各国商馆自行处理，我大清官府无权审判。”

广东将军存泰一搡茶碗，大怒道："反了天啦！这些洋人吃了熊心吞了豹子胆啦！想造反么？"他转向张知府道，"首府老兄，你尽管放开手脚对付他们，我标下旗营替你撑着。"

广东将军统辖着驻扎在广东的八旗兵营，因此存泰的语气自然特别粗壮。

两广总督舒常压着怒火说道："动用旗营倒还不必，这些外商手里才有多少枪炮兵马？他们纵然举数国之兵犯我大清，亦不过蚍蜉撼树，何足道哉？区区外商闹事，本来是不必兴师动众的，只是当今圣上最痛恨外商不遵守我天朝法度，因此有必要让洋人领教一下我大清的天威，也好让圣上知晓我等皆谨守厥职，以宽圣心。"他又看了看皮古的那纸"要求"，冷笑道，"这个英商皮古，煽动各国商人，猖狂挑衅，不过是投石问路，探我虚实，看我作何反应，其用心甚是可恶！那么好吧，咱们就摆它个阵势，杀杀外商的嚣张气焰。"

广东巡抚孙士毅附议道："督宪大人说得是。眼下只需动用驻防黄埔的左翼镇标水师营封锁江面，外商们谁还敢乱说乱动？"

粤海关监督韦恩道："这些外商既想与我大清通商赚钱，又总想坏我海关规条，甚而至于漠视我大清典章法度，早该严加整饬！卑职已责令广州'十三行'各洋行行商：

立即停止与外商贸易往来，并令属下永靖营兵勇围困各国商馆区，断其出入和食物供应。”

广东巡抚孙士毅道：“虎门等处各炮台亦已严阵以待，所有大炮已瞄准珠江水道，切断外商船只出海退路。本抚院将调遣部分绿营抚标，沿江布防，以壮声威。”

舒常听了各衙门的部署，甚为满意：“很好，很妥当，就这么‘引而不发，跃如也’，威吓一下外商，让他们懂得要守规矩、遵法度。英商皮古不自量力，蝼蚁之辈也敢兴风作浪，竟然以身试法，岂不自寻绝路！”

他又转向广州知府张道源，叮嘱道：“广州府，您这支箭还是要‘引而实发’的：勒令皮古立即交出真凶炮手，按律惩处。再者，诸位，立即颁发几道训令：训谕各国商人，胆敢与我大清对抗者，绝无他们的好处！”

张知府起身，躬身答道：“是，制台大人。卑职这就‘引而速发’，立即从‘休斯夫人号’大班史密斯下手，勒令皮古交出那名炮手！”

《广州知府训令》：“为防不法外商造衅滋事，本府已令所部兵卒驻防外商商馆区，保护商馆安全，各国商人不得擅自出入。凡吾大清商人，及各商馆雇佣之买办、通事、仆役人等，即日速离商馆，撤回广州城内……”

一队队大清官兵，有的荷枪实弹，有的手持大刀长矛，紧急开入商馆区，迅速将整个区域围得水泄不通。

与此相反方向：一批批中国商人、买办、通事、男仆，急急从外商商馆区撤离，汇成另一股人流。

《粤海关监督训令》：“兹因英吉利等国外商，不遵吾大清通商规条，本海关训令广州‘十三行’各家洋行，自即日起严禁与各国商人之一切贸易活动。凡与尔等洋行具结商务往来之外商，若有违规犯法之举，即应管束稽查，禀报有司，尔等保商亦不脱约束不严之责……”

广州“十三行”的各行商聚集在商总潘振承的同文洋行，交头接耳，惴惴不安。

源顺行（伍）、隆和行（杨）、泰丰行（吴）、源泉行（陈）四位行商也无心喝茶，又急又愁：“这边的货正等着装船，那边的外商却都隔在商馆，货款提不出来，这可怎么办？”

“我这里的货主也催着要货款呢，可商馆又进不去，洋人又出不来，真正急死人！”

而益行的石琼官和万和行的蔡文官是比较有“神通”的人物，跷着二郎腿，一副任凭风浪起的架势：“杀杀洋人的威风也好吧，皮古闹得也太不像话，看他怎么收场吧！”

“这一回官府方面动了真格的，让洋人们领教了大清的厉害，或许对今后的贸易有利呢！”

同文行的潘振承身为各洋行的首领，担子重，心事也重。他眼下就同时兼着“中国皇后号”“休斯夫人号”“三维治侯爵号”“福尔斯号”等几艘洋船的保商。“休斯夫人号”闯下这场大祸，幸亏他为诱捕史密斯出了力，尽了责，看来倒无大碍了，但他还是担心“中国皇后号”跟着皮古跑，蹚这趟浑水，又把他卷了进去，那可真的不好办了！

潘振承不无忧虑地说：“贸易呢，倒是不必担心的。我只担心我们担保的洋船可别再闹出什么别的乱子，朝廷责罚下来，我们这些‘保商’可吃罪不起啊！”

《广东巡抚府训令》：“近有英吉利商船‘休斯夫人号’杀伤吾大清船民，包庇藏匿凶手于前，煽动各国商人武装挑衅于后，实属居心叵测！本府已令广州水师炮艇封锁珠江水面，并命绿营官兵沿江驻防，虎门等各处炮台亦已扼住珠江出入口，所有外商商船妄图外撤出海，退路皆已切断。尔等外商务必遵守吾大清法典规条，切勿妄存侥幸心理。若再敢轻举妄动，必至后悔莫及……”

此时的黄埔江面死一般静寂。左翼镇标水师营的四十艘炮艇在黄埔江入口一字排开，在各国商船的外围组成了一道严密的封锁线。

珠江沿岸各要隘，绿营官兵一队队、一行行，设岗肃立，他们所持的枪支在阳光下闪闪发光。

珠江两岸的虎门炮台、老虎岛炮台、阿娘鞋岛炮台、海珠炮台、东炮台等各座炮台的红衣大炮，都已揭去炮衣，露出油亮的炮身，炮口直指珠江水道，扼住了整条珠江。

一石激起千层浪。这三道训令的英文副本传到洋人那里，整个商馆区乱了营。各国商馆的主任和各艘商船的大班、船长们纷纷聚集到英国商馆，紧急磋商如何应对目前的局面。

他们得悉：整个商馆区已经被包围，整条珠江已经被封锁，他们的退路已经被切断，大清炮艇的大炮正瞄准了他们的商船。粤海关也已下令：禁止一切外贸活动，禁止向商馆提供淡水、食物，甚至一律不给他们的船只发放出港船牌。这让他们不但恐慌，简直是绝望了：不用说做生意，就连吃饭、喝水都成了问题，尤其他们都回不了国了！

法国人、丹麦人、荷兰人十分后悔，大声议论着：

“我们为什么要听从皮古的调遣？动枪动炮，除了触怒大清帝国，有什么好处？”

“应当承认，我们确实考虑不周。我们与英国人的友谊当然应当维护，但我们自身的安全和利益必须首先得到确保。但是现在怎么确保？用枪炮吗？准备打一仗吗？嘿！”

“我们法国商馆已经决定：决不能为了英国人而向中国政府开战！”

这时，瑞典和奥地利商船的大班匆匆进来，欣喜地向大家大声通报：“我们通过‘保商’蔡文官，拜会了一位粤海关官员。这位官员让我们明确转告：除了英国商船，其他各国的商船如果打算离开广州，只要遵纪守法，结清账目，提出申请，海关仍会准许授予出港船牌。我们的船什么时候愿意驶离都可以，但英国商船‘休斯夫人号’被明确地排除在外。”

皮古白了威廉姆斯一眼，嘟囔了一句：“哼，分化瓦解！”

山茂召跟兰德尔商量了一下，高声地说：“谢谢二位带来好消息。但在目前的情况下，比之我们‘中国皇后号’的出港船牌，我们更重视美国与英国的友谊。我们打算协助我们的英国朋友解决目前的严重事态。”

皮古感到十分意外，显得十分感动，大步走向山茂召和兰德尔，紧紧握着他俩的手：“非常感谢来自美利坚的友谊！我们大英帝国……”

皮古的话被广州知府衙门赵通判的到访打断了。赵通判带了两名随员和几名亲兵，径直进入英国商馆大厅，高声宣告道：“各国的各位先生：广州知府大人邀请每个商馆派出一名代表，前往知府衙门面见知府大人，但英国商馆除外。我们将保证各位代表的安全，大人正等待接见你们。我们的士兵已经撤离商馆区，但仍保持对英国商馆的驻防和保护。”

赵通判的话音刚落，大厅里便涌起一阵骚动。各国商馆的外商一个个向皮古礼貌性地告辞，纷纷离去。

整个大厅顿时变得空空荡荡。皮古气得脸色煞白。

山茂召走近他，语气十分诚恳：“皮古先生，鉴于史密斯先生仍在清政府手里，我们认为应当去面见广州知府，这有利于史密斯先生的安全并及时了解广州官方的后续行动。这次不幸事件已经波及所有在广州的欧洲商人，他们的人身安全和财产也可能受到威胁，因此他们采取与广州知府合作的态度，是完全可以理解的。我认为我们应当就这一点达成共识。当然，在与广州知府会见时，我们美国商馆愿意代为转达英国朋友的意愿，如果您有什么需要转达的话。”

皮古握了握山茂召的手，点了点头，算是心领了美国朋友的好意，但他什么话也没有说。他坚信眼前的孤立是暂时的，他估计“奈卡号”船长伍摩尔已经把他的密函转呈英国驻印度总督，他始终在等待珠江口外海面上传来惊天动地的隆隆舰炮声，到那时一切都将改变！

这天上午，从“中国皇后号”上放下一艘舢板，几名水手奋力划桨。格林船长站在船头，肩上扛着一支双筒猎枪。他脸膛通红，不知是怒火烧得还是酒精烧得。舢板划向“休斯夫人号”。

“喂，威廉姆斯，你这个老混蛋，快出来！”格林朝着“休斯夫人号”船尾的船长室，大声呵斥道。

威廉姆斯不知发生了什么事，忙登上艉楼，朝下喊道：“格林先生，你来干什么？”

“我来干什么？我来要你的命！你这个老混蛋！”格林举起枪，瞄准了威廉姆斯。

“格林，你别胡来，有什么话好好说！”

“好说什么！”格林不依不饶，“三年前，我没有把你和你的战舰一炮轰了，今天我要用枪崩了你！”

格林和威廉姆斯原是老相识。1782 年，在北美独立战争期间，他俩曾交过手：当时北美大陆军海军上校约翰·格林指挥一艘轻型的私掠船——双桅炮舰“复仇号”，跟英国海军准将威廉姆斯指挥的大型护卫舰——三桅的“狮子号”，在特拉华湾进行过一场海战，结果“复仇号”鬼使神差地把“狮子号”打跑了。那时，威廉姆斯算是格林的手下败将。今天，这两个老冤家在广州黄埔港又遭遇上了。

“你这个醉鬼，不要在我面前撒酒疯。”威廉姆斯威胁道，“不然，我一炮把你轰上天！”

“老混蛋，你把我们的生意全毁了！”格林用枪指着对方，“你把你船上的小伙子们也全毁了！你拿他们年轻的生命作赌注，让他们拿枪打仗，可他们的父母都在等着他们回家呢。皮古是个什么东西！他是一条癞皮狗！你还为他卖命？你是个十足的大笨蛋、大混蛋！”

“呯”，格林举起枪，朝天开了一枪。

“快，快关上舱门！”威廉姆斯慌忙钻进船长室，“这个老醉鬼又喝醉了！”

山茂召和各国商馆的代表，由江通事和赵通判引领，鱼贯步入广州知府衙门。甬道两旁，挎刀佩剑的兵勇整齐地排列着，甚是威严。

赵通判并没有带他们进入衙门的正堂，而是拐弯进了一个跨院的侧厅，这里全然没有升堂审案的气氛。

张知府早已笑容可掬地坐在上首，做了个手势，请各位商馆代表在两旁落座，示意衙役献茶，然后缓缓说道：“今天特请诸位代表会晤，是因为诸位的各国商馆跟英吉利商馆有所不同。诸位关心史密斯先生的安全，是出于善意，而英吉利商馆皮古先生则是别有用心。本是一件小小的案子，他竟大动干戈，甚至煽动你们各商馆跟我大清武装对抗，其居心何在呀？本府奉劝诸位：切勿为虎作伥！”

法国商馆的代表试图解释：“知府大人，我们非常抱歉，我们集结武装小艇和武装船员，决不是为了与大清对抗，完全是一时的误会。英国商馆也并不想以武力解决问题，他们的本意是想平等协商。”

“住口！”知府大喝一声，“协商什么？杀人犯法也是可以协商的？那位皮古先生想干什么，本府比你们更清楚。要不是我大清顾全与你们各国的友谊，英国商馆会比现在输得更惨！本府正告诸位：撤回你们所有的武装人员，安分地留在本府管辖的商馆区内，不许再有任何轻妄举动。循规蹈矩地做生意，才是你们的职责和利益所在。本府希望你们三思！”

山茂召答道：“知府大人，其实所有欧洲各国商船的武装人员和武装小艇，现在正在撤回到各自商船。而且，请大人注意，并不是所有在黄埔的外国商船，都派出了武装船员和小艇。”他当然希望知府大人知道：“中国皇后号”并没有参与这次武装挑衅。

张知府打量了山茂召一眼，满意地笑笑：“我知道，您是来自美利坚的朋友，是美国商船‘中国皇后号’的大班，你们并没有参与这次挑衅。”他又转向各国代表，“你们船上的大炮，是否还瞄准着我们的珠江？”

各国代表忙七嘴八舌地答道：“不不，知府大人，所有的炮眼早已重新封上。”

“这些大炮不过是装装样子而已。”

“我们是来做生意的，不是来打仗的。”

这些情况，张知府其实早已了然，他和缓地说道：“很好，这才是明智之举。至于诸位所关心的史密斯先生，本府再次重申：他并不是被捕，他很安全，本府不过是请他配合侦缉那名肇事炮手而已。”

山茂召试探地问：“知府大人，我们听说那名炮手已经潜逃，是否就不能了结此案？我们能为此做些什么？”

张知府笑了，他领悟到这位美利坚大班想从中调停的意思，便说道：“年轻的大班先生，我告诉您：那名炮手不是潜逃，而是藏匿！至于他藏在什么地方，皮古先生和威廉姆斯先生自然很清楚。请您把本府的这话转告给那两位英吉利先生。”

张知府又向各国代表道：“诸位今天的明智抉择，本府定会向督、抚衙门和粤海关通禀。来呀！”

只见几个衙役捧着一匹匹绸缎出来，知府分别赠给各国代表。

张知府笑道：“这是本府送给诸位的薄礼，以示友好吧。”

各国代表未料有这意外之喜，个个笑逐颜开。

威廉姆斯眼看目前的局面已众叛亲离，他越来越感到沮丧：“皮古先生，我们把那个该死的炮手交出去算了，何必跟清政府这么较劲。”

“不！”皮古坚决地说，“不是我们交出炮手，而是要让他们交出史密斯！”

威廉姆斯不解地眨眨眼睛。

皮古提醒他：“你没有听清大清的法律吗？如果那名炮手被判刑，那么你、我、史密斯也将被判以‘包庇窝藏’罪，你愿意在中国伏法坐牢吗？”

“那怎么办？他们怎么可能交还史密斯？”

皮古哼了一声：“这场较量，谁输谁赢还很难说呢！”他压低声音道：“你还记得‘奈卡号’的船长伍摩尔先生吗？我已让他带信给孟买的东印度分公司和我大英驻印度的总督大人，你等着吧，不用几天，就会有三艘，也可能三艘以上的大英军舰，开赴珠江口紧急待命。到那时，我倒要看看是大英帝国海军的大炮厉害，还是虎门炮台的大炮厉害！”

“战争？”威廉姆斯瞪大了眼睛。

皮古冷笑了一下，从牙缝里挤出一句话：“跟这个妄自尊大的大清帝国较量，战争是不可避免的！”

他满心期待着这场中英之战的爆发！

## 四　伦敦：国王与内阁的矛盾

1783年（乾隆四十八年），也就是广州发生“休斯夫人号”事件，威廉·皮古武装对抗清政府的前一年，英国国内的政局发生急剧动荡，原因是国王乔治三世与伯丁克内阁之间产生了尖锐矛盾，其中的一大焦点，是对东印度公司的改革问题。

这里有必要先简述一下东印度公司的历史。

16世纪到19世纪，英国等欧洲殖民强国为了向印度、中国、东南亚各国推行垄断贸易，进行殖民掠夺，先后在印度设立了各国的特许公司，都称为某国的“东印度公司”，最初都只是私营企业。

英国的东印度公司有时又称“约翰公司”，是商人们的一个私人股份公司，始建于1600年印度的莫卧儿王朝时期，起初也仅仅做生意，后来竟发展成了英国侵略印度的工具。1756年，英国通过与法国在印度的“七年战争”，击败法军，独占了印度。接着，英国政府授予其东印度公司各种特权，实际上成了侵占、统治印度的一个特别机构。1767 年，英国议会通过《东印度管理法》：原加尔各答省督改为印度总督，由国家直接任命，代表英国直接管理、统治印度；同时，东印度公司由伦敦总部的董事会直接领导，它并不隶属于英国政府或议会，完全是商业巨头们的行业垄断组织，却又握有政府授予的各种政、军、司法、商贸特权。这样，东印度公司必然演变成了一个英国政府鞭长莫及的独立王国。它在鼎盛时期固然给大英帝国的海外拓殖立下过汗马功劳，但到了 18 世纪 60 年代，当它开始走下坡路，危机重重而衰落时，它又必然变成帝国政府的一个重皮累髓的包袱。如是，英国政府不得不对它一次次地开刀治理，这就是 1773 年到 1858 年英国内阁和议会不断提出的一个个《印度法案》。1783 年，伯丁克内阁的外交大臣查尔斯·福克斯的《印度管理法案》就是在这样的历史背景下提出的，却成了国王、议会、内阁之间政治斗争的焦点之一。

为此，查尔斯·福克斯亦喜亦忧，喜的是他提出的这个《印度法案》（亦称《福克斯法案》）在国会下院已获得通过；忧的是国王乔治三世强烈反对这个法案，形成了内阁与国王的对峙，造成了英国政局的动荡。

此时的伯丁克内阁，阁揆威廉·亨利·卡文迪许·伯丁克公爵仅仅是个名义上的“首脑”，实权掌控在政坛的两位重量级人物——外交大臣查尔斯·福克斯和内政大臣腓特列·诺思手里，他们结成了“福克斯—诺思联盟”。正是这个铁杆联盟，因福克斯的《印度法案》而与乔治三世发生了严重冲突。

福克斯向他的搭档诺思大倒苦水：“这个东印度公司早已演变成了一个庞大的尾大不掉的‘英印帝国’，它拥有垄断印度和中国的贸易权、训练军队权、设立法庭审判本国和殖民地居民的司法权，甚至宣战与媾和权。但同时呢，它又连年亏损，几乎每年都无力向国内交纳内阁规定的 40 万英镑的税额，反而屡屡向政府贷款举债。这么一个陷于严重财政困境逐年走向衰落的独立王国，不加以重大改革，不制订新的管理法案，怎么能行？”

诺思当然完全赞同他的盟友的主张：“阁下的法案在下院通过不是偶然的。我们并不否认这个公司长期以来在扩展、治理印度方面建立过重大的历史功绩。但它也越来越腐朽，贪污、走私、收受贿赂成风，横征暴敛，激起印度居民不断起义，又用大批军队和大笔开支镇压起义，形成恶性循环，危机重重。这套旧的殖民手段显然已不适应新的形势！”

“而且它也越来越肆无忌惮，为所欲为，穷兵黩武。”福克斯有些愤懑地说，“据我所知，它未经内阁授权或许可，几次试图以武力试探中华帝国。如果引起英中战争，那将招来无穷祸患！”

诺思决断地说：“显然，对它加以改革和严格限止，制定管理法案，是十分必要的。”

“唉，可是国王陛下却把我视为他的敌人！”福克斯叹气说。

在白金汉宫，英国的年轻政治家、国会议员小威廉·皮特，觐见大不列颠国王乔治三世，恭敬地禀报说：“托利党和辉格党两党议员，都赞成对英属印度政府和东印度公司进行重大改革，并且认为：东印度公司财政困难日益加大，且再度向内阁借债，这正是对它进行改革的极好契机。”

肥胖的乔治三世火冒三丈，这位暴躁的国王这时加倍地暴躁：“可是福克斯的改革法案将王权置于何地？不错，我完全赞同必须对印度的事务和东印度公司加以改革，但是，你看看福克斯的法案：什么印度的军政、民政交由内阁处理，东印度公司董事会向财政部负责和交税，印度事务置于议会之下等等，那么国王呢？国王的权力在哪里？大英帝国还是不是君主立宪国家？这个福克斯分明是在借议会削弱、排挤王权，实质是把权力集中到内阁，集中到他福克斯和诺思手里！尽管这个法案已在下院通过，但我已明确警告上院：‘谁投票赞成福克斯，谁就是国王的敌人！’”

英国议会的上议院又称贵族院，其议员不是经选举产生的，而是以委任或指派的方式，由王室宗亲、世袭贵族、高级神职人员等组成的，是最高立法机构，在历史上，上议院的权力远超下议院。下议院又称平民院，议员由选举产生，几经演变，此时其立法权甚至已超越上议院，占了议会的主导地位。英国政府（内阁）需向下院负责，但上院有权驳回下院的议案。此时的乔治三世便是用上院的这项权力逼迫下院放弃福克斯法案。

“是的，陛下。”小威廉·皮特温和地说，“福克斯法案确实过于偏激，他主张内阁建立一个七人委员会控制东印度公司事务，试图完全取消公司的所有特权，撤销公司董事会，这也操之过急，遭到了许多商界议员的反对。因此它虽在下院通过，但由于陛下的严厉警告，这个法案已被上院否决。”

乔治三世听了，开始平静下来：“我并不担心王权会因某个法案而大权旁落，我关心的首先是在王权主导下的政局稳定。”

“正是为了这一点，陛下，我拟定了一个新的《印度改革法案》。”小皮特打开他的法案文本，“这个法案的要点首先是由陛下您任命一个议会监督局，来监督、控制东印度公司的民政、军政；公司下达的一切指令，必须首先向监督局报告并获得同意。严惩公司的敲诈勒索、收礼受贿行为。英属印度的总督、省督和各级参事会成员，应由议会任命。公司仍可以保留董事会和对下属官员的任命权，但必须呈报内阁，由下院批准，并必须经国王许可。”小皮特加重语气说道，“需要着重指出的是：必须保障国王指导印度政治的权力，而这正是这个法案的灵魂所在！”

乔治三世听了十分满意，因为小皮特的法案已把国王——议会——内阁——商界的权益统一了起来，并且强调了国王至高无上的权力。小皮特眼见国王已首肯了他的法案，便补充说明道：“陛下，这个法案的另一个要点是：绝对禁止东印度公司主动挑起战争，剥夺它的宣战权和媾和权！”

“嗯，这一点很有必要，也很重要。威廉，你就把这个法案提交议会吧。”乔治三世等于批准了小皮特的法案，同时他又专断地说，“我将提议国会：伯丁克内阁必须下台！福克斯—诺思联盟必须解散！威廉，你就准备组建新内阁吧。”

由于福克斯领导的辉格党（自由党的前身）是限制王权的，而小威廉·皮特领导的托利党（保守党的前身）是维护君主特权的，因此乔治三世当然憎恶前者而偏爱后者。

而正是由于有国王作后台，小皮特的《印度改革法案》和他的新内阁，很快在上、下两院获得通过，并且得到工商界和东印度公司董事会的支持。如是，英国的政局终于稳定了下来。

1783 年 12 月，小威廉·皮特的新内阁上台伊始，这位 24 岁的年轻政治家便作出了两项影响至今的决定：一是他把内阁首脑正式称为首相。在他之前，阁揆一直称为国务大臣，自他开始，英国首相的名称和地位才正式确定下来，而他自己则成了英国历史上第一位也是最年轻的首相。二是他移居唐宁街 10 号，从而使这个以前默默无闻的宅第，一举变成了赫赫有名的首相府，成为大英帝国政治活动的中心，成为各部部长、军政高官和各路大人物会聚之地。

但是这一天前来拜访首相府的却不是什么高官，而是一位德高望重的长者，是小皮特在剑桥大学彭布罗克学院上学时的一位导师——须发皆白的乔治·普雷蒂曼教授。小皮特特别热情而恭敬地迎接了老师，问候、献茶、闲谈之后，老师询问学生："我意欲前往中华帝国访问，不知是否可能？因为我正着迷于研究《老子》，深感其奥义闳深，我很想能与中国学者进行学术交流。"

小皮特甚感为难："尊敬的导师，我很推崇这种学术交流，我更敬佩您的令人景仰的学术精神，可是……问题还不在于我们与中国之间尚无邮轮开通，也不在于我们与大清国尚未建立外交关系，问题在于这个大清帝国对于我们西方人，始终紧紧地关闭着它的千年铁门！而我们实在不知道怎样才能把它打开，何时才能打开。”

导师摇摇头说：“用‘打’的办法让人家开门，恐怕并非好事，最好还是……”

正在这时，当时的商业巨头老艾伦和工业巨头格莱斯顿前来拜访首相大人。普雷蒂曼见状，起身说：“你们谈吧，我到书柜那边看看。”

年迈干瘦的艾伦一落座就唉声叹气，他的传统的商业王国正像他的身体一样日渐萎缩：“我们的商业很难不连年亏损！我们从印度输出的手工业棉织品数量大幅度衰减。印度的稻米、小麦、棉花、黄麻、茶叶等，中华帝国根本不需要，而北美市场，那个又穷又弱的美利坚合众国又根本买不起！”

小皮特明确地说：“我们大不列颠王国的特点是工商业发达，却地少人稀，内需有限，因此我们的经济当然应当坚持出口驱动型。但是，我的建议是，尊敬的艾伦先生，您必须转变您的经营模式，从传统的农产品和手工业产品出口型，转为机械工业和大工业出口型。工业革命为我们帝国创造了我们的优势，要把我们的蒸汽机、大机械、机器纺织品等推出去，为我们的大工业产品打开一条通路。我们利用殖民地的原材料和劳动力，用我们的机器在那里建造工厂，为我们生产工业品，这对于我们大英王国的工商业将大有益处。”

体态正在发福的工业巨头格莱斯顿气呼呼地说：“我们并不缺少工业品，我们缺少的是市场！印度太贫穷，而那个中华帝国又太强大，它至今不屑于开放口岸，只允许广州‘一口通商’，我们怎么打开通路？”这个在18世纪后半期英国工业革命中发了家的纺织业巨头，历来踌躇满志、雄心勃勃，因为英国的工业革命正是从纺织工业开始的，现在他却因为市场问题忧郁愤懑。

小皮特笑笑说：“不用担心，格莱斯顿先生，我们的市场将远不止印度和中国，我们的目光将投向加拿大、澳大利亚、新西兰、北非、西印度群岛和东南亚，我们大不列颠王国的米字旗将插遍全世界！”小皮特是个狂热的殖民主义者，是新兴工商业资产阶级的政治家，他认为打开世界市场，是他的历史使命和爱国心的表现。

老艾伦和格莱斯顿几乎异口同声地说：“这些地方都太穷，欧洲各国又都是我们的竞争对手，中国才是巨大的东方市场！”

“我理解你们的意思，但是你们并不了解中国。”小皮特深思熟虑地说，“据我们的经济学家统计：中华帝国尽管还是采取过时的农业、手工业生产方式，但它的工业总产量占了世界工业总产量的32%，而现在整个欧洲包括我们英国的工业总产量加起来也不过只占了23%。中华帝国的生产总值占了世界经济总量的将近35%，而我们英国的经济总量所占百分比还不到中国的一半。显然，中国是当今世界最大的经济体。因此，先生们，我们大英帝国这头刚刚发育的雄狮，现在就想吞下那条巨型的‘中华龙’，无疑是异想天开！”

老艾伦和格莱斯顿听了这两项数字对比，感到很吃惊，同时又颇有些气馁：“难道我们只能永远被关在中华帝国的大门之外？”

小皮特这位年轻首相自有他的魄力和雄心，他信心满满地说：“我并不悲观。中华帝国的弱点是它的社会形态还处在我们的中世纪。因此总有一天，我们英国发明的每一架新机器，将能敲掉成百万中国手工业工人的饭碗！”

那两位工商业巨头听了，感到很受鼓舞，不禁搓着手说：“但愿这一天早些到来！”

小皮特赶紧泼冷水：“但是，先生们，我要用一句谚语提醒二位：‘正在火上的炖肉太烫，不能吃。’小心烫伤了我们的嘴。现在中华帝国的国力仍十分强盛，而我们英国不久前在与美国的战争中已打得筋疲力尽，国库几乎空虚，还欠下大笔外债，我们远不具备打一场对华战争的条件。相反地，我们需要从对华贸易中缓解我们的财经困难。因此我已责令我们的外交大臣、国防大臣和海军大臣，尤其是东印度公司董事会，必须避免与中国大清政府发生任何武装冲突，我们的军舰绝对不允许擅闯虎门水道，东印度公司在广州的职能明确地只限于商贸活动！”

那两位工商业巨头对他们的这位头脑清醒的年轻首相不能不钦佩。

这时，那位翻了半天书的老教授普雷蒂曼起身要告辞了，他与首相和两位工商业巨头一一握手，同时有意无意地缓慢地说：“如果你想要一年的繁荣，请种植谷物；如果你想要十年的繁荣，请种植树木；如果你只想要百年的繁荣，你会使用大炮；但如果你想要千年的繁荣，请发展国家与人民之间的友谊！”

## 五 正义的审判

威廉·皮古彻底绝望了。他翘首盼望的大英帝国的军舰，连影儿也没有出现在珠江口外，相反，在孟买的东印度公司分部给他下达的是一个严厉的命令：不许擅动！他想跟大清政府大干一场的期盼或雄心，正好碰上小威廉·皮特内阁严厉整顿东印度公司的政策，因此无论孟买还是伦敦，没有人理睬他的那封密信提出的动用武力的强硬要求。他碰了个大钉子！他太性急了，他的野心只能像一个不足月的胎儿，因得不到必需的营养而胎死腹中。

1784 年（乾隆四十九年）11 月 29 日，山茂召和英国东印度公司的另一艘刚到港的商船“承包人号”的船长麦金托斯，作为各国商馆的谈判代表，带着麦金托斯捎来的东印度公司孟买分部给皮古的指令和给被扣留的大班乔治·史密斯的一张便条，特地到英国商馆会见皮古和威廉姆斯。

皮古和威廉姆斯看了指令与便条，两者的内容大致相同：尽快交出那名炮手，避免与清政府对抗！威廉姆斯毫不犹豫地说："那名炮手亨利一直就在澳门，明天我就派快艇把他找回来。可是，我们根本无法通过广州水师40艘炮艇的封锁线！"

"这一点，威廉姆斯先生不用担心，"山茂召说，"广州方面同意派出快艇和人员，协助'休斯夫人号'找回那名炮手。"

皮古阴沉着脸说："我要强调的是，先生们，我们同意交出肇事炮手，并不是因为我们屈服于广州官府的压力，而是由于本公司分部的命令和史密斯先生本人的要求。"

山茂召觉得皮古的"强调"很可笑，心想这位不可一世的商馆主任，现在输得只剩下争这点儿面子和虚荣心了，这可以理解，便说道："皮古先生能同意交出炮手，早日结束这一不愉快的事件，是我们大家的希望。"

"结束？恐怕不会太快，这在很大程度上取决于广州官府如何处理这整个事件。"皮古特别强调"整个"一词，显然他特别担心会"株连"到他的"窝藏包庇罪"。

山茂召知道皮古担心的是他自己的安全，便笑着说："麦金托斯先生和我从广州知府大人那里得到了明确答复：为了友好通商，广州官方将不追究'休斯夫人号'或英国商馆其他任何人的法律责任。"

"的确是这样，皮古先生。"麦金托斯肯定地说，"召先生传达得很清楚，除了那名炮手，其他任何人都是安全的，召先生与我可以为此担保。"

这一下皮古才放心了，他说："只要能确保炮手亨利的生命安全，只要史密斯先生能安全放回，我们愿意配合广州官府的任何调查。"

威廉姆斯也感到一阵轻松："明天，我们就从澳门接回亨利。"

11 月 30 日，五艘广州水师的快艇插着表示安全的红色三角旗，载着"休斯夫人号"的大副和广州知府衙门的捕快等人，穿过广州水师 40 艘炮艇封锁的江面，从澳门带回了炮手亨利，交由广州知府衙门牢狱拘押。与此同时，由山茂召和麦金托斯陪同，史密斯大班也被送回到英国商馆。现在，只等广州知府升堂审理亨利的案件了。

广州知府衙门升堂审案那一天，排场很大：衙门外的大道旁，摆开了广东巡抚、粤海关监督、广州知府三位大人的三套全副执事。衙门两侧，排立着两队全副武装的戈什哈和亲兵勇卒。从衙门口到公堂的甬道两旁，肃立着两列手持水火棍的衙役。

从衙门口到公堂外，挤满了静候听审的船民和当地居民以及各色闲杂人等，人头攒动，但并不熙攘喧闹。

公堂内，一侧端坐着应邀列席旁听的潘振承等广州

“十三行”现今七家洋行的七位行商，他们也是西洋各国商船的“保商”，他们个个身着品官补服和顶戴花翎。在他们的身后，站满了各家洋行的总管、高级主事、高级职员和潘正亨等买办、江寅兮等通事。

公堂的另一侧，端坐着应邀列席旁听的威廉·皮古等欧洲各国商馆的所有主任，山茂召权作美国商馆的主任也在座。他们个个身着礼服，头戴高筒礼帽或银色发套。在他们的身后，站满了兰德尔、格林、史密斯、威廉姆斯、麦金托斯等眼下在粤的所有各国商船的大班、二班、船长、副船长乃至大副、二副等。

公堂正中的公案后面，中间端坐着主审大人广州知府张道源；两边端坐着两位监审大人——广东巡抚孙士毅和粤海关监督韦恩。在他们的身后，站满了同知、通判、经历、知事、司狱等知府衙门各部门的官吏以及护卫、差官等。

公案的下首，左右两张桌案，是书办、吏目、刑名师爷作口供笔录的专案。

“啪”，知府大人一拍惊堂木，两旁衙役如狼似虎地一阵吆喝，公堂内外乃至衙门内外立刻肃静下来。皮古、史密斯、威廉姆斯从一进公堂，就被那阵势震慑得有些紧张，这时更不免心跳加快。而山茂召和兰德尔则觉得大清国的“法庭”和审案十分威严，又十分特别，便饶有兴味地作壁上观。

其实广州官府这次审案，乃是有意安排如此阵势，要的就是显示国法的威严和取得震慑的效果，而不是案件本身。因此排场虽大，实际审案过程却十分简单：首先，衙役将原、被告两造带上堂来，原告是三名死伤船员的家属，而被告亨利原来是一个很年轻的炮手，已被吓得脸色煞白，浑身瑟瑟发抖。主审并没有给他戴上手铐脚镣，也没有令他下跪。

接着，由原告伤亡船员亲属陈述诉状，由仵作递呈死者验尸报告，然后由被告肇事炮手亨利当庭申辩。亨利早已吓得浑身战栗，说不出话来，只得由专职通事用汉语代他应诉：“因失于察觉，开炮过失杀伤船民及畏罪逃匿是实”等等。接着由事件目击者——当时在“休斯夫人号”船上的大副、二副作证：“并非故杀、戏杀、误杀，确是过失杀伤船民”等等。

最后，张知府分别与孙巡抚、韦监督低语几句，然后一拍惊堂木，高声宣读判词，大意是：“英吉利商船‘休斯夫人号’炮手亨利，因耳目所不及，思虑所不到，失于觉察，开炮过失杀伤大清国船民三人，实为并无害人之心而偶致杀伤人者，依律准以‘赎罪法’纳赎，赎银50两；但该犯肇事后畏罪潜逃，实属可恶，而今鉴于该犯已自首认罪，本府从轻发落，罚银50两。本府准予原告索讨赔偿诉求，着令该犯及其所属‘休斯夫人号’商船给付被杀伤三人家属偿银各 100 两，共 300 两。本案其他相关英吉利商民所犯过愆，本府一并宽免，既往不咎。”

此案就这样定谳完毕。各国外商听完宣判，都松了口气，大家交头接耳议论了一阵，对宣判结果纷纷称是，公堂内的气氛顿时松弛下来。唯有皮古依然脸色阴沉，史密斯和威廉姆斯怏怏不乐，显然是心痛那赔偿银两以及亨利那赎罚银两，那是要他俩掏腰包的。

宣判后，张知府便和颜悦色地宣告：“诸位西洋商人先生，发生这一不幸事件，本府深感遗憾！对于英吉利炮手亨利先生的命运，诸位丝毫不必担忧，本府将把此案上呈刑部，并向吾大清国皇上禀奏。在此之前，本府司狱将会善待该炮手，并将于 30 天后接到刑部批复即将其开释，交回‘休斯夫人号’商船。谨望各国商人先生与吾大清信义通商、依法通商、友好通商。退堂！”

威廉·皮古内心总感极其丧气，更让他丧气的是：东印度公司分部又下一道命令，把他调回孟买分部，广州英国商馆主任一职将另派他人接任。

史密斯与威廉姆斯的感受是“倒霉透了”，吃了官司、被罚了银两不说，生意全都耽误了！这趟买卖亏本大了！而且现在已值 11 月底，广州冬令贸易季即将结束，离西方圣诞节亦已不远，他们是绝对等不到 30 天后亨利开释的。因此“休斯夫人号”匆匆装完能够到手的那部分货物，与“保商”潘启官结完了账目，便起锚黄埔港，径自扬帆返航了。皮古也搭乘这艘商船，顺道返回孟买。

年轻的炮手亨利得知“休斯夫人号”撇下他径自返航的消息，痛哭流涕，隔着牢房的栅栏，向着珠江口方向大声呼号：“船长！大班！你们别抛下我！你们口口声声说人权，我的人权在哪里？天哪，撇下我一个人可怎么办……”他把船长留给他的几个银币生活费狠狠地砸在地上，眼里流下绝望的泪水。

通事江寅兮和买办潘正亨十分同情亨利的境遇，经常来看望他，给了狱卒几两银子，再三叮嘱要好好照顾他的膳宿，并安慰亨利说：“您尽管放宽心，亨利先生，过不了冬天，我们一定给您找一艘返航英吉利的商船，把您送回国去……”

## 六　乾隆:“天朝国威”

1784年(乾隆四十九年)冬天的北京格外寒冷，朔风呼呼地吹打着枯枝,但紫禁城养心殿东暖阁还是暖洋洋的。

年迈的乾隆帝弘历穿着常服，悠闲地歪在暖炕上。太监们将一件件西洋贡品，小心翼翼地摆放到条儿上，有各式自鸣钟、大小怀表、望远镜、玩具大炮、精致小炮舰、玻璃器皿及各种仪器等。

首辅军机大臣和珅赔笑道:“这是西洋各国商人孝敬皇上的小玩意儿。”

乾隆歪着头远远地望了一眼，笑笑说:“西洋人脑子是聪明的，做得甚是精巧。”

“皇上……”刘墉欲言又止。

乾隆道:“你有话就说吧，今儿并非议政，不过是赏玩闲聊。”

“是。”刘墉恭敬地劝道,“《老子》云:‘天下皆知美之为美，斯恶已。’又云:‘难得之货令人行妨。’西洋人擅长智巧之技，哪里比得吾堂堂大清‘大成若缺，其用不敝；大盈若冲，其用不穷’！”

和珅忙附和道：“刘大人说得是。说到我大清物阜民丰，奴才曾与西洋画师朗世宁、西洋医生罗怀中等人闲聊，据他们说，原来西洋各国皆是蕞尔小邦，一个个不过我大清一个省份大小。其年收入更是可怜：西洋各国加起来，也不过占了全天下总收入十成中的两成。而我大清一国就占了三成还多！再说白银，仅靠外贸顺差渠道，世界白银产量的四分之一到三分之一流入我大清，因此他们称我大清为‘白银帝国’，哪一国不艳羡我大清‘康乾盛世’！”

刘墉惊诧道：“无怪乎洋人们纷纷来粤，争着与我大清做生意，竟是想从中分一杯羹！”刘墉虽也是中枢大臣，毕竟只掌管吏、礼、工等部，对商务尤其洋务陌生得很。

乾隆志得意满，笑笑说：“我天朝种种贵重之物，梯航毕集，无所不有。然从不贵奇巧，并无所需他国输入物资。”

和珅凑趣道：“说到我‘不贵奇巧’，洋人却专好奇巧。奴才听西洋传教士说：近年，一个名叫瓦特的英吉利人，造了一种叫什么‘万能蒸汽机’，在西洋甚是轰动。”

乾隆果然好奇了：“万能蒸汽机？这又是什么新奇玩意儿？”

和珅很内行地介绍：“说来好笑，就是将水煮沸，让水汽喷出，将水壶盖儿顶开的一种机器。”

乾隆感到奇怪："这机器有何用处呢？"

刘墉插嘴道："皇上想那能有何用处？西洋人是很可笑的，脑子里每每想些稀奇古怪的什物，总是义理天道尚未开化之故。"

乾隆也觉得可笑，说道："洋人乃化外之民，专喜奇技淫巧，就说这什么蒸汽机，小巧而已。和珅啊，你传朕谕旨：令宫内造办处也造它一个，朕倒要瞧瞧蒸汽机什么样儿。"

和珅忙答了个"嗻"。

这君臣三位的闲聊，庶几已触及西欧工业革命的话题，然而恰似三家村冬烘先生，全然不知所云。

这时，传旨太监禀道："皇上，粤省四位大臣应诏陛见，在殿外候着呢。"

乾隆遂起身，下谕："传他们进来吧。"

两广总督舒常、粤海关监督韦恩、广东巡抚孙士毅和广州知府张道源，低头躬身，依次进了养心殿，行过君臣大礼，便将一个奏折呈了上去。

乾隆看了一下奏折，又听了臣工们关于"休斯夫人号"事件的禀奏，颔首说道："嗯，这个差事，粤省诸臣工办得不错。案子虽不大，但尔等臣工能办出吾大清天朝国威，朕心甚慰。"

舒常忙躬身道："奴才们愧受皇上嘉勉！总是吾大清神灵威德，四海宾服，更兼皇上屡有圣训，奴才们不敢稍怠。"

乾隆踱了几步，缓缓说道：“区区一个炮手、一个商船大班，英商还值得如此兴风作浪、大动干戈？和珅哪，你看这个皮古居心何在呀？”

“回皇上，”和珅忙趋前回道，“奴才记得，明朝崇祯九年（1636年），英国商队直闯广州，为强行通商，占领了虎门市镇和虎门炮台，前明军队与之大战一场，方迫其撤离，勒令其永不许再入中国海面。乾隆二十二年（1757年），英吉利东印度公司商船竟由粤擅闯浙江宁波，深入吾文明礼仪之乡、海疆重镇之地，妄图打开浙省丝、茶市场，意在使宁波成为另一个澳门，即被皇上严令制止斥退。乾隆三十八年（1773年），英国商船瞒过吾粤海关关防，从印度私运200箱货物抵粤，又被皇上下谕严令拿问驱逐。更有甚者，从该年开始，英国东印度公司输入我中华的鸦片急剧增多，每年偷运几百上千箱之多，致使我白银大量流失。乾隆四十六年（1781年），英吉利东印度公司以葡萄牙人久居澳门为例，妄求香港作为英商专属贸易之地，首次暴露其觊觎香港野心，更遭皇上训斥严拒。如此等等，据奴才看，英吉利久存攫取我大清口岸之心。此次英商皮古借事发端，煽动西洋各国商馆武力挑衅，意在试探我大清虚实，迫使吾天朝放宽海禁，放开口岸。尤为险恶者，该商竟至狂妄提出所谓‘商馆裁判权’和‘治外法权’，图谋侵蚀我大清主权，实属可恶之极！”

乾隆捋髯笑道："舒常，韦恩，你们听清了吗？"

舒常、韦恩忙躬身道："奴才听清了。皇上圣虑深远，奴才们焉能如和中堂体悉圣意。"

孙士毅、张道源也躬身道："卑职谨记皇上训诲！"

乾隆转而问道："那艘'中国皇后号'，这次参与闹事没有啊？"

韦恩奏道："回皇上，美利坚花旗国的这艘商船，倒是能够独善其身，也最为恭顺，还帮着从中斡旋了好些事体呢。"

乾隆很满意："这么说，它倒没有玷辱了'中国皇后'之名，其心可嘉！"

乾隆忽又问道："这个美利坚国，乃吾国历来典籍所不载者，朕怎么以前从未听说有此国度？"

和珅道："奴才也从未听说。"

韦恩自觉他最了解，便有些卖弄、饶舌："皇上说得何尝不是，就是奴才起初也以为这美利坚就是英吉利，分不清二者有何区别。后经细细盘问探听，方知这美利坚乃是去年新建立的一个小国，其面积不过吾大清的几省大小。更可笑者，此国并无国王，它原是英吉利帝国殖民之地，去年才刚独立出来。英吉利乃西洋诸国中最强者，它便仗着兵强马壮，将新生的美利坚国包围了起来，弄得美利坚度日维艰，困苦得很，据说还欠了累累债务。这次该国派

‘中国皇后号’来华，便是想与吾大清做做生意，赚些银子回去的意思。”

韦恩一时说得嘴滑，便收不住话头，只顾信口开河，不免语带轻慢浮泛，招来乾隆的不满，训斥道：“这美利坚既已建国，便是吾大清友邦，岂可对它如此轻慢？”他瞪了韦恩一眼，“该国首次派船来华，即以‘中国皇后’名之，且特呈国书，分明意在与吾大清通好。尔等切勿以一时大小、强弱、贫富论之，自当礼尚往来，格外优加体恤才是。”

乾隆的这一斥责，吓得韦恩唯唯而退：“奴才该死！奴才该死！”

韦恩的一番神侃，倒是引起了乾隆对美利坚和英吉利两国的好奇心，他命总管太监刘德保将法兰西传教士洪若翰、白晋进献给康熙的《坤舆全图》找了出来。但是这君臣几位在《坤舆全图》上找了半天，也没有找到美利坚国。因为绘制这张地图时，美利坚尚未建国，但英吉利和印度在图上却是用中、英文标注得很清楚的。乾隆戴了老花镜，拿了放大镜，细细瞧着地图，问道：“这印度不就是玄奘西天取经的婆罗门国、天竺国吗？怎么成了英吉利的公司？”

和珅回禀道：“皇上所言极是，这印度国原是婆罗门国、天竺国。奴才曾听朗世宁说：乾隆二十几年前，英吉利派炮舰占领了印度，迫使其沦为殖民之地，英吉利便成了它的宗主国。”

乾隆不无疑惑："英吉利弹丸之地，怎么远涉重洋，竟把一个偌大的印度古国侵吞了呢？"

舒常奏道："想是印度大而无当、外强中干之故。"

孙士毅奏道："听西洋人说，印度自身就分裂成了好几个邦，内乱不止，便被英吉利各个击破、分而治之，都被它拿过去了。"

刘墉底气十足，奏道："若如吾大清皇皇上国，雄踞天下，西洋各国莫不畏威怀德，英吉利哪敢染指？"

乾隆低着头，一边"嗯嗯"应了几声，一边只顾用手指在《坤舆全图》上从"英吉利"划过"大西洋"，划过非洲"好望角"，划过"印度洋"，划到"印度国"，再划过"马六甲海峡"，一直划到"大清帝国"，自言自语道：

"英吉利越洋过海，到印度如此遥远，吾大清离印度倒不远了呢！"

皇上无意间竟说了这么一句，臣子们听了不禁陡然心惊，觉得皇上这话倒像是一句不祥的谶语：大清离印度不远，那大清岂不也要完了？几个臣子相互对视了一眼，谁也不敢吭声多言。

# 7

第七章

## 不许出港

夫吴人与越人相恶也，当其同舟而济，遇风，其相救也，若左右手。

——《孙子·九地》

人与人之间最重要的是真实、诚恳和正直，人生最大的幸福也正在于此。

——《本杰明·富兰克林自传》

## 一　贸易恢复

1784 年（乾隆四十九年）11 月，南国的冬天实在不像冬天，风儿还是暖洋洋的，太阳还是热烘烘地照耀着繁忙的广州城。

“休斯夫人号”事件总算过去了，广州官府早已撤销了中外贸易的禁令。粤海关的永靖营兵勇，业已从外国商馆区撤离。左翼镇标水师营的 40 艘炮艇亦已从黄埔江面撤回。广东巡抚衙门的巡标绿营官兵无须再在珠江两岸布防。虎门等处炮台也恢复了以往的平静。广州口岸的中外贸易活动恢复正常。

珠江江面重又出现一派万舸争流、千帆竞发的景象。从黄埔商馆区到“十三行”条条街道车水马龙，人流如潮，中外各色人等川流不息。广州“十三行”眼下的七家洋行，更如七台功力强大的发动机，开足马力重新运转起来。而各国商馆也像一座座输油站，把资金和货物源源不断地输入或输出各自的“油库”。广州这个当时世界上最繁忙的国际商贸中心，它呈现的兴隆景象，委实是盛极一时的大清帝国名副其实的“南风窗”！

山茂召因为西洋参价格的暴跌,再加上“休斯夫人号”事件的干扰，着实经历了一段食不甘味、夜不成眠、心事重重的难熬日子。然而今天,他和兰德尔怀着喜悦的心情，步出同文洋行大门，又变得满面春风了。

他俩无论如何没有料到，西洋参的出售价竟会这么快就峰回路转，走出低谷，一路攀升。原先，当他们在纽约装船时，丹尼尔·帕克曾说，这批西洋参运到中国，“其利润高达 500% 至 600%”。那当然是过于夸张了。但当他们抵达广州之后，参价竟会从每磅 15 美元暴跌到每磅 1.5 至 2.25 美元！这是他们绝对没有料到的，他们一时都蒙了！全船沉浸在极度的沮丧之中。

现在好了，潘启官今天告诉他俩：他们的 57687 磅西洋参，虽然没有能以每磅 15 美元的最高价出售，但是也已卖到最高价的三分之一甚至三分之二，即以每磅 5 至 10 美元售罄。这就意味着他们的这批参至少能卖到 24 万美元，盈利仍在 25%~30%。这真是喜出望外！全船上下无不加额庆幸，相互拥抱。他们当然知道：这全是潘启官力挽狂澜，一度垄断、操纵“十三行”及广州市面参价的结果。据启官先生说，如若能等到明年开春，西洋参价格还会疯涨。但他们绝不能贪得无厌，他们已经心满意足。

因为广州冬令贸易季快要结束，“中国皇后号”急于返航，他们急于等钱进货。总而言之，“中国皇后号”的这两位大班和二班，此时一扫压在心头的阴霾，重新绽开笑脸，步履也轻快了许多。

他俩便在同文街上信步溜达。这条街并不长，也不算宽，两旁的店号却是鳞次栉比，一家紧挨一家，几乎每家门前都挂着各式各样的招牌或布幌，各种商品应有尽有。中外人等摩肩接踵，熙熙攘攘，人声鼎沸，喧哗嘈杂。最热闹的是敲锣、打鼓、吹喇叭的场面，那是有的店家在门前做广告，或是耍猴的江湖艺人在招徕看客。偶尔也有一两顶轿子抬过，里面坐的肯定是某位官员或富商。山茂召憧憬着：费城或纽约将来也能这么繁华热闹！

他与兰德尔正这么想着、聊着，有个卖毛皮的小贩缠住了他俩，这不禁使他俩蓦然想起当初约翰·莱雅德夭折了的毛皮贸易计划，便做手势询问那个小贩，有没有大的、完整的海獭毛皮。那小贩倒是个热心人，二话不说便领了这两位洋人来到一家皮货店。

这家皮货店也就中等规模，却挂满、堆满了林林总总的毛皮，有豺、狼、虎、豹的，狐、鼬、猞猁的，水貂、旱獭的，山羊、绵羊的，甚至还有克什米尔的羊皮。店主满脸笑容，亲自出来招呼这两位西洋顾客。从他的应对裕如的洋径浜英语看，这位胖老板是接待洋人的老手了。山茂召和兰德尔便一一细问、细看各种毛皮，老板有问必答，一一介绍其款式、毛色、质量和价格。山茂召关心的是海獭毛皮，店主忙从里间托出一领上好的海獭毛皮来，轻轻地抚摸着油光锃亮的毛色，说道："前年一艘俄罗斯商船曾运来过一批海獭毛皮，上等的进贡朝廷了，其他的多数也都贩运到京城了，广州市面上剩下的不多，小店也只进了一两款，现在只留着这一款存货。您是问价钱吗？贡品不好说了，中等的大概卖三五百两银子，至于次品嘛，当年的市价也能卖到三五十两、七八十两或者一百多两银子。今年可不止这个价了，因为实在缺货。"

山茂召听了差点儿咋舌，心想：三四十两银子就相当于100多美元了，莱雅德先生所说用6便士买的一张海獭毛皮，运到广州能卖到100美元，这确实不是天方夜谭。他为莱雅德深深感到惋惜。于是他对兰德尔说："下次我们来华，除了西洋参，一定要主打海獭毛皮。"

但当他回头一看时，兰德尔不见了，这家伙不知什么时候去了哪里。山茂召连忙向店老板解释、鞠躬、道歉，退到街上，举目向人流中搜索。过了好一会儿，只见兰德尔闻着一枝鲜红的茶花，远远地挤过人流，兴冲冲地走来。他一走近，便拉着山茂召往回走："快，山姆，那边有一位卖茶花的中国姑娘！"

山茂召知道他的这位挚友对于女性美具有超常的兴致

和鉴赏眼光，觉得又好笑又好奇。兰德尔全然不顾好友的感受，拽着他急急地走，一边激情洋溢地描述：“她美得令人喘不过气来！一种十足的东方美！她穿着蓝地小白花蜡染短袖衫，那肩膀圆圆的，腰肢软软的，胸脯鼓鼓的，一条长长的大辫子搭在她的肩上。她的脸蛋简直像茶花一样红润、鲜艳，绝对不像黄种人，当然她肯定是黄种人，我是说她的肌肤比英国少女还要白嫩，简直像雪白的绸缎一样光洁，像白皙的羊脂玉一样圆润。你必须好好看看她的眼睛，哦，山姆，那是一双什么样的眼睛啊，乌亮乌亮的眸子只要怯生生地瞥你一眼，你的整个灵魂就立刻被她吸走，你根本管不住自己。她是很害羞的。我总算明白了什么叫中国人说的‘杏仁眼’了！还有,你知道什么叫‘莺啼燕语’吗？你就听听她说话吧——脆脆的，嫩嫩的，软软的,甜甜的,她叫你一声‘先生’,你的心立刻就融化了，你马上被她俘虏！——噢，你必须亲眼瞧瞧，否则你肯定会遗憾一辈子！……”

当他俩赶到同文街与“十三行”街的拐角处：“咦，人呢？她明明挽着花篮,站在这里卖花的。”兰德尔很诧异。他急忙向四处张望，仍然杳无踪影，那个卖花少女早已不知去向。兰德尔深深地叹了口气，怅然若失，大有“人面不知何处去，人流依旧闹哄哄”的失落和惆怅。

山茂召拿过好友手中的那枝茶花，绿油油的叶片衬托着红艳艳的花朵。他闻了闻，忍笑说道："这花确实芬芳鲜美，幸好，我亲爱的女性美的天才鉴赏家，您总算没有白兴奋一场，她至少给您留下了如此可爱的纪念品！"他把那朵茶花插在兰德尔的前襟，径自踱步走了。

兰德尔仍痴痴地呆在那里怅望，自言自语道："我内心可决没有丝毫亵渎的念头！"

## 二　“花地”品茗

这些天，潘振承的心情并不轻松，尽管他替美国朋友把西洋参卖了个好价钱，但他身为公行的商总，暗地操纵西洋参贸易价，毕竟是有后顾之忧的，因为这违背公行的行规。因此他选了个日子，特地邀请当时广州“十三行”其他六家洋行的行商——蔡文官、石琼官、伍垣官、杨平官、吴忻官、陈俦官，到潘家花园赴宴。珍馐佳肴，水陆八珍，摆满了一桌。大家觥筹交错，谈笑风生，其乐融融。

酒过三巡之后，潘振承喊一声“来呀”，李大总管便带领两名家丁，托出两盘白花花的银锭来。

潘振承笑着拱手道：“诸位，前一阵老朽万不得已，做了一件对不起诸位同仁的事：把诸贵行和在粤洋船的西洋参，一手操纵，统统独家贱买贵卖了，让诸位吃了亏。老朽竟自坏了行规，老朽认罚！老朽着实愧对诸位！”

那六位洋行行商其实早就摸清：前一阵西洋参市价大落又大起，背后是何人作怪。这六位可不是吃素的，他们的商业情报与耳目，同样遍布广州各个角落。只是一则鉴于潘振承的地位、辈分和威望，二则他们也想看看启翁将会如何交代、了结这桩公案，因此他们一直默不作声，佯装不知。

今天听得这位潘商总特地宴请，又如此和盘托出底细，又交出两盘白银，他们心里便有数了，纷纷说道：

“启翁言重了。诚如启翁所说：此乃万不得已之举嘛！”

“况启老伯并非为一己私利，实是为‘中国皇后号’首航广州讨个彩头而已。”

“再说我们各行眼下担保的洋船，西洋参也不多，并不在乎这些许参价出入。”

“是啊是啊，启翁断无认罚之理！”

潘振承又拱手道：“诸位的恕宥之情老朽心领了！但话又不能这么说，我们设立公行，为的就是互不欺瞒、协议货价。常言道：国有国法，行有行规。老朽承蒙诸位抬举，忝为商总，焉能首乱行规？这罚是定要罚的。”

所谓公行（相当于同业公会或商会），最初是1720年（康熙五十九年）由广州“十三行”的洋行商人自行创立的，目的就是避免各自争夺对外贸易的垄断权，相互内斗，反让外商渔翁得利。因此公行严格规定，诸如“暗中购入货物”“自行订定货价”“单独（议价购售）行为”“故意规避”行规等，都在处罚之列。这实际上是当年行商们自订的反垄断法。但其后公行制度几经废立。1760 年（乾隆二十五年），正是启官潘振承自己，呈请朝廷重建公行，这次成立的公行有所不同，它具有了半官方性质，专办洋船事务（不仅包括商务，还包括外交洋务），并经朝廷批准。但至 1771 年（乾隆三十六年），鉴于公行这双重职能负担过重，内部协调不灵，外商又反对公行垄断等原因，公行一度又被勒令撤销。1775 年（乾隆四十年），粤海关又重组公行，专揽大宗外贸，并且外商货、税乃至大清官吏与外商一切交涉，皆以公行为枢纽，公行各行商更具半官方外交性质，广州“十三行”行商制度日趋完善，也更为严格。行商一不小心，便会招致入狱、破家、充军发配之灾。而这正是潘振承之所以必须主动坦承违规行为，并自愿认罚，以取得公行各同仁谅解、宽宥的原因和背景。当然，这也是此老世事洞明、人情练达之处。

在座的六位后辈不得不佩服这位老前辈的圆通、老成和认罚的诚心，于是又纷纷表示：

“既然启翁一片至诚，我们再推脱倒是显得不通情理了。”

“是是是，倒让启老伯误会我们好像不依不饶似的，反而对老伯不恭。”

“多谢！多谢！”潘振承眼见同仁们接受了自己的赔罪，总算松了口气，便指着那两盘银锭道，“这是敝同文行出售‘中国皇后号’这批西洋参的行用银，悉数都在这里。老朽当着诸位同仁把它上缴公行，如何处置，全凭诸位定夺。”

所谓行用银，是外商付给广州“十三行”洋行“保商”的辛苦费，也就是“保商”帮着销售每一批洋货之后得到的回扣或赚头，外商一般按贸易价一两银子抽出三分银两的比例付给“保商”，其中的一部分行用银还须上缴官府用作军需、贡项、官吏活动费等开支。潘振承把他在这批西洋参销售中的赚头全部缴公，显得他确实不是为一己私利，在钱财上交割清楚，脱去干系。作为商总，他绝不贪利，反而他的同文行连一分辛苦钱都不要，这一点是很不简单的，也是颇为赢得人心的。

那六位便当场公议道：“启翁实在不必如此！既然却之不恭，那么这样吧：我们也就以启翁为表率，无须分配各自小利，把这笔银两归为公行公用吧。”

潘振承又劝了一巡酒之后，缓缓说道：“还有一件要事，正要与诸位商议：老朽马齿已七十古稀，精力每况愈下，这次为西洋参出此下策，得罪诸位，也正是老朽越发糊涂、心力不济之故。因此老朽思虑多日，趁着尚未铸下大错，还是急流勇退，请辞商总之职。老朽将向粤海关韦恩大人保举，向公行诸同仁推荐：由世文和琼尧两位贤契接任商总职务，最为妥当。”

蔡世文和石琼尧听了，着实一惊，慌忙说道：“这可使不得，使不得！启老伯正老当益壮，何出此言？我们晚生辈怎堪担当商总重任？”

“二位何必过谦？”潘振承道，“在座诸位都是公行俊乂，蔡、石二位更是新锐翘楚，正当奋发有为，多为公行和朝廷出力。”

蔡文官道：“启老伯贵德而尚齿，晚生们难望项背，是决计不敢附议的！”

石琼官也说道：“只就当年老伯重组公行之功，便是无人能够企及。老伯年高德劭，骥力骙骙，正该为后生辈引领公行！”

其他四位也异口同声说道：“启翁谦辞商总，就是韦恩大人和朝廷也是绝不会允准的。”

潘振承眼看六位说得恳切，确是至真至诚之言，颇为感动而无奈地说：“看来恭敬不如从命了，老朽实在是心有余而力不足，只好勉为其难罢了。”

潘振承的这一顿饭，其效果不仅消除了西洋参一案的隐患，而且还将为日后帮他渡过难关起到极为重要的作用，这一点就连他自己也没有料到。

西洋参生意打了个漂亮仗，公行同仁们那边也解除了后顾之忧，潘振承的心情为之一爽，他决定邀请美国朋友们同游花地，泛舟品茗。中国历来有“酒是涤愁子，茶为忘忧君”之说，美国朋友们也正因西洋参扭亏为盈而转忧为喜，因而山茂召、兰德尔、格林船长欣然应邀赴约。

花地在珠江南岸，珠江有一条南北流向的小支流——花地河，两岸虽有些农舍、店家、住宅，但总的还是一派田野风光，树木葱茏，绿草茵茵，河水粼粼，碧波荡漾，泛舟其中，品茗清谈，自然是最惬意不过的了。乾隆时对西洋外商管束极严，他们被限制在商馆内，憋得难受，便请求官府准予游览广州景观。两广总督予以批准，辟花地为外商游览休闲之地，但每月只开放三日，每次只限十人，必须由通事陪随，日落前必须回馆，不准饮酒滋事，违者唯“保商”是问。

潘振承的身份当然比通事高多了，这次由他亲自陪同美利坚客商畅游花地，这面子自然也大多了。他特地雇了一艘画舫，船上早已备下了广式早茶，那是比欧式下午茶丰盛不知多少倍的一种特殊的品茶方式。潘振承带了潘正亨、江寅兮两位后生，热情地迎候三位美国朋友上船。既然是品茶，话题自然而然就集中到了茶叶尤其是外销茶上。

“说起中国茶的外销，历史可就悠久了。”潘启官放下茶盅，说道，“大概在公元前1世纪西汉时期，沿着陆上和海上丝绸之路，还有茶马古道，中国的茶叶开始运销海外。最初从海路只运到巴达维亚，当时还运不到欧洲。到了公元6世纪，波斯商人也只将中国茶叶运到阿拉伯，按照当时的波斯语把茶叶叫作 chai，那时还只有红茶砖。”

兰德尔说：“欧洲抢得茶叶先机的是荷兰商人，他们戏谑地把茶称为‘干草水’，那时已经是 16 世纪了。”

潘正亨说：“那是我们的明朝时期。”

江寅兮说：“当时荷兰商人和我们中国商人还发生过‘茶叶战’，荷商购买量极大，又大大地压价，又抬高运输费、海员人工费，华商吃了大亏，竞争中处于十分被动的地位。”

山茂召说：“欧洲的茶叶确是 16 世纪才从荷兰输入的。当时欧洲人把茶叶只当作药品使用，认为能治疗‘昏迷、虚弱、肠胃病’，在药店出售，而且价格极高。”

潘正亨笑道：“这太巧了，在我们中国，茶叶最初也是当作药品饮用的，至今也既当作饮料，又当作保健品，也当作药品。历来古籍多有记载：茶叶有治痢、消食、清热、解毒之功效。”

潘启官肯定地说：“确实如此，据《神农本草》所载：神农氏尝了几百种野草，其中多数是可以食用的，那就是今天的粮食、蔬菜、瓜果，但也发现其中有七十二种是有毒的，尝到有毒的野草时，神农氏就是用茶叶来解毒的。所以，中国人一开始也是把茶叶当作药品使用的。”

格林船长品尝着美味的海鲜馅儿的包子，声音飁飁地问：“这个神农氏是什么人？”

潘启官笑道：“他是我们中国人的人文始祖之一，生活在5000年之前的原始社会。相传他是茶的发现者、始用者，所以唐代陆羽的《茶经》说：‘茶之为用，发乎神农。’这个‘用’字，不只是饮用，首先倒是解毒之药用。”

江寅兮补充说：“梁代的名医陶弘景还说，‘苦茶’甚至能‘轻身换骨’，也就是具有强身健体的功效。因此俗谚说：‘喝茶养生，百病不生。’”

兰德尔谦虚地说：“中国人对茶的研究令人钦佩。我们西方人因为接触茶比较晚，对茶的认识也比较肤浅，据说还闹过笑话：1685年，英格兰的蒙茅斯公爵的遗孀，送了一些茶叶给苏格兰的亲戚。这些亲戚用沸水煮茶，然后把茶水全部滗掉，只吃留下的茶叶，一尝那味道直皱眉头，他们感到十分惊讶，弄不懂英格兰贵族怎么会喜欢吃这种苦涩的叶子。”

这个段子说得大家都笑了。

山茂召说：“17世纪，英伦三岛喝茶的人确实还比较少，到了18世纪才逐渐养成喝茶的习惯，但当时茶叶还是奢侈品。到了出现下午茶的年代，茶叶需求量才猛增，几乎一下子遽增到每年近10万磅。”

兰德尔解释道：“下午茶最初是从英国贵夫人那里流行起来的。当时英国乃至全欧洲每天都只吃两顿正餐，上流社会的午餐通常只是一顿简餐，而晚餐一般要到晚上7点半之后才开始。因此每到下午三四点钟，那些贵夫人便饿得受不了，必须加餐一次茶和点心，这成了习惯，称为下午茶。但是茶叶太昂贵，因此当时喝下午茶是地位高贵、财产豪富的象征，最初只是皇室和贵族的生活方式，后来才渐渐影响到平民百姓，成了普遍的生活习惯。从此茶叶的消费量、销售量惊人地增长。”

山茂召接着兰德尔的话头说：“茶叶的需求量大增，价格和利润必然水涨船高，于是竞争便不可避免，以致引发了英国与荷兰的茶叶贸易战：18 世纪开始，在竞争中，荷兰东印度公司对华茶叶贸易逐渐失去优势，英国东印度公司占了上风，英国财政收入的 30% 主要来自茶叶的利润，每年达 1.7 亿两白银，几乎对英国经济发展起了决定性作用。”

江寅兮笑笑说：“只着眼于茶叶的经济价值，事情肯定就麻烦！”

兰德尔点头道：“确是这样，有这么一个小插曲，可以见出当时茶叶竞争的激烈：1662 年，葡萄牙的凯瑟琳公主嫁给英国国王查利二世，带了一箱红茶作为嫁妆。在婚礼上，有一种红色的液体引起了贵宾们的注意和好奇。法国国王路易十四的王后玛丽·苔雷丝便派了间谍，专门刺探那是什么液体，不料间谍被英国逮捕并处死。这场由茶叶引发的英、法间谍战差点儿引起战争！”

山茂召喝了口茶，回忆道：“17 世纪后半期，茶叶才从英国传播到北美殖民地。但茶叶在我们的独立战争中曾起了重大的积极作用，事情是这样的：为了倾销积存的大量茶叶，英国议会特地给予它倾销到北美的专利权，同时禁止北美殖民地贩卖荷兰的私茶，实际上英国掌握了北美市场的茶叶垄断权，这引起了北美殖民地民众的极大愤慨。1773 年，在马萨诸塞港的首府，当时北美最大的城市波士顿，反抗组织自由之子社，又叫茶叶党，发动、领导了反对英国垄断北美茶叶贸易，反对英国政府向北美殖民地征税的群众运动。一天深夜，一群茶叶党人化装成印第安人，潜入 4 艘运载茶叶的英国商船，把船上的 342 箱 1.5 万磅茶叶全部倒入大海，这就是著名的‘波士顿倾茶事件’，又称‘茶党事件’。英国占领军立即派兵镇压，一群淘气的小孩儿向他们扔雪球，英军竟然开枪射杀孩子，并且开始屠杀手无寸铁的平民百姓，打死 5 人，打伤 6 人，酿成‘波士顿惨案’。这引起其他城市纷纷起义。1774 年 9 月 5 日，第一届大陆会议号召武装反抗，波士顿附近的列克星敦打响了起义的第一枪，揭开了独立战争的序幕，北美独立战争由此爆发！”

格林自豪地说：“那年我 38 岁，二话没说，我就拿起枪加入了大陆军海军。”

潘启官听了，很有感触：“看来茶叶还能发挥正义的社会功能。同时，茶叶还有人文伦理功能。陆羽的《茶经》

开宗明义就提出喝茶的‘精行俭德’之旨，它能涵养品德、精益行为，乃是清贵之品，因此茶是饮品中的君子，能够调和阴阳，由此而发展出讲究人品修养、平和情性的茶道。这个‘和’字，包含着和谐、和睦、和平之意，我们应当还原茶的这个‘和’的本来功能，摒弃因茶而引发的国家间的摩擦与战争。”

潘启官转身让潘正亨捧出一函线装书，继续说：“诸位，这部书就是我国的‘茶圣’——唐代的陆羽著的《茶经》，我把它赠予美国朋友作个纪念。愿我们两国人民世世代代以茶会友，以和为贵！”

“这也正是我们美国人的愿望。谢谢启官先生！”山茂召鞠了一躬，恭敬地接过《茶经》。

兰德尔、格林船长也热情地与潘正亨、江寅兮握手道谢。

# 三　纽约：股东们的忧虑

在纽约，丹尼尔·帕克的出逃，仍然像霉菌一样，继续在“中国皇后号”的其他三位股东中间发酵。

威廉·杜尔一直忧心忡忡，他觉得丹尼尔·帕克会从欧洲流亡地再次潜逃，而他最担心的还不止这一点，他对罗伯特·莫里斯和约翰·霍尔克说：“我的朋友，千万不要再被这个居心叵测的人耍手段蒙蔽了，他会从阿姆斯特丹流窜到非洲好望角，然后拦截‘中国皇后号’，把它劫持到某个偏僻的港湾，抢劫了船上所有的货物之后，上岸逃匿！”

杜尔是如此坚信这个可怕情节的发生，以致他几次梦见“海盗”帕克中途抢劫船只的场面。他被这个噩梦弄得都有些神经衰弱了。

莫里斯笑笑说：“我对帕克的这个企图并不感到太惊慌，因为它太不现实。别忘了，杜尔先生，格林船长可是一位经验丰富的海军上校，真正的海盗也奈何他不得。而且，除了我们，任何人的指令对他都不起作用。”

霍尔克也觉得杜尔的想象力太丰富，而他自己则是彻底的现实主义者，他冷冰冰地说：“我已经授权法国的勒古德斯公司，把我在‘中国皇后号’上所拥有的那部分船只和货物，以最快的速度出售，哪怕以最初成本价卖出！”

莫里斯和杜尔大吃一惊。

“你们不必用这种眼光瞪着我。”霍尔克毫不理会合伙人的反应，“你们得替我想想：我的财政状况已处在尴尬的境地！那个该死的恶棍兼骗子帕克，总是说他的船、货支出已山穷水尽，向我榨取最后一分钱，而我像傻瓜似的一次次地替他填补窟窿。我已经将我的个人财产全部抵押了，而面对埃利斯公司、科克尔公司、刘易斯公司三方债权人的账单，我必须用我仅有的一点钱来偿还债务。但是你们当中哪一位能够向我保证：‘中国皇后号’的这次冒险一定能成功？如果船只回来而结果亏损，我又能向谁要回这笔投资？”

“冒险，我们一开始就说这是一次冒险。但如果人类不敢冒险，现在肯定仍住在原始森林里。”莫里斯知道他的这位朋友资金雄厚，但他的愤懑和担心又确是可以理解的，帕克的诈骗把他搅得心烦意乱。因此莫里斯只好反问：“约翰，你的预售船只和货物的行动，对于‘中国皇后号’可能造成恶劣后果，对此你一点儿也不担心吗？”

“我不担心。”霍尔克坚决地说，“我必须放弃‘中国皇后号’上所有的财产，这样我才能开出账单，取得公司债权人的信任和担保。”

杜尔明显受到了霍尔克的感染，也变得畏首畏尾起来：“我完全支持霍尔克先生的做法。只要可能，应当在欧洲处理掉船只的全部或部分财产。由我们自己的私人财产为这次航行投资，一旦发生不幸，我们的所有财产都将化为乌有！”

幸亏莫里斯仍然坚持自己的观点：“在‘中国皇后号’返航之前，也就是说在我们还没有看到计算盈亏的任何文件之前，我不能贸然对这个问题发表任何意见。我估计这趟航行应当是有利润的，只是需要很长时间才能计算出来。”

“我很遗憾你不同意我这么做。”霍尔克悻悻地说，“如果你还真心希望得到我的一点尊重，或者还能保持我们之间的友谊，那么我希望你能以你的名誉担保：届时我将能够得到我的那部分利润补偿。”

莫里斯沉吟了一下，说道：“老实说，在货物尚未出售的情况下，你所要求的结果是无法担保的。但我认为，一旦‘中国皇后号’返航，对于你的和杜尔先生的那部分利润，予以一定保障是可以的。”

霍尔克听到“保障”一词，态度终于缓和下来：“在船只抵达时，只要能付清我的那部分金额外加利息，我可以放弃提前出售船只、货物的要求。”

杜尔也同意这一决定。

由于莫里斯占据着“中国皇后号”的一半股份，一旦首航失利，他的损失将是最大的。更由于莫里斯投入的那一半成本和他的个人财产，已足以补偿霍尔克和杜尔的那部分可能遭受的损失，因此这后二位勉强接受了莫里斯自己也没有十分把握的决定。总之这三位股东对于“中国皇后号”的首航结果，内心始终都是惴惴的。

# 四　山茂召的难题

在潘正亨、江寅兮陪同下，山茂召、兰德尔和格林船长参观同文洋行的仓库区。格林船长一踏进货物库房，便觉得眼睛不够使了：这里简直就是茶叶、瓷器、丝绸、香料等各种中国特产的博览会！兰德尔更多地是以鉴赏家的眼光，饶有兴味地领略和品味各类东方风物。而山茂召感到不够使的是脑筋和资金，他的头脑急速地盘算着这些诱人的中国商品需要多少美元或银两。

在茶叶库房，两位主人向客人们一一介绍安徽毛尖、杭州龙井、太湖洞庭碧螺春、湖南洞庭老君眉、福建铁观音、云南普洱等各地茶叶的品种、质量和价格。

潘正亨讲解道："西洋各国东印度公司一般都是提前一年，向'十三行'各洋行预订来年的新茶，开列品种、数量等订单，然后到次年来华提货。贵船除了购货单上开列的，若另有需求，请尽管吩咐，敝行一定按质按量照办。"

山茂召忙说："我们这次船只载荷量太小，不能与西欧各国相比。贵行只需按我们的购货单，提供一定数量的武夷茶和熙春茶，我们就非常感谢了。”

江寅兮指着七八百只大木箱说：“遵照贵船的订单，武夷红茶、熙春绿茶，还有少量的珠茶，早已备齐，都是今年新下来的，诸位不妨尝尝。”

格林船长分别在三只开盖的木箱里各抓了一把茶叶，闻了闻，又撮了一些放在嘴里嚼一嚼，点头道：“嗯，很香，很好！”俨然是一位品茶的行家里手,其实他并不真懂“好”在哪里。山茂召和兰德尔见状不由得笑了。

同文行的丝绸库，几乎集中了全国各地的各种绫罗绸缎。三位美国客人只觉得眼花缭乱，目不暇接。这类巧夺天工、闪闪发光的丝织品，历来只是欧洲宫廷、王室和贵族男女专用的豪华奢侈品，而资金有限的美国客人暂时只能作为观赏者，望洋兴叹而已。他们还不知道他们的“保商”潘启官已经通过粤海关监督韦恩，为他们预购了 5 匹上好的绸缎。

江寅兮介绍说：“我们中华在公元前 16 世纪的殷商时期就有了蚕桑和丝绸。若是按传说，则是在 5000 年前的上古时期，我们的另一位人文始祖黄帝的妻子嫘祖，已经开始养蚕缫丝了。至于外销丝织品的历史也已逾千年。早在公元前 115 年，我国西汉时期的著名外交家、旅行家张骞，就已开辟了通往中亚、西亚的陆上丝绸之路。公元

15 世纪，我国明朝的大航海家郑和，又开辟了通往南亚、阿拉伯、非洲的海上丝绸之路。公元前 30 年，罗马帝国的商人就从我国购得大批丝绸销往欧洲。但是到了现今的大清国，丝绸的出口反倒被加以极其严格的限制，尤其从雍正朝到乾隆初，一直是严禁出口的。但也有例外：乾隆二十七年，即公元 1762 年，乾隆皇帝认为当时的瑞典商人最为‘恭顺’,因此给他们的待遇也比西洋其他各国优惠，才准许洋务官员可以‘酌情处置’对瑞典东印度公司的丝绸贸易。幸亏从乾隆四十年即 1775 年起，重组公行以后，丝绸、茶叶、瓷器等大宗贸易改由公行专揽，故而现今我们广州‘十三行’的丝绸买卖，较之以前总算宽松了些，但限制还是不少，需要有些关系或门路。”

山茂召略带歉意地感叹道：“贵行的绸缎，令人大饱眼福，叹为观止！只是我们的需求量与欧洲各国还有不小的差距，下次来华，我们肯定要购买最好的绸缎。这次我们更感兴趣的还是本色棉布，我们称之为南京布，请贵行务必按量供给。”

潘正亨忙说：“这您尽管放心，贵船所订 24 担细白棉布，敝行已在打包了。”

在同文行的瓷器库里，潘启官正亲自盯着一大帮伙计忙活。他见三位美国客人由孙子、外孙陪着进来，忙笑脸相迎。主客照例寒暄了一阵，启老才慢悠悠地引领着他们鉴赏瓷器的种类、品位。山茂召等三位都知道：在欧洲的上流社会，一直以拥有中国瓷器为荣耀，瓷器甚至成了财富、身份和地位的象征，因此他们正想听听这些“中国瓷”的奥妙。

“远自汉、唐，我国的瓷器通过海、陆丝绸之路，就已行销世界了。”潘启官说，“这是白瓷，是德化窑的产品，纯白而不带颜色。但青花瓷甫一出来，立即成为出口的最大宗商品，著名瓷都江西景德镇也以青花为主要产品，闻名遐迩。请看，这就是青花瓷盘龙祥云花瓶。青花瓷的烧造工艺颇为特殊，与其他瓷器不同：它是在瓷泥中加入了高岭土，又用掺有钴的颜料绘制，必须烧到摄氏1300度的高温才能成器，难度大大加大，其地位和价格自然也就高了上去。”

客人们听得颇为专心，潘启官谈得也更有兴头。他又拿起一只红色缠枝牡丹纹瓷壶说：“这一件可了不得！这叫釉里红，是明朝洪武年间出现的制品。此乃瓷中珍品，其烧制难度、销售价格又大大高于青花。但到了明代宣德年间，它突然消失了，究其原因，总是当时国力日衰之故，无力支撑高难度的工艺。直至200年后大清康熙朝国力强盛，它才又有条件重制复现。然而到当今乾隆朝，因为粉彩、斗彩、珐琅彩等新品种出现，釉里红毕竟难度太大、成本太高，自然竞争不过这些新品种，它才渐渐淡出人们的视野，成了稀有珍藏品。”

兰德尔的求知欲很强，问道：“那珐瑯彩还有景泰蓝，又是何种瓷器呢？”

“说来很有意思，这珐琅彩还是从你们西洋流传过来的呢，是东西方工艺交流的结果。”潘启官说道，“因为珐琅里面掺有玻璃的成分，而玻璃乃是欧洲人发明的。当今乾隆皇上《御制诗》云：‘近代泰西法，玻璃更新奇。’这泰西就是欧洲。譬如这种錾胎珐琅，便是13世纪我国元朝时从欧洲传入的。那种掐丝珐琅也是那时经由阿拉伯传过来的。而这种画珐琅则是十六七世纪我国明、清之际从欧洲经过印度传入的，所以也叫洋瓷。您看，兰德尔先生，这只景泰蓝花瓶便是掐丝珐琅的一种，它可全是我们中国的工艺了，它是用金丝或铜丝掐成图案花纹，再填以各色珐琅料烧制而成。”

兰德尔惊异道：“哦，原来如此，难怪价格昂贵！”

潘启官正色道：“这珐琅彩的特殊性还不止于此，诸位有所不知：其他各种瓷类再精美、珍贵，皆在各地官窑烧制，唯独这珐琅彩却是在皇宫紫禁城中烧制的，其窑甚至专门设在皇帝办公的宫殿养心殿的旁边，由康熙圣祖皇帝亲自督造，其烧造工艺严加控制，足见其神秘、珍贵的程度！那时，它无异于奇珍异宝，即使是位高权重的达官显贵，也是难得一见这珐琅彩的。”

潘启官说得滔滔不绝，兰德尔和格林船长听得津津有味，但山茂召的脸色却是越来越凝重。

潘启官见状，便知道这位大班先生担心的始终是价格的昂贵，于是他立即转换了话题："当然老朽以上所言，不过是闲聊而已。贵船的订单所需要的是我们的外销瓷，毕竟与以上所言珍品瓷有所不同，但其中也有白瓷、青花、广彩、洋彩、广州画珐琅等品，并且各个品种都有现成的样品，诸位尽可看样选订。"

山茂召一听，眉头便舒展了，他知道外销瓷价格便宜得多，说道："我们对贵行的广彩外销瓷非常感兴趣，只是我们毕竟是外行，所有瓷器、茶叶等各类进货，还须请启官先生操劳。"

"好说，好说，敝行理当效劳。"

一路聊着，主客已经来到一间小客厅。一进门，山茂召他们便看见榻上摆放着5匹光灿灿的绸缎。潘正亨主动向他们介绍说："这是我国五个不同地区纺织的五种著名的绸缎：这是湖绸，这是湘绸，这是苏绸，那是蜀锦，那是广缎。每种绸缎一匹，总共5匹，质地、工艺都是上乘的。"

江寅兮指着最后一匹说："我们广州有一句唱词：'五丝八丝广缎好。'足见我们广州的绸缎口碑也是很不错的。"

格林船长啧啧赞叹："我不知道怎样赞美它们，我找不出适当的词汇。”

兰德尔赞道：“这简直是炫目的艺术品！”

山茂召感叹道：“贵国不愧是丝绸王国，似乎全国每一个地区都在不断涌现这种用蚕丝织成的艺术品！”

潘启官哈哈笑道：“这是老朽为贵船选购的五种绸缎。”

山茂召吃了一惊：“为我们选购的？但是我们的购货单上只有购买400片单片机织丝绸,并没有5匹丝绸一项呀！”

潘启官道：“贵船好不容易首航来华，回国后单单缺了成匹的丝绸，这如何使得，岂不留下月缺之憾？”

“这……这……”山茂召为难了。

潘启官知道这位大班先生还是担心价格的昂贵，便宽慰他说：“这5匹绸缎，不是从它们的产地现购或订购的，而是从敝行的绸缎库中选取的，因此敝行自可定价，价格尽可打折。”

山茂召问兰德尔和格林船长：“怎么办？”

兰德尔耸耸肩：“很难找到拒绝的理由。”

格林说：“干脆，留下吧！”

潘启官转身，从一堆外销瓷中捧出一只大碗，大碗的中央画着一艘三桅的“中国皇后号”，船尾插着一面“星条旗”，画的上方用英文写着“中国皇后号指挥官约翰·格林”字样。潘启官笑着说：“这是老朽送给格林船长的薄礼，作个纪念！”

格林愣住了，瞪大了那双大眼睛，嘴唇动了几次也没有说出话来，最后终于找到了最得体的致谢方式：他双手接过大碗，向这位白发长者深深地鞠了一躬。

山茂召和兰德尔正为船长的彬彬有礼松了口气，不想潘正亨和江寅兮也各自捧出了带有绘画和字迹的两个瓷盘，分别赠予他们二位。年轻的大班、二班到底比粗犷的船长活络、从容，他俩先是热烈地与潘正亨、江寅兮握手致谢，然后恭敬地接过礼物，最后热情地拥抱了那两位华人朋友。

在这种场合，任何语言都是苍白的，双方亲切的笑脸和闪光的眼神，已足以交流浓浓的友情。

格林船长兴奋了好几天，向商馆的留守人员讲述这次同文洋行之行的种种收获。事务长斯威弗特一边听船长讲述，一边从衣兜里摸出一张单子，递给二班。

“这是什么？”兰德尔问。

原来这也是一份购货单，不过它完全是船上所有人员个人的购货清单，那上面开列的名单有副船长霍金森、大副麦克卡弗、二副亚伯·费彻、医生约翰斯顿、文书莫里纽克斯、木匠约翰·摩根，以及有些水手等，当然也包括事务长本人。看来船员们都想趁这次难得的首航机会，用个人的有限资金做点儿小本买卖，有的纯粹只是买些纪念品而已，显然大家都有些囊中羞涩。

斯威弗特说："船上的伙计们都快急疯了，返航的日子越来越近，可他们还什么都没有买呢！"

"嗯，来一趟不容易，"格林船长叼着烟斗说，"股东先生们吃肉，船上的弟兄们也该喝点儿汤。"

"放心吧，这汤里也许还会有点儿肉末呢。"兰德尔用手指弹了一下购货单，乐观地说。

正说着，山茂召疲惫不堪地从房间里推门出来，两眼布满了血丝，显然他又一个晚上没有睡觉。他经常为货物和钱款熬个通宵。

"怎么样，山姆？账目算清啦？"格林急切地问。

山茂召将售货和购货两份清单往桌上一撂，歪在了沙发里，有气无力地说："我们购买的货物已全部到齐，但资金远远不够！应当说，我们的美国货物包括西洋参在广州的销售情况很理想，但是，我们售货的总收入，即使全部用来支付我们购买中国货的总支出，也远远不够，怎么算也还差将近 2000 美元，按 1∶3 的比价换算成银两，至少短缺6000两银子！这已经包括我们带来的2万美元硬币，更何况这里面又被丹尼尔·帕克拿走了 2300 美元！"

斯威弗特紧张地说："帕克先生不是说一定补上那 2300 美元吗？不是说最迟也会让来华的商船捎来吗？"

兰德尔冷笑了一声："事务长先生太天真了，不会有任何一艘商船捎来一分钱，更不用说美国的商船了。”

“这个混蛋！”格林船长大骂帕克，“我见到他非得拧断他的脖子！”

山茂召愁眉苦脸地说：“眼下我们怎么办？我们到哪里去弄到这 2000 美元？我们不结清账目，粤海关根本不可能放我们出港！”

事务长说：“真够糟的！即使我们所有个人的钱凑起来，也远远不够呀！”

“除非把我们的裤子都卖了！”船长愤愤地说。

大家沉默了。

兰德尔踱来踱去，然后用他那惯常的似乎漫不经心的语气说：“我记得亚里士多德说过：‘如果改变不了事实，那就不妨改变一下想法。’”

山茂召蓦地从沙发上直起身，用惊喜的眼光盯着兰德尔，急促地说：“改变想法？对呀，我怎么没有想到！”

格林船长一时没有转过弯来：“怎么改变想法？难道想法能改变事实？”

山茂召当机立断地说：“减少进货！对，减少进货！退回一部分中国货！汤姆，我们来重新核对一下订单：退回哪些货物，退回多少，才正好凑够 2000 美元，使我们不致欠账。”

他拉起兰德尔进了房间，“嘭”的一声关上了房门。

## 五　洋人的礼物

通事江寅兮单独住在一幢两层小楼里。祖姑奶奶潘老夫人几次催着外孙搬过去同住，外孙始终推诿着没有从命。年轻人总是怕拘束，喜欢自由，他从福建老家只身闯荡广州，就是为了摆脱爷爷江大药商的管束，更是为了逃避科举考试，他跟《红楼梦》里的贾宝玉一样实在不喜欢“仕途经济学问”。好在他住的小楼就在潘家花园后面，有一条偏僻的小径连着，他来往于小楼与潘家花园之间，或者表妹慧珠小姐偷偷地摸过来一趟，都还算便当。

这些天，江通事沉浸在几本洋书中，这些书是山茂召、兰德尔、格林船长回送给潘启官、潘正亨和他的纪念品。这三位美国客人实在想不出用什么礼物回敬主人们的馈赠，钟表之类对于那三位洋行主人是不稀罕的，也太俗气，那么既稀罕又雅致的只有身边的几本洋书了。送书对西方人来说确是雅举，但潘启官祖孙俩根本看不懂这些洋书，于是它们统统归入了江寅兮的书房。

江寅兮正艰难而津津有味地阅读着英吉利作家弥尔顿的《失乐园》，只听得楼梯口“嗨”的一声，他被吓了一跳，原来表妹慧珠小姐又蹑手蹑脚地摸上来了。

江寅兮从椅子上跳起来，忙放下书，一边呵着手指，要伸向表妹的胳肢窝挠痒痒，一边说道：“让你吓我！我让你吓我！”

慧珠忙夹紧双臂，护住胳肢窝，咯咯咯地笑弯了腰，赶紧讨饶：“我不吓了！我不吓了！”

两人闹了好一阵，慧珠才气喘吁吁地止住了笑，用罗帕擦着香腮，拿起《失乐园》，问道：“这本洋书讲的是什么故事？”

江寅兮说：“这本书是兰德尔先生送的，我也看不大懂，讲的好像是一个叫卢西弗的人，不满意天堂的戒律，带领一大群天使向至高无上的天帝造反，后来他失败了，变成了魔王。还有一对叫亚当和夏娃的男女，偷吃了一只苹果，便有了羞耻心，他俩本来是赤身露体的……”

“我不听！我不听！”表妹忙捂住了耳朵，“这是本坏书，不许看！——那两本呢？”

江寅兮道：“那两本是山茂召先生和格林船长送的，一本叫《论人类不平等的起源和基础》，是一个法兰西人卢梭写的，我刚看了个开头；另一本是《鲁滨逊漂流记》，赶明儿你也可以看看。”

“正好，我可以拿它学英语。”慧珠高兴地说。

慧珠又说：“我最不赞成你看一些乱七八糟的书。譬如《红楼梦》《三国演义》《水浒传》《聊斋志异》，都是写得有滋有味的，《金瓶梅》就不好，我看了两眼就扔在了一边。最不该看的是李卓吾的《焚书》、黄梨洲的《明夷待访录》，这些异端书籍我看了就心慌，生怕你被引到歪道上去。”

“怎么是‘歪道’？”江寅兮不同意了，“这些老前辈可都是大学问家，能说出谁也说不出的救世之道来。据我看，照他们说的做去，我们这个‘朕躬禁锢’的‘国体仪制’，倒是能找到正道呢。”

“可是李卓吾是怎么死的？那是被捕下狱，受尽酷刑折磨，惨死在监牢里的！想想都让人心酸。”慧珠说，“我也佩服他们的骨气和道理，可让人怕也就怕在他们的道理：什么‘不以孔子之是非为是非’，什么‘为天下之大害者，君而已矣’，什么‘天理’是‘忍而残杀之具’——你总喜欢看这种让人害怕的书，怎么不叫人担心！”慧珠说着说着，声音都有些哽咽了。

江寅兮慌了，忙说：“我不看了！不看了！”他蹲在慧珠面前，用罗帕替她拭泪，又哄了半天，慧珠才有了笑容。

## 六　“富兰克林效应”

这一天，美国客人按照中国的礼仪习惯，将中国主人请到美国商馆，用尽可能丰盛的中西合璧的菜肴和马德拉葡萄酒，宴请“保商”潘启官、买办潘正亨和通事江寅兮。这个反客为主的主意，是山茂召和兰德尔商量敲定的，目的是将感谢和致歉熔于一炉，以酒盖脸，话也就容易开口。

餐桌上，宾主双方愉快地聊了一通两国的风土人情、奇闻逸事之后，山茂召便举杯致谢，意思是他们首次来华，人地生疏，全仗启官先生和同文洋行鼎力相助，使得货物的出售和采购超乎预料地顺利和圆满。现在所购货物已全部到齐，只待运到商馆后点货装船，不日即将起程返美，他们特此向启官先生和同文行深表谢意，并祝启官先生身体健康。

潘启官自是极为谦虚，又大大赞扬年轻的美国客人们真诚通达，表示这次合作非常愉快。此老虽已年迈，但其洞察人事之灵敏，却是后辈们不能企及的，他早就觉得这次宴请有些蹊跷，又看到格林船长和斯威弗特事务长表情很不自在，心里便猜到八九分了。因此他客套完之后，便主动捅破这层窗户纸，直截了当地笑着说：“召先生和兰德尔先生特邀老朽造访贵商馆，自然不光是品尝美酒佳肴，恐怕另有要事相商。你我之间既是朋友，还有什么不能直言的？贵船有何需求或难处，尽管坦言，但说无妨，敝行定当效劳。”

山茂召听着潘启官聊到了正题，言辞恳切，便只好掏出退货清单，很坦诚地说：“启官先生，我们正希望得到您的谅解。我们发现，我们正处在一种两难境地：如果我们不能及时结清与贵行的账目，那么您知道，按照粤海关的规条，我们根本不可能被允许离开广州；但如果我们结清账目，那么我们的资金又根本不允许我们订购超过我们能力的贵国货物。我们非常感谢贵行为我们订购了如此众多的精美商品，但我们事先对广州的市价一无所知，只怪我们所作的预算不够精确。”

说罢，山茂召把退货清单递交给了潘启官。潘启官看了一下清单，便把它转给了江通事。江寅兮在他耳边轻声地翻译了那上面各项退购的货物数目和价格，最后说：“总共退回 6000 两银子的货物。”

潘启官听罢，便笑着把退货清单交还给了山茂召，说道：“这断断使不得！也完全没有必要！恕老朽直言：贵船所购货物实在不多，比之西洋各国商船，老朽以为委实偏少了些。贵船远涉重洋，来大清一趟殊为不易，况且又是首航广州，用我们中国人的话说：总得有个开舱大吉的彩头才好。若是再减少返航货物，不说盈利，万一成本都收不回来，岂非白白来华一趟？倒是老朽这个'保商'未能尽职，对不起朋友了。因此这退货之说是断断不必再提的！"

兰德尔说得很直截："启官先生确是为我们考虑，我们很感动。但是货款短缺，毕竟是个实际问题。"

潘正亨插嘴说："诸位有所不知，按照粤海关规条：我们洋行确是不得欠外商债务的，也禁止内地商人向外商借资本，那是犯法的。但是反过来，外商亏欠洋行货款，乃至向洋行借贷，倒是不碍事的。"

当时的大清成例确实如此：朝廷对广州洋行的约束十分严厉。乾隆四十二年（1777年），丰进洋行行商倪宏文拖欠英国东印度公司商船货款1.1万多两白银，无法偿还，英商告到粤海关，乾隆帝弘历闻之大怒，认为这有损大清颜面，贻笑外商，谕令将倪宏文抄家革职，流放伊犁，欠款先由粤海关用关税代还，再由各行商分摊缴还海关。至于外商拖欠洋行货款，那是洋行自身收支盈亏的问题，故而朝廷或海关不加过问。

潘正亨刚说完，潘启官便训斥孙儿道："什么欠不欠的！美利坚客人本来就不差什么，你提它做什么！”

潘启官这么一说,山茂召和兰德尔倒不便再强求退货了。

格林船长很痛快，起身大声说道：“大家举杯，我们为启官先生痛饮一杯！”

潘启官祖孙三人告辞后，山茂召着实犯难了：欠债可不是滋味，何况是第一次与对方做买卖就赊账，更何况一赊欠就 6000 两银子。这在当时可不是一个小数目，这以后还怎么打交道?

事务长斯威弗特也不无忧虑地说：“重要的还不是钱的问题。信誉！信誉才是最令人担心的。想想看：我们给广州‘十三行’留下一个什么印象？他们会说：‘美国人做生意不可靠，第一笔买卖就欠账，以后对美国人还是小心点儿吧！’”

格林船长却不这么看：“你老兄想得太多。潘启官说得很清楚：短缺一些货款不算什么。”

斯威弗特觉得不那么简单：“唉，船长先生当然是直性子，可中国人说话、做事往往是‘弯’的，他们往往说得很客气，但心里还是会对你不满意的，留下一个不信任的印象。”

兰德尔很不同意这种见解：“事务长先生对中国人的这种怀疑论，距离偏见只差一步了。据我和山姆对中国人的了解，他们的客气不是虚伪，而是对客人的礼貌。他们的所谓‘弯’或婉转的表达方式，绝不是表里不一，往往是为了照顾对方的面子和接受心理，甚至是尊重对方的表现。”

事务长认输了，赧颜地说：“我与中国人接触还不多，也许我……”

山茂召忙打圆场说：“对于我们这些初来乍到的美国人来说，中国、中国人、中国文化深不可测，我们了解得还远远不够，误解、曲解很难避免。但是，怀疑、偏见、敌视是绝对错误的，必然只会成为我们交往的障碍，像一堵墙，反而会把我们隔离在中国之外，失去这个巨大的东方市场和友好的邦国，这是愚蠢的！不过话说回来：第一次跟中国人做生意，就赊欠一大笔货款，至少不会让对方心生好感。”

格林船长敲敲烟斗里的烟灰，粗声粗气地说：“那怎么办？赊欠没有好感，退货也不见得就有好感。”

山茂召说：“我正为这个发愁。”

斯威弗特说：“这又是个两难的难题！”

兰德尔呷了一口白兰地，照例慢条斯理地说：“关于好感，我的看法恰恰相反。我们的开国元老本杰明·富兰克林说过：‘跟那些被你帮助过的人相比，那些曾经帮助过你的人，会更愿意再帮助你一次。’也就是说，你接受他的帮助，比你帮助他，更能让他对你有好感。”

兰德尔的那三位听众都瞪大了眼睛：“这真是可敬的富兰克林先生说的？”

“他真的说接受帮助更能获得帮助者的好感？”

“换句话说：我们接受潘启官的帮助，他反而会对我们更有好感，下一次更愿意再帮助我们？”

“是的。或者说：为你做过一次好事的人，会比受到你恩惠的人更乐意帮助你。”兰德尔确定无疑地说，“心理学家们也做过实验，证明当你身陷困境需要帮助的时候，那些愿意帮助你，你又接受了他们的帮助的人，他们对你产生的好感，远胜于你愣充好汉拒绝帮助。这就是心理学上所谓的‘富兰克林效应’。因此，如果有必要，主动开口并接受帮助，并没有坏处。”

山茂召几乎从沙发上弹起来，狠狠地在兰德尔的脸颊上嘬了一口，十分动情地说：“你真行，汤姆！你真是我的好搭档！你总能在节骨眼上帮我解开难题！”

经兰德尔阐释了一番“富兰克林效应”，气氛立即轻松了起来。

格林船长豪放地说：“接受帮助吧！下一次我们来华，将会全部偿清欠款。我们不过是延期付款！”

“中国皇后号”订购的货物，经由车拉、人扛、船运，从同文洋行络绎不绝地运到黄埔岸边的美国商馆。美国客商们忙得不亦乐乎，情绪高涨，他们总算能在广州冬令贸易季结束之前，顺利返航回国了。

在同文洋行，买办潘正亨告诉山茂召和兰德尔：运送最后一批货物的驳船和小划子已经出发；将“中国皇后号”从黄埔港牵引到珠江口的25艘拖船和引水工也已雇齐，只等“中国皇后号”起航时，他们就登船工作。

山茂召和兰德尔的心情从来没有这么舒畅过，见到潘启官也感到分外亲切。潘老爷子也觉得这几位美国新朋友已经成了老熟人，迎送他们不光是完成一笔生意，倒成了他晚年的一大快事。因此越接近离别，双方越是感觉有些依依不舍。

山茂召道谢之后，便从衣兜里掏出一张纸条，恭敬地递给潘启官。

“这是什么？”潘启官很诧异，把纸条转给江通事，问道。

江寅兮一看纸条，那上面只简洁而明白地写着一行洋文，念道：“我们尚欠广州同文洋行白银6000两。”下面落款是两个签名：“‘中国皇后号’大班山茂召，二班托马斯·兰德尔。”

“这是张欠条？”潘启官惊异地问。

“是欠条。”江通事明确地答道。

潘启官苦笑着向山茂召和兰德尔直摇头：“二位这是羞臊老朽呵！多此一举倒是看不起老朽了！”

“不不不，启官先生，这是必要的。”山茂召解释说，“这也算是了结账目的一种无奈的方式，我们才能安心地离开广州。”

潘启官抓过欠条，嚓嚓嚓撕得粉碎，然后说道：“账目已经结清，没有任何羁绊妨碍贵船离港回国。”

这一下轮到山茂召和兰德尔诧异了：“这……这恐怕……”

潘启官笑道：“不瞒二位说，老朽这一生接待过成百上千艘西洋商船，但接待美利坚客人，不用说敝同文行是平生第一次，就是广州‘十三行’也是前所未有。况且贵船又特名‘中国皇后号’，敝行能作为贵船首航中国的‘保商’，这是老朽的荣幸！若是你我之间只着眼于区区银两钱财，倒把我们的交情变淡薄了，我们以后还打不打交道？怎么打交道？难道只是为了钱么？我们只希望贵船和贵国的商船常常来往，多多来往，不拘船只大小、货物多少，互通有无就好。我们中国人有句俗话：‘亲戚越走越近。’你我之间要经常走动走动才好。”

山茂召和兰德尔听了潘启官的这一席至真至诚之言，心里热乎乎的，频频点头道：“这也正是我们的希望。我们也坦诚地奉告启老先生：‘中国皇后号’这次首航中国，远不止是为缓解我国暂时的财政困难，这绝不是我们这艘小小船只所能解决的。我们的首要目的，是为了探索和打通美国与中国之间通商和友好交往的渠道。我们的邦联国会和纽约州州长特地颁发给‘中国皇后号’的两份特别通行证，实际上具有半外交文件的性质，把贵国视为我们特别尊重的友邦。我们相信：诚如启官先生所说，我们两国一定会像亲戚一样，亲密相处，越走越近！”

“好好好，这就叫‘丈夫志四海，万里犹比邻’！”潘启官回头吩咐潘正亨、江寅兮道，“今天晚上摆一桌丰盛的酒席，为美利坚朋友们饯行。”

# 七　不发“出港船牌”

又到了“万事俱备,只欠东风”的关头。“中国皇后号”的装货进展非常顺利，只等领取出港船牌就可以起锚返航了。潘启官对这艘美国商船的“保商”职责也即将结束。

这天早晨，潘振承一家正在吃早餐，李大总管心急火燎地跑进来说道:“不好了，老爷！昨天晚上寅兮少爷的小楼被抄了！”

“当啷”一声,慧珠小姐和潘老夫人的碗筷掉在了桌上。

“寅兮少爷呢？他人呢？”潘启官着急地问。

“寅兮少爷不知去向，官兵搜捕了他一夜，也没有找到他，而今不知下落。”李大总管回道。

慧珠小姐一听，当场昏了过去。潘老夫人听到娘家内侄孙被追缉且失踪了，只觉天旋地转，摇摇晃晃地差点儿倒地。潘大奶奶和几名丫头忙将女儿和婆婆抬的抬、扶的扶，手忙脚乱地好不容易才把她俩挪进了房里。

潘振承忙命李大总管道:“快！快把张医生和周医生

请来！……正亨呢？他上哪儿了？……你，你快去打听一下，寅兮到底出了什么事？他人在哪里？”

潘家立时乱了营，上下忙作一团，又忙不出一个头绪来。两位医生给潘老夫人和慧珠小姐细细诊断了一番，说道：“老太太和小姐都不碍事的，一时急火攻心，只需静养即可。愿意呢，抓几服药调理一下也好。”

过了半天，潘正亨回来了，擦着额头的汗，回道：“爷爷，事情有些难办呢！我到广州知府衙门打听了一下，说是寅兮弟‘非圣罔上’，‘狂诞悖戾’！”

“到底是什么缘故呢？你慢慢说。”潘振承细问道。

潘正亨定了定心，说道：“官兵在寅弟的房间里搜出了一些洋书，这倒还无大碍，官兵也看不懂洋文，但知府老爷说：‘洋书没有好东西，烧！’麻烦的是还搜出了一大批李卓吾、黄梨洲、何心隐这些人的书。爷爷您知道，这些书都是严禁而且要焚毁的，谁敢收藏？朝廷历来判定这些都是异端邪说、怨望诽谤、非圣毁道，阅读都是犯法的！顶顶麻烦的是：据说寅弟正在写一篇策论，题目叫什么《论不平等的原因》，内中说‘人自出生即是平等的’等等，落款是‘卢梭’。知府大人断定：这卢梭必是寅弟的化名，说他是左道旁门、惑乱人心、异端之尤，意图谋反！”

潘振承听罢，长叹一声：“这下完了！一旦扣上‘异端’‘谋反’的帽子，便是罪在‘十不赦’之列，那是要杀头的，岂止牢狱之灾而已，谁也救不了他了！唉，这孩子啊，他怎么喜欢弄这些……他怎么会……他……究竟是谁告发的呢？”

“总是寅弟交友不慎。”潘正亨道，“一个不知姓什么的通事，到他小楼去通知什么事，偶尔看见了他的那篇策论。这个通事原是个势利小人，表面嘻嘻哈哈，专会背后使绊子，一副痞子相，什么事干不出来？谁也得罪他不得的。这种人岂是好交往的？”

潘振承急得直晃脑袋：“到底太年轻哪！现在可怎么办？”

潘正亨劝慰道：“爷爷也别太担心，好在寅弟是机敏的，不等官兵敲开门，他就从后门跑了，踪迹全无。寅弟交游广，他的多数朋友是极好的，官府到哪里找他去？”

“但愿找不到才好。唉，他爷爷把他托付给我，叫我怎么对得起你舅公！”潘振承又嘱咐孙儿道，“这逃跑的事可不能跟你奶奶实说，你只说寅兮他回福建老家了就行了。你再去探听探听他的下落，到底跑到哪里去了呢？”

潘正亨答应了个“是”，正欲离开，潘振承又叫住了他：“还有，你马上去找邹通事代替寅兮，去美利坚商馆，他们正在忙碌之时，是缺不了通事的。”

潘正亨又答应了个“是”，转身出去。

这场风波，使得年届七旬的潘振承一下子好像又老了好几岁。

屋漏偏遭连阴雨：粤海关监督换人了。一道圣旨下来：韦恩调离粤海关衙门，另有任用；着令穆腾额接任粤海关监督之职。这个穆监督是和珅的亲信，他原是行伍出身，不过是个副参领，正四品，投靠和珅之后便步步高升，并且弃武从文，直到简拔为粤海关监督。

武夫自有武夫的特点：出手决绝，六亲不认，快刀斩乱麻。他甫抵粤伊始，便烧了“新官上任三把火”：

第一把火是清算“休斯夫人号”事件的旧账：当时曾动用了粤海关的永靖营兵勇、抚标绿营官兵、左翼镇标水师营的炮艇以及虎门等炮台的大炮和守军。这可是个好题目，可以做得大文章的！因为谁都知道：军队不可擅动，一动就得砸银子。这笔银子从何处追讨呢？不用说，按成例便是向广州“十三行”伸手。

于是潘振承商总便接到穆监督的一纸公文，内容言简意赅：兹因如此这般，特向“十三行”摊派军饷 50 万两。潘振承立即召集公行的其他六家行商，商议如何捐输这笔银子。这七位行商大眼瞪小眼，摇头叹息，他们心知肚明：他们碰上刮地皮的行家老手了！没奈何，花钱买个平安吧。商议的结果是：潘振承作为公行之首，认捐了 20 万两，其余 30 万两由那六家行商分别认捐，咬咬牙凑足定额，上缴完差，总算渡过了一关。

第二把火是冲着潘振承本人来的:“休斯夫人号”的“保商”是潘振承，“保商”对于被保洋船外商负有稽查管束之责。而该洋船炮手竟杀伤人命，其大班史密斯不仅包庇凶犯，且竟潜逃藏匿。对于如此严重事件，“保商”潘振承却失于觉察，放跑史密斯，理当承担管束不严连带责任，按例应罚认罪银 12 万两。

所谓认罪银，是当时和珅向乾隆建议定出的一种以银顶罪的办法：犯罪者只要上交一定数量的银子，其罪即可免赎。潘振承的认罪银原本应是 12 万两,但穆大人“从宽”定罪：鉴于潘振承在诱捕史密斯过程中有立功表现，将功折罪，现例准潘振承交纳认罪银 10 万两。

潘老爷子接到粤海关衙门送来的罚单，一时傻了，只觉脑袋嗡嗡作响，什么话都说不出来。但是白纸黑字，10 万两是一个子儿不能少的，怎么办呢？除了认罪，还有什么办法？

第三把火更是直戳潘老爷子心窝：只因江寅兮是在同文洋行任职的编内职员，又是潘振承的姻亲后辈，而今江寅兮犯下不赦大罪，并拒捕潜逃，而其东翁兼亲长潘振承却年老昏聩，懵懂不察，竟至放跑该犯，藏匿包庇，罪不容赦，准照以银顶罪，特罚认罪银 10 万两，限期交付。

潘老爷子一看这张罚单，便知这又是粤海关监督找个由头敲他竹杠，跟土匪绑票并无二致。

这前后三把火，烧得他必须一次性交出白银40万两，且受尽屈辱，心何以堪！他深知个中原因，就是官府认定“银子堆满十三行”，行商个个都是肥肉，谁都想咬一口、捞一把，不捞白不捞，只不过穆腾额咬得更狠一些，捞得也粗手粗脚一些罢了。但他毕竟年迈了，面对穆大人的这公文和罚单，他只觉头重脚轻，支撑不住。孙儿潘正亨和李大总管忙把他搀到藤椅上躺下。

晚间，病恹恹的潘老夫人抹着泪，劝慰丈夫：“老爷不可动气，伤了身子更不值当了。要不给有为儿送个信，他在京城是说得上话的。”潘振承的次子潘有为乃进士出身，现在京城任内阁中书之职，他到户部甚或直接找和珅说句话还是够格的。

但潘启官摇摇头：“千万不可！坏了为儿的清名，反而把他也赔上了。他那京官也不是好当的，万事须谨慎为是。”

“唉，这可怎么办呢？我真怕你的身子骨顶不住。”潘老夫人叹气说，“或者叫有度儿回来料理几日？”潘振承的四子潘有度是同文行的二当家，协助老父襄理内外事务。

潘振承又摇摇头：“他而今正在景德镇盯着一批货，走不开的。再说他回来也不顶事，穆腾额会买他面子？”

潘老夫人又抹开了眼泪：“这可真难办了！”

潘启官长叹一声：“人为刀俎，我为鱼肉，还能怎么办？”他悲愤地闭上了眼，泪水夺眶而出。

一波未平，一波又起。潘振承正在为军饷和认罪银的事发愁，山茂召和兰德尔在邹通事陪同下，风风火火地来到潘家花园,找他这位“保商”说,“中国皇后号”的出港“海关船牌”没能领下来！而没有这准出通行证，任何船只绝对不可能驶离黄埔港，根本回不了国！从黄埔起航到澳门总口，都是要检查这船牌的，不能出示就不得通行！

潘振承着实一惊，挣扎着从藤椅上站起，忙问怎么回事。山茂召道:“我们到粤海关去领准出船牌，但海关官员说:进港的登记簿上根本没有‘来自美利坚国’的商船，因此不能给美利坚的‘中国皇后号’签发出港船牌。”

潘振承顿觉此事非同小可，虽有些心慌，但还是以为只是哪个环节闹了误会，问题不大。他宽慰了山茂召和兰德尔一番，请两位客人回商馆等信儿，他便强打精神，钻进轿子，急忙亲自赶到粤海关衙门，直接去面见监督大人穆腾额。

粤海关的官员非常恭敬地接待了这位三品顶戴的商总老爷，说道:“眼下不是将近年关了嘛，监督大人进京面圣去了。潘老爷有什么要事，尽管吩咐卑职去办就是。”

潘振承便问起“中国皇后号”领取出港船牌的事。那位官员一边捧出册簿，一边说道:“今天邹通事确实陪着两位洋人来过，说是‘中国皇后号’的大班、二班。可是卑职查遍了由澳门总口上缴的登记名册，也没有找到美利坚国的商船，不信潘爷亲自查看。”

潘振承不觉惊诧，他架起老花镜，打开今年从澳门总口上缴的来粤洋船的登记簿，从头至尾细细查阅，查到“本年农历七月份、公历八月份”来澳的那一栏，果然发现一艘登记为“船长约翰・格林”的商船，但一看它的“国籍和来自何地”一栏，傻眼了，居然登记成了“英吉利东印度公司港脚船”，来自“印度孟买”！

原来当时洋船入港登记，并不登记洋船船名，大概是因为这些洋船的洋名、洋文读起来叽里咕噜，写起来曲里拐弯的，太麻烦，太难懂，又没有那么多通事当场翻译，所以只好仅登记船长的姓名和行驶的出发地、目的地，而并不登记船名。

潘振承一看这登记，脑袋“嗡”的一下，心想：“糟啦！”他匆忙谢别了那位海关官员，又赶到海关税务所查账。税务官对潘老爷子同样很尊敬，但是一查账，却发现登记为“船长约翰・格林”的那艘商船，在澳门总口进关时，根本没有缴纳一种特别的关税——1950两“礼银”！因此澳门总口也就没有给这艘商船开具向广州大关呈报的收据或曰送审报告单。

潘振承这才突然想起：那天当韦恩监督大人亲自登上

“中国皇后号”进行丈量和点货时，曾问起有没有带来送审单。当时山茂召被问得莫名其妙，只好回答说“没有”。韦恩很生气，而当时作为“中国皇后号”的买办潘正亨就在现场，却始终默不作声。现在潘振承才意识到：肯定是他的这个孙子在澳门总口代理报关时出了问题，或许捣了什么鬼亦未可知！至此，潘振承清楚再与海关官员纠缠船牌之事已无济于事，问题既然出在潘正亨身上，他便马上赶回去要向孙子问个明白。

潘振承一回到潘家花园，便问李大总管：“正亨回来没有？”

“正亨少爷还在‘粤海茶楼’请几位通事朋友吃茶，为了寅兮少爷的事。”

“马上派人找他回来！”潘振承气呼呼地吩咐。

不多时，潘正亨急匆匆地回来了：“爷爷，您有事？”

潘振承白了孙子一眼，脸色铁青，喘着粗气，过了好一会儿才问道：“‘中国皇后号’在澳门总口进关，是你代理报的关？”

“是，是孙儿报的关。”潘正亨小心翼翼地回道。

“送审报告单呢？”

潘正亨知道事情不妙，吞吞吐吐地说：“孙儿……澳门总口没有给送审单，孙儿……也就没有要。”

“为什么？”

“孙儿……孙儿……疏忽了。”

“啪”，潘振承拿起水烟枪一拍桌子，吼道：“是疏忽吗？你不是第一次做买办，能疏忽吗？你缴纳‘礼银’没有？”

“孙儿……孙儿……没有缴……”潘正亨小声回道。

潘振承抡起巴掌，猛地掴了潘正亨一个耳光。

李大总管忙上来劝解：“老爷别生这么大气，慢慢询问孙少爷。”

“你问他干了什么事？朝廷的钱，官府的银子，他也敢伸手！他不怕斩了他的手吗？贪图几两‘礼银’，坏了大事，闯了这么大祸！”

潘正亨捂着左脸颊，急忙辩解道：“孙儿决不是自己贪图银子，孙儿是为‘中国皇后号’省下1950两礼银。爷爷您知道：首次来粤报关的洋船是必须缴纳这笔礼银的。那天，澳门总口的官员不知道格林船长是新来的美利坚人，便自以为他是英吉利人，是东印度公司的港脚船，孙儿心想：‘中国皇后号’能省些银子也好，也就将错就错，没有吭声，任由他这么登记上了。”

“这么说，你是明明知道澳门总口将‘中国皇后号’错登成‘英吉利东印度公司港脚船’的啰？”

“孙儿知道。”

潘振承手指颤抖地指着孙儿：“你……你……你这个

孽障！我谨慎一生，多少大风大浪都闯过来了，不想被你这孽障推进阴沟里翻船！请家法！”

“老爷！”李大总管想阻拦，一名家丁已从家法架上取下棍子。

“爷爷！”潘正亨忙跪下。

潘振承猛地举起棍子，只觉眼前一黑，“哇”的一声，一口鲜血喷出来，身子晃了两晃，便昏倒在地，木棍扔在了一边。

“爷爷！爷爷！”

“老爷！老爷！来人哪，快请医生！”李大总管大声喊道。

这一下，潘家花园躺倒了三个病人：潘振承、潘老太太和慧珠小姐。其中，潘振承的病势最为沉重，他本已年届古稀，体质日衰，精力不济，外孙江寅兮的飞来横祸对他已是沉重打击；那 40 万两冤枉罚银又气恼得他差点儿倒下；而今眼看广州冬令贸易季即将结束，“中国皇后号”竟因他孙儿的一念之差铸下大错，领不下出港船牌，出不了港，回不了国，这……这可怎么办？如此要命的泼天大祸，他纵有天大本领也束手无策！这位七旬老人终于被这重重打击击垮了，他躺在书房的藤榻上，闭着双眼，气息微弱，连唉声叹气的劲儿都没有了。

儿媳潘大奶奶拿着汤匙给公公喂药。病体软软的慧珠小姐用手帕给爷爷擦嘴。病病歪歪的潘老太太瞧着老头子，默默地抹眼泪。

这时，一个丫环悄悄地进来回道："老爷，总管李爷爷传话说：有三位洋人由孙少爷陪着，特地来看望老爷了。"

潘振承忙挥挥手，赶紧让三位女眷回避了。

在潘正亨、邹通事的陪同下，山茂召、兰德尔和医生罗伯特·约翰斯顿轻手轻脚地进了书房。潘振承刚想硬撑着坐起，便被山茂召轻轻按住了。潘振承刚想说几句，但猛地一通咳嗽，什么话都说不出来。山茂召一根手指放在嘴边，做了个"嘘"的手势，让老先生什么话都不用说。潘正亨忙让仆人给客人们上茶。

三位美国客人坐定之后，山茂召开口了，他宽慰老人家道："启官先生不用着急，格林船长已经下令：让全体船员作好到澳门过冬的准备。我们不急于回国。"

粤海关规条规定："禁止外商在广州过冬，""外商不得已滞留省城者，亦须前往澳门居住过冬"。

但潘启官听了山茂召的宽慰，反而更感惭愧和心情沉重：美国朋友哪里知道澳门过冬的难处啊！那是根本行不通的！他忧愁地直摇头。

兰德尔的宽慰又别具一格，他很轻松地笑道："我很钦佩潘买办先生的机灵，换了我，我也会这么干。中国有‘三十六计’，我们为什么不能‘浑水摸鱼’‘瞒天过海’？下次来华，我也说我是英吉利人或法兰西人，反正澳门的海关官员也分不清我们白种人是哪一国的人。”

兰德尔的这一番调侃，倒说得大家笑了起来。潘启官自然领会这位美国朋友的好意，也勉强笑了笑，但笑得苦涩而无奈。

山茂召又介绍道：“这位是我们的随船医生约翰斯顿先生，他的医术是很不错的，我们的西药与贵国的中药各有疗效，启官先生不妨试试。”

约翰斯顿便用听诊器先给潘启官细细检查了心肺功能，然后给他在左胳膊上注射了一针预防心衰的他汀类针剂，又在他的右胳膊上注射了一针吗啡镇静剂。末了，他从小药箱中取出几瓶药片，各倒了几片，包成几个小纸包，然后向邹通事叽里咕噜地嘱咐了好一阵，让他转告潘正亨：“一定要按时、按量服药。”

兰德尔发现潘启官已经眼皮沉沉地颇有睡意了，便向山茂召和约翰斯顿使了个眼色，他们轻轻地退出了书房。

经过中药、西药双管齐下，潘振承的病情果然有所好转。但他的沉重心情却丝毫没有减轻，对于横亘在他面前的出港船牌难题，他依然一筹莫展，心头像压了一块大石头。

## 八　乾隆："天子南库"

在紫禁城养心殿东暖阁，户部尚书兼内务府总管大臣海望，两广总督舒常，广东巡抚孙士毅，粤海关监督穆腾额，由首辅军机大臣和珅领着，觐见乾隆帝弘历，专门汇报一年一度的海关关税事宜。

乾隆端坐在龙榻上，脸色阴沉，心情不比往日，几位大臣觉得今日的气氛有些不对。

穆腾额照例捧着奏折和关税账目，报喜似的奏道："启禀皇上：今岁粤海关税收着实丰裕！除每岁60余万两旧额外，今岁正额又可增收40余万两，平羡银子业已进收百余万两！"

奏罢，穆监督将折子和账目交由总管太监刘德保，转呈乾隆御览。

穆腾额所奏的关税或正额，是指来粤外洋商船所缴的船税和货税，这是大清皇室的一项重要收入，它并不归入户部国库，而是归入内务府，属于皇家大内内帑，由皇帝直接支配，专门用于皇家之需，因此广州被称为“天子南库”。每年此税上缴情况，皇帝亲自细加审阅，分毫不漏。如若歉收不能完成定额，粤海关官员均要受责罚；而若粤海关监督渎职歉收，轻则革职留用，以来年羡盈补不足，重则撤职查办，发配充军。

乾隆随意翻了翻奏折，并不细看账目，仍然沉着脸，思忖着说：“朕记得，圣祖康熙爷所定输税之法，征收西洋外商进口关税，船税、货税不过每百两只征税三两。然其后逐年增至四两乃至六两，这与圣祖爷的旧例不符，着令今后裁减，此项关税仍不得超过圣祖所定税率。”

几位大臣听了，未免惊讶，但不敢作声，只有穆腾额忙躬身道：“遵旨！”

乾隆为何如此大方，裁减关税？原因在乾隆朝虽仅广州“一口通商”，但外洋来粤商船之众远胜于康熙朝，所谓“番舶云集，物产壅滞”。故而船、货关税收入远远超过康熙朝，每年轻易就羡盈“百余万两”，这当然已足以满足皇家的奢靡排场开销。再则，乾隆又为吸引更多“番船”来粤通商，也有意减轻外商些许负担，平息洋人的不满，故而谕令恢复其祖父康熙所定税率，裁减关税。

那么穆腾额为何答应得如此痛快呢？原因还是在这项船、货税是由皇上专款专用的，海关及广州地方官员，即使封疆大吏如总督、巡抚和海关监督都不得截流、染指，因此再裁减亦与地方官员私利无关。既然不会造成穆监督的个人损失，那么他乐得遵旨照办。

不料乾隆加重了语气，接着又说："再者，洋船除船、货税正额外，粤海关又加抽一税，名曰'缴送'，此更与圣祖爷旧例不符，尤非朕加惠远人之意，着令将这项缴送银两裁免了吧，并将朕旨宣谕各国外商和广州'十三行'各行商知之。"

"这……"穆腾额着实为难了。

"嗯？"乾隆立即面露不悦之色。

穆监督因何为难？因为这缴送是按外商货税总额而抽取或外加的百分之十附加费，是粤海关及广州地方高级官员的额外收入，相当于地方税的一种。而今皇上谕令将这项地税裁革，岂不是挖了粤海关和广州地方官员的心头肉？穆监督内心当然与皇上顶上了牛。和珅与海望也不敢插嘴。

两广总督舒常听了皇上这道谕旨，忙给穆腾额帮腔，奏道："皇上自然是优恤洋人，子惠元元！只是据奴才所知：我大清海关之入关税率，已远远低于西洋各国，如若再将缴送一项悉数裁免，似恐太委屈了粤海关的差使。"

舒常这话终于激起乾隆怒火。乾隆冷笑道："朕何尝不知这缴送银两，乃是尔等粤省官员的额外油水？裁免了它，岂非断了尔等的财路？"

舒常和穆腾额颇为尴尬，见皇上动了真怒，连声说：“奴才们不敢！不敢！”

“啪”的一声，乾隆扔下一个折子，怒道：“你们自己看吧！”

舒常忙捡起那折子一看，竟是法兰西驻广州领事维埃莱德敬呈“大清国皇帝”的一份诉状，中、英文呈本各一，后面附着一份法兰西、英吉利、荷兰、瑞典、葡萄牙、丹麦等国商人的联名上书，下面曲曲弯弯地签满了这些洋人的洋名，其大意是抱怨粤海关关税太重，名目繁多，外商赚不到钱，常常无盈反亏，不利于华洋通商云云。

舒常一看，连忙将这烫手的山芋塞给了穆腾额。

穆腾额看罢，慌了，心想：“这呈状怎么能绕过自己，上达天听，竟向皇上告了我一个御状？这是谁在我背后捅了我一刀？莫非是海望？孙士毅？……”

正这么想着，只听乾隆又厉声斥道：“朕岂不知粤海关还有所谓‘礼银’一项：洋船凡到澳门总口报关，便须收取礼银 1950 两，是也不是？朕素知你们都是混账惯了的，一味贪财敛银。这礼银一项，而今亦一并蠲免！”

皇上这龙颜一怒，吓得舒常和穆腾额战战兢兢，忙垂首连答了几个“嗻”：“奴才们这就把缴送和礼银免除。”

然而乾隆怒气未消，又直点其名道：“粤海关！”

穆腾额忙躬身道：“奴、奴才在！”

乾隆训斥道："你身为监督，深受国恩，素享俸禄，却不思谨守厥职，洁身自重，为朝廷争些体面，反而巧立名目，贪财敛财，贻笑洋人，竟致招来洋人申诉上告，丢尽天朝颜面，你就不怕王法吗？"

穆腾额急忙下跪，额头冒汗，体如筛糠，磕头如捣蒜："奴、奴、奴才该死！奴才该死！"

乾隆哼了一声，又运了会儿气，脸色这才渐渐缓和下来。

正是由于粤海关杂税苛捐名目繁多，外商往往口出怨言。这些税目又全由广州"十三行"行商承保，又引起行商的不满，故而乾隆不得不权衡各方面的利益，作些裁减，其实是治标不治本的办法。这也暴露出粤海关封建体制的弊端，以及皇家收入与官吏地方收入的矛盾，官府与外商、行商的矛盾，行商与外商的矛盾。乾隆想舒缓一下这团矛盾乱麻，谈何容易！

鉴于矛盾的复杂性，乾隆又晓之以理："朕常念及：那些洋人远涉重洋，顶风逆浪，与吾大清通商，殊属不易。做生意总得让他们赚些银子回去，亦是朕协和万邦之意。"

和珅忙应声道："皇上睿虑深远，怀柔远人！显我大国风范、皇家气度！"

"起来吧，"乾隆平和了心气说，"朕也有些乏了，你们都跪安吧。"

几位大臣战战兢兢地躬身退出了养心殿。

# 8

第八章

## 首航归来

中国人身上虽有缺点和不足，有些怪癖，但更有许多闪光的道德品质和令人钦佩的性格特征。在岁月流动中，它们被年轻一代牢牢地继承下去，变化非常缓慢。中国有着光明的前途，中国必将在世界历史中发挥举足轻重的作用。如果谁不深信这一点，就不算真正了解中国。

——何天爵（Chester Holcombe）《中国人本色》作者，美国传教士、外交官，晚清同、光朝美国驻中国领事，1869到1885年居华16年。

## 一　准予出港

万和洋行的文官蔡世文和而益洋行的琼官石琼尧再次看望潘振承的时候，潘老爷子已经能够起床走动了，但身体还很虚弱。两位后辈照例劝慰了一阵，主要是商议了一下“中国皇后号”的出港船牌问题，他俩便告辞退了出来。

“正亨侄到底还年轻，办事只顾前不顾后，思虑不周，铸下后患，也是有的。”步出潘振承的书房，蔡世文很体谅地对石琼尧说。

“人人都是从年轻时过来的，不必提他了。”石琼尧说，“若说海关船牌呢，启翁也不是拿不下来，只是一则，老人家的身子尚未痊愈；再则，启翁在穆大人面前也到底有些挂不住颜面，是不便直接出面的。”

“好在刚才当着老人家的面谈开了，船牌的事先由你我代替他与‘中国皇后号’商讨一个办法，这是眼下的当务之急。”文官说。

“潘老伯的事，也就是我们公行的事，我们自当出力，何况老伯对你我一向器重。”琼官说，“我想我们是否三管齐下：美利坚商馆有必要把事情的原委向海关说明一下；您呢，如今是法兰西商船的‘保商’，约请法兰西商馆协助一下；而我，借着我的一些老关系，到粤海关衙门去把路子探一探。”

“如此甚好。”文官点头说。

于是他俩便相约先拜访美国商馆。

石琼官和蔡文官带着各自的通事拜访美国商馆，受到山茂召和兰德尔的热情接待。问起格林船长，山茂召说：“船长和事务长斯威弗特先生已回到‘中国皇后号’上，去准备到澳门过冬的事务了。”

石琼官连连摆手说：“这万万不可！去澳门过冬，不是二位想象的那么简单，贵船的损失可就大了。”

蔡文官解释说：“这确实不是过一个冬天的事。按照粤海关规条，须等到次年夏令时节，外洋商船才准许进出广州。那已是明年四月份了，贵船如何等得？”

山茂召一听，才着急了：“整整耽搁几乎半年，这确实……”

兰德尔问：“二位先生肯定有更好的办法？”

石琼官诚恳地说：“贵船的出港船牌遇到困难，完全是我们公行工作疏漏造成的，我们向贵船深表歉意！我们当承担全部责任。但这个误会也并非绝对不能解决，关键在于证明贵船确非英吉利港脚船。”

山茂召问：“怎么证明呢？”

蔡文官说：“我们公行将尽力向粤海关作出解释，澄清事实。贵船能否也出示一份书面文件，证明贵船确实来自美利坚？此外，我们将约请法兰西商馆作旁证，证明贵船与英国港脚船之别。”

一提到法兰西，山茂召忽然想起：“我认识法兰西驻广州的领事维埃莱德先生，我们可以直接找他相助。”

蔡文官抚掌赞成：“这样最好。法兰西领事先生当然具有官方权威的性质。”

石琼官说：“好极了！我们三方都努力一下试试。”

兰德尔也来了信心：“成功往往在再坚持一下的努力之中！”

乾隆时期，法国驻广州领事并没有领事馆，而是租用广州酒店的一套客房作为自己的办公地点。维埃莱德和法国皇家首席中文翻译加尔伯特，正是在这酒店里接待了山茂召、兰德尔和蔡文官、石琼官四人。

一番客套之后，山茂召便开门见山说道：“领事阁下，我们的‘中国皇后号’回不去了！”

维埃莱德很惊讶：“为什么？怎么回事？”

蔡文官解释道："因为领不到出港船牌。粤海关把'中国皇后号'登记成了英国东印度公司港脚船，把美国客人当成了英国人。"

维埃莱德和加尔伯特对视了一眼，两人哈哈大笑。

加尔伯特笑着说："当年我们初次来华时，也曾被误认为是英吉利人，用中国人的话说，这真叫'张冠李戴'！"

石琼官也笑道："是啊，我们大清国开放海禁尚不很久，与西洋各国交往有限，对贵方各国知之甚少，因此常常会发生一些国籍混淆的误会。"

蔡文官坦诚地说："不过这一次主要不是粤海关官员的混淆，而是我们公行的办事人员在'中国皇后号'入关时登记错了。这个错误完全在我方，与'中国皇后号'毫无关系。"

"我很赞赏文官先生的坦诚。"维埃莱德说，"那么，现在我们法国领事馆能做些什么？"

山茂召说："我们请求领事阁下能帮助我们向粤海关证明：我们是美国人，我们来自一个独立自主的主权国家，绝不同于英国。我们要求粤海关能发给我们出港通行证。"

说罢，山茂召把一份书面请求递交给了法国领事先生。

兰德尔补充了一句："我们以法兰西王国的忠实盟友——美利坚合众国的名义，向您请求！"

兰德尔的这一补充很重要：在美国独立战争期间，法国曾站在美国一边，支持美国对抗英国，并给予美国大量财政援助，确是美国的“忠实盟友”。美国独立以后，法国也并没有加入英国、西班牙对美国的封锁，只是取消了对美国的财政援助。其后法国又率先恢复了与美国的友好关系。因此兰德尔强调这种友好关系，确实有效地强化了两国的友好感情。

维埃莱德认真地看了一下美国朋友的书面请求，说道：“嗯，可以。我们认为要求粤海关更正这项错误，是合理而公正的。请允许我向诸位介绍：这位加尔伯特先生，是我特地请求国王路易十六准许，邀请他来华协助我工作的。他是一位中国通，在广州官商两界很有些人脉。”

加尔伯特很客气地起身，鞠了一躬。

领事先生继续说：“我将请加尔伯特先生代表我，向粤海关说明贵船所属的国别和登记错误的原因。”

美国来客亦起身，向领事先生和法国首席中文翻译先生深表感谢。

自从进京陛见皇上回粤以来，被皇上训斥的穆腾额，其心情沉重了好长一段时间，后来才由沉重而逐渐平静下来，最后竟变得大好了：皇上对今年的关税收入非常满意，这就意味着他这“海关监督”的位置坐稳了！

当潘正亨代表同文洋行，蔡文官、石琼官代表公行，加尔伯特代表法国领事，陪同山茂召和兰德尔步入粤海关衙门时，穆监督分外热情地相迎："加尔伯特先生，我们已是老相识了，何不常来舍下走走？据说您是喜欢我们的花雕陈酿的。"

加尔伯特笑道："花雕自然是要品尝的，不过今天造访，是为'中国皇后号'出港船牌的事。"

穆腾额立刻板起脸来："此事我已尽知。潘大商总竟是老糊涂了，怎么办出这种糊涂事来！"

潘正亨忙起身，垂首回道："大人，此事全是在下一时糊涂，家祖父并不知情。"

穆大人哼了一声："我说呢，启老办事一向谨慎老成，哪能办出这种荒唐事？原来是你这个大买办一手遮天！行，好小子，你既然敢于坏了规矩，当然是不怕责罚的啰？"

石琼官忙求情道："大人，潘买办坏了规矩，办砸了事，原是该罚的，启老已用家法狠狠地责罚了他。"

蔡文官也求情道："大人，潘买办办出这荒唐事，倒不是为了中饱私囊，实是为'中国皇后号'省些礼银的意思。"

穆大人似乎怒气未消，训斥潘正亨道："年纪轻轻，本该老老实实历练历练，怎么反而给海关添乱？"

石、蔡二位深知：穆监督这出戏，是做给眼前的三位洋人看的。其实潘正亨触犯的1950两礼银一项，遵照皇上的传谕，是早已被裁革了的，穆监督当然不敢违旨再提，同文洋行也毋庸补罚；而今又有法兰西“皇家”的洋人出面协调此事，已给足了穆大人的面子。他不过是故意拿潘正亨做法子，表示粤海关法度森严，他监督大人不徇情面而已。

山茂召适时地递上美利坚邦联议会和纽约州州长开具的两份特别通行证，以证明“中国皇后号”本是美利坚商船，与英吉利无关。加尔伯特也递上了法国领事维埃莱德给穆监督的简函，以旁证“中国皇后号”确实来自美利坚，并非英国东印度公司港脚船。穆监督一边听着身边的通事给他翻译这三份文件，一边心里想着韦恩老监督离任时特地给他的一个交代：皇上曾亲自口谕，应对“中国皇后号”多加关照！

于是穆腾额笑道：“本职何尝不知美利坚是新建立的主权国家，‘中国皇后号’乃是美利坚国的商船？只是贵船这次初来乍到，闹了误会。不碍事，不碍事，以后多来几趟，不就熟悉了吗？”

加尔伯特愉快地说：“我与监督大人不是已熟悉了吗？我们的领事大人托我向监督大人致意！”

山茂召也说：“我们虽是首航中国，但我们的合作非常愉快。我代表‘中国皇后号’的全体成员，向粤海关监督大人和海关官员致以衷心的感谢！”

穆监督非常高兴：“大班先生不必客气，我们欢迎美利坚朋友再来中国！”

兰德尔禁不住说道：“我可以向监督大人透露一个消息：我们美利坚的另一艘商船‘帕拉斯号’，已经在来华途中。”

穆监督大喜：“好好好，越多越好，越多越好，我们竭诚欢迎！”

石琼官轻声提醒道：“大人，这出港船牌……”

“哦，出港船牌！”穆监督这才想起这档要务，“我这就吩咐下去：尽快把‘中国皇后号’重新登记在册，立即签发出港船牌！”

## 二 “再见，广州！”

在美国商馆外的黄埔港边，山茂召和兰德尔坐在商馆码头的石阶上，望着江中的“中国皇后号”。他俩能望见格林船长正指挥着全船成员在船上忙碌，大驳船和小划子还在不断地运送货物和返航所必需的生活用品、食品。

“中国皇后号”即将返航，山茂召和兰德尔这对年轻的老战友、老搭档却要分手了，他们能在一起的时间已经有限，两人半天也不说一句话。

事情是这样的：从印度尼西亚的巴达维亚港先期抵达广州的一艘英国商船，给兰德尔捎来了美国大型商船“帕拉斯号”大班和船长的一封信，请求兰德尔协助他们在广州进行对华贸易，也就是担任商业顾问。因为该船运来了邦联国会特许的大批美国货物，并将从中国运回更多的东方产品。但他们对中国市场一无所知，当然希望有一位“先行者”能为他们指点门径，打开销路。而山茂召作为“中国皇后号”的大班或商务主管，显然是不能中途离船的，因此“帕拉斯号”只好邀请二班兰德尔帮忙了。现在该船正在巴达维亚补充食物和淡水，不日就将驶入广州。

“山姆，只要你说留下，我就留在船上。”兰德尔说。

山茂召又沉吟了一阵，说道：“在纽约，在开始这次中国之行的时候，我们俩就曾约定：如果在中国期间你能遇到合适的机会，你可以留在中国，或者去其他你认为有益于你发展的任何地方。我与你一直有一个共识：对于我们年轻人，机遇就是一切。”

“我担心的是，你一人在船上是否忙得过来。返航的风险也许比来的时候更大，船上可是装着全国的希望。”

“我知道，”山茂召说，“我们始终是在冒险，我们的冒险历程并没有结束。但是我想，这个历程一半已经过去了，还有一半再挺一挺也能过去。我担心的是你，你不能随船一起返航，船东们会怎么说？”

兰德尔倒并不在乎这一点：“尽管我与船东们签有合同，但是船主帕克先生是允许我这么做的，他曾允许我可以抓住对我有益的任何机会。再说，在开船时，他们并没有增加他们曾答应的给我的津贴。”

山茂召还是有些忧虑：“很难说那些大老板会怎么样。我总觉得，就个人而言，他们跟我们不一样。”

“这是我写给亨利·诺克斯少将的信。”兰德尔掏出一封信，说道，“向他表述我对中国的观察和展望，同时也说明了我留在中国的原因。”那位少将是这两位青年的保护人。

山茂召接过信，翻阅了一下：“这很有必要，我一定转达。我也正在草拟一份报告，准备呈交约翰·杰伊外交部长先生，陈述我们与中国通商和建立良好邦交关系的必要性和可能性。我认为这是比赚钱更重要的事务！”

“我完全赞同。”兰德尔说，“我们问心无愧，我们的个人选择是符合合众国的国家利益的。”

“是的，汤姆。”山茂召肯定地说，“我们的合众国还有许多困难，新生的合众国需要我们年轻人。我们把个人的前途与国家的前途捆绑在一起，因此，我们选择的道路是正确的。”

这两个年轻人望着江中的“中国皇后号”，望着滔滔珠江水，又陷入了沉默。他们用信念和雄心，驱散着眼前的不舍和惆怅。

1784 年 12 月 28 日(乾隆四十九年十一月上旬),清晨,大片绚烂的红霞烘托着一轮冬日的朝阳,从东方冉冉升起,把珠江水面照得闪闪发光。

“中国皇后号”整装待发，一切都已准备就绪。船上又升起了星条旗和舰旗、彩旗。水手们和全体船员身着正装，整齐地排列在甲板上和帆桁上，精神抖擞，向万舶云集的黄埔港，向繁忙的广州城，向欢送的人群默默致敬。

美国商馆的码头上，山茂召和格林船长正在与潘正亨、石琼官、蔡文官、邹通事和兰德尔一一话别。在他们的身后，挤满了围观的人群。兰德尔的目光不时在人群中找寻，但始终没有看到他曾邂逅的那位卖花姑娘，这时他是多么希望见到她啊！那两个在同文街卖水果的小广仔倒来了，夹在人群中间，他俩瞧见列队在船舷旁的小格林和克拉克森，便使劲地挥动草帽，一边“喂喂”“嗨嗨”地大声喊着。那两位花旗仔其实也瞧见了他俩，但因肃立在队列里，只能默默地招招手，向两位新朋友告别。

山茂召的目光始终在翘盼他的好朋友江寅兮，他问潘正亨：“江通事先生还没有回广州？”

潘正亨只好继续隐瞒实情，皱着眉小声答道：“他还在福建老家，他父亲身体欠安。”

山茂召每次问起江通事，都觉得潘买办的神情总有些怪怪的，隐约感觉其中肯定出了什么事，但他也不便多问。他转向兰德尔道：“等江先生回来，你务必转告他：我们感谢他，也很想念他，我们的友谊不会随时间而消退。”

说话间，只见粤海关的几名衙役，抬着荔枝干、橙子、腌制的生姜和几匹崭新的南京棉布，一担担地送来了，这也是所谓的“赏钱”。按照当时的礼仪或惯例：每当外洋商船到港或驶离广州，粤海关照例要送一些礼物，这是中华古国的传统礼节，也表示粤海关对洋船的欢迎或欢送。格林船长代表“中国皇后号”，也以外交礼节，躬身接过那份礼单。

正在养病的潘启官坐着轿子也匆匆赶来了，八名随行的伙计抬着两个大木桶和两个大麻袋。潘启官拄着拐杖下了轿子，格林船长和山茂召、兰德尔急忙迎上去搀扶，激动地说：“启官老先生，怎么还是来了？我们已经向您告别过了，您该听从医生的嘱咐，静心调养。”

潘启官满脸笑容：“不妨事的，老朽躺不住，总想再看一眼‘中国皇后号’。”他望着这艘整装待发的商船，依依不舍。

格林瞧着那两个大木桶，很奇怪：“这是什么？”

潘启官笑着让伙计打开桶盖，原来那是两桶浸着清水的瓷器，里面已密密麻麻地长满了白嫩白嫩的豆芽。三位美国客人从没有见过更没有吃过这种小白芽，正感疑惑，潘启官笑道：“这可是好东西！这是绿豆发的嫩芽，那是黄豆发的嫩芽，既可以非常好地保护瓷器，又可以在旅途中当蔬菜吃，预防坏血病。这是一麻袋绿豆、一麻袋黄豆，你们在船上还可以不断地发豆芽、吃豆芽。”

潘老先生想得这么周到，令三位美国客人十分感动，又听着新鲜，忍不住摘了几根豆芽，放在嘴里嚼一嚼，频频点头道：“嗯，非常鲜嫩，好吃！好吃！”

送行的人们都笑了起来。

潘正亨笑道:“用油、盐、酱油炒一炒，味道更鲜美。”

山茂召道:“我们已购买了大量酱油，我们西方没有这种调料。”

格林船长一拍手掌:“我们不用再吃腌酸菜了！启官先生，我们要感谢中国人培育了这种奇妙的小嫩芽！”

大家又笑了……

转眼已日上桅杆，“中国皇后号”涂上了金色的霞光。

宾主之间好一阵说说笑笑，好一阵互道保重，好一阵送别辞别，好一阵难舍难离。

山茂召紧紧地握着潘启官的手，深情地说:“我们要回家了！谢谢您，老先生！”

潘老爷子颤抖着银须，望着这位年轻的大班，语音也有些颤抖:“‘征夫怀远路，游子恋故乡。’愿你们……平安到家！”

老人的双眼湿润了。

“中国皇后号”终于起锚了。25 艘拖船牵引着它，开始渐渐驶离黄埔锚地。突然，在船的尾部响起了一阵爆竹声:“呼——啪！”挂在尾桅帆桁上的两大串鞭炮，也噼噼啪啪地燃放起来。那是潘正亨事先让船上的引水工准备的，为了驱邪消灾，希冀“中国皇后号”一帆风顺。

紧接着，“中国皇后号”上的大炮也轰鸣了起来，鸣放十三响礼炮。全体船员发出三声欢呼，向欢送的人群，也向广州城和所有停泊在黄埔的中外船只告别。与此同时，黄埔港上西洋各国的每一艘商船也各自鸣放十三响礼炮欢送。一时间，黄埔江面又炮声隆隆、硝烟腾腾，那一阵阵代表和平与友谊的炮声，在江面上不断扩散，久久回荡，传得很远，很远……

山茂召和格林船长站在船尾，望着渐渐远去的欢送人群，百感交集。四个月前，他们行程 1.8 万英里，经历 188 天海上航行，从美国纽约港来到这里；今天，他们在广州贸易和生活了 123 天之后，又正从这里渐渐驶离，告别日夜相处的广州“十三行”的中国朋友们，告别广州这座东方大港，告别古老的中国，返航美国。他们将把这里的一切，带回给对这片土地还一无所知的美国人民。

兰德尔和潘启官目送着硝烟中渐渐远去的“中国皇后号”，心中久久难以平静。这位年轻的二班，不知道自己今后能否重新踏上这艘商船，能否和苦乐与共的全船同伴们再次聚首。而那位执掌同文洋行几十年的古稀老人，却是清楚地知道：这是他最后一次迎送“中国皇后号”了！等到这艘美国商船再次来华，接待它的将不再是他，而是他的儿子潘有度或孙子潘正亨了！此时此刻，他是在与“中国皇后号”诀别，也是在与他自己的五十年行商生涯诀别，他的眼中不禁老泪纵横。

“中国皇后号”徐徐远去，珠江水缓缓流淌，欢送的人们还在依依凝望。面对此情此景，山茂召心中轻轻呼喊着：“再见，朋友们！再见，广州！”

“中国皇后号”出了珠江口，驶入零丁洋，立即升起主帆，劲风推动着它快速前进。很快驶到澳门，船只暂作停留。山茂召和格林船长乘小艇上岸，到粤海关澳门总口（分关）顺利交割了出港船牌，他俩便回到船上。船只重又徐徐航行。

当船只刚驶到澳门岛最南端的妈阁山海面，升起了满帆，开始全速前进时，站在船尾瞭望沿海风光的山茂召，忽然望见那山下的海岸边岩石上，分明站着一个熟悉的人影。

“江通事？江先生？”山茂召直觉地意识到是他，他忙举起单筒望远镜，向那人望去，“果然是他！”他又举起手中的帽子，使劲地向那人挥动，只见那人也正向他挥动着手臂，无声地凝望着他，凝望着“中国皇后号”。

山茂召似乎一下明白了：江通事为什么只身躲到澳门，为什么不能公开欢送他们。他肯定遇到了麻烦，身处险境，吉凶莫测。山茂召慢慢放下望远镜，放下帽子，心情沉重，他为他的这位中国朋友担忧！他内心无声地道别着:“再见，朋友！请保重，我的朋友！”但他不知道他的这位朋友,此时也正在含泪低呼:“再见,朋友们！再见,‘中国皇后号’！”

海风吹拂着海浪，海浪推动着船只，“中国皇后号”渐渐远去。

山茂召和江寅兮相互遥望着渐行渐远的身影，两人从此一别，天各一方。

此种离情,滔滔海浪似乎也在感叹:“请君试问东流水,别意与之谁短长？”

## 三 大洋礼赞

“中国皇后号”驶入印度洋以来，虽然气候炎热，但天气晴朗，顺风顺水，船只张开了满帆，全速前进。

格林船长在船头楼上发现：有一艘单桅快船总是尾随着他们，始终保持不近不远的距离、不快不慢的速度。他几次用望远镜细细观察它，但不明国籍，没有船名，格林有一种不祥的预感：“莫非是海盗船？”他担心的是满船的瓷器、丝绸和茶叶。

当“中国皇后号”行驶到查戈斯群岛以南海域，观察员在瞭望台上突然喊道：“船长先生，前方又出现一条船！”格林和山茂召向前望去，果然又有一艘单桅快船从一个孤岛的后面驶出，快速向他们迎面驶来，显然是要截断他们的去路，与前一艘快船从前后夹攻他们。

“海盗！”格林船长大喊一声，同时高声下达一连串命令，“炮手各就各位！其他人员准备好枪支弹药！卷起前桅、主桅、后桅所有大帆，只留顶帆！收起船首、船尾三角帆！拉紧操舵帆、转向帆！舵手注意保持航向！”他又转向山茂召，“山姆，请你到船首指挥战斗。”

格林不愧是海军上校，他指挥若定，他的一系列命令下达得明确又及时：如果大帆被海盗的炮火击中，靠风帆驱动的船只就将失去主要动力；保留最高的顶帆，是为了吃风，保持船只的驱动力，其高度又不易被炮弹击中；坚守操舵帆、转向帆，乃是船只机动性、灵活性的保证；而收起首、尾三角帆，则是给船头、船尾的枪手们腾出了瞄准空间，跟前、后两面驶来的对手大干一场。他把船首的指挥权托付给了山茂召。

全船人员行动紧张而匆忙：水手们以最快的速度执行着船长的命令。副船长霍金森下到炮舱，忙着与炮手们擦拭火炮和炮弹。大副麦克卡弗和二副亚伯·费彻分头负责枪支弹药的分发和所有风帆的升降。幸亏他们与全船水手、船员，绝大多数是独立战争时期的军官和士兵，这等于是一支精干的作战船队。年轻实习生小格林和克拉克森，也弯着腰运送弹药。瘦弱的木匠约翰·摩根正在病中，也挣扎着从吊床上爬下来，帮着运送弹药。

“轰”，前面的海盗船首先开炮了。“轰，轰”，后面的海盗船也连开两炮，在“中国皇后号”的周围溅起一个个冲天水柱。但是格林船长还没有下达开火回击的命令。

转眼间，海盗船已驶进火枪的射程之内，格林一声令下：“开火！不能让他们再靠近一步！”

刹那间，船首、船尾的二三十杆火枪子弹齐发，枪口喷出一阵阵白烟，跟对方的枪炮声交织在一起。

山茂召匍匐在船首，喊道：“瞄准对方的舵手、炮手！”

但枪手们仓促上阵，一时未免有些混乱，火力分散，影响了杀伤力。山茂召十分镇定，忙命令枪手们：“快分成两队，一队射击，一队装弹药，轮流射击！不要乱，瞄准海盗再射击！”他这时特别想念战友兰德尔：“要是汤姆也在就好了！”他回头一看，正好木匠摩根来送弹药，他忙喊道：“你，快到船尾去，通知他们也分成两队！”

木匠气喘吁吁，满头大汗，急忙弯腰跑向船尾。

经过这一番整顿，无序状态立即转为有序，首、尾的火力显得更为猛烈，海盗船始终不敢靠近。

但格林船长感到十分憋气：十四门大炮始终未能发挥威力！因为两艘海盗船十分狡猾，它们始终像两只“鬣狗”围攻一头“野牛”似的，一直在“中国皇后号”的船前和船后，保持首尾夹攻的态势，避开“野牛”左右舷两侧的大炮，然后靠近“猎物”，登船抢掠。海盗的一发炮弹终于击中了“猎物”，在它的后甲板爆炸。

格林十分恼火，大声命令：“亚伯·费彻，让舵手、操舵帆、转向帆注意：左满舵！把船身横过来，横在那两艘贼船中间！”

船身很快调过头来，但是那两只“鬣狗”好像早就料到这一手，它们也跟着“猎物”的首尾转圈，企图仍然保持一前一后的夹攻态势。然而“猎物”的转身毕竟只自转90°，而两只“鬣狗”却必须公转90°，绕一个大弧圈，其转速远远跟不上“猎物”的自转。“中国皇后号”终于横在了两只“鬣狗”的中间。

“开炮！”格林大声下令。

顿时，左右舷的十门重炮、四门加农炮立即怒吼起来，炮口喷出一阵阵硝烟，一发发炮弹连续射向两只海盗船，它们立即被一阵阵水柱包围了。海面上响起一片雷鸣般的轰隆声。船首、船尾的枪手们也立即转移阵地，匍匐到船只的左右舷，枪弹雨点般地射向海盗船。

海盗船的火力终于被压下去了，它们只各自架着船头的两门活动旋转炮，火力有限，但是却很灵活。他们调转四门炮的炮口，全部朝向“中国皇后号”，仍然构成不小的威胁。只听“轰”的一炮，“中国皇后号”船尾的星条旗旗杆被炸断了！

格林船长大声喊道：“星条旗倒了！快把它扶起来！”

木匠摩根听到船长的喊声，立即站起身，不顾炮弹和枪弹雨点般地飞来，带着病体，艰难地爬上旗台，准备把旗杆和星条旗重新竖立起来。他本想把炸断的旗杆重新接上，但是不行，身边连捆旗杆的绳索都没有。于是他干脆挺直了身体，一手扶着旗杆，一手举起星条旗，把自己的身子当成了旗杆。

格林大声喊道：“摩根，快趴下！”但这一回摩根没有听从船长的命令，他依然举着星条旗挺立着，让星条旗照常高高飘扬。正在这时，一颗炮弹向他飞来，轰地炸开，弹片不幸击中了他的前胸、后背，鲜血马上渗透了他的衣衫，他身子晃了两下，便与星条旗一起重重地倒在了血泊中。

“摩根先生倒下了！”小格林大声喊道。

“还傻愣着干吗！快把他抬到医疗舱去！”格林恼怒地向儿子嚷道。

小格林和克拉克森立即帮着医生约翰斯顿，把浑身是血的摩根抬进了医疗舱。

格林怒火中烧，大声吼道：“伙计们！给我狠狠地揍这帮海洋的败类！”

船上的炮火更加猛烈，枪弹也更加密集。左舷的一发炮弹终于击中对方一艘船的桅杆，只见那桅杆带着大小风帆訇然倒塌下去，那艘船顿时失去了动力。霍金森下令右舷的炮火一阵齐发，炮弹像陨石雨一般向另一艘海盗船倾泻，这一下终于轰穿了它的甲板和一侧船舷，只见它船身一歪，有气无力地歪在了波涛起伏的海面上。

格林立即下令：“快升起所有风帆，全速前进！”

“中国皇后号”很快把海盗船甩在了后面。格林船长下令检查船只受损情况。

“摩根先生！摩根先生！”人们听到小格林的呼喊声，纷纷围拢过来。

摩根的两处伤口虽然已经得到治疗和包扎，但他本来就病体虚弱，中弹后又流血过多，有一处弹片又接近心脏，瘦骨嶙峋的他脸色苍白，躺在白色床单上，已经奄奄一息，正在走向生命的尽头。

胖二副亚伯·费彻屈膝跪在摩根的床沿，双手捧着他那皮包骨的瘦手，轻轻喊道：“约翰！约翰！你睁开眼看看：我们胜利了！海盗们全被打垮了！我们的星条旗完好无损！”

摩根微微眯缝着眼，看了一眼捧在小格林手里的渗透着他鲜血的星条旗，艰难地笑了笑，又无力地闭上了眼睛。

“约翰！约翰！你别这样，我们还要扮演‘回归线老人’‘回归线太太’呢！我们一起回美国……”胖胖的“回归线老人”带着哭腔，使劲地想喊醒摩根。

摩根果然又睁开了眼睛，好像忽然想起了什么，目光在人群中搜索。他的同乡、伙食管理员兼厨师托马斯·布雷克知道他在找什么，急忙把他买的两件瓷器捧到他床前。他看了一眼瓷器，抬起手臂，指着布雷克和费彻，目光又找到格林船长和山茂召，嘴唇翕动着，艰难而分外郑重地挤出一个字：“给……给……给……”但是没等他说完，那手臂已无力地垂下去，软软地掉在了床沿上。他的眼睛合上了，再也没有睁开。

费彻和布雷克大声喊着："约翰！约翰！"他俩的眼泪夺眶而出。

格林船长和山茂召抑制不住悲痛，掏出手帕蒙住了双眼。医务舱内外响起一片抽泣和呜咽声。

山茂召含泪接过那两件瓷器：一件是画着一艘三桅大船的淡黄色瓷罐，另一件是也画着一艘三桅大船的白色瓷碗。布雷克抽泣着喃喃说道："摩根先生很穷，他买不起更多的纪念品。他无儿无女，一生未婚，只有一位70多岁的老父，住在康涅狄格邦的格罗顿……"

格林船长抹去泪水，对着已听不见他声音的摩根说："摩根先生，请放心，我们会去看望他老人家的！"

血染的星条旗在海风中高高飘扬。

船员们静静地排列在甲板上，他们中有的头上缠着纱布，有的手臂吊着绷带。他们垂着头，默然无语。

摩根躺在雪白的床单上，他从头到脚已被裹上了白布。格林船长、山茂召、费彻、布雷克四人抬着摩根的床，慢慢走上甲板。

没有哀乐，没有唱诗班，只有海风在静静地吹，海鸥在嘎嘎地叫。

大炮“轰、轰、轰”地鸣放了三响。

在炮声中，格林船长等四人将裹着白布的摩根，慢慢地滑向海面，滑入海中，大洋的波涛很快涌没了摩根的身躯，把他渐渐沉入海中。他们让他面对西北方向，面向他的老父盼着他回家的地方，面向他的祖国，面向他和星条旗的故乡。

海风在吹拂，海鸥在鸣叫。

山茂召望着无边无际的大海，心绪也像海浪一样翻腾。他代表同伴们为摩根的葬礼致悼词：“人生是多么短暂啊！即便我们的愿望是世界上最善良、最美好的，但我们是多么容易失去它啊！怎样才能把握住它呢？这是每一个人都该回答的，而摩根先生已用自己的生命作出了庄严的回答！安息吧，摩根先生！”

太阳高高地照耀着。遥远的天边的乌云里，隐隐传来隆隆闷雷声，好像大洋也在为摩根鸣放礼炮！

# 四 归心似箭

1785 年 4 月，“中国皇后号”又旧地重游，航行到了非洲中部的佛得角。山茂召浮想联翩：去年差不多这个时候，他们曾在这里短暂停留，兰德尔曾碰见逃亡的小黑奴；而今，兰德尔留在了广州，那个小黑奴也不知怎样了。他正望着岸上的山谷、茂林出神，格林船长一拍他的肩膀说：“走，山姆，喝酒去。”

原来，在佛得角的港湾，不光停泊着几艘英国、法国、荷兰的商船，中间还夹着一艘来自波士顿的“智慧女神号”，它的船主希尔斯上校得知“中国皇后号”也停在这里，正想细细打听广州之行的详情，便派手下热情地邀请山茂召和格林船长过来宴饮。而山茂召和格林知道希尔斯的这艘船是有“故事”的，正想听听他的“故事”，当然愉快地接受了邀请。

觥筹交错之间，两位客人向主人详细地介绍了广州的详情和他们的亲身经历。山茂召说：“不过，上校先生，现在您不用担心那个神秘的东方古国了。托马斯·兰德尔先生现在就留在广州，他会热情地接待你们，为你们提供帮助，安排好一切。广州‘十三行’将是你们的新朋友，他们都非常好客。但是跟我们西方人不同，他们说话、办事不那么直截了当，但是很热诚，也讲究效率，他们与官方的关系也十分密切。”

“上校先生不必有任何顾虑。”格林船长插嘴说，“用中国人的话说：‘一回生，二回熟。’他们已经熟悉美国人了。”

“唉，现在是我向你们二位请教中国之行，本来应当是你们向我请教的！”希尔斯叹了口气，有些苦涩地说。

山茂召知道上校要讲他的“故事”了，他几乎是逢人就愤愤地讲他的“故事”，传得几乎谁都知道一个大概了。山茂召问：“上校先生，您的‘智慧女神号’是前年，1783年12月，从波士顿起锚的吧？”他特意为对方开了个头，引起往事的话题。

“可不是吗？1783年12月，比你们的‘中国皇后号’开船整整早了三个月！”希尔斯灌了一口酒，激愤地说，“我的‘智慧女神号’满载着9000磅西洋参，想赶在瑞典的‘新哥德堡号’的前头，直奔中国广州。横渡大西洋时一切顺利，谁知刚到好望角，出事了！当时有几艘英国东印度公司驶往中国的商船，把我的船拦了下来。他们的几位‘官员’登上了我的船，对我软中带硬地‘好言’相劝，说他们运载的西洋参比我多出几十倍，我的船到广州卖不出好价钱，只能亏本。而他们愿意高出我的成本一倍的价格，买下我的全部西洋参。你们知道：他们这明明是为了阻止我前往广州，他们根本不希望我们合众国开辟通往中国的航线。但是当我瞧着他们船队那些大炮的炮口时，我犹豫了，我想：胳膊拧不过大腿。我一咬牙，卖就卖了吧！就这样，我的‘智慧女神号’失去了首航中国的机会，很遗憾地没有成为我们合众国对华贸易的先驱者！”

格林船长是个直性子，口无遮拦地说：“确实太遗憾，上校先生，现在您不用说成不了冠军，恐怕连亚军也当不成了，只能落个第三名。”

“为什么？怎么回事？”希尔斯瞪大了眼睛。

山茂召好心地解释说：“因为约翰·奥唐纳船长的‘帕拉斯号’，现在恐怕已经在广州卸货了。他们请兰德尔先生担任他们的顾问。”

希尔斯沉默了一会儿，慢慢地抿了口酒，说道：“没关系，这不用计较，这是我们自己人之间进行的贸易竞赛。好事不分先后，我这个第三名也许比你们第一名、第二名更占优势，因为——格林先生说得好——‘一回生，二回熟’，第三回当然更熟了！来吧，干杯！”

“精辟！上校先生见解很精辟！干杯！”山茂召和格

林举起了酒杯。

“中国皇后号”在佛得角装满了淡水，补充了食物和水果，船员们都痛痛快快地洗了个热水澡，梳理了须发，换上了干净的衣裤，他们又起航出发了。

暖洋洋的东南季风吹拂着船只，大西洋的洋流推送着他们，“中国皇后号”升起了满帆，向着它的祖国全速前进。

“近乡情更‘切’，不敢问归人。”当船只越是接近故土时，全船的人们心情越是急切，以致他们观察到的经度和纬度都发生了偏差。当船只航行到西印度群岛的海面时，山茂召测得的经度就比船上其他人的估计都要“朝西”；大副麦克卡弗测得的也比格林船长的估计“靠前”。格林感到很惊讶：“怎么回事？哪里出了毛病？”大家面面相觑，都不知其原因。格林船长到底经验老到，他眼珠一转，哈哈大笑起来：“大家一定太想家了吧！”

大家眨眨眼睛，一想，果然是这个缘故，都哈哈大笑起来。后来山茂召在日志中写道：“由于我们大家都非常想‘快点回家’，因此每个人测得的距离都不准确，都太朝西了！”这真叫归心似箭！

这里，我们借用一下美国作家埃德加·爱伦坡的诗作《海伦颂》，来形容“中国皇后号”的游子们此刻的心情，也许是适宜的：

海伦，我视你的美貌，
如昔日尼西的小船，
于芬芳的海上轻轻飘泛。
疲乏劳累的游子，
转航驶向故乡的岸。

久经海上风浪，惯于浪迹天涯。
海伦，你的艳丽的面容，你那紫蓝的秀发，
你那仙女般的风采令我深信：
光荣属于美利坚！（注:“美利坚”,原诗为“希腊”）
……

## 五　“纽约，我们回来了！”

1785年（乾隆五十年）5月11日中午，“中国皇后号”这艘远航中国，首开中美贸易和中美友好交往先河的商船，经过将近五个月的艰苦航行，终于从广州回到了纽约。现在，它正轻快地驶过纽约湾海峡，驶入纽约东河。船上又鸣放了十三响礼炮，向十三个邦致敬，向纽约市致敬。船员们又整装排列在甲板和帆桁上，眼里含着泪花，心里默默呼唤着：“纽约，我们回来了！祖国，我们回来了！”15个月前，他们正是从这里起程，远航中国。

但是在东河的码头上，欢迎的气氛却与欢送时形成鲜明反差。按理，用《纽约新闻快报》一篇报道的话说：“如果有一艘商船经历了如此成功的航程，走过地球上如此遥远的地方，人们肯定要通过集体祈祷和鸣钟，来宣布它的归来的！”然而实际情况是：没有鸣钟，没有祈祷，没有欢迎仪式，甚至也没有船东们的身影。他们都还在费城。而那个逃亡者丹尼尔·帕克则早已消失在欧洲。

但是，船上的十三响礼炮足以像钟声一样，唤醒纽约市民和停泊在纽约港的所有船只。大家奔走相告："去年出海的那艘‘中国皇后号’从中国回来了！"这个消息就像一块巨大的磁铁，很快把四面八方的人们吸引到这艘船的身边。人们纷纷拥向纽约港码头，立刻形成了自发而热闹的欢迎场面。那些商船的船长和大班们急于打探遥远的东方之旅的结果；各大报纸的记者们历来是一群嗅觉超灵敏的蜜蜂，抢在第一时间，扑向这朵散发着浓烈花香的远洋奇葩；一般的市民当然更多的是好奇："它会从地球的那一头带来什么新闻？"……

山茂召和格林船长决定先让全体船员放松一下，在百老汇大街的一家歌舞厅开了一个歌舞晚会：朗姆酒、亚力酒、葡萄酒、杜松子酒、啤酒甚至香槟酒；黑皮肤和白皮肤的歌女和舞娘；乡村音乐、爵士乐、嘻哈、蓝调和拉美音乐；肚皮舞、恰恰舞、土风舞、桑巴舞和成双成对的交谊舞……那简直是一场美国式的"金蛇狂舞"！水手们一个个犹如久旱逢甘霖，开怀畅饮，大声喧笑，又唱又跳，好像要把压抑了 15 个月的全部亢奋，在一个晚上宣泄出来。

但是山茂召和格林船长就没有这么幸运，他俩被一批批大班、船长和新闻记者团团包围住了。后者们抢着提出各种各样的杂乱无章的甚至稀奇古怪的问题，而他俩只得疲于应对这一连串难以招架的“连珠炮”，简直连喝一口啤酒润润嗓子的工夫都没有。

第二天，《纽约邮报》《纽约新闻快报》《独立日报》《大众广告报》等各大报纸，纷纷用通栏标题，登出“中国皇后号”成功首航中国的新闻和社论，对这次远航大加赞扬和展望，并且马上被费城和其他美国沿海城市的媒体所转载。它们纷纷写道：

“‘中国皇后号’顺利地在15个月内完成了远航中国之行……几位绅士将从这次具有远见卓识的、杰出和成果丰硕的航行中获得利益。”

“看到商船满载着中国货物回来了，这向我们预示着一个美好的未来和广阔的经济前景，届时我们将省却那些麻烦和不必要的中间贸易——我们至今一直与欧洲进行的这种中间贸易，它无疑给我们正在崛起的帝国造成了很大的损失。与此同时，尽管商船船主的功劳使他们理所当然地从商船的货物得到好处，但无论这一点能否实现，这次航行都将激励国民仿效甚至赶超自己的商业对手，从而造福整个美国。既然上天支持我们航行到那个遥远而古老的新世界，我们如今难道不应该付诸行动吗？”

“过去几天曾有报道称：‘中国皇后号’将在费城卸货。根据我们获得的消息，我们可以负责任地告诉纽约的市民们：它将在这里卸下船上丰富的货物，如茶叶、丝绸、瓷器、棉布等。这样，我们的城市和国家都将以适中的价格获得这些物品。”

……

而有的评论家和历史学家则说：“这些报道反映了美国人对这次风险巨大的冒险之旅以美好结束的巨大满足感。”

“这是一次足有远见卓识的航行，是美国商业史上的一个里程碑。”

“对于几乎所有人来说，‘中国皇后号’的平安归来，预示着未来一片光明的商业前景。”

……

5月23日，关于“中国皇后号”运来的中国商品的广告，开始出现在纽约的各家报纸上，并且一直持续到了当年7月。许多内容相同的广告，一遍又一遍地在各种报纸上反复登载着，抢着刊登广告的商家数量太多了，其中诸如：

康斯特布尔—卢克公司（大码头街39号）：“黑色火药、熙春茶、武夷茶、小种茶、崧罗、陶瓷器、丝绸、细布和棉布等。”

罗伯特·C·利文斯顿（大码头街13号）：“丝绸、凸花丝织品、绸缎、丝带、‘平纹皱’丝织品等。”

约舒亚·施佩公司（小码头街43号，柯恩迪斯岔道角）：

“数箱上等熙春茶（论箱卖），瓷器茶具和餐具，瓷器碗和盘子（小套件，成套出售），丝绸、丝绸手帕、缎子汗衫和裤子等。”

这家公司的另一则广告登道：“中国丝绸，中国手帕，绣花棉布，汗衫和裤子，竹制拐杖，成箱的熙春茶、稻米和中国酒。”

克雷吉·韦恩怀特公司（华尔街 37 号，汉诺威广场角落）：“珠茶和熙春茶（批发和零售）。”

巴纳斯·利文斯顿（克鲁加码头 2 号）：“各式精美的中国茶具，成块或成打的上等南京棉布，精美的丝织绣花马甲、丝手绢、平纹皱丝织品、琵琶弦、棉布、僧人小种茶、僧人白毫茶、熙春茶、小种茶、上等球茶、顶级武夷红茶。（购买该公司货物用于再次销售者，可得到合理优惠。）”

玛利亚·S·摩顿（华尔街 46 号）：“全套桌子和茶具，蓝白色珐琅质半品脱盆和茶碟，蓝白色早餐餐具，普通杯子及茶碟，各种规格的蓝白色瓷碗，上等珠茶、盒装的熙春茶和小种茶（数量半打或以下），两个非常非常古怪的小茶盒。（所有货品全部低价出售，接受泽西货币付款。）”

史密斯·理查德（老斯利普街和小石街 28 号）：“优等熙春茶、小种茶、功夫茶、武夷红茶。”

……

6 月 8 日，“中国皇后号”上的另一部分商品，由“实验号”“波莉鸟号”“萨利号”单桅帆船和定期邮轮装载，从纽约运到费城市场，很快被各家公司接收。这批货物包括超过 1000 箱的茶叶，12 箱棉布，8 箱 3 捆南京布、4 捆棉布和 52 箱瓷器等。此外，另有 5 捆南京布由公共马车运送，销往费城。

## 六　冤枉官司

格林船长、二副亚伯·费彻和货物管理员布雷克到康涅狄克邦的格罗顿，去看望木匠摩根的老父，带着那面沾满他儿子鲜血的星条旗和那位远洋孤魂的遗物：两件中国瓷器以及他的工资、津贴。山茂召没有能一同去格罗顿，因为船东们急于有话问他，并且接着他陷入了一场意想不到的官司之中。

在费城罗伯特·莫里斯的办公室，三位船东接见了这位召大班，气氛一开始就不是很热情。三位船东礼貌性地感谢和赞扬了大班和全船人员为这次远航付出的辛勤劳苦：如此前景难以逆料的冒险之旅，总算以令人满意的成果结束。然后聊到销售情况："据我们的总销售商康斯特布尔—卢克公司的威廉·康斯特布尔先生说：他对我们的货物的销售前景抱有很大的信心。"莫里斯说，"从纽约和费城反馈的信息看，我们有理由感到乐观。"

山茂召说："可惜我们的船太小了，应当用一艘载重量在 700 到 800 吨的大型货船，我们运回的东方货物会更多。”

霍尔克没好气地说：“幸亏我们只用了小型货船！即便如此，它已经让我们欠了一屁股的债！请看看摩德赛·刘易斯公司的要求，”他扔出一份书面欠单，继续说，“该公司要求对我们的船只和货物拥有部分的留置权，以偿还我们欠它的债务。但如果这样，该公司就成了我们的股东之一！问题是：它并非是唯一这么要求的公司，我们的大多数主要债权人，库恩·利斯伯格，亚当·赞辛格，卡格恩·阿尔特·摩尔等，都提出了以货还债的要求！”

威廉·杜尔气哼哼地说：“瞧瞧吧，货物尚未出手，债权人都开始来争权夺利了！都想从中分一杯羹！”

但这是没有办法的，尽管这三位都是有名的富商，但都还不是百万富翁，当时的美国还没有一位百万富翁，财产有几万、十几万、几十万就算很富有的了；何况即使是富商，做生意照例总是举债经营，总想以借贷作本钱，有了盈利再还本付息；更何况这次远航的举债，又被丹尼尔·帕克胡借、胡花、胡瞒了一通，弄得这三位船东的财务状况千疮百孔，他们的尤其是霍尔克的个人信誉和财务状况都处在危险之中，因为后者上帕克的当最多，是受骗的“重病号”。

这种财务窘境，使得这三位船主的神经变得非常脆弱甚至过敏，生怕自己的商业利益受到损失。因此，莫里斯也变得特别斤斤计较，他突然问山茂召："山姆，兰德尔先生是怎么回事？他怎么还留在中国？听说他是在帮'帕拉斯号'进行对华贸易？对于这一点，我们感到非常震惊。"

"是的，莫里斯先生。"山茂召答道，"他同我商量过，我认为这对兰德尔个人、对中美贸易都是有利的。'帕拉斯号'也是首航中国，它需要兰德尔的帮助。"

莫里斯严肃地说："你考虑过没有？我们之间是有合同的，我们的二班怎么可以成了'帕拉斯号'的贸易代理人？在没有征得船东们的同意之前，这是违背合同的。"

"您听我说，先生们，"山茂召解释道，"我和兰德尔作出这样的选择，是事先得到船东之一丹尼尔·帕克先生允许的。因为事实上船东们并没有兑现给兰德尔增加津贴的承诺，这是船东们事先答应过他的。因此帕克先生同意：兰德尔可以不再回到船上，可以留在中国，或者去其他他认为对自己有益的任何地方，如果遇到合适机会的话。"

"嘿，又是这该死的帕克！"杜尔愤愤地说。

霍尔克嗤之以鼻地哼了一声。

莫里斯压住了怒火，又追问道："我还听说，山姆，你与兰德尔还建议'帕拉斯号'多带 5 万美元的茶叶和其他中国商品回美国？"

"确实如此，"山茂召依然坦诚地说，"先生们知道，我们一直为我们的‘中国皇后号’载荷量太少而感到遗憾，我们一直希望能有更多的中国商品运回美国市场，这对我们国家有利，对我们的船只也并无损害。”

“怎么并无损害？”莫里斯终于火了，“你们作为我们雇佣的大班和二班，原本理当为雇主牟取最大利益，而现在却擅自让‘帕拉斯号’运回更多的中国商品，这难道不是在帮助别人抢占我们有限的美国市场吗？”

山茂召也开始感到震惊了：这位财政部前总监，怎么会为一己私利，一下子变得如此狭隘和锱铢必较？难道商人都是这样？但这位大班似乎比船东们更有涵养，他依然平静地说：“增加 5 万美元的中国商品，我认为并不会对我们在美国市场造成多大的冲击。我们全船的人到了中国，倒是深深地感到：我们只带去 17700 美元现金，实在是太少了！”

这一次轮到霍尔克震惊了：“怎么会是 17700 美元？不是 2 万美元吗？”

山茂召感到困惑：“难道先生们不知道：帕克先生事先扣下了 2300 美元？”

三位船东都瞪大了眼睛：“什么？这又是怎么回事？山姆，你不是在开玩笑吧？”

山茂召感到惊讶：“我一直以为帕克先生只是瞒下不瞒上。诸位作为他的亲密合伙人，不会不知道他所提取的

2300 美元款子。”

山茂召的话并不含有任何讽刺的意思，但又确实具有讽刺意味：这四位合伙人是怎样一种合伙关系呢？这种关系的后果应当由谁来承担呢？现在，这三位船主无话可说，对这位大班一时也很难说清船东之间复杂的内部关系。莫里斯气得手指颤抖。杜尔又大骂帕克是“流氓”“骗子”“恶棍”！

但霍尔克的思维方式又别具一格，他冷冷地问山茂召：“塞缪尔，你怎么能证明这 2300 美元现款确是被帕克先生扣去的呢？”

山茂召愣住了：“霍尔克先生的意思，是否是说这笔款子是我大班或别的什么人私下侵吞了？”

霍尔克的语气依然像铁一样硬而冷：“我只要求你能够提供证明：它确实不是大班你，而是帕克先生私下扣留的。”

山茂召感到受到了极大的侮辱，他沉默了半晌，才强压怒火，低沉地说：“好的，我会提供证明的。”他感到他与船东们的合作已经到了尽头，他不想再纠缠这笔款子，他转向莫里斯说：“莫里斯先生，按照我们的合同，我应当得到全部盈利的十分之一的报酬。”

莫里斯的回答并不否定，也不肯定：“我估计这次航行是有盈利的，但这需要很长时间才能计算出来。在货物尚未全部出售的情况下，合同付酬是无法兑现的。”

“我可以等待。”山茂召说，“但是木匠约翰·摩根先生是因公殉职的，他的老父应当得到一笔抚恤金。这是我关于这件事的书面申请。”

莫里斯接过申请，看了一眼说：“我们会考虑的，让我们商量一下。”

山茂召起身道：“那么好吧，先生们，我告辞了。”

当天晚上，山茂召走进费城亚齐大街渡口最繁忙的码头旁的一家小酒吧，现在他暂时只能借酒消愁。

这里很像是前年他在纽约初次遇到约翰·莱雅德时那样的一家酒吧，当时的酒客们嘲笑莱雅德是“冒险家”。可是现在，这里虽然也灯光昏暗，烟雾腾腾，酒客盈门，喧闹异常，但是人们早把莱雅德忘了，众人的热门话题已换成了由“中国皇后号”引起的“中国之行”，并且他们的情绪之高和声浪的分贝之高远远超过了前年，以致他们全然无暇注意门口有什么人进出。

山茂召仍然在近门的一角坐下，要了一扎啤酒，静静地听着酒客们的喧哗。这对于此时的他，倒不啻是一种别样的享受。

“你们也许不知道，波士顿的‘大土耳其号’已经开始筹备，决定开往那个巨大的东方市场。它的载货量比‘中国皇后号’可大多了。”在嘈杂声中，一位大胡子船长的声音最响。

一个尖嗓门喊道：“它的船主和船长是谁，你知道吗？大胡子，不是只有你消息灵通！”

他的嘲笑，引起一阵善意的笑声。

“贝尔船长指挥的‘美国号’，也准备从费城出发，仍然沿着‘中国皇后号’的航线。”一个细脖子说。

“这条航线将会很热闹。”有人这样揣测。

“没错，”一个瘦高个子支持这一预测，“纽约有一艘‘联盟号’，已经被人买下，据说买主是罗伯特·莫里斯先生，准备进行第二次中国之行。消息是否确切，不太清楚。”

这个信息引起了山茂召的注意，但他并不特别往心里去，他感兴趣的是“中国皇后号”在这个小小酒吧引起的冲击波。

一位老者放下啤酒杯，说道：“诸如此类的消息并不稀奇，据我所知，不光是纽约、费城、波士顿、巴尔的摩这些大城市，甚至在东部沿海各村庄，凡是拥有足够大帆船的，都在跃跃欲试，打算驶往那个东方大国呢。”

“情况确是这样。”那位大胡子船长大声说，“我就是来招兵买马的。我有一艘双桅帆船，我的目标就是中国。伙计们，谁想发财，快到我的船上来吧！我需要十名水手！”

大胡子的这一口头广告，立即引起了一阵实质性的热议：

“喂，船长先生，您打算付多少工资？”

“我并不担心工资，我倒是更赞成盈利分成，这显然更公平。”

“大胡子，您的船有多大？能装多少中国商品回来？”

“船长先生，我肯定会跟您去中国，但我必须征得我老婆的同意。”

“嗨，彼得，你就算了吧，你还是待在家里，围着老婆的裙子转悠吧！”

“哈哈哈……”

山茂召听着这一片笑声，内心感到莫大的欣慰，不禁心里说：“谢谢你们！可爱的人们！祝你们好运！”

他将一枚银币放在桌上，悄悄地走了。

山茂召料理完船上货物的全部交割工作，计算出货物总值、成本和盈利的账单，递交给船东，他便乘坐公共马车，从费城赶到波士顿去看望未婚妻汉娜了。

汉娜是波士顿大商人威廉·菲利普的女儿，一位金发碧眼的淑女，她的柔和温婉的性格，比她的美貌更动人，一向是富家子弟们追求的热门对象，但她却偏偏钟情于前途莫测的大陆军前炮兵少校山茂召。

汉娜正坐在门廊上，与她的胖胖的黑人保姆露克珊做针黹。她远远地瞧见山茂召进了院子，惊叫一声“我的天”，兴奋地跳起来，扔下针线，像一只蝴蝶似的飞了过去，欢快地喊道："山姆！亲爱的，你去了那么久！你什么时候回来的？你为什么不给我写信？"

山茂召温和地微笑着，捧着她娇美的脸蛋，细细地欣赏着，在那上面轻轻地吻了两下，同样轻轻地回答道："你看到我这个人，不是比看到我的信更好吗？我的小汉娜。"

"那不一样，看到人和看到信是完全不一样的，不是完全，而是有些……是……我也说不清怎么不一样，反正是不一样的。不过现在我不需要看到你的信了。"

"你知道我多么想念你啊，亲爱的汉娜！不过说实话，我忙得连想你的时间都没有，白天忙着售货、进货，晚上忙着记账、算账，但主要还是担心、操心、烦心。只有到每天的深夜，我躺在床上，才能想你一会儿，想着你甜美的笑脸，累得一下子进入了梦乡，而梦见的还是你的笑脸。"

"我给你写过信的，亲爱的山姆。我想你想得实在太厉害了，我就给你写信。可是爸爸说我们只有到英格兰的邮轮，对于遥远的中国，根本音信不通！"

"我们会有到中国的邮轮的，总有一天会有的。"

汉娜双臂紧紧地箍着山茂召的手臂，边走边说，上了台阶。

"呀！你瘦了，亲爱的，整整瘦了一圈。"汉娜柔嫩的声音惊讶地说，"我马上要用牛奶、面包、火鸡腿、牛排，还有草莓馅儿的甜馅儿饼，把你喂得胖胖的。我们后面树林里的草莓可多了，又大又甜。”

“哦，我的好汉娜，如果这么吃，没等我胖起来，我的肚子就先吃坏了。”山茂召吻着她的小手说。

“怎么会呢？绝对吃不坏的。露克珊！露克珊！”

露克珊端着托盘出来了：“你嚷嚷什么？我的小家雀。来吧，塞缪尔少爷，先喝杯牛奶，吃点儿饼干吧。”

“谢谢你，露克珊。你好吗？我的好大娘。”山茂召亲切地打招呼。

“我吗？好得不能再好了。”露克珊拍拍自己柴油桶般的腰身说，“您瞧我的腰围，又足足扩大了 10 公分！我倒是想把我身上的肉分给您 30 磅。”

山茂召笑道：“这恐怕不行，亲爱的露克珊，我怎么忍心为了我，看着你亲手毁了你美妙的身段？”

露克珊哈哈大笑，露出一嘴大白牙。汉娜也被逗笑了。

汉娜迫不及待地问道：“中国怎么样？亲爱的山姆，广州怎么样？中国的姑娘漂亮吗？你快说说。”

“非常遗憾，亲爱的，”山茂召喝着牛奶，说道，“中国姑娘我一个也没有看到。”

“为什么？怎么会呢？”汉娜很惊讶。

“难道中国压根儿没有姑娘？”露克珊也很诧异。

“不是的，露克珊。”山茂召耐心地解释，“中国的年轻姑娘是不许出门的，只能整天待在自己的房间里，他们叫作‘绣闺’。他们认为，年轻姑娘随便出来逛街，是不正派、不规矩的表现。所以即使要出门走亲戚，也必须坐进轿子，放下布帘，那脸蛋是不许外人看见的。”

汉娜更加惊讶了：“那她们不感到烦闷吗？她们倘若要买东西，怎么办呢？她们成年累月待在房间里，或者说待在‘绣闺’里做什么呢？”

“这我就不知道了。”山茂召说，“我们这艘船有一位中国买办，姓潘，他有一位妹妹，据说非常漂亮，但是我没有见过。汤姆，也就是兰德尔先生，他倒是遇见过一位卖花姑娘，漂亮得让汤姆神魂颠倒！”

汉娜着急了：“真的吗？她有多漂亮？我真想现在就到中国去看看！”她好像马上就要动身。

但露克珊却不以为然：“兰德尔先生的话我就不信。我早就听说：中国人也是黑种人，跟我一样，至多是个黑美人。”

“不是的，露克珊，”汉娜提出了异议，“中国人是白种人，我听爸爸说过，中国人和我们一样，黄头发，白皮肤。”

“不不，不是的，是黑种人……”

山茂召咯咯咯地笑着说：“二位！二位！别争了。中国人既不是黑的，也不是白的，他们是黄种人。”

“黄种人？”那两位全傻了，“黄色的人？蜡黄蜡黄的？

跟熟透的香蕉似的？那该多难看！”

山茂召只好又耐心解释：“不是你们想象的那种黄色，其实只是比我们白种人稍微有点儿黄色，又稍微有点儿白色，又稍微有点儿红色。”

那两位面面相觑，更糊涂了：“那是一种什么肤色呢？是花色吗？”

山茂召感到无能为力了，只好说道：“这样吧，等什么时候开通了从美国到中国的邮轮，我带你们到中国去亲眼看看。或许，亲爱的汉娜，你跟那位潘小姐，还有那位卖花姑娘，还能成为好朋友呢！”

那两位极度兴奋起来：“太好啦！太好啦！”

“那敢情好，我倒要看看黄色的美人儿什么样。”

“可什么时候开通邮轮哪？我可等不及了！”汉娜顿足说道。

山茂召在菲利普先生的书房里睡觉、看书，除了吃、喝，便与汉娜到湖畔散步，一起在树林里采草莓，生活在浸透爱情的幸福之中。

不过这种田园诗般的恬静生活很短暂。一天，他正与汉娜在门廊上喝咖啡，公共马车给他捎来费城法院的一张传票和一纸诉状的副本。

娇柔的汉娜有些心慌，声音颤抖地问：“怎么回事？

亲爱的，不会有什么麻烦吧？”

山茂召低沉地说：“是费城民事诉讼法庭的传票，霍尔克先生起诉我侵吞货款。”

“不可能！你决不可能侵吞货款的！是吗？山姆？”

“当然，即使我缺钱，我也决不会拿别人的钱。”山茂召说，“亲爱的汉娜，这种烦心事我一直没有跟你说，我不愿意把它传染给你，让你跟我一起烦恼。我到这里来本以为能摆脱烦恼。”

“你应当告诉我的，亲爱的，虽然我也许不能为你分忧，但至少你会不那么烦闷一些。”

“汉娜，亲爱的，我回国以来，一直身处在夹缝之中，内心非常痛苦，但又不愿打乱你我的宁静生活。”

“噢，可怜的山姆，我不怕任何打乱，什么都不怕！”她紧紧地搂住了他的脖颈。

山茂召娓娓道来：“我们的‘中国皇后号’从出发到中国，再从广州返航回来，虽然很辛苦、忙碌，但我们的心情是愉快的，甚至包括跟狂风恶浪搏斗，跟海盗浴血奋战。但是返航以后，我立即陷入了难以置信的诬陷与诽谤的旋涡之中，而制造这旋涡的，恰恰是船东们！你看看这张诉状：他们不仅撕毁了合同，拒绝支付我和兰德尔的酬金，而且，反而说我欠了他们一大笔钱！你看，这里，他们总共列举了三笔账：第一，他们把丹尼尔·帕克先生挪用的 2300 美元记在了我的头上，说是我挪用的；第二，他们还把我付给格林船长的 884 美元酬金也记在了我的头上，说我不该擅自这么做。但我怎么能不按船主和船长的合同办事？还有，第三，这两笔账加在一起是 3184 美元，但他们还要向我索取一倍的赔偿金，这样总数一下子又变成了 6368 美元！这就是他们起诉我的罪状，勒令我归还以上全部款项！”

“他们怎么能这样！他们怎么能这么欺侮人！”汉娜都要哭了。

“唉，这就是人！人就这么复杂！有好人，有坏人，也有你说不清是什么人的人，也有到一定时间才能见出他的本色的人。”

“我不管他们是什么人，我只关心你这场官司怎么办？”汉娜着急地说。

“放心吧，亲爱的。”山茂召吻着她的手，安慰她，“格林先生，斯威弗特先生，麦克卡弗先生，他们会给我出具证明的。帕克先生扣留了那笔款子，这个事实并不难证明。这次我去费城，不只是应诉，而且准备提起反诉，反诉霍尔克先生对我的诬告，并且追索兰德尔和我的酬金。”

“对，这很有必要，名声与清白比金钱更重要，我支持你！”

“我等不到菲利普先生和夫人度假回来了。”山茂召抱歉地说，“明天一早我必须动身去费城，我还要约会几位朋友谈谈。”

“噢，山姆！”汉娜趴在他的肩上，哭了。

山茂召吻着她的金发说：“好汉娜，我亲爱的，诉讼程序一完，我马上会回来的。你要照顾好自己，让露克珊陪你多散散步。”

# 七　庭辩与结果：30000：0

“中国皇后号”全船货物的总经销商，费城的康斯特布尔—卢克公司内一片忙碌。公司的总会计师杰克·罗杰斯拿着一大摞售货单，一跨进老板威廉·康斯特布尔的办公室，便兴冲冲地嚷道：“好消息！康斯特布尔先生，我们核算和论证的结果，这次对华贸易大有盈利可图！”

33 岁的康斯特布尔虽然年轻，但已经是一位十分老练的公司老总和成功的大商人了，他的生意从爱尔兰的都柏林，做到美国的费城和纽约。他是罗伯特·莫里斯的生意伙伴，但一直是自己独立经营贸易公司。他为人机敏和沉稳，头脑冷静，此时他以同样冷静的口吻说：“亲爱的罗杰斯先生，我需要具体的数字。”

“各方面上报的数据都是令人振奋的，康斯特布尔先生。”罗杰斯说，“无论是纽约还是费城，还有巴尔的摩，也无论是批发、公开拍卖还是零售，客商都空前踊跃，可以说是抢购，有些地方已销售一空。”

他把一大摞售货单放在老总的办公桌上，继续说："这得力于我们在各大报纸上一遍又一遍地重复刊登广告，当然主要还是中国货物在我们美国实在是紧俏商品，因为它稀缺。"

康斯特布尔翻看着一张张报单，一边说："我想听听总的销售情况。"

"好的。"罗杰斯翻开手里的另一个账本，汇报道，"简单地说，'中国皇后号'运回国内的货物总价值为 76566.5 美元，翻一番后是 153133 美元，加上返航初期出售的货物总价值为 6250 美元，两者相加为 159383 美元。减去船只从美国出发时的装备和货物总价值 12 万美元，工资、关税等项开支 1 万美元，总共 13 万美元。前项销售总额减去后项成本开支，最后剩余 29383 美元。也就是说，这次'中国皇后号'的中国之行，共有 29383 美元的盈利，而因为销售尚未结束，实际上将超过 3 万美元！先生，这可不是一个小数目！"

确实，3 万美元在当时的美国，真的已经不是一个小数目了。试想："中国皇后号"这艘商船本身的售价才 6250 美元，3 万美元都可以购买四五艘"中国皇后号"了！

康斯特布尔听了很满意，笑笑说："莫里斯先生，尤其是霍尔克先生和杜尔先生，总是对这趟冒险之旅惴惴不安，闹得不可开交。可是据我这个旁观者估计，它很可能有 25% 到 35% 的净利润。不管怎么说，他们总算为我们提供了一个证据：中国之行有利可图！”

这位年轻的公司老总想知道的，其实并不仅仅是 3 万美元盈利，他只是把它看作一个风向标，在他的心里已经有了他自己的盘算。

1785 年，邦联议会的主席已由约翰·汉考克接任。当这位新主席拜访位于弗吉尼亚的芒特弗农山庄时，正好华盛顿和夫人嘱托蒂尔曼订购的那 302 件中国商品，包括瓷器、南京棉布、丝手帕、精美的象牙扇等，也已运到弗农山庄。这位未来的首任美国总统是中国货的热心买家，因此，主客双方的注意力便自然而然地集中到这批中国的“舶来品”上。

华盛顿的夫人——端庄的玛莎·卡斯蒂斯夫人对一只红色的小瓷碗和一个蓝白色大瓷盘爱不释手：“汉考克先生，您仔细瞧瞧吧，还有比这更精致可爱的瓷器吗？”

“叹为观止！”汉考克并非奉承地赞叹道，“尊敬的夫人，说实话，我买不起如此昂贵的器皿。”

他知道，玛莎夫人十分富裕，她继承了一份十分可观的遗产。

平时不苟言笑的华盛顿，此时也心情大好：“亲爱的约翰，我告诉你，夫人是不会真的用它来盛汤或做餐具的，实际上它们是她的小客厅里的展览品。”

“当然，这将会是一种别具东方品位的点缀。”汉考克深知欧洲各国的高级家庭每每用精美的中国瓷器当作装饰品，这已成为风尚。

顺便说一句，当时华盛顿和夫人所购买的部分中国物品，至今仍保存在华盛顿故居和宾夕法尼亚博物馆里，成为中美两国早期贸易史的见证。

“汉考克先生，”玛莎夫人手捻着半匹南京棉布说，“我始终弄不明白：英国珍妮纺织机的机织棉布，怎么就反而比不上南京的手工棉布绵实耐用？”

华盛顿说：“问题不在于手工和机器哪个更优越，而在于两者的年龄，夫人，就好比经验丰富的成人当然胜过呱呱坠地的婴儿。”

“我完全同意我们前总司令阁下的见解。”汉考克解释道，“珍妮纺织机才刚刚诞生二三年，它的工艺还十分幼稚。而中国的手工业纺织却已有千百年的历史，他们的丝绸纺织已达到出神入化的程度。”

但华盛顿颇有远见地对夫人说：“亲爱的珀西，我们却不能因此而小看了婴儿，等他长大了，某些方面肯定会超过老年人。”

玛莎夫人当然明白丈夫的形象比喻。

弗农山庄坐落在波托马克河高高的河岸上，它是以英国海军将领埃德华·弗农命名的，但它早已成了这位美国开国元勋的庄园。这里景色幽美，绿树掩映，河水在山脚下静静地流淌，阳光洒满了院中的露台。在这个露台上放一张小圆桌、几把椅子，慢慢地品尝中国茶，是再惬意不过的了。现在，这位退役总司令和他的访客，正这么一边品味着新购的中国茶，一边聊天。

“我们的财政状况仍然令人揪心。”汉考克说，“合众国至今还背着 7700 万美元的债务，这个数额巨大得让人头疼！其中 1200 万是欠外国银行和外国政府的外债，另一部分 2000 万是欠十三个邦的内债，而国债的大部分 4500 万又是欠美国公民的债务。他们手里握着各种票据，然而一张也兑现不了！”

华盛顿自嘲地笑笑说：“‘议会’欠我个人的债券，我不得不打对折出售，为了偿还我自己的债务。但即便如此，我手里仍然还有超过 7566 美元的邦联债券无法兑现。”

“阁下可以顾全大局牺牲个人利益，可是其他大批公民债权人不会如此慷慨。他们都是怀着高昂、真诚的爱国主义热情投入独立战争的，把自己的钱借给‘大陆会议’。然而到头来，国家独立了，他们的钱却没有了！他们决不愿眼睁睁地看着他们的巨额债券化为乌有。”

华盛顿若有所思地说：“要解决如此复杂的财政问题，必须建立一个强大的中央政府。如果现在的十三个邦继续各自为政，那我们的合众国便是建筑在沙滩上的。”

“这又是一个令人伤透脑筋的问题！”汉考克皱着眉说，“以汉密尔顿先生为首的联邦派和以杰斐逊先生为首的邦权派，仍然争论不休，每次召开邦联会议，两派总是相互攻讦，争吵得不可开交。”

华盛顿也皱着眉头：“如果这种争吵本身就是民主，那可太糟糕了。我不喜欢这种吵吵闹闹的民主。”

汉考克叹了口气：“唉，这有什么办法呢？再说我们的外部环境也不乐观。”

华盛顿明确地说：“我赞赏国与国之间的真正友谊。我反对欧洲的某些国家像对我们合众国那样一味地封锁、制裁。”

“是的，那是多么愚蠢！”汉考克十分赞同，“我们的《独立宣言》就明确反对国家之间‘损人利己、巧取豪夺’。”

华盛顿很有远见地断言：“一个国家总是习惯于怀恨一些国家、偏爱另一些国家，它自己必定成为爱与恨的奴隶而不能自拔！这就像给自己套上了一副枷锁，最终拖住它自己前进的步伐。”

汉考克展望道：“但愿我们合众国涌现出目光远大的政治战略家，而不是心胸狭隘的政客，只顾与别的国家争论和争斗。”

华盛顿思索着说：“争论应当有利于建立一种新的国

家体制和新的国际体系。”

“是的，如果没有强有力的国家体制，当今的财政困难就根本解决不了！”汉考克为难地说。

华盛顿说：“我很赞同以下主张：建立国家银行和关税制度，再加上外贸，这样，就能保证合众国的财政收入有三个固定的来源。”

“谈到外贸，”汉考克的语气轻松了些，“这次‘中国皇后号’的中国之行看来很成功，在东部沿海各地引发了一波‘中国热’，不断有大小商船提出申请，要求前往中国。”

“哦，东方！这显然是一个积极的动向。我们合众国的今天与明天，都离不开这个古老的东方大国。”华盛顿说，“我记得，‘中国皇后号’是去年我生日那天，起航前往中国的。”

“是的。”汉考克点头道，“看来开辟东方的航线势在必行。那么好吧，凡是申请到中国的商船，统统予以批准！约翰·杰伊外长先生也完全赞同这一主张。把古老的东方，尤其是中国的产品介绍过来，我们的国家将从中受益。”

费城民事诉讼法庭开庭之日，旁听席上坐满了“中国皇后号”全体成员和他们的家属。他们为他们的大班山茂召受到不公正起诉而愤懑不平。但山茂召本人的心情倒是显得坦然和平静，“心底无私天地宽”。再说他的律师威廉·刘易斯先生事先对亨利·诺克斯将军说：“我认为这官司对召先生非常有利。”这位律师是将军特为他的前副官山茂召聘请的。

原告席上坐着约翰·霍尔克和他的律师。这位船东依然满脸冰霜，他要把他对丹尼尔·帕克的满腔怒火，一股脑儿倾泻在召大班头上，因为在他看来，山茂召是帕克的亲信，唯帕克之命是从。另一名船主威廉·杜尔耷拉着眼皮，挤在旁听席的一角，他不愿意在起诉书上签名，也多少觉得霍尔克对山茂召确实过分了一些。罗伯特·莫里斯推托说“商务繁忙”，事先钻进马车走了，临走时他对山茂召说：“山姆，你必须打这场官司，但我会为你提供保释的。”召大班没有听懂他的话。

陪审团由十二名戴着假发的陪审员组成，他们将决定山茂召的命运。

戴着假发的民事审判官坐在高高的审判台上，主持庭辩。第一项便是关于 2300 美元缺额的控辩。

原告律师出示票证说：“尊敬的审判官先生、各位陪审员先生：请看，这张发货清单上明确显示：‘中国皇后号’所带现金是 2 万美元。可是，大班山茂召先生提供的购货清单所具却只有 17700 美元。那么，其中 2300 美元的缺额哪里去了呢？我的委托人霍尔克先生认为：如果山茂召先生不能提供充分而有说服力的证据，那么只能说明：这笔缺额是被大班先生私自挪用了。”

旁听席上一阵骚动。

山茂召起身申辩，十分镇静：“尊敬的审判官先生、陪审员先生们：这确是我的疏忽。但我必须明确地说：这2300美元现金，是在船只起航前，甚至在我接受这2万美元现金和发货清单之前，由船主之一丹尼尔·帕克先生私下扣留的，也就是说，在我接收这笔现金时，已经只有17700美元。当时帕克先生对我说，他急需用这2300美元偿还船、货的债务，但他会在船只起航之前，补上这2300美元扣款。因此他要求我不必跟格林船长或其他任何人提起此事。我的疏忽是：我忽略了向他要一份收据或书面凭证之类的东西。我的错误是：太轻信了人性中诚实、善良的一面。”

“哈，人性！善良！诚实！”原告律师嘲讽地说，“各位陪审员先生，人性有法律效力吗？善良、诚实能当作证据或凭证吗？在这个法庭上，唯一有效的是证据！证据！”

被告律师刘易斯起身说：“尊敬的审判官阁下，我请求传唤我方的证人出庭作证。”

格林船长代表斯威弗特和麦克卡弗出庭，宣读证词：

“1784年2月22日，‘中国皇后号’起航时，船上的7箱银元一直由大班山茂召委托大副麦克卡弗和事务长斯威弗特保管，从未启封。

“1784 年 9 月初，格林船长在甲板上当众拆封第一个钱箱，其中只有 801 美元。

“1784 年 11 月 24 日在广州，中国海关官员坚持将其中的一箱开封，以确认里面装的确实是银钱。这第二个钱箱一共是 2900 美元，当时在场的有格林船长、斯威弗特、兰德尔、山茂召。

“1784 年 11 月 24 到 25 日，当需要陆续支付货款时，我们一起打开清点其余 5 个钱箱，一共只有 13999 美元。

“上述 7 箱钱款的总数为 17700 银元，也就是说，装船时就短缺 2300 美元。特此证明。证明人：船长约翰·格林，事务长约翰·怀特·斯威弗特，大副罗伯特·麦克卡弗，1785 年 10 月 6 日。”

“这份证词能证明什么呢？”控方代理人起身说，“各位陪审员先生，刚才的三位证人与大班山茂召先生是同一艘商船上的同事，也就是说，他们四人在同一艘船上构成了至少是临时的利益共同体。因此，我们怎么能相信他们三人的证词的真实性呢？或者说，我们怎么能排除他们四人之间串证的可能性或嫌疑？”

旁听席上一片哗然。

格林船长低声骂道：“这个卑鄙的小人！”

“我抗议！”辩方代理人刘易斯高声说，“控方代理人先生无端猜疑，对我的委托人和证人们用了侮辱性言词！”

“肃静！”审判官摇着铃说，“抗议有效，请控方注意用词。”

“好的，审判官阁下。”控方代理人换了个角度说，“陪审员先生们，这份证词仍然证明不了什么，并且没有法律效力。因为它只证明了那 7 箱银元短缺 2300 美元的事实，而绝不能证明这笔钱款是怎么缺失的，是谁私下扣留的，是山茂召先生还是丹尼尔·帕克先生？如果是后者，那么只有当事人帕克先生出具证明加以确认，才具有法律效力。而现在并不能证明是帕克先生扣留的，在这种情况下，我的委托人认为只有一种可能：那就是山茂召先生扣留了或者说侵吞了 2300 美元现款！”

旁听席上又是一片哗然。

刘易斯起身答辩道：“尊敬的审判官阁下、陪审员先生们：我方的三位证人，是‘中国皇后号’的广受尊敬的船长、事务长和大副，他们深受包括霍尔克先生在内的船东们的高度信任而被聘请为船只负责人和高级船员，他们人品诚笃、正直，绝不容许任何人污蔑他们的人格！他们提供的证词，已经充分证实了帕克先生在装箱之前就扣留了 2300 美元的事实，证据翔实而可信。反观霍尔克先生对山茂召先生的指控，除了武断推测、无端猜疑和发泄私愤外，没有提供任何最起码的证据或证明材料。”刘易斯律师继续说，“在霍尔克先生提供不出山茂召先生扣留 2300 美元的任何证据，仅仅主观推定我的委托人山茂召先生私自侵吞了这笔款项的情况下，控方代理人仍然一口咬定山茂召先生应负‘侵吞’之罪，这便是把‘有罪推定’的错误做法，搬用并扩大到了民事案件之中，即：证据不足或没有证据而推定被告有罪。这完全违背了现代法治的‘无罪推定’原则，即：证据不足或没有证据，绝不能预判或认定被告有罪！因此，控方代理人的这种错误做法，实质上是在帮助和鼓励霍尔克先生冤枉无辜、毁人清誉，是十足的侵犯人权的诬陷！法庭应驳回霍尔克先生对山茂召先生的控告！并且按照‘疑罪从无’的原则，法庭理当宣告山茂召先生的清白！如果控方代理人想要得到帕克先生的证词，那么霍尔克先生完全可以要求帕克先生出具证明，这是帕克船主和另外三位船主之间的事，霍尔克先生完全可以起诉帕克先生，另打一场官司，但与我的委托人山茂召先生和本案无关！”

旁听席上不禁鼓掌叫起“好”来。

审判官又一次摇铃，警示大家“肃静”。

刘易斯律师抓住了霍尔克的要害：既提不出控告山茂召的证据，又根本不可能让帕克出具证明，甚至连他的影儿都找不到，更遑论另打一场官司？

控方陷入了尴尬境地，于是控方律师只好转到另一项控告："关于 2300 美元缺额的法律责任，我相信陪审团自会作出公正的裁断。"控方代理人举着一张纸条说，"这是大班山茂召先生在广州时付给船长约翰·格林先生 884 美元的单据。据大班先生申称：他是遵照船主帕克先生的口头命令，支付给船长先生的酬金。但我们需要的仍然是证据，否则，我们怎么能判定这不是山茂召先生的个人行为？不是大班与船长之间进行某种个人交易的支出？因此，我的委托人认为：在山茂召先生不能提供帕克先生证词的情况下，这笔款项必须由山茂召先生个人承担。"

旁听席上又一片哗然。

格林船长暗暗骂了一声："混蛋！"

"这位控方代理人先生的想象力之丰富，超出了常人的智商，但我们对他的智商不感兴趣。"刘易斯律师从容地说，"陪审员先生们，我想问这位控方律师先生的是：口头命令是不是命令？船主的口头命令大班该不该遵行？如果霍尔克先生认为这 884 美元不该由山茂召先生付给格林船长，那么事情很好办：格林船长完全可以把这笔钱还给山茂召先生，然后由船主霍尔克先生支付给格林船长 884 美元酬金。霍尔克先生是否同意？"

霍尔克阴沉着脸，气得"哼"了一声。

刘易斯继续说："诸位知道，船主帕克先生是船主霍尔克先生的共同投资合伙人，也就是说，他俩是亲密的合作者，其亲密程度远远超过与大班山茂召先生的关系，用这位代理人先生的话说，帕克先生和霍尔克先生才是真正的利益共同体。因此，帕克先生对大班山茂召先生的任何指令，包括命令他支付船长格林先生 884 美元酬金等，当然是不可能不经过船主合伙人之间共同商议决定的。现在霍尔克先生声称他全然不知，那么第一，这是合伙人帕克先生违反了合作协定，而与山茂召先生无关。第二，尤其是我们怎么才能相信霍尔克先生确实全然不知情呢？即霍尔克先生如何才能证明他确实不知道帕克先生给大班山茂召的指令？如果霍尔克先生拿不出帕克先生的证词，那么他对山茂召先生的控告便是伪造事实，蓄意诬陷！我代表我的委托人山茂召先生，向原告霍尔克先生提出反诉：反诉霍尔克先生对山茂召先生犯了诬陷罪！霍尔克先生必须向山茂召先生赔礼道歉，并赔偿山茂召先生的名誉损失！”

旁听席上响起一片喊声：“对！对！赔礼道歉！赔偿损失！”

霍尔克气得脸色铁青，怎么反而要他提供证明？他怎么可能让“丧家犬”帕克提供证词？又怎么能把他们之间一塌糊涂的关系内幕公诸法庭之上？他明显听出了对方律师话中的讽刺意味，但也只好哑巴吃黄连，有苦说不出。

刘易斯乘胜追击，举着一份账单说：“尊敬的审判官阁下、各位陪审员先生：我的委托人有一项获得职务报酬的权利，提请法庭予以支持和维护：这是大班山茂召先生向四位船主包括霍尔克先生呈交的一份账单：‘中国皇后号’运回美国的货物总价值为 76566.5 美元，按协定翻一番为 153133 美元，加上返航之初在纽约出售货物价值为 6250 美元，两者相加共为 159383 美元。减去船只装备、货物成本、工资、关税等开支 13 万美元，最后盈利预计为 29383 美元。按船主与大班的合同：大班的酬金应是盈利的十分之一，即霍尔克先生等四位船主应支付大班山茂召先生酬金 2938.3 美元。”

刘易斯律师又举出另一份账单说：“诸位，这是‘中国皇后号’船主们的费城账本：货物成本和广州账目结余为 77238.66 美元，按协定翻一番预计销售收入为 154477.32 美元，加上在纽约的销售额为 6250 美元，两者相加共为 160727.32 美元。扣除船只、货物等成本和工资、关税等开支 13 万美元，最后盈利为 30727.32 美元。按船主与大班的协议：大班的佣金为利润的十分之一，即霍尔克先生等船主应向山茂召先生支付佣金 3072.732 美元！这充分说明：前一份山茂召大班的账目估算是对的，而且，他对这一次贸易的盈利和他自己的佣金反而少算了！即：按照船主们的这后一份账本，大班山茂召先生的酬金不止是 2938.3 美元，而应是 3072.732 美元！霍尔克先生等船主必须支付。”

原告代理人觉得很难再答辩什么，但他仍语气强硬地说："尊敬的审判官阁下、各位陪审员先生：我的委托人仍然坚持原来的诉求不变，谨请法庭裁决：第一，'中国皇后号'所带2万美元现金中所缺2300美元款项，因不能提供被帕克先生扣留的证明，因此应由大班山茂召先生个人负责。第二，山茂召先生付给格林船长的884美元，同样因没有帕克先生口头命令的证明，亦应由山茂召先生个人负责。第三，这两笔款项相加是3184美元，加上船主应收的一倍赔偿金，总数应为6368美元。第四，纵然山茂召先生应得的佣金为3072.732美元，但这笔佣金应从上述6368美元欠款和赔偿金中扣除，山茂召先生还应向船主交付3295.268美元。第五，请法庭驳回山茂召先生对霍尔克先生的反诉。第六，木匠约翰·摩根先生乃是因被海盗流弹击中而身亡，并非因公殉职，因此山茂召先生为死者老父提请的抚恤金并无事实和法律依据，同样请法庭驳回。"

这一下旁听席上立即炸了锅，水手、船员及其家属们群情激奋，哄闹起来，纷纷跳起来高声嚷嚷，有的甚至咆哮道：

"摩根先生是保卫国旗牺牲的，怎么不是因公殉职？"

"他是英雄！他不光是因公殉职，他是为国捐躯！"

"船主们是冷血动物吗？"

“山茂召先生辛辛苦苦为老板挣了 3 万多美元，到头来一个子儿也不给，老板的良心让狗叼走了吗？”

“反而要大班给老板 3000 多美元，可耻啊！”

“让这些高贵的先生们自己到狂风恶浪里去挣 3 万美元吧！”

“让他们到海盗的枪林弹雨下去喝咖啡、抽雪茄吧！”

……

这场诉讼反而变成了对船东们的审判！

威廉·杜尔压低帽子，悄悄地溜了出去。

霍尔克抽动着嘴角，面无表情地坐在那里。群情激愤的场面像是对他灵魂的拷问。

审判法官几次使劲地摇铃，但无济于事，旁听席众怒难消，哪能安静下来？几名法警似乎并不想干预众人的不平怒火，他们也根本维持和恢复不了法庭的秩序。

审判官只好敲响木槌，大声宣布：“休庭！”

# 八　新的任命

汉娜小姐和她的保姆露克珊从波士顿赶到费城，探听山茂召的诉讼结果。她俩在第四街的“印第安女王”旅馆开了个双人套间。

“我们的官司输了！”山茂召靠在沙发上，气馁地说。

“怎么回事？怎么会是这样？什么原因？”汉娜急切地问。

“有八名陪审员支持我们，认为霍尔克先生等船主应按合同支付给我 3000 美元酬金。但另四名陪审员反对我们，认为不仅不应领取酬金，反而还应付给船主 3000 多美元赔偿金！”

“这四个陪审员一定是喝多了！”露克珊一边抖落着斗篷的灰尘，一边愤愤地说，“要不就是大脑出了毛病！”

“第一次庭审从当天下午 4 时开始，持续了 7 个小时，法庭只好宣布休庭，并要求陪审团在第二天作出裁决。”山茂召继续向她俩汇报，“但是到第二天下午 3 时，陪审团并没有作出裁决。等到第三天上午 11 时，陪审团仍然没有能作出裁决。由于十二名陪审员之间达成一致的可能性已经不大，于是陪审团被解散，审判被宣告无效，这个案子不了了之。”

“那么你的酬金呢？难道他们真的好意思一分钱也不给？”汉娜颇为不平。

“还谈什么酬金，他们没有继续向我勒索赔偿金就算是开恩了！”山茂召冷笑道。

“瞧瞧！瞧瞧吧！这就是老板！”露克珊拍着肥胖的大手掌说，“你给他们挣了 3 万多美元，可是他们呢？他们给你一个零！一个大鸭蛋！而且还要从你的口袋里掏钱！他们根本不管老天会怎样惩罚他们！”

“噢，山姆，我们犯不着跟他们生气，犯不着把身体也赔给他们。我们不在乎什么钱，是吗，亲爱的？”汉娜蹲在他跟前，含泪劝慰道。

山茂召轻轻地为未婚妻拭泪：“好汉娜，你放宽心，我不会被钱击垮的。我伤心的是：人怎么能为钱变得如此丑陋？钱怎么会如此扭曲原本应完美的人性？”

露克珊气呼呼地说：“这种没有心肝的人，是不会有完美人性的！”

总之，事情的结果是：无论山茂召还是兰德尔，他俩作为“中国皇后号”的大班和二班应得的酬金，不仅在当年杳如黄鹤，就是到他俩第二次、第三次中国之行归来，甚至直至1794年山茂召英年早逝，他俩也没有得到第一次中国之行的一个子儿的报酬。

在纽约港附近，在类似海员俱乐部之类的酒吧里，事务长约翰·斯威弗特好不容易找到了格林船长。

斯威弗特喝着玛德拉酒，兴致很高地对船长说："现在有一个再次远航中国的大好机会。"

"不去！"格林余怒未消，抽着烟斗，干脆地说，"我拒绝与他们再次合作！"

斯威弗特笑着呷了口酒："您指的是霍尔克先生他们四位船东吧？实际上，我们的'中国皇后号'刚驶离纽约远航中国四个月，这四位船东就闹翻了，为了财务账目吵得不可开交：帕克—杜尔公司解体了，莫里斯与霍尔克也散伙了，丹尼尔·帕克逃到了欧洲，至今下落不明。他们四人的合作团体早已名实俱亡！"

"既然如此，他们还想捏在一起，再赌上一把？"

"这怎么可能？"斯威弗特摇摇头，"他们之中有谁还有这个雄心？"

"可你刚才不是说再次远航中国？"格林一时绕不过弯来。

"这一次的船主是纽约的康斯特布尔—卢克公司。"事务长解答道。

“但不是‘中国皇后号’，我仍然拒绝担任船长。”

“恰恰是‘中国皇后号’！”事务长见船长对此一脸疑惑，便耐心解释道，“事情是这样：事实上在我们返航途中，我们的三位旧船主已经几次打算把‘中国皇后号’和全船货物转卖了。在霍尔克先生与山茂召先生打官司期间，他们已把‘中国皇后号’仅仅以6250美元出售给了威廉·康斯特布尔先生。这位新船主认为与中国贸易的前景十分乐观，于是制订了宏伟计划，重新修理、改装了‘中国皇后号’，进行了再次补给，准备第二次广州之行。康斯特布尔先生委托我的朋友找到了我，并让我转达：聘请您格林船长再次担任‘中国皇后号’的指挥官。”

格林猛吸了几口烟，沉吟了好一会儿，然后说道：“我有一个条件：这次必须允许我带上我自己的那部分货物运销广州。约翰，你不必感到奇怪，你听我说，我不是为了贪图小利。你想必记得：上次我们还欠同文洋行的潘启官老先生2000美元货款，尽管潘老先生撕掉了欠条，但我们还是应当偿还的。中国人不要欠款是中国人的友好，我们偿还欠款是我们美国人的信誉！”

“我理解，我完全理解。”事务长心悦诚服地点头说，“您所说的所谓‘条件’根本算不上条件，也不是您船长先生的特权，事实上水手、船员们都会顺便携带一些自己的货物，做一些小本买卖，您知道：这几乎是远洋商船的通例。我相信，康斯特布尔先生肯定会高度赞赏船长先生重视信誉的美德！”

“如果是这样，我没有什么可说的。”

“那么，我们就去康斯特布尔—卢克公司谈谈具体事宜？他们……”

“谈谈就谈谈，走吧！”格林没等事务长说完，便抓起帽子，大踏步跨出了酒吧大门。

斯威弗特忙喝干一口剩酒，跟了上去。

在马里兰邦的安纳波利斯，邦联国会的外交部长约翰·杰伊，在他的办公室召见了山茂召。

杰伊部长用赞赏的目光，上下打量了一番年轻的大班，然后请他坐到了自己的对面，翻阅着一份报告说：“亲爱的召先生，你记述的关于广州之行的这份报告，亨利·诺克斯将军已经把它转给了我们，我们对它很感兴趣。我不想用‘英雄之举’一类的传奇式的或者赞美诗式的词语，来赞扬你们的壮举；但是，‘中国皇后号’用了一年又三个月的时间，穿越两个大洋，第一次到达那个遥远而神秘的东方古国，为我们新生的美国开辟了一条新的国际航线，打开一个新的商贸天地，我们对此予以高度评价！国会对美国公民第一次成功地建立与中国的直接贸易感到特别满意。这一成功对于这次首航的承办者和指挥者、参与者也是极大的荣誉，我们表示深深的敬意！”

“谢谢，部长先生！”山茂召低头致谢。

“召先生，关于中国之行，尽管你在报告中已经作了详尽记述，但我还是想听听你对这个大清帝国的观感。”

“好的，部长先生。”山茂召思索着说，“概括地说，部长先生，大清帝国是个十分矛盾的大国：它无疑是当今世界上最富裕的国家，但它的百姓十分贫穷。它无疑也是当今最强大的国家，但它的军队用的武器主要还是大刀长矛。它有几千英里的海岸线，但它没有海军。它愿意有限度地与外部世界接触，但它对外部世界几乎一无所知。尤其对当今的工业化、近代化进程，它完全茫然无知，置身局外。它自认为是世界上唯一的‘文明礼仪之邦’，而把它以外的所有国家视为‘化外之地’，把我们西方人视为尚未开化的‘洋夷’。”

杰伊外长笑着摇摇头。

“大清国的皇帝拥有至高无上的权力，具有强烈的皇权意识和国家意识，但驾驭国家的观念和制度又似乎千年不变。他们的官吏对于自己的国家和皇帝忠诚不贰，对于外来势力十分敏感，高度警惕，但他们官场的内部情况实在很难让人恭维。

“大清国的商人——我们这一次主要是与广州‘十三

行’的行商打交道，他们作为一种半商半官的行商，在所有的交易中都是可敬的、负责任的，对于签下的契约严守信誉。他们的能力和中国官员对他们的倚重，使得他们成为我们最好的商贸合作伙伴。特别必须一提的是：他们对我们的‘中国皇后号’乃至我们新生的合众国，表现出格外的尊重和友善，予以特别的关照，宽宏大量，慷慨大方，十分友好，我们与他们建立了诚挚的难忘的友谊！但有时，我们发现他们的处境很困难，因为大清还不是商业大国，而是农业大国，而且还是封建官僚体制。

“大清帝国的臣民都习惯于他们的祖父或者祖父的祖父传下来的生活方式。但我们隐隐感到：在他们中间存在着极少数的思想精英，深埋在芸芸众生的底层，还没有冒出头来。也许正是他们，预示着大清国的未来。更必须重视的是：这个千年古国拥有数以亿计的民众，他们虽然还是沉默的大多数，但是一旦当他们呐喊，这个古老的东方巨人必将令世界震惊！它的能量无可估量！因此无论现在还是将来，我认为我们美国都应该与它友好相处，这最符合我们美国的利益。”

“哦，好！很好！非常好！”约翰·杰伊一直静静地倾听着，思索着，然后说道，“让我再次祝贺‘中国皇后号’首航中国圆满成功！亲爱的召，我非常感谢你们用汗水、智慧和勇敢精神，树立了我们美国商业史的第一个里程碑！你知道，召，我们美国夹在两个大洋之间，我们合众国的生命只能依仗海洋。但是向西，正如我们的华盛顿将军所说，欧洲对于我们是个‘异己的世界’，我们只能与它保持距离；而向东，实际上亚洲只有一个东方巨人，那就是中国。眼下，我们只有借助它的巨大财富和强大国力，来缓解我们合众国的财政和外交困境。将来，我们恐怕只能面对它的无可估量的潜能，跟它友好交往下去，这无疑才是我们明智的国策！不管我们愿意不愿意，我们将别无选择！你们‘中国皇后号’的历史意义在于：它证明了美中友好是可能的，美中关系将前途无量！”

“谢谢您的高度评价，部长先生。”山茂召再次低头致谢。

“想必你也知道，召，我们所处的时代，今天以前是争夺殖民地的时代，今天以后将是争夺市场的时代。这个中国是全球最大的市场，因此也必将成为全球最大的战场，欧洲的狮群对中国已经垂涎三尺。我们美国是贫弱小国，现在还难以与欧洲群狮争食，但我们也必须适时地在那个巨大的市场站住脚跟。因此你们，亲爱的召，你们无疑应当继续你们勇敢者的事业，把罗盘的指针指向中国！有鉴于此，山茂召先生，我郑重地代表国会，正式任命你为美利坚合众国驻广州的第一任领事，任命托马斯·兰德尔先生为副领事。我想听听你的意见。”

“当然，部长先生，我感到荣幸！”山茂召站起身说，“我们美国也应当有派驻广州的领事馆。我当然愿意为我们的国家服务。”

“请坐，塞缪尔。”杰伊脸上掠过一丝赧色，“可是，你知道，塞缪尔，我们国家的财政还非常困难，我们国会资金十分拮据，可以说，一个子儿都拿不出来。”

“我知道，部长先生，您的意思是说我和兰德尔将没有薪水，没有任何报酬。”

“是的，完全是义务。”杰伊外长明确地说。

山茂召迟疑了一下，说:“我和兰德尔的个人开销不是问题。但是，部长先生，我们的领事馆馆舍是要租赁广州‘十三行’的商馆的。”

“这个问题我考虑过。”杰伊外长说出他的设想，“你知道，山姆，我们与大清国暂时还没有建立正式的外交关系，譬如他们还没有派驻我国的领事馆。因此我们驻广州的领事馆实际上并无政务、军务可办，主要还是管理商务，维护我们的商业利益。我已经与财政部协商：今后我国远航广州的所有大小商船，都必须向我国驻广州的领事馆注册报到，并由我们的领事馆与粤海关构成官方对官方的关系，然后才通过粤海关跟广州‘十三行’接洽。我们的对华贸易必须加以规范即正规化。而我们的商船当然是要向我们的领事馆缴纳一定的费用的。此外，山姆，你和兰德尔先生也还可以兼任我们的商船对华贸易的顾问，这当然也应当是一种有偿服务。我们沿海已经有越来越多的大小商船提出申请，要求批准它们前往广州进行贸易。”杰伊指着桌上的一大摞这类申请书说道。

山茂召说：“我明白了，部长先生，但除了外交部的任命书，我们还需要财政部的公文。”

“这两个文件，我都会替你们办妥的。”杰伊外长一边送山茂召走向大门，一边说，“山姆，关于霍尔克先生状告你的官司，我感到很遗憾，但我们不能干预司法。至于约翰·摩根先生的抚恤金，我打算跟罗伯特·莫里斯先生谈一谈。”

“非常感谢，部长先生！”

“失之东隅，收之桑榆。”山茂召和兰德尔在“中国皇后号”船东那里遭受的损失，却在外交部长那里得到了意外的补偿，并且前途一片光明。

山茂召上任之后，他与兰德尔这两位新领事很快将广州黄埔港畔的美国商馆变成了官商两用的美国领事馆，并且由于来粤的美国商船越来越多，他俩忙得不可开交。而凭着工作效率、人际关系和精明干练，他俩把领事和贸易顾问这双重职务做得风生水起、有声有色，同时也转化为可观的个人收益。这之后，山茂召连任第二、第三任驻广州领事，并四次前往中国理事和居住，为中美友好交往作出了历史性的贡献。

1792 年（乾隆五十七年）8 月，山茂召回国与汉娜小姐结婚，并兑现了诺言：把年轻妻子和保姆露克珊接到了澳门寓居。她俩终于亲眼见到了中国和中国人：“哇，敢情‘黄种人’是这样的！”“中国姑娘简直太漂亮了！”

正好，江寅兮和慧珠小姐夫妇俩也隐居在澳门。江寅兮开办了一家私塾，实现了当一名塾师的夙愿。

这一下，汉娜小姐和慧珠小姐双方正好“天涯海角觅知音”，很快成了深闺密友，成日地你问我答，你来我往，都想了解对方国家的更多情况，几乎天天举行“中美闺房交流会”。

她俩说一阵笑一阵，笑一阵说一阵，满室娇声笑语，双方用汉语与英语互教互学，聊得那个投机就甭提了！

这两个话匣子一打开，露克珊根本插不上嘴，只顾在一旁咧着嘴笑。

江寅兮与山茂召、兰德尔当然是老朋友了，比以前更加过从密切。

只是兰德尔至今也没有遇见那位卖花姑娘，甚感沮丧！

但令人更为痛惜的是：1794 年 5 月，山茂召在返航美国途中，在南非开普敦城外的海面上，因肝病不愈而早逝，年仅 40 岁。

# 九 “中国！中国！”

1786年，由“中国皇后号”引发的中国热，在美国十三个邦的沿海地区持续升温。山茂召新领事搭乘的“希望号”，贝尔船长指挥的“美国号”等商船，都已经从费城等地出发，驶上通往中国的航程。其中，马萨诸塞邦波士顿的大富商伊莱亚斯·哈斯克特·德比把原先的商船换成了另一艘载重量更大的商船“大土耳其号”，也开始了对华贸易，并由此很快发展成了一个商业帝国，而他自己则很快成了美国的第一个百万富翁。罗伯特·莫里斯也购下了一艘大型的商船“联盟号”，独资进行对华贸易，但与他发起的第一次中国之行相比，情况相对比较平淡。

1787年11月，山茂召与兰德尔也以私人身份签订了一份合同：在马萨诸塞邦的昆西市建造了一艘800吨的大型商船，从事波士顿与广州之间的远航贸易……在几年的时间里，不仅几百吨、近千吨的大型商船（这在当时的美国称得上是“巨轮”了），扬帆远航，驶往中国，甚至连一百吨、几十吨的小商船，也不畏艰险，装载有限数量的北美特产，纷纷前往广州。一时间，在通往中国的航道上，美国商船万樯风动，云帆翩翩，来回往返，络绎不绝，形成蔚为壮观的一道跨洋商贸奇观！它们常常在这条航线上交会，互打招呼：

“喂，你们从哪里来？”

“广州！你们上哪里去？”

“中国！”

中国！中国！这是当时的美国商船们一致向往的目的地。而中美之间这种直接贸易的开端，标志着以广州为起点的“海上丝绸之路”，已从南洋、欧洲、非洲扩展到了美洲，亦即扩展到了全球，形成了中国与世界的海上运输网络的大循环！

广州“十三行”的行商和山茂召、兰德尔两位正、副美国领事，迎来送往，忙得不亦乐乎。随着中美贸易的迅速发展，广州行商的洋行也从“中国皇后号”首航广州时的七家，迅速增加到了十二家，即：同文、而益、万和、源泉、丰泰、源顺、丰进、泰和、广顺、裕源、瑞丰、义丰等洋行。这一家家洋行行商和粤海关官员对于美国客商照例十分照顾，经常破例地把大批茶叶和其他货物赊给资金不足的美商，而且——用美商的活说——“既无须票据，也无须欠条”，双方完全建筑在诚信的基础上。而美国商人对于中国行商则怀着感激和友好之情，由衷夸赞说：“中国行商在所有交易中，是笃守信用、忠实可靠的，他们遵守合约，慷慨大方……”

其中，广州“十三行”的后起之秀，嘉庆、道光年间，1813 到 1834 年的公行新一代领袖（商总），怡和洋行的行商伍浩官（伍秉鉴），拥有资产 2600 余万两银子，并且投资美国的铁路、证券交易、保险业务等。美国《华尔街时报》称：“伍浩官不仅是广州首屈一指的大富商，而且也是世界少有的富翁之一。”有一艘由伍浩官担任“保商”的美国商船，因欠他 7.2 万两银票而滞留广州，无法回国。伍浩官（一似当年的潘启官）当面把欠条撕碎，说：“贵船账目全已结清,随时可以返航。”因这一豪举和富裕程度，他在当时的美国享有很高的声誉和知名度，甚至有一艘新下水的美国商船被命名为“浩官号”。

由于同样的原因，中美早期贸易的中心——广州，在美国也广负盛誉。据美国学者乔治·斯蒂华特统计：在美国国内,有二十三个州都有以“广州”命名的城镇或乡村。其中第一个出现在美国的“广州”，是 1789 年马萨诸塞州东部诸福克县的“广州镇”；而美国最大的“广州”，是俄亥俄州东北部的“广州市”。这一连串大大小小的美国“广州”，正是当时中美早期贸易蓬勃发展的历史印证，也反映了中国的广州在 18 世纪中美贸易乃至全球贸易中举足轻重的枢纽地位！

由“中国皇后号”开创的美国对华贸易，从无到有，从小到大，短短几年，其对华贸易额便迅速赶上并超过了荷兰、丹麦、法国、葡萄牙、西班牙等老牌的进行对华贸易的国家，仅次于有 100 多年对华贸易史的英国，而跃居第二位。从 1786 到 1833 年 47 年间，经历乾隆、嘉庆、道光三朝，美国来华船只就有 1104 艘，几乎达到英国来华船只总数的 44%，超过其他欧洲各国来华船只总数的 4 倍，而进出口货值则远超其总和。

18 世纪 80 到 90 年代早期的中美贸易，使得新生的美国迅速积累了经济建设所需的大量资金，同时帮助美国打破了欧洲列强对它的封锁、半封锁，摆脱了由此造成的财政、外交困境。进入 19 世纪以后，欧洲列强再也无法对美国进行封锁和贸易禁运了。

1786 年（乾隆五十一年）2 月 1 日，“中国皇后号”在约翰·格林船长指挥下，再次从纽约韦尔斯码头起航，扬帆前往中国，进行第二次广州之行。

这次接待它的仍是广州同文洋行，但“保商”已不是同文行的老东家、已退居幕后的年迈的“启官”潘振承，而是他的儿子——被美国朋友称为“启官二世”的潘有度和孙子潘正亨。此时的同文行仍雄踞广州“十三行”众洋行之首，潘氏家族的这两位新当家仍具出色的商业头脑和外贸才能，对官、商两道都有丰富经验，因而潘有度仍为广州“十三行”的商总或公行领袖。

这位潘商总身材胖大，目光炯炯，脸色红润，声音洪亮，性格比乃父更为豪爽，与官方打交道绝不一味忍让，每每据理力争；且喜吟诗作画，颇有些“内秀”；亦善与洋人交往，对“西学”尤其是航海知识颇感兴趣，藏有当时最好的世界地图，国际视野更为广阔。以故，他与山茂召、兰德尔正、副领事和格林船长越发有共同语言，交往更为热络。因此，“中国皇后号”在广州的第二次商贸活动，同样进行得非常顺利，潘氏家族与这艘美国商船的深厚友谊仍在继续。

当格林船长要向同文洋行归还2000美元欠款时，“启官二世”潘有度连连摆手说：“敝行的账本上并没有‘中国皇后号’欠款2000美元或6000两银子的记录，也没有这笔款项的欠条，因此断断不敢收取无名目之款！”潘有度转达他老父的话说：“格林先生是敝行的老朋友，朋友之间原是君子之交，绝不可锱铢必较！”这弄得格林无言以对，不知所措，只好恭敬不如从命，还款之事就此作罢。

1787年5月4日，“中国皇后号”第二次从广州返航纽约之后，再次被转售，从此改名为“埃德加号”，进行了一次前往法国波尔多的常规商业航行。但它毕竟已不年轻了，又在该年严寒的冬季在暴风巨浪中遭受重创，因此船东原本打算让它进行第三次中国之行的计划只好被迫放弃。

这之后，“埃德加号”——前“中国皇后号”——被伦敦的劳埃德公司购买，它开始老化而降为“E—1”级商船，只能在纽约到北爱尔兰的贝尔法斯特之间进行大西洋商业航行。

1790 年 3 月 13 日，“埃德加号”又由纽约商人约翰·肖购买，改名为“克莱拉号”，在纽约重新注册后，航行于纽约与爱尔兰的都柏林之间。但这艘曾建立过远航功勋又饱经风霜的商船，此时已经越益衰老，感到疲惫不堪、体力不支了。

1791 年 7 月 4 日，正是美利坚合众国正式建国后的第 8 个国庆节（独立日）。7 年前的 2 月 22 日，华盛顿生日的那一天，“中国皇后号”从纽约的东河起锚，成为第一艘远航中国的美国商船；7 年后的 7 月 4 日，美国国庆的那一天，这艘具有历史功勋又已垂垂老矣的美国商船，像一位已走到生命尽头的老人，孤独地停泊在爱尔兰都柏林的一个港湾。

这天傍晚，她似乎能听到从大西洋的西岸，从她遥远的祖国传来的国庆节的礼炮和歌声，但她距离祖国太远了，也许，人们早已把她遗忘了吧？然而她深信：那些曾与她一起远航中国的老伙伴们，永远不会忘记她！她在中国和美国的朋友们，永远不会忘记她！想到这一点，这位老人微笑了，她的内心并不感到孤独，她对她的这一生感到十分满意，她曾为她的祖国两次远航中国，首创中美友好交往的历史，她感到自豪……于是她安详地闭上了眼睛，让人们把她送入都柏林海湾的深处，永远长眠在那里。

对于她的这一悲壮的最后一幕，史学家用浪漫主义的笔触纪念并颂扬道：

"'中国皇后号'卷起了她所有的风帆！"

但是在这里，我们要说：

"'中国皇后号'在中美人民的心中，她永远高扬着所有的风帆！"

# 后记

（一）

18 世纪 80 年代，美国建国之初，中美两国人民有过一段早期交往的历史，即美国著名的商船“中国皇后号”首航中国的历史。

这段历史被很多人遗忘了。

这段历史是不应被遗忘的。

这段历史具有重要而深远的意义：

它揭开了中美两国人民友好交往的序幕。

它昭示了国家关系归根结底是人民之间的关系。中美友好，根基在民众，希望在青年。

（二）

2006 年 3 月的一天，我从中国国际广播电台《环球咨询·档案揭秘》中，收听到《中国曾帮助美国突破西方禁运》一文（金点强先生撰），亦即“中国皇后号”首航中国的事迹，一下子被吸引了。鉴于当今的美国政府把“遏制”中国的一贯政策始终抱着不放，我顿时觉得“中国皇后号”正是一个极好的题材：中国对美国的友好和友助，相对于美国对中国的“遏制”和敌视，不正是个强烈的对照和绝妙的回答吗？

历史是一位智慧老人，与历史对话，可以更好地认识过去，把握当下，面向未来。“中国皇后号”首航中国，两国人民友好交往的历史，对于当今的中美两国人民乃至政府，具有极为重要的现实意义！

但是，这艘美国商船首航中国的具体过程、人物、事件等，我仍不甚了了，无法动笔。正在这时，我的朋友黎志余先生从广州给我寄来了两部极重要的历史文献著作：一部是美国的菲利普·查德威克·福斯特·史密斯先生撰写的《中国皇后号》（中译本）；另一部是李国荣、林伟森先生主编的《清代广州十三行纪略》。前者提供的正是我亟待了解的“中国皇后号”的具体人、事、过程；后者提供的恰恰是中国的接待方——接待这艘美国商船的中方机构和人物，如乾隆时期的粤海关、广州“十三行”和“保商”潘振承（启官）等。我大喜过望，立即拟定了写作提纲，又补充了某些必要的史料，开始动笔。

2007到2008年的第一、二稿写得相当顺手，此时我突发奇想，觉得应当给“中国皇后号”加上条副线：珍妮·莱雅德和一个中国小伙子，三个黑人、印第安人、波多黎各小小子，五人驾驶一艘单桅帆船“阿美利戈号”，从波士顿出发，横穿北美大陆几条大河，到达西北角俄勒冈收购海獭皮后，再横渡太平洋抵达广州，完成约翰·莱雅德未竟遗愿的传奇冒险故事。但写到一半，越写越感到这条副线对于主线反而是一种干扰，且副线的传奇性与主线的历史性风格也不统一；何况，历史题材的魅力正在于历史本身，并非只有曲折离奇的传奇故事才动人。于是决定放弃副线的写作，但又去忙于另外的论文和一些费时费力的事务了，倒把“中国皇后号”的稿子搁在了一边。

这是我的一个“老毛病”：做事不仅杂乱，而且拖沓！我的许多正事,都被这个“毛病”耽误了。这次被耽误的是“中国皇后号”这部稿子。当我于2014年从网上得知《中国皇后号》正被某家影视公司计划筹拍电影这个信息，不啻对我击一猛掌，连忙翻出书稿再次动笔时，它已经被整整耽搁了6年！以致当我翻阅它时，都感到陌生了，好像在读别人的一部书稿。但这次我决心心无旁骛，一气儿把它写完，经2014年到2015年再次修改，又用了几乎一年时间把它录入电脑，至2016年11月终于定稿。

（三）

本小说的主题：对中美人民友谊的礼赞，对国家关系的反思。

美国商船“中国皇后号”首航中国这一历史性壮举，蕴含着人民交往、国家关系、国际秩序的深刻启迪，同时也给予了本书所写题材应遵循的主题性指示。

18世纪的国家关系：刚诞生的帝国（美）、正发育的帝国（英）、已衰老的帝国（清）之间的历史，对于今天的国家关系、国际秩序，无疑具有令人反省的启示意义。

当代著名的美国国际关系学学者卡尔·多伊彻说：“国

际关系学是一门关于人类生存的艺术与科学。"他认为，"绞杀未来人类文明的凶手，不是饥馑，也不是瘟疫，而只能是外交政策与国际关系"。

本小说的创作原则：有据的不虚，可虚的不拘。无根据不成其为**历史**小说，不虚构不成其为历史**小说**。

所谓"不拘"：大胆想象，大胆虚构，"思接千载，神与物游"。（刘勰）

但"虚构……必须切近真实"。（贺拉斯）而虚构只有出于主题需要，合乎人物性格逻辑和情节发展逻辑，才是真实的、合乎情理的。

正因为艺术的真实包含着"虚构"的"真实"，因此艺术的真实不同于历史的真实：历史的真实"须有其事，"是"曾有的实事"；艺术的真实"只要逼真，不必实有其事，"是"会有的实情，""创造的……可能的人物事件"。（鲁迅）

"小说的规律"不同于"历史的规律"：小说"不放过任何本质的东西"，"力求表达事件的精神"，"以一个美好的理想为目标"。（巴尔扎克）因此，艺术的真实既源于历史的真实，又高于历史的真实。

（四）

本书的出版，首先要感谢我的朋友马宏俊教授、宋怡霏女士，尤其是高海英女士的鼎力友助！

同时更要感谢青岛出版社朋友们的大力支持和辛勤付

出！

本书的作者是个写小说的新手，所写题材又偏偏不小，其不当之处只得请“毋求备于一夫”了。

谨请读者诸君及方家品评、指教！

丁维忠

2018年12月12日

**图书在版编目（CIP）数据**

中国皇后号 / 丁维忠著 . — 青岛 : 青岛出版社 ,2020.4
ISBN 978-7-5552-8319-5

Ⅰ . ①中… Ⅱ . ①丁… Ⅲ . ①长篇小说—中国—当代 Ⅳ . ① I247.5

中国版本图书馆 CIP 数据核字（2019）第 097491 号

| | |
|---|---|
| **书　　名** | 中国皇后号 |
| **著　　者** | 丁维忠 |
| **出版发行** | 青岛出版社 |
| **社　　址** | 青岛市海尔路 182 号（266061） |
| **本社网址** | http://www.qdpub.com |
| **邮购电话** | 13335059110　0532-85814750（传真）0532- 68068026 |
| **责任编辑** | 董建国 |
| **装帧设计** | 祝玉华 |
| **照　　排** | 光合时代 |
| **印　　刷** | 青岛国彩印刷股份有限公司 |
| **出版日期** | 2020 年 4 月第 1 版　2020 年 4 月第 1 次印刷 |
| **开　　本** | 32 开（890mm × 1240mm） |
| **印　　张** | 18 |
| **字　　数** | 350 千 |
| **印　　数** | 1-5000 |
| **书　　号** | ISBN 978-7-5552-8319-5 |
| **定　　价** | 68.00 元 |

**编校印装质量、盗版监督服务电话：4006532017　0532-68068638**